譯註　百千堂集

- ●역주 해제 : 김지현
  문학박사. 한국학중앙연구원에서 한문학을 전공.
  〈朝鮮時代 對明 使行文學 研究〉로 박사학위. 현재 광운대학교에서 강의.
  공저 『조선의 명승』, 논문 「18세기 문화 예술 공간으로서의 방송 반」.

- ●역주 : 백영빈
  박사수료. 한국학중앙연구원, 성균관대학교에서 유교 철학 전공.
  ≪承政院日記≫와 ≪訓局謄錄≫ 국역 참여.
  현재 한국학중앙연구원 장서각의 연구원.

- ●교열 : 김정민
  문학박사. 한국학중앙연구원에서 한문학 전공.
  「星湖 李瀷의 四書疾書 研究」로 박사학위.
  한국학중앙연구원 전통한국연구소 연구원.
  ≪承政院日記≫와 ≪河窩日錄≫ 국역 참여.
  논문 「星湖 李瀷의 禮思想과 實踐의 實例」.

譯註 百千堂集

초판 인쇄 2019년 6월 21일
초판 발행 2019년 6월 28일

기　　획 오추영
역　　주 김지현 백영빈
펴 낸 이 이대현
펴 낸 곳 도서출판 역락
주　　소 서울시 서초구 동광로46길 6-6(반포4동 577-25) 문창빌딩 2층
등　　록 1999년 4월 19일 제303-2002-000014호
전　　화 02-3409-2058, 2060
팩　　스 02-3409-2059
이 메 일 youkrack@hanmail.net

ISBN 979-11-6244-395-8 93810

이 도서의 국립중앙도서관 출판예정도서목록(CIP)은 서지정보유통지원시스템 홈페이지(http://seoji.nl.go.kr)와 국
가자료종합목록 구축시스템(http://kolis-net.nl.go.kr)에서 이용하실 수 있습니다. (CIP제어번호 : CIP2019024493)

譯註

百千堂集

해주오씨정무공파백천당종중

김지현 · 백영빈 역주

역락

책머리에

백천당집은 1727년 음력 12월 16일 처음 간행되었으며 292년이 지난 지금 한자로 되어 있는 것을 한글로 번역하여 다시 간행하게 되었다.

백천당은 세 형님들의 과거급제를 기다리다 32세가 되어서야 정시문과에 응시하여 장원급제를 하였으나 하늘은 그 포부를 다 펼 수 있도록 허락하지 않아 39세의 한창 나이에 요절하여 안타까움을 금할 수 없으며 우리 자손들과 후학들에게 많은 글을 남기시고 임금에게 거침없는 충언으로 부(富)와 자리에 연연하지 않는 강직함을 보이시고, 효를 몸소 실천하여 만인의 귀감이 되셨다.

공께서는 문집에 수록된 내용 이외에 만세감(萬世鑑)을 집필하였는데 찾지 못하여 자손으로서 송구하기 그지없으나 계속 노력을 기울일 것이다.

구슬이 서 말이라도 꿰어야 보배라고 아무리 좋은 가르침이라도 그냥 두고만 본다면 무슨 소용이 있겠는가?

한글세대로서는 공의 글을 읽기에도 어려운지라 후손들에게 하루라도 더 빨리 다가 갈 수 있도록 한국학중앙연구원의 여러 석학들과 대종중인 해주오씨정무공파종중에서 물심양면으로 도움을 주어 부족하지만 2년여만의 준비 끝에 서둘러 발간하게 되었다.

우리의 바람은 이 책을 통하여 후손 및 후학들이 공께서 만물에 뜻을 열어 일을 성취시킨 의미와 그 자취, 충절의 덕을 마음 깊이 새겨 선세유업(先世遺業)을 승계 선양하고 후손을 계도하여 유친기조(遺親棄祖)로 사라져가는 사람의 도리를 붙들어 제족 간에 더욱 돈목(敦睦)한다면 선대께 욕되지 않고 후손들에게 부끄러움이 없을 것이다.

이 책을 내기 위해 80여 세의 고령과 신병 중에도 몸을 아끼지 않고 수년 동안 심혈을 기울이신 본 종중의 전임 대표이며 현 世億 고문님의 노고와 합력한 종원들께 깊은 감사를 드린다.

　아울러 문집을 후손만 아니라 역사와 학술적 사료가치를 높이 평가한 지인들의 의견을 수용하여 보급용으로도 발간하기로 하였으니 부디 본서가 독자의 삶에 보탬이 되길 빌어 바라 마지 않는다.

2019년 늦봄에

종회장 8대손 오추영 謹拜

차례

百千堂遺稿序

百千堂遺稿 卷一

❀ 詩시 __ 37

補遺보유__83

賦부__95

儷文여문__105

哀辭애사__113

百千堂遺稿 卷二

啓辭계사__119

百千堂遺稿 卷三

百千堂遺稿 卷四

『백천당유고(百千堂遺稿)』 해제

김 지 현(광운대학교 외래교수)

1. 백천당(百千堂) 오핵(吳翮)의 가계와 생애

1) 가계

백천당(百千堂) 오핵(吳翮, 1615~1653)은 17세기 중반 해주 오씨 정무공파를 이름나게 한 주요 인물 가운데 한사람이다. 해주 오씨의 선계는 고려 검교군기감감 오인유(吳仁裕)를 시조로 한다. 2세 오주예(吳周裔), 3세 오민정(吳民政), 4세 오찰(吳札), 5세 오승(吳昇)으로 가계가 이어진다. 오승의 네 아들 중 셋째인 오효충(吳孝冲)에게는 세 아들이 있었다. 첫째는 오사운(吳士雲), 둘째는 오사렴(吳士廉), 셋째는 오광정(吳光廷)이다.

오효충의 첫째 아들 오사운의 계열에서 12세 오경운(吳慶雲, ?~1525)은 사온서직장으로 좌승지에 추증되었고, 그는 오수천(吳壽天, 1516~1586), 오수억(吳壽億, 1519~1594) 두 아들을 두었다. 14세 오정방(吳定邦, 1552~1625)은 오수천의 둘째아들로 숙부 오수억의 양자가 되었다. 오정방은 1583년(선조 16) 32세로 무과에 장원급제 했다. 이후 임진왜란 무공을 세

위 전란이 수습된 후 선무원종공신(宣武原從功臣) 2등에 녹훈되었고 후에 정무(貞武)라는 시호를 받았다. 정무공 오정방을 파조로 한 이 집안을 해주 오씨 정무공파라 한다. 이들은 안성 덕봉마을(문화역사선비마을)을 세거지로 하여 집성촌을 이루었다. 현재도 덕봉마을에는 정무공 오정방의 고택과 덕봉서원, 해주 오씨 묘역 등이 잘 보존되어 있다.

해주 오씨 정무공파가 유명해진 것은 정무공의 손자들 때부터였다. 정무공 오정방의 아들 오사겸(吳士謙, 1573~1628)에게는 첫째 천파 오숙(吳翻, 1592~1634), 둘째 농재(聾齋) 오빈(吳斌, 1602~1685), 셋째 백봉(栢峯) 오상(吳翔, 1606~1657), 넷째 백천당 오핵 등 네 아들이 있었다. 이중 세 아들이 문과에 급제하였다. 이들은 모두 당대 정계에서 문장과 절의로 높은 평가를 받았다. 특히 정무공파가 문장가의 집으로 일컬어지게 된 것은 천파공 오숙으로부터 비롯되었다. 오숙 이후 그의 동생 오핵은 여러 차례나 과거에서 장원을 차지하여 당대에 문장력이 높은 집안으로 평가받았다. 오핵은 또한 정언, 지평 등 언관직을 역임하면서 직언을 하는 데 거리낌이 없었다.

2) 생애

오핵은 1615년(광해군 7) 2월 20일 서울 용산의 외가에서 태어나서 1653년 12월 21일 향년 39세의 나이로 생을 마쳤다. 어머니 이씨가 용꿈을 꾸고 임신해서 아명을 몽신(夢辰)이라 불렀다. 자는 일소(逸少)이고 호는 백천당(百千堂)·천덕산인(天德山人)이다.

정두경(鄭斗卿, 1597~1673)은 오핵이 18세부터 21세까지 4년 동안 잇달아서 초시에서 높은 등급으로 입격해서 명성이 자자했다고 전하며, 이재(李縡, 1680~1746)도 〈백천당유고서문(百千堂遺稿序文)〉에 '문장으로 이름이 났으며, 과거에 장원급제하기를 코밑수염을 뽑듯이 쉽게 하였다[公又大鳴以文, 取巍科如摘髭]'고 적었다. 실제 그는 1633년(인조 11) 19살의 나이로 감시 초시(初試)에서 〈봉황은 오동나무가 아니면 깃들지 않는다.'에 대한 부[鳳凰非梧桐不棲賦]〉로 장원을 차지했고, 1635년(인조 13) 〈을해년 별시책문[乙亥別試策]〉에서도 장원을 차지하였다.

연거푸 장원으로 과거에 합격한 오핵은 더 겸손하게 몸을 낮추었다. 작은 집을 짓고는『중용(中庸)』의 '남이 한 번 만에 능하거든 나는 백 번을 행할 것이며, 남이 열 번 만에 능하거든 나는 천 번을 행할 것이다'는 의미를 담고 있는 '기백기천(己百己千)'의 문장에서 '백천 (百千)'을 취하여 집의 당호로 삼았다. 그리고는 손에서 『주역(周易)』과 『근사록(近思錄)』을 놓지 않았다고 한다. 1646년(인조 24) 32세에 정시(庭試)에서 〈'백성은 물과 같다'에 대한 부[民猶水賦]〉[1]로 다시 장원을 차지하였다.

오핵은 1633년 진사가 되었을 당시 헌릉참봉(獻陵參奉)직을 제수 받았으나 벼슬에 나아가지 않았다. 이후 1646년(인조24)에 장원급제 후에는 규례에 따라 성균관 전적에 제수되었다가 곧바로 병조 좌랑, 사간원 정언, 예조 좌랑에 제수되었다. 그는 1647년(인조25) 병조좌랑이 되어 모화관으로 사신을 맞이하러 가는 인조를 호종하기도 하였다. 1647년(인조 25) 사간원 정언에 임명되었으나, 이행원(李行源)이 암행어사로 나가는 과정에서 물의를 일으켰다고 탄핵한 것이 문제가 되어 체직되었다. 인조가 승하하고 효종이 즉위한 후 오핵은 사간원 정언에 제수되었다. 이때 송준길(宋浚吉) 등과 함께 인조 대에 권세를 누렸던 김자점(金自點)의 처벌을 강력히 주장하였다. 또한 인조실록청 도청랑(都廳郎)에 차임되어 『인조실록』 편찬에 참여하였다. 이후 세자시강원에 차임되기도 하였지만, 곧 벼슬에서 물러났다. 1651년(효종 2)에 사헌부 지평에 제수되었으나, 벼슬에 종사할 뜻이 없어 사임하고는 이듬해 금강산의 형승을 두루 유람하고 이에 대한 시권(詩卷)을 남겼다.[2]

1653(효종 4) 3월 4일에 또다시 사헌부 지평에 임명되자 〈지평 시절 왕의 명에 응하여 시정의 폐단 여덟 가지를 진달하고 이어 체직을 바라는 상소[持平時應旨陳時政八弊仍乞遞職疏]〉를 올렸다. 그 내용은 요약하면 다음과 같다. 임금께서 혜안을 넓혀 신하들의 언로(言路)를 열 것, 예경(禮敬)을 다하여 신료(臣僚)를 대우할 것, 공도(公道)를 밝혀 인재(人才)를 수용할 것, 수령을 가려 뽑아 백성들을 사랑하고 보살피도록 수령을 독려할 것, 내수사(內需司)를 혁파하여 유사(有司)에게 넘길 것. 입안(立案)을 파기하고 궁노(宮奴)의 기강을 바로잡을 것, 폐단이 되는 것을 밝혀서 민정(民情)을 위로할 것, 군정(軍政)을 정비하여 백성들의 원망을 풀어줄 것 등이었다, 효종은 이 8가지 조목에 대해 비변사(備邊司)로 하여금 적극 실현하도록 하였다.[3] 이 상소를 올린 후 벼슬을 사직하였고, 얼마 되지 않아 세상을 떠났다.

---

1 오핵, 『백천당유고』 권1.
2 정두경은 묘갈명에서 금강산을 유람하고 많은 수의 시를 얻어 금강산 유람 시권을 남겼다고 하였으나 현재 금강산 유람과 관련된 시권이 따로 전하는 것은 없다. 다만 그의 문집에 금강산을 유람하고 쓴 작품 일부가 전한다.
3 정두경의 묘갈명에는 이 부분에 대하여 "계사년(1653) 9월 시정(時政)의 열 가지 폐단에 대해 진달하였는데,

오핵은 1646년(인조24) 과거 합격 이후 8년 동안 세 번 병조의 직책을 제수 받았고, 두 차례 국자감(國子監)에 들어갔다. 한 번은 세자시강원(世子侍講院)에 소속되기도 했고, 네 차례나 사헌부(司憲府) 지평이 되었고, 아홉 번 사간원(司諫院)에 들어갔다.[4] 그러나 일찍이 벼슬에 몇 달 이상을 머물러 있은 적이 없어서 8년 동안 벼슬을 하면서도 받았던 녹봉이 겨우 2과(科)였다.

오핵은 독서에 침잠하여 손에서 책을 놓지 않았는데, 그 중에서도 역사서를 매우 중시하여 열심히 읽었다고 한다. 그는 여러 역사서에서 태고시절부터 명나라에 이르기까지의 역사적 사건을 가려 뽑아『만세감(萬世鑑)』4권을『자치통감강목(資治通鑑綱目)』의 형식을 따라 지었다. 현재 이『만세감』은 전하지 않는다.

오핵은 39세로 생을 마쳤는데 그의 죽음을 슬퍼해 동춘당(同春堂) 송준길(宋浚吉 1606~1672), 정관재(靜觀齋) 이단상(李端相 1628~1669), 백곡(栢谷) 김득신(金得臣 1604~1684) 등이 만사를 지었다.

2. 백천당의 교유 관계

오핵은 10세(1624 인조 2)에 교관 둔암자(芚庵子) 송연(宋淵)에게 나아가『사기(史記)』를 배웠다. 둔암자 송연은 우계(牛溪) 성혼(成渾)의 문인으로 권필(權韠), 이안눌(李安訥), 이경직(李景稷)과 가까이 지냈는데, 시와 문장으로 당대에 이름이 높았다. 송연은 오핵을 가르치고는 오핵이 재주가 뛰어나며 영리하다고 칭찬하였다. 오핵이 14세(1628 인조 6)가 되던 해에 아버지를 여읜 후 문학(文學)으로 세상에 이름난 큰형 오숙(吳翽)과 힘께 여막(廬幕)에서 지냈다. 이때 큰 형 오숙에게 매우 엄하게 학문을 배웠는데, 이로부터 시문(詩文)을 짓는 능력이 날로 진보하였다. 큰 형 오숙은 오핵을 묘군(卯君)이라 부르며 매우 아꼈다. 묘군이라는 명칭은 송나라 소식(蘇軾)이 그의 아우인 소철(蘇轍)이 을묘년(乙卯年 1039)에 출생했다는

말이 몹시 강개하고 절실하였으므로, 상께서 너그러운 비답을 내리면서 지제교(知製敎)로 선발하였다."라 서술하였다. 그러나 오핵의 문집에 보이는 <持平時應旨陳時政八弊仍乞遞職疏>를 보면 시정의 8개 폐단에 대해 소를 올렸던 것을 확인할 수 있다.

4 오핵의『백천당유고』권2는 벼슬에 있을 때 올렸던 계사 등을 모았다.

데서 연유한 말로 문장이 뛰어난 동생을 가리킨다. 오핵 또한 을묘년(乙卯年)에 태어났고, 시문에 재능이 있기에 묘균이라 부른 것이다. 오핵은 큰형과 매우 가까웠던 계곡(谿谷) 장유(張維 1588~1638)에게서도 학문을 배웠다.[5] 오핵의 학문은 오숙과 장유에게서 연원한 것이다.

큰형 오숙은 구암(久菴) 한백겸(韓百謙 1552~1615)에게 수학하였는데, 한백겸은 『주역』에 밝아 선조 때 편찬하던 『주역전의』의 교정을 보았고, 조선의 역사와 지리를 연구하고 종래 역사가들의 학설을 비판, 수정하여 『동국지리지』 등을 서술하였다. 오숙도 스승인 한백겸의 영향을 받아 제자백가의 의약(醫藥), 복서(卜筮), 천문(天文), 산수(算數), 노장, 불교 등에 두루 통달하였다. 특히 『주역』을 깊이 있게 연구하였으며,[6] 『장자』를 열독하고 장자를 새로이 편하기도 하였다.[7] 장유의 경우도 성리학에만 매몰된 학자가 아닌 양명학, 노자, 장자 등 폭 넓은 사상을 연구하고 이들 사상을 문장에 녹여냈던 조선 중기 대문호였다.[8]

오핵도 『주역』에 대해 매우 정밀하게 공부를 했던 것으로 보인다. 그가 정읍(井邑)의 수령으로 가는 둘째 외삼촌 이유수(李幼洙)에게 준 송별시를 보면 『주역』 정괘(井卦)를 중심으로 시를 형상화 하였다. 이 작품은 정읍의 '井'과 '井卦'를 연결해서 시상을 전개하였다. 『주역』 「계사전 하」 7장에서 수신(修身)에 대해 논할 때 9개의 괘사를 사용하는 데 이중 하나가 바로 정괘(井卦)이다. 「계사전 하」 7장에 의하면 정괘는 '덕을 지지해 주는 것[德之地也]'으로 우물은 '그 있어야 할 장소에 있으면서, 우물물을 퍼 주어 물이 필요한 많은 이들에게 나누어 주는[居其所而遷]' 존재로 반드시 '의리(義理)로 명백한 판단을 내린다[井以辨義]'는 것이다. 따라서 우물은 오염되면 주변 사람에게 물을 나누어 줄 수 없고, 사람들이 물을 마실 수 없게 된다. 즉 마지막 '의리로 명백한 판단을 내린다'라는 구절을 빗대어 지방관으로서의 책무를 시행할 때 일의 올바른 이치를 따라 판단할 것을 부탁한 것이다. 늘 우물이 맑은 상태를 유지 하도록 살피듯 자신을 늘 살펴 수신하여 백성들을 편안히 해 줄 것을 당부한 작품인 것이다.

---

5 최두헌, 「천파 오숙 산문의 『장자』 수용 양상 연구-「취성정기」를 중심으로」, 『한문학보』 29집, 우리한문학회, 2013년, 81쪽.
6 최석정, 『명곡집』 권22, <觀察使贈左贊成天坡吳公神道碑銘>
7 최두헌, 「천파 오숙 산문의 『장자』 수용 양상 연구-「취성정기」를 중심으로」, 『한문학보』 29집, 우리한문학회, 2013년, 82~83쪽.
8 안세현, 「조선중기 한문산문에서 『장자』수용의 양상과 그 의미」, 『한국한문학연구』 45권, 한국한문학회, 2010; 우응순, 「17세기 고문론의 배경과 역사적 성격」, 『어문논집』 30권, 민족어문학회, 1991; 우응순, 「장유의 양명학적 세계관과 시세계-안산 우거 시절을 중심으로」, 『국제어문』 29권, 국제어문학회, 2004.

오숙은 조위한(趙緯韓, 1567~1649), 조찬한(趙纘韓, 1572~1631), 장유, 정두경, 이경석(李景奭), 박미(朴瀰, 1592~1645), 정충신(鄭忠信, 1576~1636), 이식(李植, 1584~1647), 권극중(權克中, 1585~1659) 등과 교류하였다.[9] 오핵은 큰형 오숙의 친우들에게 학문을 배우고 또 망년우를 나누기도 하였다. 이들 중 정두경(鄭斗卿)과 매우 친밀했다.

〈賀吳逸少翮登第〉	일소 오핵이 과거 급제한 것을 축하하며 짓다
天上姮娥殿	하늘 위 항아가 살던 궁전은
常懸明月輝	항상 밝은 달 속에 있어 빛나
月中吳質在	달 속에 오질(吳質)이란 신선만이 있어
偸折桂花歸	몰래 계수나무 꽃을 꺾어다네[10]

인용한 작품은 정두경이 오핵의 과거급제를 축하하며 써 준 작품이다. 결구에 쓴 '계수나무를 꺾었다[折桂]'는 과거에 급제한 것을 지칭할 때 흔히 쓰는 시어이다. 전구에서 나온 오질(吳質)은 전설상의 신선인 오강(吳剛)을 말한다. 그의 자(字)가 질(質)이므로 신선인 오강을 오질이라고 칭한 것이다. 오강은 한나라 때 서하(西河) 사람으로 일찍이 신선술을 배워 신선이 되었는데, 잘못을 저질러 달 속으로 귀양 가서 항상 계수나무만 찍고 있다고 전해진다. 정두경은 오핵의 성과 오강의 성이 같으므로 오강을 인유하여 오핵의 장원급제를 비유하였다. 오핵도 〈정동명두경삼신산기(鄭東溟斗卿三神山記)〉를 작성해서 정두경에게 보내주었다.

오핵이 영향을 받은 문인으로는 임숙영(任叔英 : 1576~1623)이 있다. 오핵은 31세(1645년 인조 23)에 임숙영의 『소암집』을 읽고는 크게 감동을 받았다. 『소암집』의 서문을 쓴 이가 스승 장유였으므로, 오핵은 장유로 인하여 임숙영을 배웠을 것이다. 이 문집은 오핵에게 많은 영향을 미쳤다. 오핵은 〈임숙영(任叔英)의 『소암집(疎菴集)』을 보고[看任疎菴集]〉를 지었다. 임숙영이 지은 작품 가운데 가장 유명한 것은 〈통군정서(統軍亭序)〉로 변려문이다. 〈통군정서〉는 중국에까지 전해져서 중국 학사들이 천년절조라고 칭찬을 아끼지 않았을 만큼

---

9 최두헌, 「천파 오숙 산문의 『장자』수용 양상 연구-「취성정기」를 중심으로」, 『한문학보』 29집, 우리한문학회, 2013년, 82~83쪽.
10 정두경, 『동명집』 권2. 〈賀吳逸少翮登第〉

유명했다고 전한다. 임숙영의 〈통군정서〉에 영향을 받아 오핵 또한 『소암집』을 읽은 다음해 1646년(인조 24)에 사륙변려문으로 〈진주 벽오당서(晉州碧梧堂序)〉를 지었다. 이 해에 오핵의 둘째 형인 오빈이 진주목사가 되어 진주에 있었다. 오핵은 형을 만나러 진주를 다녀오면서 기행시 몇 편을 지었고, 〈진주 벽오당서〉도 이때 지었다. 〈진주 벽오당서〉는 『서경』, 『장자』, 『주역』, 『한서』 등 많은 서적에서 고사를 인용하고 중국의 문인들과 그들의 글을 통해 진주에 대해 서술하면서 진주관아와 벽오당에 대해 묘사하였다. 이 작품에 사용된 고사를 통해 당시 오핵의 학문에 대해 짐작해 볼 수 있다.[11]

　문집을 통해 본다면, 오핵은 윤감(尹堪), 최일(崔逸), 조경(趙絅), 김좌명(金佐明), 박경행(朴景行), 서필원(徐必遠), 남용익(南龍翼), 이경억(李慶億) 등과 교유한 것을 알 수 있다. 이 가운데 최일(崔逸, 1615~1686)과 친한 교분을 나누었다. 최일의 본관은 화순(和順)으로 자가 일지(逸之), 호는 석헌(石軒)이다. 1632년(인조 10) 진사시에 합격하고, 1646년(인조 24)년 문과에 병과로 급제하였다. 벼슬은 외직으로 홍천 현감(洪川縣監)·장성 부사(長城府使)를 지내고, 내직으로는 지평(持平)·교리(校理)·우부승지(右副承旨) 등을 거쳐 병조·형조의 참판(參判)을 지냈다.[12]

〈憶崔逸之逸〉	일지(逸之) 최일(崔逸)이 생각나서
九龍峯影入簾櫳	구룡봉 그림자 난간 주렴 안으로 들어오니
對此哦詩思不窮	그대와 함께 시 읊던 생각 다함이 없어
山郭晚蟬還寂寂	산성에 날 저물자 매미도 조용해지고
湖天微雨更濛濛	호숫가 가랑비는 더욱 가늘어져
千絲柳拂傷心碧	흔들리는 천여 가닥 버들은 상심한 마음에도 푸르고
百日花舒滿眼紅	환한 대낮 활짝 핀 꽃은 눈 안 가득 붉기만 한데
江北友人書斷絶	강 저편 벗에겐 소식과 편지 끊어져
白雲回首看秋鴻	친구 보고파 머리 돌려 가을 기러기만 바라보네

---

11 이 작품에 대해서는 추후 상세하게 분석이 필요하다.
12 아쉽게도 최일의 문집이 전하지 않고 있어서, 최일의 작품은 확인할 수 없다.

위 시는 1648년(인조26) 오핵이 양성 천덕산 집허정에 머물고 있을 때 지은 작품이다. 1653년(효종4) 최일이 홍천현감이 되었을 때 지어준 송별시 〈홍천으로 가는 최일을 송별하다(送別崔逸之洪川之行)〉에서 오핵은 '어렸을 때부터 같은 문단에서 함께 노닐었으니, 나이도 같고 급제도 함께 했으며 또 고향도 같구나(少小同遊翰墨場, 同年同甲又同鄉)'라고 하였다. 오핵과 최일은 1615년 같은 해에 태어났고, 1646년 정시 문과도 함께 급제한 동년(同年)이었다. 무엇보다 장유에게 함께 수학한 동문이었다. 또한 오핵과 최일은 안산에 살았던 봉형(奉珩, 1596~1681)에게 함께 수학하기도 하였다.[13]

수련 1구에서 보이는 구룡봉은 집허정에서 보이는 산봉우리로 아마도 최일이 머물고 있었던 곳으로 보인다. 마주보이는 구룡봉에서 떠올린 시상은 자연스럽게 장유의 문하에서 함께 시 짓던 친구를 떠올리게 했던 것이다. 한동안 소식이 없던 친구 최일에 대한 그리움이 잘 표현된 작품이다. 오핵은 최일이 홍천현감을 지내던 1653년 금강산 기행을 떠나 홍천에 들러 최일을 만나기도 했다.[14]

김좌명(金佐明, 1616~1671)의 본관은 청풍(淸風), 자는 일정(一正), 호는 귀계(歸溪) 또는 귀천(歸川)이고, 아버지는 영의정 김육(金堉)이며, 어머니는 윤급(尹汲)의 딸이다. 1648년 수찬(修撰)이 되었다가 안변(安邊)으로 귀양 갔고 이듬해에 풀려났다. 오핵은 안변으로 귀양 가는 김좌명이 가진 억울함을 한나라 가의(賈誼)가 〈복조부〉를 짓는 심정임을 헤아린다며 위로해 주었다.[15]

김시진(金始振, 1618~1667)의 본관은 경주(慶州), 자는 백옥(伯玉), 호는 반고(盤皐)이다. 1644년(인조 22) 정시 문과에 병과로 급제하여 이듬해 검열이 되었다. 김시진이 여행을 떠날 때 써준 〈示金伯玉始振〉, 〈又〉, 그리고 직산현감으로 간 김시진에게 보낸 〈簡寄稷山宰金伯玉〉 등 3편의 시가 오핵의 문집에 보인다.[16]

---

13 남구만, 『약천집』 권19, 〈副護軍望岳奉君墓碣銘 癸酉〉. 봉형은 본관은 하음(河陰) 자는 이백(而白), 호는 망악(望岳)이다. 현곡(玄谷) 조찬한(趙纘韓)에게 수학하고, 소은(素隱) 신천익(慎天翊) 형제 및 천파(天坡) 오숙(吳翻) 등과 동문수학하여 매우 친하게 지냈다.

14 오핵, 『백천당유고』 권1, 〈洪川泛波亭〉: 訪友尋仙不覺勞, 仙區作宰是同袍, 來從嶺路千重險, 共對闌干百尺高, 詩得九秋披錦繡, 筆隨三峽倒波濤, 當年白鶴傳奇事, 江上青山一羽毛.

15 오핵, 『백천당유고』 권1, 〈簡寄金修撰一正佐明安邊謫所〉: 鐵嶺盤空雪色橫, 音書寂寞斷人行, 鳳城明月迢迢夢, 鶴浦寒波夜夜聲, 賦鵩君今同賈誼, 沈痾我亦似長卿, 窓梅近臘垂垂發, 折寄關雲淚欲傾.

16 오핵, 『백천당유고』 권1 〈示金伯玉始振〉: 金玉平生友, 風流似謫仙, 紅塵半世別, 青眼一樽前, 駟騎催長道, 秋蟬閙晚筵, 臨分戒行李, 江漢水連天. / 〈又〉翩翩駟騎遠來遊, 一代騷壇最勝流, 樽酒不妨連夜飲, 行臺何惜片時留, 青

그러나 현재 전하는 오핵의 문집에는 시문이 많이 남아있지 않아서 그의 교유 관계를 자세하게 파악하기는 어렵다. 안타까운 것은 최일과 김좌명, 김시진의 경우도 문집이 전하지 않는다. 따라서 오핵이 남긴 몇몇 작품 속에서 그의 교유관계를 유추해 볼 뿐이다.

남용익(南龍翼 1628~1692)은 오핵보다 13살 아래였다. 오핵의 문집 속에는 남용익과 교유관계는 보이지 않는다. 남용익은 〈사헌부지평오공묘갈명(司憲府持平吳公墓碣銘)〉에서 오핵이 사부(詞賦)를 좋아했고, 이를 통해 망년우를 맺었던 사실을 적었다.[17] 남용익이 백봉 오상의 묘갈명도 써 주었던 점을 미루어 본다면, 오핵의 집안과 매우 가까웠던 사실을 알 수 있다.[18]

3. 『백천당유고』의 간행과 권별 내용

현재 전하는 『백천당유고』는 모두 건곤(乾坤)으로 구성된 4권 2책본이다. 1727년(영조 3) 12월에 쓴 이재(李縡)의 서문이 맨 앞에 있고, 목록은 없다. 문집의 1책 건(乾)의 1권에는 이재의 서문과 1644년(인조22) 오핵이 30세에 지었던 시로부터 1653년(효종 4) 39세의 나이로 죽기 전까지 지은 한시 작품이 수록되어 있다. 1권 중간에 「보유(補遺)」가 들어간 점을 고려한다면, 처음 가장초고(家藏草稿)가 만들어진 후 집에서 보관되어 오다가 1727년에야 비로소 간행된 것으로 보인다. 1권 말미에는 1633년(인조 11) 초시 답안인 〈봉황비오동불서부(鳳凰非梧桐不棲賦)〉와 1646년(인조 24) 32세 때 정시의 답안 〈민유수부(民猶水賦)〉가 함께 수록되어 있다.

이재의 서문에서는 그의 시문이 여러 편이 된다고 하였지만, 현재 문집 속에 전하는 시는 90제 94수로 그가 서른 살부터 서른아홉의 나이로 죽을 때까지 지은 작품만 남아 있다. 시체별로 보면 칠언율시가 50수로 가장 많고, 그 다음이 칠언절구로 24수가 된다. 오언율시는 15

山水急前橋路, 碧樹秋生古寺樓, 可耐今朝分散後, 秦雲西望思悠悠./<簡寄稷山宰金伯玉>：如何困簿領, 寥落送春秋, 試向滄洲上, 須看白鳥浮, 高才元驥足, 當代是魚頭, 莫說胡床興, 催修五鳳樓.

17 남용익, 『호곡집』 권18, <司憲府持平吳公墓碣銘>：余旦游場屋, 聞僚友論當今善詞賦者, 指必爲首陽吳公先屈, 余固心艶之. 無何而公果大鳴, 余亦追躡後塵, 始爲忘年交, 相得甚驩也.

18 남용익, 『호곡집』 권18, <司僕主簿吳公墓碣銘>

수, 오언절구는 3수, 고시 2수가 있다. 그리고 1권 마지막에 애사(哀辭) 1편이 있다.

건(乾) 2권에는 1649년(효종 즉위년)부터 작성했던 계사(啓辭) 18편과 상소(上疏) 3편이 수록되어 있고, 부록으로 계사첩에 대한 종증손 오원(吳瑗)의 발문이 첨부되어 있다. 이를 통해 오핵의 인품과 강직했던 모습을 살필 수 있다.

2책 곤(坤) 3권에는 오핵이 지은 산문이 수록되어 있다. 묘지 1편(〈선고 증숭정대부 의정부좌찬성 겸판의금부사 행통훈대부 종친부전부 부군 묘지명 병서(先考 贈崇政大夫 議政府左贊成 兼判義禁府事 行通訓大夫 宗親府典簿 府君墓誌銘幷序)〉), 발문 1편(〈한유천집발(韓柳川集跋)〉), 기문 2편(〈정동명두경삼신산기(鄭東溟斗卿三神山記)〉, 〈천덕산기(天德山記)〉), 제문 1편(〈제계곡장선생유문(祭谿谷張先生維文)〉), 변설 2편(〈심의변(深衣辨)〉, 〈복건도설(幅巾圖說)〉), 전 1편(〈삼학사전(三學士傳)〉), 의주문 1편(〈의평요주문(擬平遼奏文)〉), 연보 1편(〈천파공연보(天坡公年譜)〉), 마지막으로 1635년(인조 13) 별시 초시에서 장원을 차지했던 책문 〈을해별시초시괴책(乙亥別試初試魁策)〉이 수록되어 있다.

오핵의 예학사상을 살펴볼 수 있는 글은 〈심의변(深衣辨)〉, 〈복건도설(幅巾圖說)〉 두 편이 있다. 『예기(禮記)』의 편명이기도 한 '심의(深衣)'에 대한 글은 오핵의 학문이 지향하는 바를 살필 수 있는 중요한 글이기도 하다. 〈삼학사전(三學士傳)〉과 〈의평요주문(擬平遼奏文)〉은 당대 문인들에게 많이 읽혔던 글로 오핵에 대해 높은 평가를 해준 작품이다.

마지막 곤(坤) 4권은 부록으로 이재가 찬한 〈묘갈명〉과 정두경의 〈묘표〉, 남용익의 〈묘지명〉, 아들 오두룡(吳斗龍)이 쓴 〈가장(家狀)〉과 오면주(吳冕周, 1667~?)가 쓴 〈유사(遺事)〉가 있어 오핵의 생애를 자세하게 고구할 수 있다. 그 뒤에는 백헌(白軒) 이경석(李景奭, 1595~1671), 화곡(華谷) 이경억(李慶億, 1620~1673), 만암(晚庵) 이상진(李尙眞, 1614~1690), 묵호(默好) 이경휘(李慶徽, 1617~1669), 지포(芝浦) 곽지흠(郭之欽, 1601~1666), 익암(益菴) 정만화(鄭萬和, 1614~1669), 최일, 윤동우(尹東羽), 오두인의 〈제문〉이 수록되어 있다. 그리고 송준길(宋浚吉), 조귀석(趙龜錫), 안풍군(安豐君) 김득신(金得臣), 홍처대(洪處大), 이단상(李端相)의 〈만사〉가 있다. 당대 뛰어난 문인들의 만사와 제문을 통해 오핵이 사대부 사이에 명망이 있었음을 알 수 있다. 마지막으로 종증손 오원이 쓴 〈발문〉과 파평 윤봉구(尹鳳九 1683~1767)가 쓴 〈발문〉이 수록되어 있다.

오핵의 생애와 관련지어 문집에 실린 작품을 연표로 정리하면 다음과 같다.

서기	왕력	간지	나이	연 혁	해당작품
1615	광해 7	을묘	1	2월20일 한양 용산에서 태어나다	
1624	인조 2	갑자	10	둔암자(芚庵子) 송연(宋淵)에게 나아가 『사기(史記)』를 배우다	
1628	인조 6	무진	14	부친상을 당하다. ○ 큰형 오숙에게 수학하다.	
1633	인조11	계유	19	진사 감시(監試) 초시에 장원을 차지하다 ○ 성균관 유생이 되다 ○ 10월 29일 큰형 오숙을 곡하다	<鳳凰非梧桐不棲賦>
1635	인조13	을해	21	한성시에서 장원을 차지하다	<乙亥別試初試魁策>
1636	인조14	병자	22	병자호란이 일어나다	
1637	인조15	정축	23	<삼학사전>을 짓다	<三學士傳>
1638	인조16	무인	24	4월 30일 스승 장유를 곡하다	<祭谿谷張先生維文>
1639	인조17	기묘	25	한백겸의 문집 발문을 쓰다	<韓柳川集跋>, <鄭東溟斗卿三神山記>, <天德山記>
1640	인조18	임진	26	<의평요주문>을 쓰다	<深衣辨>, <幅巾圖說>, <擬平遼奏文>
1644	인조22	갑신	30		<春帖>, <九萬里訪尹勉甫堨>, <簡寄尹勉甫>, <送仲氏向京>
1645	인조23	을유	31	임숙영의 『소암집』을 읽다	<霽後登東峯觀漲>, <東亭荷珠>, <次聽雨亭板上韻>, <次叔兄韻>, <萬義寺贈崔慕言李而擊兩友>, <詠梅>, <看任踈菴集>
1646	인조24	병술	32	정시에 장원을 차지하다 ○ 큰형 오숙의 문집이 간행되다 ○ 둘째 형의 임소 진주를 다녀오다 ○ 성균관 전적에 임명되다	<天坡公年譜>/ <民猶水賦> <晉州碧梧堂序> / <過扶桑驛望金烏山城>, <雙溪洞吟一絶以結後期>, <曉出石門>, <紅流洞贈守初師>, <過晉陽大雅川到蟾江>, <感興>
1647	인조25	정해	33	병조 좌랑, 사간원 정언, 예조 좌랑에 임명되다	<騎省次姜承宣韻>, <慕華館迎北客 動駕時以兵郞陪徒>
1648	인조26	무자	34	사간원 정언으로 김자점(金自點)을 논핵하다	<東樓>, <觀野口號>, <流頭竹閣偶題>, <憶崔逸之逸>, <東樓漫詠>, <野亭>, <林亭>

서기	왕력	간지	나이	연　혁	해당작품
1649	인조27	기축	35	5월 8일 인조가 승하하다 ○ 효종이 즉위하다. ○ 인조 실록청 낭청 겸 춘추관 기주관에 차임되다	\<元日\>, \<送別仲舅李公幼洙井邑之行\>, \<敬次季舅李朔寧公幼泗韻\>, \<聖上卽祚後志感\>, \<仁祖大王挽詞\>, \<吳校理達濟大夫人挽\>, \<簡寄稷山宰金伯玉\>, \<次李東岳安訥贈顧天使韻\>, \<次叔兄韻\>
1650	효종 1	경인	36	사간원 정언에 제수되었다가 병조 정랑으로 옮겼다 ○ 세자시강원 사서가 되다 ○개성부터 평양까지 유람하다. ○둘째 형 오빈 아산으로 유배되다.	\<光教東嶺\>, \<過沙斤川\>, \<爲送趙判書絅之行追到碧蹄行已遠矣\>, \<開城府次權石洲驛韻\>, \<銅城\>, \<平壤\>, \<送義順北行\>, \<擬別\>, \<詠東樓壁畵\>, \<偶題\>, \<簡寄金修撰一正佐明安邊謫所\>, \<過長湍東坡驛\>, \<黃州望辰樓, 次伯氏天坡公韻\>, \<箕城\>
1651	효종 2	신묘	37	인조실록청 도청으로 승진하다	\<寒食到靜樂菴, 次朴子賢景行韻\>, \<又次朴子賢韻\>, \<聞徐內翰必遠向江華 過城西 追及靑坡\>, \<春坊述懷, 奉呈叔兄東樓\>, \<次舍姪元徵斗寅韻, 却寄嶺南佐幕\>, \<送別崔逸之洪川之行\>, \<李錫爾慶億耽羅御史別席\>, \<素沙店舍問濟州御史李錫爾之行則時未過矣遂成一絶託店人留呈\>, \<牙山偶吟仲氏謫所\>, \<東亭漫興\>, \<再送仲兄牙山謫行\>, \<承召述懷\>
1652	효종 3	임진	38	사헌부 지평에 임명되다 ○둘째 형 오빈이 아산에서 연안으로 적소를 옮기다 ○ 금강산을 유람하다 ○ 둘째 형 오빈이 해서로 적소를 옮기다.	\<到仲兄謫中留別\>, \<寄呈仲兄延安謫中\>, \<板橋\>, \<縣川\>, \<長生峴夜雨\>, \<洪川泛波亭\>, \<次板上一松沈相公喜壽韻\>, \<次板上李白洲明漢韻\>, \<麟蹄縣舍次成虛白堂俔韻\>, \<通川途中\>, \<通川棧道\>, \<三峴嶺\>, \<三日浦次白洲韻\>, \<次白軒李相公景奭韻\>, \<贈諶上人\>, \<楸池嶺\>, \<臘月庚申日仲氏謫海西故苐五云\>, \<水原客舍\>, \<燈夕賜詩\>, \<泛波亭泛舟\>, \<高城海山亭\>
1653	효종 4	계사	39	2월 돌아가신 아버지의 묘표를 짓다 ○3월 사헌부 지평에 임명되다 ○시무팔조목을 올리고 사직하다 ○ 9월에 다시 사헌부 지평에 임명되다 ○12월 21일 졸하다	\<先考, 贈崇政大夫 議政府左贊成 兼判義禁府事 行通訓大夫 宗親府典簿 府君墓誌銘幷序\>/\<春\>, \<馬上逢寒食\>, \<送別李一卿廷燕恩山之行\>, \<附次韻 李大司憲廷燕\>, \<洗草宴次白軒相公韻\>, \<示金伯玉始振\>, \<贈守仁師\>, \<次石室僧軸韻\>
1727	영조 3	정미		손자 오면주(吳冕周)가 문집을 편찬하다	

百千堂遺稿序

百千堂遺稿序

百千公詩文揽若

千編其孫晃周屬

余序余嘗因先輩

緒论中公襟懷暎酒

冰姝孝人物觀於

是盖後公諱聯天

披公之筆吳氏自天

披口如蔚為詞稿家

公又大鳴以文取觀

科如摘髭願名自

吳盖用功瀛海諸

書立朝七八年功

持清議无友及諸

然帰興至緒祥佳

山水无一點塵俗

氣放其文以如之

随意闔冩而氣格

清健洋洋逼古若

良玉不琢而光色

烨然也即是而求
之其人姿品已高矣
惜乎天不假以年
使事業文章都
草之未了又玉其
少時所任傳奏邸
篇院直此晥实為
下泉遺恩召之吏
夫不知君此羲久
矣如公者何慶起

柬余為之梅卷三
嘆不能已豈此裏
者其意興後之觀
者其無或少之也
崇禎後冊丁未腊
月既望三妳李繹

序

百千堂遺稿序

百千公詩文摠若干編, 其孫冕周屬余序. 余嘗因先輩緒論, 聞公襟懷脫洒, 非叔季人物, 觀於是益信. 公諱𩏩, 天坡公之弟. 吳氏自天坡公始蔚爲詞翰家, 公又大鳴以文, 取巍科如摘髭. 顧不以自足, 益用力濂洛諸書. 立朝七八年, 力持淸議. 無官便浩然歸, 興至徜徉佳山水, 無一點塵俗氣. 故其文亦如之, 隨意陶寫, 而氣格淸健, 往往逼古, 若良玉不琢, 而光色燁然也. 卽是而求之, 其人姿品已高矣. 惜乎! 天不假以年, 使事業文章, 都草草未了也. 至其少時所作傳奏數篇, 忼直悲惋, 實有下泉遺思. 今之士大夫, 不知有此義, 久矣, 如公者何處起來. 余爲之撫卷, 三嘆不能已, 豈亦衰世之意與! 後之觀者, 其無或少之也.

崇禎後再丁未臘三州李縡

백천당유고(百千堂遺稿) 서문(序文)

백천공(百千公)의 시문(詩文)이 몇 편(編) 있는데, 그의 손자 면주(冕周)가 나에게 문집의 서문을 부탁하였다. 내가 일찍이 선배들의 말씀을 통해 '백천공은 흉금이 깨끗하고 초탈하여 말세의 인물이 아니다.'라고 들었는데, 공의 시문을 보고 이러함을 더욱 믿게 되었다. 공의 휘는 핵(𩏩)[1]으로 천파공(天坡公)[2]의 아우이다. 오씨 집안은 천파공으로부터 처음으로 우뚝하게 문장가의 집안이 되었는데, 공 또한 문장으로 크게 이름이 나 대과에 장원급제하기를 수염을 뽑듯이 쉽게 하였다. 그러나 공은 돌이켜 스스로 부족하다고 여기고 염락(濂洛)[3]의 여

---

1 오핵(吳翮, 1615~1653) : 조선 중기의 문신. 본관은 해주(海州)이고, 자는 일소(逸少), 호는 백천당(百千堂)이다. 14살에 아버지를 여의고 큰 형 오숙(吳翻)에게서 공부하였고, 장유(張維)의 문하에서 수학하였다. 1646년(인조 24)에 정시문과에 장원으로 급제하여 전적·병조좌랑·정언 등을 역임하였다. 1650년(효종 1) 사서(司書)로 기사관을 겸하여 『인조실록』의 편찬에 참여하였다. 저서로는 『척화삼신전(斥和三臣傳)』·『만세감(萬世鑑)』4권·『백천당유고』 등이 있다. (『한국민족대백과』 <오핵(吳翻)> 조 참고)
2 천파공(天坡公) : 오숙(吳翻, 1592~1634)으로, '천파'는 그의 호이다. 조선 중기 문신이다. 본관은 해주(海州)이고, 자는 숙우(肅羽)이다. 1612년(광해군 4)에 진사로 증광문과에 병과로 급제하였다. 광해군 때 병조좌랑 등을 지냈으며 인조반정 뒤, 정언·교리를 지냈다. 이괄의 난 때 왕을 호종한 공으로 병조참지가 되었으며 황해도 관찰사로 가도(假島)의 분쟁을 수습하기도 하였다. 문집 『천파집(天坡集)』(4권)이 있다. (두산대백과 <오숙(吳翻)> 조 참고)
3 염락(濂洛) : '염락'은 송(宋)나라 때 학자인 주돈이(周敦頤)와 정호(程顥)·정이(程頤)를 대표하여 부르는 말로, 이들이 살던 지역 명칭이 각각 염계(濂溪)와 낙양(洛陽)인 데서 유래하였다. 전하여 성리학(性理學)에 밝은 학

러 책들에 더욱 힘을 쏟았다. 조정에서 벼슬한 칠팔년 동안 맑고 곧은 의논을 굳게 지켰다. 관직을 마침에는 호탕하게 낙향하였고, 흥이 이르면 아름다운 산수를 거닐었는데 한 점의 속기도 없었다. 그러므로 그의 글 또한 이와 같아 마음 가는 바대로 쏟아냄에 그 기격(氣格)이 맑고 웅건하고 종종 고문(古文)에 핍진하였는데, 마치 좋은 옥이 다듬지도 않았는데 광채가 찬란한 것과 같았다. 이러한 공의 글에서 찾으면 공의 타고난 자질이 이미 높았던 것을 알 수 있다. 애석하다! 하늘이 공에게 수명을 더 주지 않아 공의 사업과 문장이 모두 거친 상태로 남고 완전히 끝나지 못했다. 젊을 때 지은 전(傳)·주(奏) 몇 편의 글은 그 곧고 강개하며 비분해 하는 심정이 실로 나라의 쇠망을 걱정하는 『시경』〈하천(下泉)〉[4]에 시의 뜻이 있었다. 지금의 사대부는 이러한 의리가 있음을 모른지 오래되었는데, 공과 같은 사람이 어디에서 비롯하였겠는가? 내가 공을 생각 하며 책을 어루만지며 거듭 탄식함을 그칠 수 없는데, 어찌 이 또한 쇠퇴한 세상을 근심하는 뜻이 아니겠는가! 훗날 이 책을 보는 사람은 혹 작게 여기지 말지어다.

숭정(崇禎) 후 두 번째 정미년(1727년 영조 3년) 음력 섣달 16일, 삼주(三州) 이재(李縡)가 서문을 쓰다.

자들이 많은 지역을 가리키거나 성리학을 지칭하기도 한다.(한국고전용어사전, 2001. 3. 30., 세종대왕기념사업회)
4 하천(下泉) : 『시경(詩經)』의 편명으로 현인이 국가의 쇠망을 걱정하는 내용이다.

百千堂遺稿 卷一

詩시

1 春帖_甲申

滿目靑陽動柳枝	눈 가득 봄빛 버들가지에 흔들리고
碧桃花下醉金巵	복사꽃 아래 금 술잔에 취하네
千年宗社重興日	천 년 종사가 중흥하는 날이며
萬里乾坤再造時	만 리 세상이 새로 조성되는 시기이네
東海君臣歌帝力	동해의 군신은 제왕의 힘을 노래하고
三韓父老望龍旗	삼한의 부로들 천자의 깃발 바라보네
山人拜獻平遼頌	산중 사람 평요송(平遼頌)을 절하며 올리고
浩蕩春風閑着碁	호탕한 봄바람에 한가로이 바둑을 두네

2 九萬里訪尹勉甫[堪]

구만리(九萬里)에 사는 면보(勉甫) 윤감(尹堪)을 찾아가다

灑落淸風孰起予	시원하고 맑은 기풍 누가 나를 일으킬까
好隨溪友訪幽居	산수의 벗과 어울리고자 은거의 거처를 찾았네
百年第宅黃丞相	백년 저택의 황 승상과 같고
三載下帷董仲舒	삼 년 휘장 드리웠던 동중서[1]라네
草接鼈山流水遠	들은 멀리 오산(鼈山)의 흐르는 물과 접했고
雨過龍嶽夕陽疎	비는 저녁 용악(龍嶽)을 지나며 잦아드네
靑槐碧柳南湖上	푸른 홰나무와 버드나무 남쪽 강가 자라는데
相對論文勝讀書	마주하여 글을 논하니 독서보다 낫도다

---

1 삼 년……동중서 : 삼 년 동안 휘장을 드리우고 학업에 전념했던 한나라 동중서에 상대방을 비긴 말이다.

3 簡寄尹勉甫　　　　윤면보에게 편지를 부치다

荷香再再水生紋	연꽃 향기 거듭거듭 수면 위에 어리는데
病裏相思不見君	병중에 그대를 그리워하나 보지 못하네
咫尺郊扉還萬里	지척 간의 교외인데 만 리 밖에 있는 듯
隔簾山雨更紛紛	주렴 너머 산비가 다시 분분히 내리네

4 送仲氏向京　　　　서울로 가는 둘째 형을 배웅하다

曾向紅塵鬢欲斑	일찍 속세로 나가 귀밑머리 세려 하지만
好將碁酒辦淸歡	바둑과 술을 즐겨 즐거운 자리 마련했네
庭邊已綠濂溪草	뜰 가엔 염계의 풀[2]이 이미 푸르고
窓裏全低謝眺山	창 가득 사조의 산[3]이 낮게 놓였네
人去晴雲江上路	맑은 구름 강가 길로 사람이 떠나는데
別來長笛月明欄	밝은 달 난간으로 퉁소의 이별가락 들려 오네
書回莫及朝家說	답서엔 조정의 일 언급하지 마시고
平地波瀾付等閑	평지파란을 등한시 하시기를

---

2 염계의 풀: 뽑아내지 않고 방치해 둬서 우거진 풀을 말한다. '염계(濂溪)'는 주돈이(周敦頤)의 호이다. 주돈이는 뜰에 자라는 풀을 뽑지 않고 풀이 자라는 것을 즐겁게 관찰하였다고 한다.

3 사조의 산: 집 주위의 멋진 산 경치를 말한다. 사조(謝眺)는 남조(南朝) 때 사람으로 문장이 맑고 고우며 초서(草書)와 예서(隸書)를 잘 쓰고 5언시를 특히 잘 지었는데, 삼산(三山)에 올라 경읍(京邑)을 바라보고 지은 시는 너무도 훌륭하여 심약(沈約)이 일찍이 300년 내로 이런 시를 지은 이가 없다고 칭찬하였다는 고사가 있다. 또한 권근의 『양촌집』 「남행록」 <용궁 객사 판상시(龍宮客舍板上詩)>의 운을 차한다.[次龍宮客舍板上詩韻]>의 함련에 "窓外群峯謝眺山"라는 시구가 있다.

5 霽後登東峯觀漲_乙酉
날이 갠 후 동봉(東峯)에 올라가 불어난 강물을 바라보다_을유년(1645년 인조 23)

碧洞雲深長薜蘿	푸른 골짝 구름 깊은 곳 덩굴 치렁대는데
一筇乘興上嵯峨	대지팡이 짚고 흥에 겨워 험한 산을 오르네
向來霖雨連三日	요사이 장맛비 삼 일을 연이어
無限平蕪散九河	들판으로 끝없이 아홉 갈래 흩어지네
急浪過時靑草沒	세찬 물줄기 흘러가 푸른 풀들 잠기고
輕鷗飛盡夕陽多	가벼운 갈매기 짙어지는 노을 속에 사라지네
東南霽後山如畵	동남으로 개기 시작하자 산세 그림 같으니
高視乾坤發浩謌	천지를 일망하며 호탕한 노래 부르네

6 東亭荷珠
동정의 연잎 구슬

平雲漠漠匝平蕪	평평히 내려앉은 안개 평원에 깔렸는데
山入蒼茫水墨圖	산은 아스라이 수묵화를 이루네
高閣捲簾終日雨	발 걷은 높은 누각엔 종일 비가 내리는데
綠荷風動散明珠	초록 연잎 흔들리며 흰 구슬을 뿌리네

7 次聽雨亭板上韻
청우정(聽雨亭) 현판 시에 차운하다

秋早梧桐葉落遲	이른 가을 오동잎 더디게 떨어지고
碧峯踈雨正絲絲	푸른 봉우리 성긴 비 줄기줄기 쏟아지네
荷花寂寞啼林鳥	연꽃 적막한 곳 새소리 들리는데
拭淚何人過此池	눈물 닦는 어느 누가 이 못을 지나나

8 次叔兄韻　　　　셋째 형님의 시에 차운하다

馬踏溪橋夜氣生	시내 다리 말 건너며 어둑해지는데
草間蟲語報秋聲	풀벌레 가을을 알리네
行吟已到沙門路	시 읊조리다 어느덧 사찰길인데
寺在雲邊一磬淸	구름 가의 사찰 풍경 소리 맑네

9 萬義寺贈崔慕言李而擎兩友
만의사(萬義寺)[4]에서 최모언(崔慕言), 이이경(李而擎) 두 벗에게 주다

三更蕭寺佛燈昏	한밤중의 절간에 불등이 어둑한데
佳客相逢又酒樽	좋은 벗을 만난데다 술 또한 마시네
強欲留君君不住	힘써 그대를 붙잡지만 그댄 머물지 않고
滿天風雪下山門	눈보라 가득한 중에 산문을 내려가네

10 詠梅　　　　매화

晴窓踈影一枝梅	맑은 창 성긴 그림자 매화 한 가지
點點瓊花次第開	점점이 옥 꽃잎 차례로 피었네
香滿草堂山月小	향내 가득한 초당에 작은 달 떠오르고
夜深來訪雪中廻	깊은 밤 찾아왔다 눈 속에 돌아가네

---

4 만의사(萬義寺) : 경기도 화성군 동탄면 중리 무봉산에 있는 절로 용주사(龍珠寺)의 말사이다. 통일 신라 시대
에 창건되었다고 전하나 정확한 창건 연대는 모른다. 조선 시대 뚜렷한 역사는 전하지 않으나 사명당 유정의
제자 선화(禪華)가 오랫동안 머물렀다는 기록이 있다. 그 뒤 우암 송시열 모의 이장지로 선정됨에 따라 1669
년(현종 10) 현 위치로 옮겼다고 한다.

11 過扶桑驛, 望金烏山城 _丙戌 時以新恩往仲氏晉州任所_

부상역(扶桑驛)[5]을 지나며 금오산성(金烏山城)[6]을 바라보다

_병술년(1646년 인조 24), 이때 급제하여 둘째 형님의 진주 임소로 갔다.

山似烏頭出半空	오두를 닮은 산이 하늘 위로 솟았으니
東南形勝比爲雄	동남의 형승 이곳이 으뜸이네.
登高試看乾坤大	높이 올라 천하를 일람하니
設險須知造化功	솟은 산 조물주의 공을 비로소 알겠네
粉堞譙樓橫落照	흰 성가퀴 초루에 저녁 햇살 빗기고
將壇危旆掣長風	장단의 높은 깃발 긴 바람을 잡네
島蠻且莫窺吾土	섬나라 오랑캐 다시 국토를 엿보지 못할 것이니
咫尺扶桑在眼中	지척의 부상이 눈 안에 있네

12 雙溪洞吟一絶, 以結後期

쌍계동(雙溪洞)[7]에서 절구 한 수를 읊어 훗날을 약속하다

佛日菴前響瘦筇	불일암(佛日菴)[8] 앞 지팡이 소리 울리고
雙溪寺裏聽踈鐘	쌍계사 안 성긴 종소리 퍼지네
他時倘作南遊客	다른 날 혹 남쪽지방을 유람한다면
擬上天王第一峯	천왕 제일봉에 올라봐야지

---

5 부상역(扶桑驛) : 지금의 김천시 남면 부상리에 있던 역으로 현재 부상초등학교 자리이다.
6 금오산성(金烏山城) : 경상북도 김천시 남면 오봉리 금오산(金烏山)에 위치한 고려 후기의 산성.
7 쌍계동(雙溪洞) : 경상남도 하동군 쪽 지리산 골짜기로 쌍계사(雙溪寺)로 유명하다.
8 불일암(佛日庵) : 경상남도 하동군 화개면 운수리에 있는 지리산 쌍계사 소속 암자로 예로부터 선승들이 즐겨 찾던 곳이다.

13 曉出石門　새벽에 석문(石門)을 나서다

古壑晴雷轉	옛 골짜기 우렛소리 구르고
叢篁曉鳥喧	대 숲에 새벽 새 지저귀네
依然石門路	의연히 석문을 나서다가
回首戀雲山	구름 낀 산 아련히 돌아보네

14 紅流洞贈守初師　홍류동(紅流洞)[9]을 읊어 선사에게 주다

暫憩紅流洞	잠시 홍류동에서 쉬다가
相逢薄暮時	해 질 무렵 서로 만났네
溪山無限意	산수의 무한한 뜻을
留贈守初師	선사에게 남겨 주네

15 過晉陽大雅川, 到蟾江
진양(晉陽) 대아천(大雅川)[10]을 지나 섬강(蟾江)[11]에 도착하다

名城樽酒別江樓	이름난 성 강루에서 술잔 들어 이별하고
度水穿雲賦遠遊	안개 뚫고 물길 가며 긴 유람 읊조리네
村舍竹靑留爽氣	대나무 푸른 촌사엔 상쾌한 기운 머물지만
驛亭梅落起閑愁	매화 떨어진 역사엔 수심이 일어나네
馬前巖石山深處	말 앞에 다가선 바위 산 깊은 곳
眼底滄溟地盡頭	눈 아래 깊은 물 땅이 다한 곳

9　홍류동(紅流洞) : 경상남도 합천군 가야면 구원리에 있으며, 해인사 근처를 지칭한다.
10　진양(晉陽) 대아천(大雅川) : 진양은 진주(晉州)의 고호이다.
11　섬강(蟾江) : 강원도 횡성군과 원주시를 지나 남서쪽으로 흐르는 강으로 강의 하류에 두꺼비 모양의 바위가 있어서 두꺼비 섬(蟾)자를 사용해서 섬강이라고 불린다.

月入蟾江澄一帶　　섬강에 들어간 달 한 줄기 맑은데

夜來淸興滿漁舟　　밤 깊어 맑은 흥 어주에 가득하네

16 騎省次姜承宣韻_丁亥 병조(兵曹)[12]에서 강승선(姜承宣)의 시에 차운하다_정해년(1646)

省中樽酒醉醺醺　　병부의 술자리 취기 올랐는데

咫尺蓬萊戴聖君　　지척의 봉래궁(蓬萊宮) 성군이 계시네

身鎖深嚴丹禁直　　깊고 엄한 궁궐[13]에 숙직으로 묶였는데

夢隨江海白鷗羣　　꿈결에 바다로 가 백구를 따랐네

吟邊御柳經新雨　　읊조리는 자리의 버들은 새 비를 맞았고

苑裏宮槐帶夕曛　　대궐의 회나무는 저녁 기운을 띠었네

未報國恩歸未得　　나라 은혜 갚지 못해 귀거래를 못하니

向來深恐北山文　　앞으로 북산문[14]이 몹시 두렵네

---

12 병조(兵曹) : 원문의 '기성(騎省)'은 병조(兵曹)의 별칭이다.

13 궁궐 : 원문의 '단금(丹禁)'은 붉은 빛깔로 아름답게 장식한 금원(禁苑)으로 궁궐을 지칭한다. 『수서(隋書)』「백관지(百官志)」에 "각각으로 갈라져 있는 단금에는 시위병(侍衛兵)이 좌우로 열지어 있다."라는 구절이 있다.

14 북산문(北山文) : 남조(南朝) 송(宋)의 공치규(孔稚珪)가 지은 <북산이문(北山移文)>을 말한다. 공치규와 함께 북산(北山)에서 함께 은자 생활을 하다가 변절을 하고 벼슬길에 나섰던 주옹(周顒)이 벼슬 생활을 마치고 북산으로 돌아오자 이를 못마땅하게 여긴 공치규가 북산 산신령의 이름을 가탁하여 신랄하게 풍자하면서 다시는 그를 산에 들어오지 못하게 쓴 작품이다. 여기선 벼슬하다 그만 두어도 돌아가 은거할 수 없을까 걱정한 것을 말하였다.

17 慕華館迎北客, 動駕時以兵郎陪從

모화관(慕華館)에서 사신을 영접함에 어가(御駕)의 병랑(兵郎)이 되어 호종하다

結束平明拂鐵衣	평명에 꾸려서 철릭을 떨치며
暫隨車駕出彤闈	어가를 따라 대궐을 나왔네
雲屯貔虎輦前士	구름은 연(輦) 앞 비호사에 머물고
日照蛟龍馬上旂	햇살은 말 위 교룡기에 비치네
自古兵家元有策	예부터 병가는 본래 책략이 있으니
卽今神筭豈無機	지금 신묘한 계책 어찌 전술이 없겠는가
東方雖小猶千乘	동방이 작지만 천승(千乘)의 나라이니
華館高秋灑淚歸	모화관 높은 가을 눈물 뿌리며 돌아가리

18 東樓_戊子

동루_무자년(1648년 인조 26)

高閣虛簷傍小溪	높은 누각 휑한 처마 작은 시내 곁에서
蔗漿茗飲更堪携	감주와 차를 다시 당겨 마시네
幽居地僻無人到	적막한 집 외진 곳 오는 사람 없이
古壑春歸有鳥啼	오랜 골짜기 찾아든 봄에 새들 지저귀네
窓外暗香梅欲吐	창밖의 매화 은은한 향기 토하고
池邊踈雨柳初低	못 가 버들 비 맞아 드리웠네
風烟正值淸明節	풍광은 바로 청명절을 맞았으니
試踏前橋細草萋	앞 다리 너머 답청놀이 가야지

19 觀野口號 들을 바라보며 읊다

縣前垂柳綠烟絲	현(縣) 앞 수양버들 푸른 실 드리웠고
白水晴沙一段奇	흰 물 맑은 모래 한 자락 빼어났네
立馬長郊芳草暮	말 세운 교외에 풀 위로 노을 지는데
片雲頭上又催詩	머리 위 조각구름 또 시를 재촉하네

20 流頭竹閣偶題 유두날 죽각(竹閣)에서 우연히 짓다

故園松栢轉蒼蒼	옛 정원 송백 푸르고 푸른데
向夕披襟坐石床	저물녘 옷깃 헤치고 석상에 앉았네
竹裏何須嚴僕射	대나무 숲에서 어찌 엄복야(嚴僕射)¹⁵를 바라리오
越中惟有孟襄陽	월중(越中)에¹⁶ 오직 맹양양(孟襄陽)¹⁷만 있네
流頭令節芙蓉國	유두날 좋은 명절이라 연꽃 무성하고
滿眼晴烟薜荔墻	눈 가득 맑은 안개 담쟁인 담장에 어렸네
潦水滿郊飜作海	장마 물 교외 가득 바다를 이루니
虛無莫道少瀟湘	소상(瀟湘)보다 작다 하지 말지니

---

15 엄복야(嚴僕射) : 엄복야는 당나라 현종 때 성도를 다스리던 엄무(嚴武)를 말한다. 엄무는 안록산의 난을 피해 성도로 온 두보(杜甫)를 완화계(浣花溪)에서 살 수 있도록 도와주었다. 엄무가 술과 음식을 가지고 두보를 찾아갔을 때 지은 시에 "대나무 숲에선 옥쟁반을 씻어 음식 대접 한창이요, 꽃 옆엔 황금 안장 얹은 말들이 줄지어 서있다네.[竹裏行廚洗玉盤 花邊立馬簇金鞍]"라는 구절이 나온다. 『두소릉시집(杜少陵詩集)』권11, <엄공중하왕가초당겸휴주찬(嚴公仲夏枉駕草堂兼攜酒饌)>에 보인다.

16 월중(越中) 산수엔 : 『주자대전(朱子大典)』권36 <답진동보(答陳同甫)>에 보면, "무이산에서 노니는 즐거움을 말하면서 '월중의 산수는 기상이 광활하지 못하여 의사가 심원하지 못하니, 무이산도 그렇게까지 좋지는 않다.[越中山水氣象終是淺促, 意思不能深遠也, 武夷亦不至甚好.]'라 하였다"라는 구절이 보인다. 원문의 '월중'을 '월중의 산수'라는 의미로 보았다.

17 맹양양(孟襄陽) : 당나라 시인 맹호연(孟浩然, 689~740)을 가리킨다. 성당 때 왕유(王維)와 어깨를 겨룬 시인으로, 호북성 양양(襄陽) 출신이라 '맹양양'으로 불렸다. 일찍부터 녹문산(鹿門山)에 은거했다가 40세에 진사에 응시하였으나 급제하지 못하고 천하를 유람하였다. 전원과 산수 경치를 읊은 작품이 많다. 저서에 『맹호연집(孟浩然集)』4권이 있다. 『신당서(新唐書)』권203에 <맹호연열전(孟浩然列傳)>이 있다.

21 憶崔逸之逸　일지(逸之) 최일(崔逸)¹⁸을 추억하다

九龍峯影入簾櫳	구룡봉 그림자 주렴 난간으로 들어오는데
對此哦詩思不窮	이곳에서 함께 읊던 생각 끝이 없네
山郭晚蟬還寂寂	산곽엔 저녁 매미 조용한데
湖天微雨更濛濛	호숫가 가랑비 더욱 어둡네
千絲柳拂傷心碧	천 가닥 버들은 푸르게 상한 마음을 떨고
百日花舒滿眼紅	백일홍은 눈 안 가득 붉은 빛을 발하네
江北友人書斷絶	강북의 벗과 편지 끊어져
白雲回首看秋鴻	머리 돌려 흰 구름 속 가을 기러기 바라보네

22 東樓漫詠　동루에서 마음껏 짓다

千竿高竹蔭山亭	천 가지 높은 대나무 산 속 누정에 그늘 만들고
細細茶烟遶小屏	가늘게 오르는 차 연기는 작은 병풍을 두르네
淸洛夢歸雙闕曙	맑은 강 꿈결에 새벽 대궐로 흐르고
赤城雲過數峯靑	적성(赤城)¹⁹의 구름 푸른 여러 봉우리 지나네
臺舍雨氣花初艶	누대엔 비 기운 머금고 꽃이 막 염농한데
人帶泉聲酒易醒	샘 소리 둘러싼 사람은 술에서 쉬이 깨네
一臥田園驚歲晚	한 번 전원에 누운 것이 벌써 한 해가 늦은데
忽看桐葉下中庭	홀연 오동잎 뜰에 지는구나

---

18 최일(崔逸, 1614~1686) : 조선 중기 문신이다. 자는 일지(逸之), 호는 석헌(石軒), 본관은 화순(和順)이다. 벼슬은 외직으로 홍천 현감(洪川縣監)・장성 부사(長城府使)를 지내고, 내직으로는 지평(持平)・교리(校理)・우부승지(右副承旨) 등을 거쳐 병조・형조의 참판(參判)을 지냈다.

19 적성(赤城) : 진(晉) 나라 손작(孫綽)이 천태산(天台山) 자락인 적성산(赤城山)에 푯말을 세우고 은거 생활을 즐기면서 <수초부(遂初賦)>를 지었는데, 뒤에 벼슬하다가 환온(桓溫)의 뜻을 거슬려 반대 상소를 올리자, 환온이 불쾌하게 여기면서 말하기를 "그대는 어찌하여 수초부대로 살려 하지 않고 남의 국가에 대한 일을 간섭하는가.[何不尋君遂初賦 知人家國事邪]"라고 했던 고사가 전해 온다. 『진서(晉書)』 <손작전(孫綽傳)>에 보인다. 손작의 <천태산부(天台山賦)>에 "노을 지는 적성산에 푯말을 세웠지[赤城霞起而建標]"라는 시구가 있다.

23 元日_己丑 정월 초하루_기축년(1649, 인조 27)

原頭芽欲抽	들머리에 싹 움트려 하고
門外柳初蕚	문 밖 버들 생기 돌기 시작하네
天地三元日	천지 삼원일(三元日)[20]이라
山河萬里春	산하 만 리에 봄이 오네
感時來上墓	산소에 찾음에 감격스럽고
循俗好迎賓	풍속 따라 손님을 맞이하도다
痛飮盈樽酒	동이 가득한 술을 실컷 마시고
呼嵩望北宸	축수하며 궁궐을 바라보네

24 送別仲舅李公幼洙井邑之行
정읍(井邑)으로 가는 둘째 외숙[仲舅] 이유수(李幼洙)공을 배웅하면서

篤志義經上	주역 공부에 독실하게 뜻을 두시어
惺惺自作箴	늘 깨어 있으며 스스로 잠(箴)을 지으셨네
邑名還是井	고을 이름 또한 정(井)이라[21]
民事卽爲臨	곧장 민사(民事)에 임하실 것이네
素識黃离義	평소 황리의 뜻[22]을 아실 것이니
須看白賁心	부디 백비심[23]을 보소서

---

20 삼원일(三元日) : 연(年), 월(月), 일(日)의 시작인 정월 초하루를 가리킨다.

21 마을 ~ 정(井)이라 : 『주역』 정괘(井卦)의 아랫괘는 나무를 상징하는 손괘, 윗괘는 물을 상징하는 감괘라서 우물에서 샘물이 솟아나는 상이다. 우물이 오염되면 물을 마실 수 없어서 잘 관리해야만 한다. 사람도 욕심으로 오염되면 다른 사람에게 해를 끼치게 된다. 따라서 우물을 수리하듯이 몸과 마음을 수양하라는 수신(修身)의 뜻이 정괘에 들어 있다. 평소 이유수가 주역을 독실하게 공부하였는데, 정읍으로 발령하게 되자 정읍의 정(井)자가 주역 정괘라고 말한 것이다. 이를 통하여 이유수가 평소 수신(修身)에 힘쓴 것을 은유한 것이다.

22 황리의 뜻 : "황리(黃离)"는 중도를 얻어 크게 길하다는 황리 원길(黃离元吉)을 말한다. 『주역(周易)』 "이괘(離卦)"의 효사(爻辭)이다.

23 백비심 : "백비(白賁)"는 꾸미기를 질박하게 한다는 뜻으로, 비괘(賁卦) 상구(上九)에 보면 "꾸미기를 질박하게 하면 허물이 없다.[白賁无咎]"라고 하였다. 『논어』에서 "문(文 : 꾸며 놓은 외적인 형식)과 질(質 : 내적인 실

| 將行求別語 | 부임지로 떠나실 때 송별시를 구하기에 |
| 持此對公吟 | 이 시를 읊어 답합니다 |

25 又　　　　　또 짓다

南歸皂盖最恩榮	남쪽으로 가는 고관의 행차 가장 영광인데
無那今朝欲送行	오늘 아침 어찌 전송이 없을소냐
白首新篇何水部	백수에 지은 새 시는 하수부(何水部)[24]와 같고
靑山高興謝宣城	청산의 높은 흥은 사선성(謝宣城)[25]과 같네
江邊楊柳尊前恨	강가 버들은 술잔 앞의 이별 한이오
湖外梅花別後情	호수 밖 매화는 이별 후의 정감이라
忽漫相逢難去住	함부로 만났다간 가고 머물기도 어려우니
渭城三疊莫催聲	위성삼첩[26]을 재촉하지 말게나

26 敬次季舅李朔寧公幼泗韻
막내 외숙[季舅] 삭녕(朔寧) 이유사(李幼泗) 공의 시를 삼가 차운하다

| 荒藤古木蔭江間 | 우거진 오랜 등나무 그늘진 강가에 있고 |

질적 내용)이 조화를 이룬 뒤에 군자라고 할 수 있다.”고 한 것처럼 ‘문’과 ‘질’은 조화, 일치되어야 한다. 그러나 외적인 면을 꾸미는데 힘쓰다 보면 실질적인 내용이 손상될 위험이 있다. 그러므로 둘째 외숙에게 문과 질의 조화를 이루길 바란다고 한 것이다.

24 하수부(何水部) : 남조 양(梁)나라의 시인인 하손(何遜)으로, 그의 자는 중언(仲言)이다. 수조관(水曹官)을 지냈다. 그가 양주(楊州)에 있을 때 관청 뜰에 매화 한 그루가 있어서 매일같이 그 밑에서 시를 읊곤 하였는데, 그 후 낙양에 돌아갔다가 그 매화가 그리워서 다시 양주에 근무하기를 청하였다. 『梁書』卷49「列傳 何遜」

25 사선성(謝宣城) : 남제(南齊)의 시인 사조(謝朓)를 말한다. 일찍이 선성 태수(宣城太守)를 역임하였기에 사선성으로 불린다. 그의 저술로 『사선성집(謝宣城集)』이 전한다.

26 위성삼첩(渭城三疊) : 악곡의 이름으로 위성곡(渭城曲)을 반복해서 연주하기 때문에 이름한 것이다. 양관(陽關) 즉 돈황(燉煌)으로 떠나는 사람을 송별할 때 위성곡을 세 번 거듭해서 부르기 때문에 양관 삼첩곡(陽關三疊曲)이라고도 한다. 보통 이별을 슬퍼하는 노래로 쓰인다.

白鳥空庭吏隱閑	흰 새 앉은 빈 뜰에 하리로 한가로이 숨으셨네[27]
今夕開樽相憶處	오늘 저녁 술항아리 열어 그리워하는 곳에
九城初日照南山	구성(九城)의 막 떠오른 해 남산을 비추네

27 聖上卽祚後志感　임금께서 즉위[28]한 후의 감흥을 적다

晏駕蒼梧野	창오(蒼梧)의 들에서 붕어(崩御)하시니[29]
孤臣淚灑空	외론 신하 눈물만 허공에 흘릴 뿐
含哀歸北闕	슬픔 머금고 북궐(北闕)로 돌아가고
扶病入南宮	병든 몸 끌고 남궁(南宮)으로 들어가네
筋力趨階盡	힘은 계단을 오르기에 다했고
言辭辨禮窮	말씀은 예를 구별하기에 다했네
佇看新政日	새 정치 시작되는 날을 기대하노니
優暇及疲癃	넉넉함이 병자에게도 미치기를

28 仁祖大王挽詞　인조대왕 만사

宗社重光日	종묘사직이 다시 빛나는 날
龍飛癸亥春	즉위하신 계해(癸亥)년 봄

---

27 숨으셨네 : 원문의 "이은(吏隱)"은 낮은 벼슬에 몸을 숨기는 것으로, 낮은 관직에 몸 담아 은자(隱者)처럼 지내는 것을 말한다. 여기서 이유사가 삭녕 부사가 된 것을 말한 것이다.

28 인조가 1649년 5월 8일 창덕궁 대조전 동침에서 승하한 후, 5일 후 5월 13일 효종이 즉위하였다. 이 작품은 이때 지은 것이다. (『인조실록』 인조 27년(1649) 5월 8일조, 『효종실록』 즉위년(1649) 5월 13일조)

29 창오(蒼梧)의 ~ 붕어(崩御) 하시니 : '창오(蒼梧)의 들'은 순(舜) 임금이 남쪽으로 순행(巡行)하다가 승하하여 묻힌 곳이다. 『사기(史記)』 권1 「오제본기(五帝本紀)」에 보인다. 안가(晏駕)는 임금의 수레가 편히 쉬는 것으로, 인신하여 임금의 죽음을 형용하는 말이다. 『사기(史記)』 <범수전(范雎傳)>에 "궁거가 하루 아침에 편히 쉬게 되었으니 이것이 알 수 없는 일이다.[宮車一日晏駕, 是事之不可知者.]"라는 데서 유래되었다. 따라서 이 구절은 임금이 붕어한 것을 비유적으로 표현한 것이다.

明倫奉母后	인륜을 밝혀 모후(母后)를 받들고
撥亂濟生民	난을 다스려 백성들을 구제했습니다
千載風雲慶	천 년 풍운의 경사이며
三韓日月新	삼한의 일월이 새로워졌습니다
典章還井井	전장(典章)은 다시 정제되었고
文物更彬彬	문물(文物)이 다시 빛났습니다
側席求賢俊	곁에서 도울 어진 선비 구하시어
連茹起隱淪	숨어 있던 현인들 일으키셨습니다[30]
經筵勤講討	경연에서 성실히 토론하시고
治道務咨詢	치도를 힘써 물으셨습니다
至行神明感	지극한 행실 신명을 감동시켜
覃恩雨露均	우로(雨露)의 은택이 고루 적셨습니다
時危能轉禍	위급한 시기 능히 전화위복 하시니
天保利亨屯	하늘이 이롭고 형통하게 도왔습니다
歲惡頻蠲貸	흉년에 자주 조세를 면해주시고
兵罷要拊循	병란을 그치고 백성을 위무해주셨습니다
臨朝憂舛午	조정에서 정사가 어긋날까 근심하시어
秉教勉同寅	성왕의 가르침에 따라 화합에 힘쓰셨습니다
每念防虞計	매번 우환을 예방할 계책을 생각하시고
常思在莒辰	항상 곤경에 처했던 때를 생각하셨습니다[31]
淪亡驚震索	태자가 죽자 나라 안이 모두 놀랐을 때

---

30 숨어 있던……일으키셨습니다 : 원문 '연여(連茹)'는 '모여(茅茹)'의 뜻이다. 이익(李瀷)은 『성호사설(星湖僿說)』 권6 「만물문(萬物門)」 중 '죽여(竹茹)'를 설명하면서, 『주역(周易)』 '비괘(否卦)'와 '태괘(泰卦)'에 있는 '연여'를 인용하였다. 실제 『주역(周易)』 '비괘(否卦)' 초육(初六) 효(爻)와 '태괘(泰卦)' 초구(初九) 효(爻)에 다같이 "발모여(拔茅茹)"라는 구절이 있어 '연여'가 '모여'로 쓰인 것을 알 수 있다. 태괘(泰卦) 초구(初九)의 "서로 뒤엉켜 있는 잔디 뿌리를 뽑아 올리듯, 어진 사람들과 어울려서 함께 나아오니 길하다.[拔茅茹, 以其彙, 征吉.]"라는 구절에서 볼 수 있듯이, 이 시구에서도 '숨어 있던 현인들이 한꺼번에 나온 것'임을 드러낸 것이다.

31 항상 ~ 생각하셨습니다 : 원문의 "재거(在莒)"는 곤경에 처했던 지난날을 말한다. 춘추시대 제나라 공자 소백(小白)이 제나라 내란을 피해 거땅으로 망명했다가 제나라고 돌아와서 환공(桓公)이 되었다.

基緒託眞人	왕업의 통서를 참된 이에게 맡기어
精一勖華法	일심으로 국법을 이끌기를
丁寧命戒申	거듭 당부하시고 부탁하셨습니다
積憂常弗豫	쌓인 근심에 늘 불편해 하시다가
遘虐未經旬	심한 병으로 열흘도 못되어선
舜駕蒼梧野	순임금 어가가 창오의 들에서 멈추었고
軒弓鼎水濱	헌원씨 활이 정호(鼎湖)의 물가에 있었을 뿐이었습니다
悲號均率土	온 나라가 모두 슬피 울지만
哀痛結重宸	애통하게 중궁(中宮)을 이었습니다.
多績尊爲祖	많은 공업을 이루시어 '조(祖)'라 추존하고
如天諡曰仁	하늘같은 은덕으로 백성을 돌보시어 '인(仁)'이라 부릅니다.
寒笳催雨紼	차가운 호드기 소리 비 속 상여를 재촉하고
苦霧擁龍楯	짙은 안개는 용 방패를 감쌌습니다
玉色從今訣	옥 같은 용모 이제 영원히 헤어지니
玄臺不復晨	황천길이라 새벽은 다신 없습니다
無緣報恩遇	은덕을 갚고자 하나 갚을 길 없으니
泣血向秋旻	가을 하늘 바라보며 피눈물만 흘릴 뿐입니다

29 吳校理達濟大夫人挽 교리(校理) 오달제(吳達濟)[32]의 어머님 만사

八十年來痛喪明　여든에 자식을 잃었으니[33]

---

32 오달제(1609~1637) : 오달제는 조선 중기의 문신으로 삼학사 중 한 사람이다. 본관은 해주(海州)이며 자는 계휘(季輝), 호는 추담(秋潭)이다. 1627년(인조 5) 사마시(司馬試)에 합격, 1634년(인조 12) 26세에 별시 문과에 장원으로 급제하였으며, 이때 지은 책문이 무척 유명하였다. 전적(典籍)・병조좌랑・시강원사서(侍講院司書)・정언(正言)・지평(持平)・수찬(修撰)을 거쳐, 1636년에 부교리(副校理)가 되었다. 병자호란 때 남한산성에 들어가 청나라와의 화의를 끝까지 반대하였으며, 홍익한, 윤집과 함께 청나라로 잡혀가 심양 서문 밖에서 처형되었다.
33 자식 잃었으니 : 원문의 '상명(喪明)'은 '상명지통(喪明之痛)'의 준말로 서하(西河)에 살던 자하(子夏)가 자식을

人間忍說絶裾情	세상의 옷소매를 끊은[34] 정을 어찌 차마 말하리오
詩成憶母千秋恨	어머니를 그리워하는 시엔 천추의 한이 담겨 있고
義大尊周萬古名	존주(尊周) 큰 의리는 만고의 명분이라네
南陌倚閭天又暮	남쪽 두둑 마을 문에 기대어 기다리다 또 저무는데
上林歸鴈夢頻驚	상림으로 돌아가는 기러기 꿈에서조차 자주 놀라네
宗門敦厚平生慕	돈후한 일가의 분을 평소 사모했는데
哭送丹旋淚自傾	붉은 명정 통곡하며 보내니 눈물 절로 흐르네

30 光敎東嶺_庚寅   광교산(光敎山)[35] 동쪽 고개_경인년(1650 .효종 1)

侵晨踰嶺馬遲遲	새벽 고개 넘는데 말 걸음 더디고
虎豹深林處處疑	깊은 숲 보는 곳마다 호랑이 표범이 있는 듯
忽憶年前穿此峽	지난해 이 골짜기 지나갈 때 문득 생각나니
滿天風雨落花時	온 천지 비바람 불며 꽃 지던 때였지.

잃고 몹시 울다가 눈이 멀었다는 고사에서 자식을 잃은 슬픔을 말한다. 여기서 오달제를 잃은 슬픔을 가지고 시상을 열었다.

34 옷소매를 끊은[絶裾] : 진(晉) 나라 원제(元帝)가 처음 강좌(江左)를 지키고 있을 적에, 유곤(劉琨)이 병주(幷州)·기주(冀州)·유주(幽州) 등 세 주의 군사를 도독(都督)하고 하삭(河朔)에 있었다. 그래서 좌장사(左長史) 온교(溫嶠)로 하여금 표(表)를 받들고 강남(江南)에 가서 나오기를 권하게 하니, 온교가 명령을 받들기로 하였는데, 그의 어머니 최씨가 굳이 못 가게 붙잡으므로, 온교는 옷소매를 끊어버리고 갔다 한다. 『진서(晉書)』<온교전(溫嶠傳)>에 보인다. 여기서는 오달제가 어머니의 만류를 저버리고 청나라 심양으로 간 것을 비유한 것이다.

35 광교산(光敎山) : 경기도 용인시 수지구 고기동과 신봉동 그리고 수원시 장안구 상광교동에 걸쳐 있는 산이다. 본디 광악산(光嶽山)이었는데, 928년 왕건이 후백제의 견훤을 평정하고 광악산의 행궁에 머물면서 군사들을 위로하였다. 이때 산 봉우리로 부처의 광채가 솟아오르는 것을 보고 부처가 가르침을 내리는 산이라 하여 광교산으로 이름을 고쳤다고 전한다. 『용인읍지(龍仁邑誌)』에는 서봉산(瑞鳳山)으로 적혀 있다. 이중환(李重煥: 1690~1756)의 『택리지(擇里志)』에는 "광교산으로부터 북쪽으로 관악산(冠岳山)이 되고 똑바로 서쪽으로 수리산(修理山)이 되어서 서해로 들어간다"고 기록되어 있다. 『대동지지(大東地志)』에는 "현(縣) 북쪽 20리에 있는데 서봉사(瑞峯寺)가 있다"고 기록되어 있다.

31 過沙斤川 　　　　　사근천(沙斤川)[36]을 지나다

長程點點野雲低	긴 길 점점이 들판 곳곳에 구름 낮고
五老峯前春日西	오로봉(五老峰) 앞 봄날 저무네
行人睡罷欲將去	졸다 깬 행인은 길 떠나고자
驛路微風飛鳥啼	역로의 미풍 속에 새 울며 날아가네

32 爲送趙判書絧之行, 追到碧蹄, 行已遠矣
판서 조경(趙絧)[37]의 행차를 전송하기 위해 벽제관(碧蹄館)[38]까지 뒤쫓아 갔으나 이미 멀리 가고 없었다

西湖當日接慇懃	서호(西湖)에서 만난 당일 다정했었는데
惆悵邊城隔暮雲	슬프게도 변방 성은 저녁 구름에 막혔네
追至碧蹄人已遠	벽제관까지 뒤좇았으나 그댄 벌써 멀어져
落花空館雨紛紛	꽃 진 빈 공관엔 비만 부슬부슬 내리네

---

36 사근천(沙斤川) : 경기도 의왕시 고천리를 흐르는 하천 사그내의 한자표기이다. 사근천은 안양천(安陽川) 상류이다.

37 조경(趙絧 1586~1669) : 조선 중기 문신으로 호는 용주(龍洲)・주봉(柱峯)이다. 1636년(인조 14) 병자호란이 일어나자 사간으로 척화를 주장하였으며, 이듬해 청나라를 공격할 것을 상소하기도 하였다. 1650년(효종 1) 청나라가 척화신에 대한 처벌을 요구하였을 때 의주 백마산에 위리안치(圍籬安置)되었다. 이 작품은 이 시기에 지어진 작품으로 여겨진다.

38 벽제관(碧蹄館) : 조선 시대 경기도 고양시 벽제역에 설치되었던 객관이다. 조선시대 의주에서 한양까지인 의주대로 중 한양으로 들어오기 전에 묵던 곳으로, 특히 중국 사신이 한양으로 들어오기 전에 반드시 벽제관에서 하루를 묵어야 했다.

33 開城府次權石洲鞸韻　　개성부에서 석주(石洲) 권필(權鞸)[39]의 시에 차운하다

龍盤虎踞壯山河	용이 서리고 범이 웅크린 장엄한 산하
五百興亡感慨何	오백년 흥망성쇠 감개한 심정 어떠하리
滿月臺尋芳草綠	만월대(滿月臺)를 찾아 드니 풀 푸르고
紫霞洞入夕陽多	자하동(紫霞洞) 들어가니 노을이 가득하네
六朝流水王生恨	여섯 왕조 흐른 물엔 왕의 한 담겨있고
千古金陵李白謌	천 년 된 금릉엔 이백의 시 전하네[40]
荒城薄暮鐘聲遠	황폐한 성에 노을 지며 멀리서 종소리 들리는데
淚灑西風過槖駝	서풍에 눈물 뿌리며 탁타교[41]를 지나네

34 銅城　　　　　　　동성[42]

黃鳳中間大嶺橫	황주와 봉주 사이에[43] 큰 고개 가로질렀는데
嶺頭西望塞雲平	고개에서 서쪽 바라보니 변경에 구름 가득하네
千古銅城天作險	천 년 동성은 하늘이 만든 험지인데
將軍何事築長城	장군은 어찌 장성(長城)을 쌓았나

---

39 권필(權鞸 1569~1612) : 조선 중기의 시인이다. 본관은 안동(安東). 자는 여장(汝章), 호는 석주(石洲). 승지 권기(權祺)의 손자이며, 권벽(權擘)의 다섯째아들로 정철(鄭澈)의 문인이다. 1612년 김직재(金直哉)의 무옥(誣獄)에 연좌되어 해남으로 귀양 가다가 동대문 밖에서 행인들이 동정으로 주는 술을 폭음하고는 이튿날 44세로 죽었다. 문집 『석주집(石洲集)』과 한문소설 「주생전(周生傳)」이 전한다.

40 천 년 전 ~ 전하네 : 이백(李白)의 <등금릉봉황대(登金陵鳳凰臺)>라는 시가 전해진다. 여기서는 권필의 시가 전해지는 것을 말한 듯하다.

41 탁타교(槖駝橋) : 송도(개성) 보정문 안에 있는 다리이다. 거란이 수교의 뜻을 보이며 고려 태조에게 낙타 50 필을 보냈는데, 태조는 이를 거절하며 사신을 귀양보내고 낙타를 모두 이 다리에 묶어 굶어 죽게 하였다는 고사가 전한다.

42 동성(銅城) : 시의 내용으로 보면, 황해도 황주와 봉주 사이에 있던 정방산성(正方山城)을 말하는 듯하나 정확한 기록은 찾을 수 없다.

43 황주와 봉주 사이에 : 원문의 "황봉(黃鳳)"은 황해도의 황주(黃州)와 봉산군의 옛 이름인 봉주(鳳州)를 병칭하여 말한 것으로 보인다.

35 平壤　　　　　평양

塞鴻飛盡夕陽催	변방 기러기 스러지는 노을에 날아 사라지는데
千古興亡付酒盃	천 년 흥망성쇠를 술잔에 부치노라
秋草獨尋麟馬窟	가을 풀 덮인 기린굴(麒麟窟) 홀로 찾으니
烟波何處鳳凰臺	이내 낀 물결 속 봉황대(鳳凰臺) 어디인가
分留物色英雄過	풍경은 그대로인데 영웅은 떠나갔고[44]
判得江山宇宙來	세계 속으로 강산이 나뉘었네
莫道名區多絶響	명승의 소문 끊어진지 오래라 말하지 말게
金陵惟說翰林才	금릉(金陵)은 오직 한림의 재주라 말할 수 있다네[45]

36 送義順北行　　　　　북쪽으로 가는 의순공주(義順公主)[46]를 보내면서

河橋落日送王嬙	하교(河橋)[47]의 노을 속에 왕장(王嬙)[48]을 떠나보내니
玉塞迢迢萬里長	변방의 요새[49] 만 리 길 아득히 머네

---

44 경치만 남겨두고 영웅은 떠나갔고 : 영웅은 고구려의 시조인 동명왕(東明王)을 말한다. 동명왕은 기린굴에서 기린마를 타고 하늘로 올라갔다는 전설이 전해진다.

45 금릉(金陵)은 ~ 말할 수 있다네 : 금릉은 중국 춘추전국시대 초나라 도읍이었던 곳으로 당나라 때부터 금릉이라 불렸다. 현재 중국 남경(南京)의 옛 이름이자 별칭이다. 남조(南朝) 때 제(齊)나라 사조(謝朓)의 <고취곡(鼓吹曲)> 중에 "강남은 경치가 빼어난 지역이요, 금릉은 제왕의 지방이로다.[江南佳麗地, 金陵帝王州]"라는 명구가 있으며, 유우석(劉禹錫)이 백거이(白居易)의 집에서 여러 사람들과 함께 금릉 회고(金陵懷古)의 시를 짓기도 하였다. 또한 이백(李白)의 <등금릉봉황대(登金陵鳳凰臺)>도 유명하다. 이처럼 금릉은 많은 시인들의 시재로 많이 읊어져서 명성이 계속해서 전해졌다. 여기서도 평양의 이름이 전하는 것은 시인들의 작품 속에서 전해질 것이라는 의미이다.

46 의순공주(義順公主) : 금림군(錦林君) 이개윤(李愷胤)의 딸이다. 청나라 구왕이 우리나라와 혼인 맺기를 원하였으므로 이재윤의 딸을 공주로 삼아 보냈다. 1650년(효종1)에 청나라로 갔다가 1656년에 조선으로 돌아왔다. 1662년(현종3)에 죽었다.

47 하교(河橋) : 이별하는 장소로 곧잘 등장하는 시어(詩語)로 보통 하교 양류(河橋楊柳)로 많이 쓰인다. 여기서도 이별의 장소로 사용하였다.

48 왕장(王嬙) : 중국 4대 미녀 중 한 사람인 왕소군(王昭君)을 말한다. 한 원제(漢元帝)는 흉노(匈奴)를 위무(慰撫)하기 위해 궁녀였던 왕소군을 선우(單于)에게 시집보냈다.

49 변방의 요새 : 원문의 옥새(玉塞)는 중국 감숙성(甘肅省) 돈황(敦煌)에 있는 옥문관(玉門關)의 별칭이다. 여기서는 평안북도 의주(義州)를 가리킨 말이다.

二十嬋妍俱北去　스무 명의 아리따운 이들 모두 북으로 가니
琵琶一曲淚千行　비파 슬픈 곡조에 수천 줄기 눈물 떨구네

37 擬別　　　　이별에 대한 의작(擬作)

征馬蕭蕭道路長　긴 길 가는 말 씩씩 거리는데
傷心不忍看垂楊　아픈 마음 수양버들조차 바라볼 수 없네
離亭日落人將發　해 저무는 이별 정자를 장차 떠나려는데
一曲涼州淚數行　서글픈 이별 노래에[50] 몇 줄기 눈물만 흘리네

38 詠東樓壁畵　　동루의 벽화(壁畵)를 읊다

蒼松倒掛似虯形　푸른 소나무 거꾸로 걸린 규룡(虯龍)인 듯 구불거리고
碧石烟沙處處汀　푸르스름한 바위 이내 낀 백사장 곳곳에 있네
岸上踈篁吹颯颯　절벽 성긴 대밭엔 바람 소슬히 불며
樽前老樹影亭亭　술잔 앞 고목 그림자 우뚝하네
扁舟遠客如張翰　먼 길 가는 외로운 배 고향 가는 장한(張翰)[51]인 듯
一笛何人過洞庭　피리 불며 동정호(洞庭湖)[52] 지나는 사람 누구인가
造化此間尤絶代　이곳의 조화옹(造化翁)의 솜씨 더욱 빼어난데
更看天外數峯靑　다시 하늘 밖 서너 푸른 봉우리를 보네

---

50 서글픈 이별 노래에 : 원문의 "양주(涼州)"는 양주사(涼州詞)를 가리키는 듯하다. 양주사는 악부근대곡사(樂府
　近代曲辭) 중 하나로 이별을 노래한 곡이다.
51 장한(張翰) : 진(晉)나라 문인이다. 장한은 벼슬을 하던 중 가을바람이 불어오는 것을 보고는 고향인 오(吳)땅
　의 순챗국[蓴羹]과 농어회[鱸膾]가 생각나서 벼슬을 그만두고 바로 돌아갔다는 고사가 있다. 『진서(晉書)』 권
　92 「문원열전(文苑列傳)」 <장한전(張翰傳)>에 보인다.
52 동정호(洞庭湖) : 중국 호남성(湖南省) 북부에 있는 큰 호수로 양자강(揚子江) 남쪽 유역에 있다. 이 호수의 물
　은 악양(岳陽) 분근의 양자강으로 흘러간다. 이 호수의 악양루(岳陽樓)는 매우 유명한 고적이다.

39 偶題　　　　　우연히 짓다

蟬聲碧樹夕陽斜	노을 속 푸른 나무 위 매미 우는데
正是江南秋氣多	강남에 바로 가을 기운 많은 때이네
誰會故園清意味	누가 고향의 청신한 맛[53]을 알리오
竹樓香動滿塘荷	죽루(竹樓)에 연꽃 향기 가득한 것을

40 簡寄金修撰一正佐明安邊謫所
안변(安邊)[54] 귀양지로 가는 수찬(修撰) 일정(一正) 김좌명(金佐明)[55]에게 편지로 부치다

鐵嶺盤空雪色橫	철령(鐵嶺)[56]은 허공에 눈 덮여 가로질러 솟았는데
音書寂寞斷人行	소식 적막하고 인적도 끊어졌네
鳳城明月迢迢夢	봉성(鳳城)[57]의 밝은 달은 꿈에 아득하고
鶴浦寒波夜夜聲	학포(鶴浦)[58]의 찬 물결은 밤마다 울리네
賦鵬君今同賈誼	복조부(鵩鳥賦) 짓는 그댄 가의(賈誼)와 같고[59]

---

53 청신한 맛 : 원문의 '청의미(清意味)'는 소옹(邵雍)의 <맑은 밤에 읊조리다[清夜吟]>에 "달이 하늘 중심에 이르고 바람이 수면에 불어올 때, 이 청신한 맛, 짐작건대 아는 이가 적으리라.[月到天心處, 風來水面時. 一般清意味, 料得少人知.]"라는 구절에서 나왔다.

54 안변(安邊) : 강원도(북한) 안변군을 말한다. 신라 때는 비열홀이라고 했고, 고려 때는 등주라고 했다. 1018년 (현종 9)에 등주안변도호부로 개칭했다. 조선시대에는 현·도호부·진 등으로 개폐되다가 1895년(고종 32)에 군이 되었고, 1914년에는 학포군과 영풍군을 병합해 안변군이 되었다. 8·15해방 당시에는 안변면·안도면·배화면·서곡면·석왕사면·신고산면·신모면 등 7개면으로 구성되어 있었다. 1946년 9월에는 함경남도에서 강원도로 편입되었다.

55 김좌명(金佐明 1616~1671) : 조선 후기 문신이다. 본관은 청풍(清風). 자는 일정(一正), 호는 귀계(歸溪) 또는 귀천(歸川)이다. 김비(金棐)의 증손으로, 할아버지는 참봉 김흥우(金興宇)이고, 아버지는 영의정 김육(金堉)이며, 어머니는 윤급(尹汲)의 딸이다. 1648년 수찬(修撰)이 되었다가 안변(安邊)으로 귀양 갔다가 이듬해에 풀려났다.

56 철령(鐵嶺) : 강원도(북한) 고산군과 회양군 경계에 있는 고개이다. 고개를 중심으로 한 북부지방과 서울을 비롯한 중부지방을 잇는 교통로로 이용되었다.

57 봉성(鳳城) : 임금이 있는 도성을 말한다. 『사기(史記)』<봉선서(封禪書)>에 한 무제(漢武帝)가 세운 봉궐(鳳闕) 위에 구리로 만든 봉황이 있었다는 고사가 있다.

58 학포(鶴浦) : 함경도 안변도호부(安邊都護府)의 학포현(鶴浦縣)을 말한다.

59 복조부(鵩鳥賦) ~ 가의(賈誼)와 같고 : 전한(前漢) 가의(賈誼) 유배되어 장사왕(長沙王)의 태부(太傅)로 있을 때

沈痾我亦似長卿	고질 병 앓는 나 또한 장경(張卿)과 비슷하네
窓梅近臘垂垂發	창 밖 매화 납월이라 가지마다 피웠는데
折寄關雲淚欲傾	관문 구름에 꺾어 보내니 눈물만 쏟아지네

41 寒食到靜樂菴, 次朴子賢(景行)韻_辛卯
한식날 정락암(靜樂菴[60])에 도착하여 자현(子賢) 박경행(朴景行)의 시에 차운하다
__신묘년(1651 효종 2)

省墓淸明節	청명절(淸明節)에 성묘하니
悲懷豈有涯	슬픈 마음 어찌 끝이 있을까
風飄辛卯雪	올 초 내린 눈이 바람에 날리고
山未杜鵑花	산엔 아직 두견화 피지 않았네
盃酒辭隣舍	술로 이웃과 작별하고
淸齋向道家	깨끗한 집 도가로 향했네
偏憐介山子	유독 개산(介山[61])이 가련하니
東望起長嗟	동쪽 바라보며 길게 한숨짓네

[介山卽竹山別號.] 개산(介山)은 죽산(竹山)의 별호이다.

복조(鵩鳥)가 지붕 위에 날아와 모였다. 복조는 올빼미를 닮은 불길한 새로 당시 민간에 전하는 말로는 복조가 지붕에 앉으면 그 집 주인이 죽는다고 하였다. 이에 가의가 슬퍼하여 <복조부(鵩鳥賦)>를 지었다 한다. 『사기(史記)』 권84 <가생열전(賈生列傳)>에 보인다. 여기서는 장사에 유배되어 복조부를 지은 가의와 김좌명의 신세가 같다고 말한 것이다.

60 정낙암(靜樂菴): 오핵의 큰 형 오숙(吳翽)이 1625~1626년 즈음 귀거래하면서 천덕산(天德山)에 마련한 거처 중 하나이다. 천덕산은 경기도 안성시 북서쪽에 있다.

61 개산(介山): 문집 주석에 개산은 죽산(竹山)이라고 하였다. 죽산은 경기도 안성의 옛 지명이다. 본래 백제의 개차산(皆次山)이었는데 고구려의 장수왕이 이곳을 점령하여 개차산군으로 이름을 고쳤고, 신라 때 경덕왕이 개산군(介山郡)으로 바꿨다. 고려 초에 죽주(竹州)라 하였고, 성종 때 단련사를 두었으나 목종 때 폐하였다. 그 뒤 1018년(현종 9)광주(廣州)에 예속시켰다가 명종 때 감무를 두었다. 1226년(고종 13) 몽고군이 죽주성을 공략하였으나 방호별감(防護別監) 송문주(宋文胄)가 이를 격퇴하였다. 1413년(태종 13)죽산현으로 하여 현감을 두었으며, 1434년(세종 16)에는 충청도 소관에서 경기도로 이속시켰다. 1543년(중종 38) 도호부로 승격시켰으며, 그 뒤 1895년(고종 32)충주부 관할이 되었다가 다음해 경기도 죽산군이 되었다.

42 又次朴子賢韻　　또 자현(子賢) 박경행(朴景行)의 시에 차운하다

石上孤菴在	바위 위 외로운 암자 하나
松間一逕通	솔숲 사이 오솔길 한 줄 나 있네
僧居常寂寂	스님 머물고 있으나 늘 고요하니
禪法本空空	선법(禪法)은 본디 빈 것이라
白馬歸秦地	백마는 진(秦) 땅으로 돌아가나
靑山是越中	청산은 월(越) 땅이라
淸明好時節	청명절(淸明節) 좋은 때에
楊柳正東風	버들이 봄바람에 흔들리네

43 聞徐內翰必遠向江華過城西, 追及靑坡.

강화(江華)로 가는 내한(內翰) 서필원(徐必遠)[62]이 성 서쪽을 지난다는 말을 듣고 청파(靑坡)[63]까지 뒤쫓아 따라잡았다

聞道城西太史過	태사(太史)가 성 서쪽을 지난다는 말을 듣고선
忽忽躍馬度靑坡	부리나케 말을 달려 청파를 건넜네
靑坡驛路逢君語	청파 역로에서 그댈 만나 이야기 나누니
楊柳依依別意多	늘어진 버들가지 이별 한이 많구나

---

62 서필원(徐必遠 1614~1671) : 조선 후기 문신이다. 본관은 부여. 자는 재이(載邇), 호는 육곡(六谷)이다. 민생을 구휼하고 지방의 폐단을 개혁하기 위한 실질적인 사업을 많이 하였다. 왕에게 직언을 잘하기로 이름이 나서 그 시대 이상진(李尙眞) 등과 함께 오직(五直)이라 불렸다. 시호는 정헌(貞憲)이다. 저서로 『육곡유고(六谷遺稿)』가 전한다.

63 청파(靑坡) : 청파역(靑坡驛). 청파역은 고려 시대에는 청교도(靑郊道)의 역 가운데 양주 지역에 있으면서 파주·교하·김포·부평 등지를 연결하였고, 조선 시대에는 숭례문 밖 3리[1.2km] 지점[현재의 서울특별시 용산구 청파동 2가]에 있으면서 중앙의 병조(兵曹) 직속으로 서울과 삼남 지방을 연결하였다.

44 春坊述懷, 奉呈叔兄東樓
춘방(春坊)[64]에서의 심정을 읊어 셋째 형님[오상(吳翔)]의 동쪽 누정에 보내다

碧樹流鶯繞建章	꾀꼬리 노니는 푸른 나무 궁궐[65]을 둘렀는데
此時鄕思正茫茫	고향 생각 이때에 참으로 아득하네
胄筵講罷遲遲出	주연(胄筵)[66]에서 강(講) 마치고 천천히 나오니
甲觀風生冉冉香	세자궁[67]은 봄바람에 은은한 향기 감도네
澤畔音書湖海濶	드넓은 강호(江湖)라 못가 편지 드물고[68]
嶺南消息道途長	길이 멀어서 영남 소식 들리지 않네

✎ [仲兄時在牙山謫中, 家姪佐幕嶺南故云.]

✎ 둘째 형님[오빈(吳翽)]은 아산(牙山) 귀양지에 있고, 조카[오두인(吳斗寅) 오상(吳翔)의 친
아들]는 좌막(佐幕)[69]이 되어 영남에 있어서 이렇게 말한 것이다.

遙想家山春後景	멀리서 고향의 봄 지난 풍경 생각해보니
木蓮花發小池塘	작은 연못에 목련은 피었겠구려

---

64 춘방(春坊) : 조선시대 세자시강원(世子侍講院)의 별칭이다.
65 궁궐 : 원문의 "건장궁(建章宮)"은 한(漢) 나라 장안(長安)의 궁전 이름으로, 인신하여 궁궐을 말한다.
66 주연(胄筵) : 세자에게 경사(經史)를 강의하고 교육하는 자리인 서연(書筵)을 이른다. 임금의 경연(經筵)과 구
별하기 위해 서연이라 칭하였는데, 이연(离筵) 또는 주연이라 칭하기도 하였다.
67 세자궁 : 원문의 "갑관(甲觀)"은 세자궁을 말한다. 또한 갑관은 세자시강원(世子侍講院)의 별칭이기도 하다.
68 드넓은 ~ 드물고 : 중국 춘추전국시대 초나라 굴원이 조정의 권세가들에게 미움을 받아 좌천당하여 못가를
거닐면서 시를 읊조렸는데, 안색이 초췌하고 형용이 고고하였다고 한다. 여기서는 오핵이 둘째형 오빈이 유
배지 아산(牙山)에 있어서 택반(澤畔)이라는 시어를 사용한 것이다.
69 좌막(佐幕) : 조선 시대 감사(監司), 유수(留守), 병사(兵使), 수사(水使), 견외 사신(遣外使臣)을 따라다니며 일을
돕던 무관직을 말한다.

45 次舍姪元徵斗寅韻, 却寄嶺南佐幕
조카 원징(元徵) 두인(斗寅)[70]의 시에 차운하여 영남 좌막(佐幕)으로 부치다

嶺頭明月幾盈虧	고개 위 밝은 달은 몇 번이나 차고 이지러졌는가
書札唯憑驛使馳	편지는 오직 달리는 역사(驛使)[71]에만 의지하네
南國夢遊千里外	남쪽 지방 천리 밖을 꿈속에서 노닐고
杜鵑啼到五更時	두견의 울음소리 새벽까지 들리네
可憐一代青驄客	가련하구나 한 시대의 청총마[72] 탄 객이
何處高樓白紵詞	어느 높은 누대에서 백저사(白紵詞)[73]를 부르는가
秋後丁寧歸計在	가을 지난 뒤 정녕코 돌아올 계획 있는지
倚欄愁立日望之	근심 속에 난간에 기대어 날마다 기다리네

46 送別崔逸之洪川之行 홍천(洪川)으로 가는 최일지(崔逸之)를 송별하다

少小同遊翰墨場	소싯적부터 문단에서 함께 노닐었는데
同年同甲又同鄉	나이도 같고 급제도 같고 또 고향도 같네
仙區作宰君恩重	신선의 땅에 목민관이 되었으니 임금님 은혜 무거운데
秋日臨筵別恨長	가을 송별 연회라 이별의 슬픔 커가네
征斾東歸山疊疊	동쪽으로 가는 행차 첩첩산중인데

---

70 오두인(吳斗寅 1624~1689) : 조선 중기 문신이다. 본관은 해주(海州). 자는 원징(元徵), 호는 양곡(陽谷). 병마
절도사 오정방(吳定邦)의 증손으로, 할아버지는 오사겸(吳士謙)이고, 아버지는 이조판서 오상(吳翔)으로 후에
백부 오숙(吳翻)에게 양자 갔다. 백천당 오핵(吳翮)의 조카이다. 저서로는 『양곡집(陽谷集)』이 있다. 시호는 충
정(忠貞)이다.

71 역사(驛使) : 급한 연락을 취하기 위해 역마(驛馬)로 보내는 심부름꾼을 말한다. 남조(南朝) 송(宋)나라 때 강남
에 가 있던 육개(陸凱)가 매화 한 가지를 꺾어 칠언절구 한 수와 함께 역사 편에 장안에 있는 범엽(范曄)에게
보내어 진한 우정을 표했다. 이로 인해 멀리 헤어져 있는 절친한 벗이 보내는 소식으로 이해되기도 한다.
「형주기(荊州記)」에 보인다.

72 청총마(青驄馬) : 갈기와 꼬리가 파르스름한 흰말로 흔히 어사(御史)나 수령(守令)들이 타는 말을 뜻한다.

73 백저사(白紵詞) : 악부 오무곡(吳舞曲)의 이름이다. <백저가(白紵歌)>, <백저사(白紵辭)>라고도 한다. 진(晉)나
라 때의 백저무(白紵舞)에서 시작되었으며, 심약(沈約), 포조(鮑照), 이백(李白), 최국보(崔國輔) 등의 작품이 있
다. 자신을 두고 떠나가는 임을 향한 애틋한 사랑과 그리움을 담은 노래이다.

故園西望水蒼蒼　　서쪽의 옛 정원을 바라봄에 흐르는 물 푸르네

分明夜夜相思夢　　분명 밤마다 그리운 꿈을 꿀 것인데

應逐江流到漢陽　　물을 따라 가면 응당 한양에 닿을 것이라

47 李錫爾慶億耽羅御史別席

탐라어사(耽羅御史)로 가는 석이(錫爾) 이경억(李慶億)[74]과 이별하는 자리에서

越海星槎杳莫攀　　바다 건널 사신의 배[75] 아득하여 잡을 수 없는데

關東我獨看秋山　　나 홀로 관동(關東)에서 가을 산만 바라보았지

三千弱水蒼茫外　　삼천 리 약수(弱水)[76]는 아득히 멀고

萬二金剛縹緲間　　만 이천 봉 금강산은 아스라이 보이네

吾輩遊觀俱是壯　　우리들 유람 이처럼 장관인데

即今行色果誰閑　　지금 행색 과연 누가 막으리오

江頭落日分離恨　　강가에 지는 해 이별의 한

一曲驪歌鬓欲班　　이별 노래[77]에 귀밑머리 셀 것을

74　이경억(李慶億 1620~1673) : 조선의 중기 문신이다. 본관은 경주(慶州). 자는 석이(錫爾), 호는 화곡(華谷)이다. 1644년(인조 22) 정시 문과에 장원으로 급제하였다. 효종 1년인 1650년에 사서가 되고 이후 정언이 되었으며 제주안핵어사로 나가서 탐관오리들을 처벌하기도 했다.

75　사신의 배 : 원문의 '성사(星槎)'는 사신이 타는 배를 가리킨다. 『형초세시기(荊楚歲時記)』에 "무제(武帝)가 장건(張騫)으로 하여금 대하(大夏)에 사신으로 가서 황하(黃河)의 근원을 찾게 하였는데, 장건이 뗏목[槎]을 타고 가다가 견우(牽牛)와 직녀(織女)를 만났다."라고 하였다. 이 고사로 인하여 사행(使行)을 성사(星槎)로 칭하게 되었다.

76　삼천 리 약수(弱水) : 『산해경(山海經)』에 "서해(西海)의 남쪽과 유사(流沙)의 가장자리에 큰 산이 있어 이름은 곤륜산이고 그 아래는 약수가 감돌았다."라 하였고, 그 주석에 이르기를 "그 물은 기러기 털도 이기지 못한다."라 적혀 있다. 그래서 영혼만이 지날 수 있다고 해서 이승과 저승을 가르는 경계로 불리기도 한다.

77　이별노래 : 원문의 "여가(驪歌)"는 이별할 때 부르는 노래를 말한다. 고대(古代)에 헤어질 때 불렸던 <여구(驪駒)>라는 시편(詩篇)이 있었던 데에서 기인한다.

48 素沙店舍, 問濟州御史李錫爾之行, 則時未過矣, 遂成一絶, 託店人留呈

소사점사(素沙店舍)[78]에서 제주 어사(濟州御史) 이경억(李慶億)의 행차에 대해 물으니 아직 지나가지 않았기에 이에 절구 한 수를 지어서 점사의 주인에게 부탁하여 올리다

綠草如烟馬似飛	이내 낀 듯 푸른 들판을 말이 날듯이 달리는데
海門踈雨遠霏霏	바다 어귀 보슬비 멀리 부슬부슬 내리네
平郊落日沙橋畔	넓은 들녘 소사점 다리에 해 저무는데
逢着行人問繡衣	만난 행인에게 어사(御史)를 물었네

49 牙山偶吟 仲氏謫所

아산(牙山)에서 우연히 읊조리다. 아산은 둘째 형님의 유배지이다.

客到瀟湘岸	나그네 소상(瀟湘)[79]가에 이르렀는데
無錢酒可賖	술을 살 돈 없구나
雨後西風急	비 내린 후라 서풍이 맵찬데
前江起浪花	앞강엔 물거품 일어나네

50 又

또 짓다

江漢連天廣	한강은 하늘에 잇닿아 넓은데
歸心正渺茫	가고픈 마음 아득하기만 하구나
三間今寂寂	세 칸 초가집이 지금 적적하지만
四海昔堂堂	사해의 세상에 예부터 당당하였지

---

78 소사점사(素沙店舍) : 소사(素沙)는 경기도 평택시에 있는 소사평(素沙坪)을 말한다. 소사점사는 소사평에 있던 가게를 말한다.

79 소상(瀟湘) : 소상강(瀟湘江)은 중국 남쪽 동정호(洞庭湖)로 흘러 들어가는 강 이름이다. 순(舜) 임금의 두 아내 아황(娥皇)과 여영(女英)이 남쪽 지방을 순행하다 죽은 순 임금을 소상강 가에서 애타게 그리며 통곡하다가 물에 빠져 자살했다는 전설이 있다. 또한 소상에 있는 상담(湘潭)은 초(楚)나라의 충신 굴원(屈原)이 간신의 모함을 받고 쫓겨났던 곳이다. 여기서는 오핵의 둘째 형 오빈의 적소인 아산을 소상이라고 비유한 것이다.

村雨遙沈岬　　시골의 비는 멀리 산을 가리고

浦雲半隱檣　　포구의 구름은 돛대 반을 숨기네

南來秋更近　　남으로 온 후 가을 더욱 가까운데

頭白似潘郎　　반악(潘岳)처럼 흰 머리만 늘었네[80]

51 附次韻　　차운한 시를 부기하다

咫尺終南遠　　지척의 종남산(終南山)[81] 멀어져

歸程更渺茫　　돌아갈 길 더욱 아득한데

夜夜思楓陛　　밤마다 임금님[82] 생각하며

悠悠夢草堂　　그리워 초당에서 꿈꾸네

江北多風雨　　강북엔 비바람이 많고

門前滿帆檣　　문 앞엔 돛대 가득하네

深知爲客樂　　나그네의 즐거움을 깊이 안 이로는

唯有白眉郎　　오직 백미랑(白眉郎)[83]만이 있었음을

∥聾齋[仲氏號]　　∥농재(聾齋) 작. 둘째 형님[오빈]의 호이다.

鄕山看杳杳　　고향 산은 볼수록 아득하고

---

80 반악(潘岳)처럼 흰 머리만 늘었네 : 원문의 "반랑(潘郎)"은 진(晉)나라 문장가 반악(潘岳)을 말한다. 반악은 32
세 때부터 흰머리가 나기 시작했다고 술회하였다. 『문선(文選)』 권13 <추흥부(秋興賦)>에 보인다. 여기서도
반악처럼 흰머리가 많아졌다는 의미로 사용하였다.

81 종남산(終南山) : 종남산(終南山)은 중국 장안(長安)의 남쪽에 있는 산이름이다. 우리나라에서 서울의 남산의
별칭으로 흔히 써 왔다. 참고로 두보(杜甫)의 시 『두소릉시집(杜少陵詩集)』 권1 <봉증위승상장(奉贈韋左丞
丈)>에 "아직도 어여뻐라 종남산이요, 머리를 돌리나니 맑은 위수 물가로세.[尙憐終南山 回首淸渭濱]"라는 표
현이 보인다. 여기서는 오빈이 아산으로 귀양가면서 서울의 남산이 멀어졌음을 의미한다.

82 임금님 : 원문의 "풍폐(楓陛)"는 대궐을 가리킨다. 옛날 궁궐의 뜨락에 단풍나무를 많이 심은 데서 유래한 말
이다.

83 백미랑(白眉郎) : 형제들 가운데 가장 뛰어난 사람을 말한다. 삼국 시대 때 촉(蜀) 나라의 마량(馬良) 형제 다
섯이 모두 재명(才名)이 있었으나 그 가운데에서 마량이 가장 뛰어났는데, 마량의 눈썹이 희었으므로 사람들
이 "마씨의 아들 가운데 백미가 가장 뛰어나다." 하였다. 『삼국지(三國志)』 권39 「촉지(蜀志)」 <마량전(馬良
傳)>에 보인다.

滄海更茫茫	푸른 바단 더욱 넓고 멀구나
日月雙蓬鬢	세월 속 두 귀밑머리 흐트러지고
乾坤一草堂	세상엔 초당 한 채 뿐이라
橫雲分楚野	초나라 들판엔 빗긴 구름에 나뉘고
踈雨帶吳檣	오나라 돛단밴 가랑비에 젖었네
把筆排詩律	붓을 잡고 지은 시는
微才愧省郞	재주 없어 성랑(省郞)[84]에게 부끄럽네
𝄃栢峯叔氏號	𝄃백봉(栢峯) 작. 셋째 형님[오상]의 호이다.

52 東亭漫興　　　동쪽 정자에서 흥이 일어

梧桐一葉夕風凉	오동잎 하나 진 저녁 바람 찬데
瀟灑池臺有此鄕	고향 이곳엔 정갈한 연못과 누대 있네
入洛曾持靑史筆	서울로 들어가 일찍이 사필을 잡았지만
拂衣猶濕御爐香	옷 털고자 하나[85] 오히려 어전 화로 향에 젖었네
百年身世緣詩瘦	인생사 백년 시로 비쩍 마르는데
無限雲山引興長	다함없는 구름 산은 긴 흥을 끄네
庭畔白鷗閑似我	뜰의 흰 갈매기 나처럼 한가한 듯하나
綠蘋踈雨夢滄浪	푸른 마름 성근 비에 바다를 꿈꾸네

---

84 성랑(省郞) : 성금(省禁) 즉 대궐 안에서 근무하는 임금의 시종신(侍從臣)을 말하거나 또는 의정부 당하관을
지칭하기도 한다.

85 옷 털고자 하나 : 원문의 '불의(拂衣)'는 옷을 털고 떠나가는 것으로 고향으로 돌아가 은거함을 이른다. 두보
(杜甫)의 <곡강대주(曲江對酒)>시에 "벼슬살이에 창주가 멂을 새삼 깨달으니, 나이 먹을수록 옷 털고 가지
못해 상심할 뿐이라.[吏情更覺滄州遠, 老大徒傷未拂衣]"라고 보인다.

53 **再送仲兄牙山謫行**　　아산 유배지로 가는 둘째 형님을 다시 배웅하다

一代豸冠共雪冤　　한 때 높은 벼슬이었는데 함께 억울함 풀고자
啣盃今又過田園　　술잔을 기울이며 지금 또 전원을 지나네
九重幸霽雷霆怒　　구중궁궐엔 다행히 성난 우레 멈추고
百口欣霑雨露恩　　모든 이들 기쁘게 우로(雨露)의 은택에 젖네
氷塞長河沙院路　　사평원(沙平院) 길 옆 긴 강 얼어붙고
天寒古木石橋村　　석교촌(石橋村) 고목은 추위에 떠네
南郊此別還愁思　　남쪽 들에서 하는 이별 또 근심스러워
日暮潮聲近海門　　저물녘 바다어귀 근처엔 파도만 치네

54 **到仲兄謫中留**__壬辰　　둘째 형님의 유배지에 도착하여 헤어지다__임진년(1652, 효종 3)

平林如畵鳥喃喃　　그림 같은 평평한 숲에 새 지저귀는데
生目江湖思莫緘　　눈앞에 어른거리는 고향 산천 막을 수 없네
驛路東臨弘慶寺　　역로는 동쪽으로 홍경사(弘慶寺)[86]에 닿았고
海雲西指令公巖　　해운(海雲)은 서쪽으로 영공암(令公巖)[87]을 가리키네
歸心杳杳迷秦嶺　　돌아가고픈 맘 아득히 진령(秦嶺)[88]은 흐릿하고
過雨茫茫亂楚帆　　지나는 비 거세어 초(楚)의 돛단배 어지럽히네
可耐今朝分散後　　오늘 아침 헤어진 후 이별의 아픔 견뎌야 하니
白頭司馬濕靑衫　　흰 머리 사마(司馬)는 청삼(靑衫)[89]만 적시네

---

86 홍경사(弘慶寺) : 충청남도 천안시에 있었던 절로 1021년(현종12)에 형긍(逈兢)이 왕의 명을 받아 창건하였다.
　1026년에 최충(崔沖)이 지었던 비갈(碑碣)만이 남아 국보 제7호로 보호되고 있다.
87 영공암(令公巖) : 충청남도 당진(唐津) 면천군(沔川郡) 앞 바다에 우뚝 솟아 있는 바위로 혹 영웅암(英雄巖)이
　라고 한다.
88 진령(秦嶺) : 당(唐) 나라 한유(韓愈)의 <좌천되어 남관에 이르러서 질손 상에게 보여 준 시[左遷至藍關示姪孫
　湘詩]>에 "진령을 가로지른 구름에 집은 어디인가, 남관을 가로막은 눈으로 말은 갈 수가 없네.[雲橫秦嶺家
　何在, 雪擁藍關馬不前]"라는 구절에서 온 말이다. 『한창려집(韓昌黎集)』 권10에 보인다. 여기서는 진령은 한
　양에 있는 산을 비유한 것이다.

55 寄呈仲兄延安謫中　둘째 형님의 연안(延安) 유배지에 시를 보내다

一自分離後	한 번 이별한 후론
湖山計已違	산수유람 이미 어긋나
每看秦月出	매번 북쪽에 달 떠오르면
欲向海天飛	바다 향해 날아가고파
驛路頻來往	역로를 자주 오가는데
人間浪是非	세속엔 시비 떠돌아
南池遙入夢	남지(南池)[90] 멀어 꿈속에서 보는데
謝草更菲菲	시든 풀은 다시 파릇파릇 자라네

56 板橋　판교

亂樹濃陰積雨晴	장마 갠 뒤 우거진 나무의 짙은 그늘
小橋斜日鬧蟬聲	해 지는 작은 다리에 매미소리 시끄럽네
行人六月眠山驛	늦여름 행인은 시골 역에서 조는데
欲向三江問水程	한강[91]으로 가는 물길 묻노라

---

89 청삼(青衫) : 당(唐) 나라 때 하급 문관이 입던 관복으로, 백거이(白居易)의 <비파인(琵琶引)>에 나오는 "座中泣下誰最多, 江州司馬青衫濕"이라는 시구는 특히 유명하다.

90 남지(南池) : 서울 남산에 있던 연못으로 연꽃이 유명하였다. 그리고 연안(延安)에도 남지가 있었는데, 여기서 중의적 의미로 사용한 듯하다.

91 한강 : 원문의 "삼강(三江)"은 한강(漢江)을 구분하여 부르는 이름으로 한강·용산강(龍山江)·서강(西江)을 가리킨다. 남산(南山) 남쪽 일대 노량(鷺梁)까지를 한강, 남산 서쪽 마포(麻浦)까지를 용산강, 용산강의 하류 양화도(楊花渡)일대를 서강이라 하였다. 여기서는 한양이라는 뜻으로 쓰였다.

57 懸川　　　　　현천[92]

雲捲芙蓉點點巒	구름은 점점의 연꽃 산봉우리를 말고
大江西指更漫漫	큰 강은 서쪽으로 더욱 질펀히 흐르네
千年石佛臨長道	천 년의 석불은 기나긴 길에 임해 있는데
多少行人駐馬看	다소의 행인들 말을 멈추고 바라보네

58 長生峴夜雨　　　　　장생현(長生峴)의 밤비

西風聞擊折	서풍에 순라군 소리 들리니
知是近城隅	여기가 성모퉁이 근처임을 알겠네
客裏三更雨	나그네 신세 한밤중에 비 내리더니
窓前一葉梧	창 앞에 오동잎 하나 떨어지네
明朝大關嶺	내일 아침 대관령(大關嶺) 지날 텐데
何處永郎湖	영랑호(永郎湖)[93] 어디일까
此夜仍無寐	이 밤 잠이 오지 않으니
東隣酒可呼	동쪽 이웃을 술로 부를까

---

92 현천(懸川) : 현천령(懸川嶺)을 말하는 듯하다. 정확한 지리적 위치는 알 수는 없으나, 양경우의 <현천령에 올라서 느낌이 일어[登懸川嶺有感]>, <서울에서 남쪽으로 돌아오다 현천령에 이르러 회포가 있어[自洛南還, 到懸川嶺有懷]>라는 시에 현천령이라는 명칭이 보인다.

93 영랑호(永郎湖) : 강원도 속초시 장천동·금호동 및 영랑동에 걸쳐 있는 호수이다. 전설에 의하면 신라 때의 화랑 영랑·술랑(述郎)·남랑(南郎)·안상(安祥) 등이 금강산에서 수련하고 무술대회에 나가기 위하여 고성군의 삼일포(三日浦)에서 3일 동안 쉬다가 금성(金城)으로 가는 길에 영랑호에 오게 되었다. 영랑은 호반의 풍치에 도취되어 무술대회에 나가는 것조차 잊었다는 것이다. 이로 인하여 호수의 이름을 영랑호라 부르게 되었다 한다.

59 洪川泛波亭　홍천 범파정[94]

訪友尋仙不覺勞	신선 같은 벗을 찾으니 힘든 줄도 모르겠는데
仙區作宰是同袍	신선세계의 원님이 곧 우리 벗이라[95]
來從嶺路千重險	고갯길 천 겹의 험로 뒤따라
共對闌干百尺高	백 척 높은 난간에 함께 마주했네
詩得九秋披錦繡	시는 늦가을 풍광을 얻어 금수를 펼치고
筆隨三峽倒波濤	붓은 삼협(三峽)을 따라 파도를 휘감네
當年白鶴傳奇事	그 해의 백학이 기이한 일 전하는데
江上靑山一羽毛	청산의 강 위로 새 한 마리 날아가네

60 次板上一松沈相公喜壽韻
판 위에 적혀 있는 일송(一松) 상공 심희수(沈喜壽)의 시에 차운하다

紅亭高百尺	붉은 정자 백 척으로 솟아
雲石與爲隣	구름 바위와 이웃하였네
峽邑元無事	산골 마을 본디 일 없으니
公庭不見民	관청에 백성을 볼 수 없네
江山誰作主	강산의 주인 누가 될까
魚鳥自相親	물고기와 새와 서로 친하네
秋色留歸客	가을은 돌아가는 객을 만류하는데
楓林錦繡新	단풍 숲 새로 짠 비단 같구나

---

94 범파정(泛波亭) : 강원도 홍천군 홍천읍 갈마곡리에 있던 정자이다. 여러 문헌의 기록으로 볼 때 홍천의 북쪽에서 흘러드는 군업천과 홍천 동면에서 흘러나오는 성정천이 만나 합수를 이루는 지역 아래이거나 성정천 끝자락에 위치해 있던 정자인 듯하다.

95 우리 벗이라 : 원문의 '동포(同袍)'는 의리를 지키면서 형제처럼 지내는 벗을 뜻하는 말이다. 『시경(詩經)』「진풍(秦風)」, <무의(無衣)>의 "내가 어찌 입을 옷이 없어서 그대와 함께 군복을 입고 전쟁터로 나가는 것이겠는가.[豈曰無衣, 與子同袍]"라는 말에서 나온 것이다.

61 次板上李白洲明漢韻 판 위에 적힌 백주(白洲) 이명한(李明漢)의 시에 차운하다

滿山紅樹夕陽殘	산 가득 붉은 나무 석양 따라 어두워지고
八月灘聲咽咽寒	팔월의 여울 소리 서늘한데
江上高樓開繡戶	강 가 높은 누정엔 화려한 문 열고
舟人指點畫圖看	뱃사람 가리키며 그림 같은 경치를 보네

62 麟蹄縣舍次成虛白堂俔韻
인제현(麟蹄縣) 객사에서 허백당(虛白堂) 성현(成俔)의 시에 차운하다

地僻麟蹄縣	골 깊은 인제현
蕭然八九家	고요한 여덟아홉 집
秋江明錦繡	가을 강은 금수로 밝고
春浪泛桃花	봄 물결엔 복숭아꽃 떠 오는 곳
峽束天爲小	좁다란 골짝 하늘 작지만
沙淸景更多	맑은 모래 경치 더욱 좋은데
客來孤舘夜	나그네 객관의 외로운 밤에
山月半輪斜	산 위 반달이 기우네

63 通川途中 　　　　　통천 도중

今朝過山店	오늘 아침 산점(山店)을 지나는데
去夜宿漁家	어젯밤 어부의 집에서 묵었지
碧海鷗波濶	푸른 바다 갈매기 파도와 노닐고
靑天鴈字斜	파란 하늘 기러기 행렬[96] 기울었네

---

96 기러기 행렬 : 원문의 '안자(雁字)'는 기러기가 일(一) 자, 또는 인(人) 자로 나란히 줄을 지어 날아가는 것을

峯峯皆削玉	봉우리마다 옥을 깎아 놓은 듯
步步卽鳴沙	걸음걸음마다 모래 우네
歷盡通州境	통주(通州)의 경치 두루 다 거치니
迢迢嶺路賖	아스라이 고갯길 멀기도 멀구나

64 又　　　　또 짓다

鳴沙十里馬如飛	명사십리 말은 나는 듯 달리니
錦繡千峯領略歸	단풍 물든 천 봉우리 빨리 지나가네
湖上白鷗眠不起	호숫가 흰 갈매기 졸며 날아가지 않으니
祇應知我已忘機	내가 기심(機心)을 잊은 걸 알아서겠지[97]

65 通川棧道　　　통천의 잔도(棧道)

蓬島烟霞滿袖廻	봉래(蓬萊)[98]의 안개 소매 가득 스며드는데
四仙亭畔更徘徊	사선정(四仙亭)[99] 언덕 또 배회하네
千尋棧道連雲去	천 길 잔도 구름과 잇닿아 뻗었는데

이르는 말이다.

97 기심(機心) ~ 알아서겠지 : 바닷가에 사는 사람이 매일 아침 수백 마리의 물새와 벗하며 어울려 노닐었는데, 그의 부친이 자기가 데리고 놀 수 있도록 잡아 달라고 부탁하자, 그다음 날 아침에는 한 마리도 내려와 앉지 않았다는 이야기가 『열자(列子)』〈황제(黃帝)〉에 나온다. 기심(機心)은 자기의 사적인 목적을 이루기 위하여 교묘하게 꾀하는 마음을 말한다.

98 봉래(蓬萊) : 원문의 '봉도(蓬島)'는 봉래를 말한다. 동해에 봉래(蓬萊)·방장(方丈)·영주의 삼신산(三神山)이 있어 선인(仙人)이 그 속에서 산다는 말을 듣고, 진 시황(秦始皇)이 서불(徐市)을 시켜 찾도록 한 고사가 있다. 『사기(史記)』권6 「진시황본기(秦始皇本紀)」에 보인다.

99 사선정(四仙亭) : 사선정은 신라 시대의 사선(四仙) 즉 영랑(永郎)·술랑(述郎)·남랑(南郎)·안상(安祥) 등이 사흘 동안 머물며 노닐었다는 곳에 그들을 기념하기 위해 세운 정자 이름이다. 그곳의 석벽에 '술랑도남석행(述郎徒南石行)'이라는 여섯 글자가 붉은 글씨로 새겨져 있다고 하는데, 사선의 이름과 관련하여 이 비문의 해석이 다양하여 아직 정설이 없다.

萬里長風捲海來	만 리에 부는 바람 바다를 감아 올리네
客路沙鳴鷗罷夢	나그네 명사십리 갈매기 잠 깨고
秋天霜落鴈流哀	가을 하늘 낙엽 속에 기러기 슬피 우네
登臨叢石留仙賞	총석정(叢石亭)[100]에 올라 신선 자취 바라보며
暫醉通州太守盃	통주 고을 태수의 술에 잠시 취하네

66 三峙嶺[101]　　삼치령

古壑玄熊伏	옛 골짝 검은 곰이 엎드린 듯
深林怪鳥鳴	깊은 숲 속엔 이름 모를 새 우네
夜依紅樹宿	밤엔 단풍든 나무 의지해 자고
朝向白沙行	아침엔 백사장 향해 가네
仙境駸駸近	달려가는 곳마다 선경이라
芙蓉箇箇明	하나하나 연꽃 분명하네
東臨滄海濶	동으로 광활한 푸른 바다 다다르니
壯觀卽平生	평생에 처음 본 장관이로다

67 三日浦次白洲韻　　삼일포(三日浦)에서 백주(白洲) 이명한의 시에 차운하다

東遊千里不須筇	동쪽 천 리 밖 노니는데 지팡이 필요 없나니
直將跨海駕蒼龍	곧장 푸른 용타고 바다를 넘고자

---

100 총석정(叢石亭) : 강원도 통천군 고저읍 총석리 바닷가에 있는 누정을 말한다. 바다 가운데 있는 사석주(四石柱)를 특히 사선봉(四仙峰)이라고 하는데, 신라의 술랑(述郞)·영랑(永郞)·안상랑(安詳郞)·남랑(南郞)의 네 선도(仙徒 : 화랑도)가 이곳에서 놀며 경관을 감상하였다는 전설에서 이름하였다고 전한다.
101 삼치령(三峙嶺) : 인제군 서화면과 고성군 수동면 경계에 있는 고개이름으로 백두대간 진부령~칠절봉~둥글봉~향로봉~고성재~삼치령으로 이어진다. 현재 비무장지대에 있다.

沙湖處處明如鏡　백사장 곳곳 호순 거울 같이 빛나는데
蘸得蓬萊第一峯　봉래산 제 일 봉우리 구름에 잠겨있네

68 次白軒李相公景奭韻　상공 백헌(白軒) 이경석(李景奭)의 시에 차운하다

蓬萊物色少分留　봉래산 풍경 조금이나마 나누어 담아볼까
相國淸篇賦壯遊　상공의 맑은 시편에 장쾌한 유람을 적었지
出洞踈鐘千古寺　천 년 고찰 성근 종소리 골짜기 밖으로 나오고
穿雲流水夕陽樓　석양 든 누대에 시냇물 구름 뚫고 흐르네
蓮花世界人人寶　연화세계 사람마다 보배롭고
錦繡山中葉葉秋　금수로 물든 산은 잎마다 가을이라
明日不堪還上馬　다음날 차마 말 타고 돌아가지 못할 것이니
百川橋畔重回頭　백천교(百川橋) 언덕에서 거듭 되돌아보네

69 贈諶上人　심상인(諶上人)에게 주다

鶴臺歸路忽逢君　학대(鶴臺)에서 돌아오는 길에 홀연 그대를 만나니
颯颯仙風逈出羣　시원한 선풍도골(仙風道骨) 무리에서도 출중하네
百尺高樓何處是　백 척 높은 누대 어디인가
數聲淸磬半空聞　맑은 경쇠소리 허공에서 들리네
丹楓葉上驚秋雨　단풍 잎 위로 가을 비 갑작스레 내리더니
白玉峯頭散彩雲　백옥봉(白玉峯) 위 채색 구름 흩어지네
相對孤菴仍不寐　외로운 암자에서 마주하여 잠들지 못하는데
桂花松子落紛紛　계수나무 꽃 솔방울 분분이 지네

70 楸池嶺[102]　　　　추지령

曙色連滄海	새벽빛 푸른 바다에 연이었고
朝暾上客衣	아침 햇살 나그네 옷 위를 비추네
吹笙出楓嶽	생황을 불며 풍악산[103] 나와
騎馬過楸池	말 타고 추지령을 지나네
嶺路連天去	고갯길은 하늘에 닿았고
秋風落木飛	가을 바람에 낙엽 날리네
長安尙邈遠	장안은 오히려 아득히 머니
何日是歸期	어느 날에 돌아갈 것인가

71 仲氏謫海西故第五云_臘月庚申日
둘째형님이 해서(海西)로 귀양 갔다._섣달 경신일[104]

燭影當窓雪月新	촛불 그림자 창에 비치고 눈 속에 달 새로운데
殘梅欲盡惜餘春	남은 매화 다 질 듯 남은 봄 애달파라
天上光陰添甲子	천상의 세월엔 갑자(甲子)를 더하고
世間流俗守庚申	세간의 풍속으로 경신일(庚申日)을 지키네
悠悠一夢歸西海	아득한 꿈속에선 해서로 향하고
耿耿丹心向北辰	그리워라 붉은 마음은 임금을 향하네
四十幾何吾已倦	사십하고 얼마에 난 이미 게을러져

---

102 추지령(楸池嶺) : 강원도 통천군 벽양면(碧養面)과 회양군 안풍면(安豊面) 사이에 있는 고개 이름이다.

103 풍악산(楓嶽山) : 금강산(金剛山)의 가을 이름이다. 봄은 금강산, 여름은 봉래산, 가을은 풍악산, 겨울은 개골산이라고 불린다.

104 섣달 경신일(庚申日) : 섣달 경신일에는 보통 수세(守歲) 즉 '해를 지킨다'를 행하였다. 수세는 일명 '별세(別歲)', '해지킴'이라고도 하는데, 그믐날 밤에 다락, 마루, 방, 부엌, 곳간 등 집안 구석구석에 등불을 밝혀놓고 밤새도록 잠을 자지 않는다. 일설에 따르면, 도교의 풍속에서 경신일(庚申日)에 자지 않고 밤을 지켜야 복을 얻는다는 것에서 전해진 것이라고 하며, 소동파(蘇東坡)의 기록에 따르면 중국 촉(蜀)나라 지방의 풍속에서 연유한 것이라도 한다.

清歡都付少年人　　즐거운 놀이 모두 소년에게 맡기네

72 春 月課._癸巳　　월과(月課)로 지은 것이다._계사년(1653 효종 4)

葭灰初飛荄甲折　　갈대 재[葭灰] 처음 날릴 때[105] 초목이 꿈틀거리니

昨夜條風天下春　　어젯밤 조풍[106] 부니 온 세상 봄이로구나

遲遲麗日淡靄生　　길어진 화창한 날 옅은 아지랑이 일고

滿眼芳華一時新　　눈 안 가득 화초는 일시에 새로운데

花開上林渾似錦　　꽃 핀 숲 속은 비단을 펼쳐 놓은 듯하고

草綠瀛洲正如茵　　초록으로 물든 영주산 정히 요를 깔아놓은 듯

康衢烟月耕鑿聲　　강구연월(康衢煙月)[107]이라 밭 갈고 우물 파는 소리[108]

四境熙皞春臺民　　사방이 희호(熙皞)[109]하며 사람들 봄날 누대에 오르네

浴沂冠童詠歸時　　기수(沂水)에서 목욕하고 시를 읊으며 돌아오는[110] 때이니

---

105 갈대 재 ~ 날릴 때: 옛날에 갈대 재[葭灰]를 악기(樂器)의 율관(律管) 속에 넣어서 기후(氣候)를 점치는 방식을 설명한 것이다. 방 하나를 삼중(三重)으로 밀폐하고 방 안에 나무 탁자 12개를 각각 방위에 따라 비치한 다음, 황종(黃鐘)·태주(大簇)·고선(姑洗)·유빈(蕤賓)·이칙(夷則)·무역(無射)·대려(大呂)·협종(夾鐘)·중려(仲呂)·임종(林鐘)·남려(南呂)·응종(應鐘) 등 십이율려(十二律呂)의 율관을 탁자 위에 각각 안치하고 갈대 재[葭灰]를 각 율관의 내단(內端)에 채워 놓고 절기를 기다려 살피면 늘 한 절기가 이를 때마다 해당 율관의 재가 날아 움직이게 된다. 『율려신서(律呂新書)』에 보인다.

106 조풍(條風): 입춘(立春) 무렵에 부는 계절풍을 말한다.

107 강구연월(康衢煙月): 번화한 큰 거리에 저녁밥 짓는 연기가 달빛을 향해 피어오른다는 뜻으로, 태평한 시대의 평화스러운 풍경을 이르는 말이다.

108 경착(耕鑿): 밭 갈고 우물 판다는 말로, 여기에도 태평 시대를 구가한다는 뜻이 들어 있다. 요 임금 때에 어느 노인이 지었다는 <격양가(擊壤歌)>에 "해가 뜨면 일어나고 해가 지면 쉬면서, 내 샘을 파서 물 마시고 내 밭을 갈아서 밥 먹을 뿐이니, 임금님의 힘이 도대체 나에게 무슨 상관이랴.[日出而作, 日入而息, 鑿井而飲, 耕田而食, 帝力於我何有哉!]"라는 말이 나온다.

109 희호(熙皞): 희호는 '희희호호(熙熙皞皞)'의 준말로, 본디 태평성대 백성들의 즐겁고 태평스런 모양을 말하는데, 여기서는 태평성대를 뜻한다. '호호(皞皞)'는 『맹자』 「진심 상(盡心上)」에 "덕으로 왕업을 이룬 임금의 백성은 태평하다.[王者之民, 皞皞如也.]"라는 말에서, '희희(熙熙)'는 『노자(老子)』 제20장에 "사람들이 즐거워하여 마치 푸짐한 잔칫상을 받은 듯하고 따스한 봄날 높은 누대에 오른 듯 여긴다.[衆人熙熙, 如享太牢, 如登春臺.]"라는 말에서 유래하였다.

110 기수(沂水)에서 ~ 돌아오는: 관동은 어른과 아이를 말한다. 공자의 제자 증점(曾點)이 자신의 뜻을 말하라는 공자의 명에 슬(瑟)을 울리다 말고, "저문 봄날 봄옷이 이루어지거든 어른 대여섯 사람, 동자 예닐곱 사

訪花隨柳更何人　　버드나무 따라 꽃 찾아다니는 이들 또 누구인가

73 馬上逢寒食[月課]　말 위에서 한식날을 만나다 월과(月課)로 지은 것이다.

杳杳家何在　　아득하니 집은 어디인가
行行春已闌　　가는 곳마다 봄 무르익는데
故鄉人不見　　고향 사람 보지 못하고
佳節食猶寒　　좋은 절기나 밥은 외려 차갑네
芳草迷歸路　　풀 우거져 돌아가는 길 희미한데
飛花撲馬鞍　　꽃 흩날려 말안장에 부딪치네
分明孤客夢　　외로운 나그네 선명한 꿈속에선
昨夜到長安　　어젯밤 장안에 도착했었지

74 送別李一卿廷夔恩山之行
은산(恩山)¹¹¹으로 가는 일경(一卿) 이정기(李廷夔)¹¹²를 배웅하면서

壯元聲價動朝紳　　장원의 명성 조정의 문신들을 놀래켰고
久作鑾坡侍從臣　　오래도록 한림원¹¹³ 시종신(侍從臣)이 되었다가

람과 함께 기수(沂水)에 목욕하고 무우(舞雩)에서 바람을 쐬고 시를 읊으면서 돌아오겠다."라고 말한 고사를
차용하였다. 공자가 증점의 이 말을 듣고 그의 쇄락(灑落)한 기상을 허여(許與)하였다 한다. 『논어(論語)』「선
진(先進)」편에 보인다.

111 은산(恩山) : 현재 지도에서 충청남도 부여군 은산면 은산리가 있다. 시에서 은진(恩津) 즉 충청남도 논산의
옛이름을 시어로 사용한 것을 본다면 은산은 논산을 지칭하는 것으로 보인다.

112 이정기(李廷夔 1612~1671) : 조선 중기 문신이다. 본관은 한산(韓山)이며, 자는 일경(一卿), 호는 귀천(歸川)
이다. 아버지는 도호부사를 지낸 이제(李穧)이다. 저서로는 『월파만록(月坡漫錄)』, 『순외편(順外編)』이 있다.

113 한림원 : 원문의 난파(鑾坡)는 한림원의 별칭으로, 조선조에서는 예문관이나 홍문관에 해당한다. 난파는 당나
라 덕종(德宗) 때에 학사원(學士院)을 금란전(金鑾殿) 곁의 금란파(金鑾坡) 위로 옮긴 이후 한림원의 별칭이
되었다.

出外仍兼三邑宰　　관문 밖 세 고을의 수령을 겸하게 되어
專城爲奉大夫人　　원님이 되어 어머님을 모시게 되었네
靑衿北洛交情舊　　북쪽 한양서 오래 사귄 선비들
碧草東郊別恨新　　푸른 풀 동쪽 교외에 이별의 한 새롭네
爭道此行優聖渥　　이번 행차 후한 성은이라 다투어 말하니
使君歸處卽恩津　　사또 가는 곳 곧 은진(恩津)이라

75 附次韻李大司憲廷夔[公卒後追賦云]

대사헌 이정기의 차운시를 부기하다, 백천공의 사후에 읊은 것이라고 한다.

交情葱竹至簪紳　　죽마에서부터 고관이 되어서까지 교제하며
聯武明時近密臣　　태평성대에 함께 가까이서 임금님 모셨네
五馬暫分河上手　　원님이 되어서 강가에서 잠시 이별하였다가
一朝還失意中人　　하루아침에 도리어 뜻 맞는 이를 잃었네
卽今烏府風聲寂　　지금 사헌부에 바람 소리 적막한데
何處牛崗草色新　　어느 명당[114]에 풀빛 새로울까
澤畔獨吟臨別句　　홀로 못 가에서 이별시를 읊조리고
哭望江漢阻歸津　　돌아갈 나루 막힌 한강을 바라보며 곡하노라

---

114 명당 : 원문의 '우강(牛岡)'은 소가 잠잔 산기슭으로, 명당을 말한다. 진(晉)나라 도간(陶侃)이 아직 벼슬에 오르지 못했을 때 상을 당하여 장례를 지내려 하는데 집안에 있던 소가 홀연 사라져 어디에 있는지 알 수 없었다. 소를 찾다가 한 노인을 만났는데 그가 말하기를 "앞산[前岡]에 소 한 마리가 움푹한 곳에서 자고 있는 것을 보았는데 그 곳에 장사 지내면 인신(人臣)으로서 가장 높은 지위에 오를 수 있을 것이다." 하고, 또한 산을 가리키며 "이곳은 그 다음이니, 응당 대대로 이천석(二千石)의 벼슬이 나올 것이다." 하였다. 『진서(晉書)』 권58 <주방열전(周訪列傳)>

76 洗草宴次白軒相公韻
세초연(洗草宴)[115]에서 백헌(白軒)이 상공의 시에 차운하다

癸亥龍飛御九天	계해년 용이 날아올라 구천을 통솔하시어[116]
高懸日月中興年	높이 걸린 해와 달 새로 중흥하시더니
蒼梧詎耐臣民慟	창오에서 돌아가시니 만민이 슬픔을 어찌 견디리오
靑史初完一百編	인조 실록 일 백편어 비로소 완성되었으니
萬古鴻名稱漢業	만고에 한나라 창업이라 큰 명성 얻고
八方遺澤頌周宣	온 세상에 주나라 선왕의 유택이라 칭송받네
當筵拜賜黃封酒	세초연에서 황봉주(黃封酒)[117]를 공손히 받들고
洗草歸來倍愴然	세초 후 돌아오니 슬픔 배가 되네

77 示金伯玉始振
백옥(伯玉) 김시진(金始振)에게 보여주다

金玉平生友	김백옥은 평생의 친구라
風流似謫仙	풍류는 이적선과 비슷하였고
紅塵半世別	속세와는 반평생 이별한 듯
靑眼一樽前	한 잔 술 앞에서 반가이 맞아주었는데
駏騎催長道	역마 타고 머나먼 길 재촉하여 간 후
秋蟬鬧晚筵	가을 매미만 대자리에서 늦도록 시끄럽네
臨分戒行李	헤어질 때 여행길 조심하길 비는데
江漢水連天	한강 물은 하늘과 맞닿아 있구나

---

115 세초연(洗草宴) : 실록 편찬을 마치고 세검정 아래에서 원고를 물에 빨아 씻었는데 이 일을 세초(洗草)라 하며, 세초를 마치고 베푼 잔치를 세초연이라 한다. 1653년(효종 4) 『인조실록』 편찬이 끝난 뒤 탕춘대(蕩春臺)에서 세초연이 열렸다.
116 계해(癸亥) ~ 통솔하시니 : 계해년 즉 1623년(인조 1) 인조가 등극한 것을 말한다.
117 황봉주(黃封酒) : 관청에서 빚어 황색 비단이나 종이로 봉한 술이다.

78 又 또 짓다

翩翩駏騎遠來遊	역마 타고 훨훨 먼 유람길 나서니
一代騷壇最勝流	한때 문단에서 가장 유명한 사람이었지
樽酒不妨連夜飮	술 밤새도록 마시는 걸 거리끼지 않았으니
行臺何惜片時留	행대(行臺)[118]에 잠깐 머무는 것을 어찌 애석해하리오
靑山水急前橋路	청산 앞에 놓인 다리에 물살 빠르고
碧樹秋生古寺樓	푸르던 나무 오랜 사찰에 가을이 오는데
可耐今朝分散後	오늘 아침 이별 후의 슬픔을 어찌 견디리오
秦雲西望思悠悠	진나라 구름 서쪽 바라봄에 더욱 그립구나

79 贈守仁師 수인(守仁) 대사(大師)에게 주다

敲門殘衲認依然	문을 두드리는 노승은 옛날 그대로이니
同社當時托白蓮	당시 모임은 백련사(白蓮社)[119]와 같았네
南巷麥收尋野老	남쪽 마을에선 보리 거두어 시골 노인을 찾고
東樓酒重拜癯仙	동쪽 누정에선 많은 술로 구선(癯仙)[120]에게 절하네
鈎簾霽景靑峯日	주렴 걷은 비 갠 풍경 햇살 비친 푸른 봉우리
隱几驚秋碧樹蟬	은거한 곳 가을 들어 푸른 나무에 매미 우네

---

118 행대(行臺) : 행어사대(行御史臺)의 준말로, 지방에 파견되어 행정과 군사 및 감찰권을 행사하는 아문을 말한다.

119 백련사(白蓮社) : 동진(東晉)의 고승 혜원(慧遠)이 승속(僧俗)의 18현(賢)과 염불(念佛) 결사(結社)를 맺었는데, 그 사찰의 연못에 백련(白蓮)이 있었으므로 백련사(白蓮社) 혹은 줄여서 연사(蓮社)라고 일컫게 되었다. 『연사고승전(蓮社高賢傳)』 <혜원법사(慧遠法師)>에 보인다. 여기서는 오핵과 노승의 모임을 백련사와 비교하기 위해 가져왔다.

120 구선(癯仙) : 모습이 파리한 은자(隱者)를 가리킨다. 한(漢) 나라 사마상여(司馬相如)가 일찍이 천자(天子)에게 아뢰기를, "역대 신선들이 서로 전해 가면서 산택 사이에 거주한 이들은 형용이 몹시 파리하나니, 이것은 제왕이 하고자 하는 신선이 아닙니다.[列仙之傳居山澤間, 形容甚癯, 此非帝王之仙意也]" 한 데서 왔다. 구선은 특히 매화(梅花)의 별칭이기도 하다.

送爾溪橋何處去　시내 다리에서 그대 보내니 어느 곳으로 가는가
隔林清磬夕陽邊　숲 너머 맑은 경쇠 소리 석양 가에 들리네

80 看任踈菴集_乙酉 임숙영(任叔英)의 『소암집(踈菴集)』을 보고_을유년(1645, 인조 23)

淸明日月立王庭	태평세월에 조정에 서서
爭仰天奎第一星	규성(奎星)[121]의 제일성을 다투었네
永叔奇文勤節閣	<근절당상량문>은 영숙(永叔)의 글과 같았고[122]
子安長序統軍亭	<통군정서(統軍亭序)>는 자안(子安)의 글과 같았네[123]
堂堂直氣劉蕡策	당당하고 곧은 기운은 <유분책(劉蕡策)>[124]에 보이고
皓皓貞心屈子醒	밝고 곧은 마음 굴원(屈原)처럼 깨어 있었네[125]
流落人間詩卷在	인간 세상에 시권(詩卷)만 남았으니
卽今回首倚風檐	지금 난간에 기대어 되돌아보네

---

121 규성(奎星) : 규성은 문장 또는 학문을 관장하는 별로 뛰어난 문인을 비유하기도 한다. 여기서는 임숙영이 뛰어난 문인이라 규성에 비유한 것이다.

122 영숙(永叔)의 글과 같았고 : 영숙은 중국 송나라 정치가이면서 문인이었던 구양수(歐陽修, 1007~1072)의 자이다. 구양수는 『오대사기』와 『신당서』를 통해 전통 역사서의 형태와 범위를 확충했고, 정확한 기술과 도덕적 판단으로 당시의 인물과 제도를 평했다. 임숙영 또한 <술회(述懷)>라는 장편서사시를 통하여 고조선부터 조선시대까지의 역사와 인물에 대한 평가를 행하였다. 구양수를 통하여 임숙영을 높이 평가한 것으로 보인다.

123 자안(子安)의 글과 같았네 : 자안은 중국 당나라 문학가인 왕발(王勃, 649~676)의 자이다. 그의 시는 개인의 생활을 묘사하는 데 치우쳐 있으며, 정치적인 감개나 은연중에 현실에 대한 불만을 담은 작품도 약간 있다. 그의 시는 풍격이 비교적 맑고 새로우며 문장은 대부분 변려체로 되어 있으며, <등왕각서(滕王閣序)>가 가장 유명하다. 임숙영의 <통군정서(統軍亭序)> 또한 변려문으로 중국에까지 전해져서 중국 학사들이 천년절조라고 칭찬을 아끼지 않을만큼 유명하였다고 한다. 여기서는 왕발의 <등왕각서>를 통하여 임숙영의 <통군정서>를 높이 평가한 것으로 보인다.

124 유분책(劉蕡策) : 임숙영이 1611년(광해군 3)에 전시(殿試)에 응시했을 당시 유분(劉蕡)의 고사를 본받아 쓴 대책문이다. 유분의 고사는 다음과 같다. 당 문종(唐文宗) 2년(828)에 황제가 직접 대책문(對策文)을 시험 보일 때, 유분이 환관(宦官)의 폐해를 낱낱이 지적하며 종사(宗社)가 장차 위태롭게 되었다고 극언을 하였는데, 고관(考官)이 이를 보고서 "한(漢) 나라의 조조(鼂錯)나 동중서(董仲舒)보다도 낫다."고 탄복을 하였으나, 마침내는 당로자(當路者)인 중관(中官)에 의해 저지되어 탈락되었던 고사를 말한다. 『구당서(舊唐書)』 권190 <유분열전(劉蕡列傳)>에 보인다.

125 굴원처럼 깨어 있었네 : 굴원의 <어부사(漁父辭)>를 보면 모든 이가 취하였는데, 자신만 홀로 깨어 있어 이처럼 유배왔다는 구절이 있다. 임숙영은 매우 강직하여 옳지 않으면 절대 벼슬에 나아가지 않았다. 일례로 광해군때 벼슬하지 않았는데, 인조 반정때 이로 인하여 벼슬에 제수되자, 인조반정에 아무런 도움을 주지 않았으므로 벼슬에 나아갈 수 없다고 하고는 벼슬을 받지 않았다. 여기서는 이러한 임숙영의 강직한 성품을 굴원에 빗대어 서술한 것으로 보인다.

81 感興_丙戌　　감흥_병술년(1646 인조 24)

山深石逕客來稀	산 깊은 돌길에 찾아오는 이 드물고
綠淨高塘半掩扉	푸르고 맑은 못에 사립문 반쯤 닫혔는데
千里紅雲催霽景	천 리 밖 붉은 구름이 맑은 경치 재촉하고
萬條蒼樹弄晴暉	만 가닥 푸른 나무 햇살을 희롱하네
風生芳草玄禽舞	향기로운 풀 바람에 제비 춤추고
日照滄波白鳥歸	햇살 비추는 창파에 흰 새 돌아가네
詠罷高樓開繡戶	높은 누정에 시 읊조리며 아롱진 문을 여니
嵩山碧色近郊圻	높은 산 푸른빛이 교외 가까이 있네

82 野亭_戊子　　들의 정자_무자년(1648 인조 26)

此日江南有所思	이 날 강남이 그리운데
晴沙晩景客相隨	노을 지는 백사장 객이 잇닿네
吳洲錦浪靑蓮興	오주(吳洲)의 비단물결은 청련거사(靑蓮居士)의 흥이요[126]
白鳥楊花杜甫詩	흰 새와 버들은 두보(杜甫)시로구나[127]
大陸浮雲流水遠	구름 뜬 대륙에 물길 멀리 가고
接天芳草夕陽時	아름다운 풀은 하늘에 잇닿아 노을졌네
一樽酒盡孤山野	외로운 산중 들판에서 술 다하였으니
座上何人歌紫芝	좌석의 누가 자지가(紫芝歌)[128]를 부르리오

---

126 오주(吳洲) ~ 흥이요 : 이백(李白)의 <송장사인지강동(送張舍人之江東)> 시의, "오주에서 만약 달을 보거든
　　천리 밖에서 나를 생각하기 바란다.[吳洲如見月, 千里幸相思]"라는 구절에서 나온 시구이다. 『고문진보전집
　　(古文眞寶前集)』 권1에 보인다. 원문의 '청련(靑蓮)'은 '청련거사(靑蓮居士)'의 약칭으로 이백의 별호이다.

127 흰 새 ~ 시로구나 : 두보의 <곡강대주(曲江對酒)>라는 작품에 보면, "복숭아 꽃은 버드나무 꽃을 따라
　　지고, 누런 새는 때때로 흰새와 같이 나는구나.[桃花細逐楊花落, 黃鳥時兼白鳥飛.]"라는 구절에서 인용한
　　것이다.

128 자지가(紫芝歌) : 진(秦) 나라 말기에 난세를 피하여 은거하였던 상산사호(商山四晧), 즉 동원공(東園公), 하황
　　공(夏黃公), 녹리 선생(甪里先生), 기리계(綺里季)가 불렀다는 노래. 그 가사에 "막막한 상락(商洛) 땅에 깊은

83 林亭　　　　　숲 속 정자

落日高亭客自愁	석양 속 높은 정자 나그네 시름겨워
漢城回首昔年遊	지난날 노닐던 한양을 돌아보네
清流白石紫霞洞	흰 바위의 맑은 물은 자하동(紫霞洞)이오
暮寺踈鐘山暎樓	성근 종소리 저물녘 산사는 산영루(山暎樓)라
露積峯頭日月近	노적봉 머리 해와 달이 가깝고
白雲臺下滄溟浮	백운대 아래엔 푸른 바다 떠 있네
風塵慷慨中興志	풍진 속 강개한 중흥의 뜻을 가지고
一劒身當萬馬秋	검 하나에 단신으로 만마를 대적할 때라네

84 簡寄稷山宰金伯玉_己丑　　직산 수령 김백옥에게 편지로 부치다_기축(1649 인조 27)

如何困簿領	어찌 문서더미에 파묻혀
寥落送春秋	쓸쓸히 봄가을을 보내는가
試向滄洲上	시험 삼아 창주(滄洲)[129]로 나가보면
須看白鳥浮	필시 물 위에 뜬 흰 새를 보리라
高才元驥足	높은 재주 본디 천리마인데
當代是魚頭	지금은 물고기가 되었을 뿐
莫說胡床興	호상(胡床)[130]의 흥취 말하지 말게나

골짜기 완만하니, 밝고 환한 자지(紫芝)로 주림을 달랠 만하도다. 황제(黃帝)와 신농씨(神農氏)의 시대 아득하니, 내 장차 어디로 돌아갈거나. 사마(駟馬)가 끄는 높은 수레는 그 근심 매우 크나니, 부귀를 누리며 남을 두려워하느니 차라리 빈천하더라도 세상을 깔보며 살리라." 하였다.

129 창주(滄洲) : 물가의 수려한 경치를 뜻하는 말인데, 남조 제(南朝齊)의 시인 사조(謝朓)가 선성 태수(宣城太守)로 나가서 창주의 정취를 마음껏 누렸던 고사에서 나온 말이다.

130 호상(胡床) : 승상(繩床) 또는 교상(交床)이라고도 하는 의자의 일종으로, 간편하게 접을 수 있도록 윗부분을 노끈으로 얽어 만들었는데, 보통 관원들이 하인에게 갖고 다니게 하거나 사찰에서 승려들이 사용하였다. 위응물(韋應物)의 <화경(花徑)>이라는 시에 "공무의 여가에 호상에 앉아 이슬 젖은 거문고를 타노라.[胡床理事餘, 玉琴承露濕.]"라는 용례가 있다. 『어정전당시(御定全唐詩)』 권193. 여기서는 수령의 공무가 끝난 후 여

催修五鳳樓　　　　오봉루(五鳳樓)[131]를 지으라 재촉할 뿐이라

85 次李東岳安訥贈顧天使韻
동악(東岳) 이안눌(李安訥)이 명나라 사신 고천준(顧天峻)[132]에게 준 시에 차운하다

煌煌玉節暎恩袍	빛나는 옥절(玉節)이 은포(恩袍)[133]에 빛나니
爭道風流絕代豪	시대에 드문 호걸의 풍류를 다투어 말하네
筆似龍蛇驅造化	글씨는 용과 뱀이 조화를 부리는 듯하고
文如滄海捲波濤	글은 푸른 바다의 파도가 치는 듯하네
三韓今日千珠唾	삼한에 오늘 천 개 주옥같은 말이 쏟아짐에
萬里中天一羽毛	만 리의 하늘에 나는 한 마리 새 같았네
縹緲仙軺留不得	아득한 신선의 행차 잡을 수 없고
五雲遙望北辰高	오색구름 북쪽 하늘만 아득히 바라보네

86 次叔兄韻　　　　셋째 형님의 시에 차운하다

莊生鵬背志	장자의 붕새의 뜻을 품고
謾作逍遙遊	소요유(逍遙遊)를 마음껏 누렸네
列岫千年碧	뭇 봉우리들은 천 년을 푸르게 솟았고
長河萬古流	긴 강은 만 년 토록 흘러가는데
懸心渭北樹	위수 북쪽 나무[134]에 마음을 달고서

가를 즐기는 것을 말한다.

131 오봉루(五鳳樓) : 양 태조(梁太祖)가 낙양(洛陽)에 세운 누각(樓閣)인데 매우 고대(高大)하기로 유명하다. 큰 문장(文章) 솜씨를 오봉루의 건축(建築) 솜씨에 비유하기도 한다.

132 고천준(顧天埈) : 1603년(선조 36)에 조선에 온 명 나라 사신이다.

133 은포(恩袍) : 임금이 하사한 도포로 주로 어사(御使)가 입는 푸른빛 도포를 가리킨다. 여기서는 명나라 사신 고준천이 입은 도포를 말한다.

回首仲宣樓	중선루(仲宣樓)¹³⁵를 고개 돌려 보았네
曉色南郊草	새벽 햇살은 남쪽 교외 풀에 비치고
西風積雨收	서풍은 장맛비를 거두어가네

87 過長湍東坡驛_庚寅   장단(長湍) 동파역(東坡驛)을 지나며_경인(1650 효종 1)

茫茫宇宙一高歌	멀고 넓은 세계에 높은 노랫가락 소리 하나
塵世無心響玉珂	진세(塵世)에 무심한 옥가(玉珂)¹³⁶ 소리 울리네
鵠嶺崔嵬迎客眼	험한 곡령(鵠嶺)¹³⁷은 나그네를 맞이하고
馬山迢遞隔江波	멀고 더딘 마산(馬山)이 강 건너 있네
飛花此日尋山去	꽃잎 흩날리는 오늘 산으로 떠나는데
橫篴他年載酒過	피리 불던 지난해엔 술을 실고 지났었지
勝賞元來稱赤壁	명승지로 본디 적벽이 유명하지만
地名千古說■遊	지명이 천고의 유람지였음을 알려 주네

88 黃州望辰樓, 次伯氏天坡公韻
황주(黃州) 망진루(望辰樓)에서 큰 형님 천파공의 시에 차운하다

海天秋色上南樓	가을 깊은 바닷가 남쪽 누정에 오르니

---

134 위수 북쪽 나무 : 두보(杜甫)의 <춘일억이백(春日憶李白)>의 "위수 북쪽엔 봄 하늘에 우뚝 선 나무, 강 동쪽엔 저문 날 구름.[渭北春天樹, 江東日暮雲]"에서 유래한 구절로 보통 벗을 그리워하는 마음으로 쓰인다. 여기서도 그리움의 정한으로 사용되었다.

135 중선루(仲宣樓) : 중선(仲宣)은 후한(後漢) 말 건안칠자(建安七子)의 한 사람인 왕찬(王粲)의 자이다. 그가 형주(荊州)의 유표(劉表)에게 의지해 있을 때 강릉(江陵)의 성루에 올라 고향을 그리며 <등루부(登樓賦)>를 지었는데, 그 후로 누각을 흔히 중선루라고 한다. 『육신주문선(六臣註文選)』 <등루부(登樓賦)> 주석에 보인다. 여기서도 고향을 그리는 마음을 표현하였다.

136 옥가(玉珂) : 5품(品) 이상의 관원이 말(馬)에 다는 옥 장식이다.

137 곡령(鵠嶺) : 개성(開城)의 진산(鎭山)인 송악산(松嶽山)의 옛 이름이다.

樓下長江不盡流	누정 아래 긴 강 쉬지 않고 흐르네
千里歸程看杳杳	돌아갈 천 리 길 볼수록 아득한데
百年分夕恨悠悠	평생의 이별 저녁 한스러움 넘치네
山城虛築終何用	부질없이 쌓은 산성은 끝내 무슨 소용 있나
平陸浮雲惹起愁	평야 위 떠도는 구름 수심을 일으키네
壁上紗籠揮涕淚	벽 위의 쓴 시로 눈물을 닦았으니
坡仙當日過黃州	소동파는 그날 황주를 지났었지[138]

89 箕城　　　　기성

箕城自古帝王州	기성은 예로부터 제왕의 도읍이라
絶勝金陵白鷺洲	빼어난 경치 금릉과 백로주라
浮碧層樓餘百尺	부벽루 백 여 척 높이요
永明孤寺幾千秋	영명사 수 천 년 세월이라
天邊鴻鴈霜初落	하늘 가 기러기 날 때 서리 처음 내리고
馬上琵琶淚自流	말 위의 비파소리 눈물 절로 흐르는데
惆悵繁華今已盡	슬프도다 번화의 고을 지금 이미 영락하여
牧丹斜日送歸舟	모란봉 석양질 때 돌아가는 배 배웅하네

90 承召述懷_辛卯　　임금의 부름을 받았던 회포를 서술하다_신묘년(1651 효종 2)

| 高臺百尺綠陰涼 | 백 척의 높은 누대 녹음이 서늘하고 |
| 無限雲烟入醉鄉 | 끝없는 안개 속 별천지[139]로 들어가 |

---

138 신선 소동파 ~ 지났었지 : 황해도 황주(黃州)의 지명과 중국 황주의 지명이 같은 것을 가지고 만든 시구이다. 소식이 황주자사로 좌천되어 갔었던 것을 말한다.

山野卽今來抗疏	산야의 사람이 이제 상소를 받들었고
講筵當日侍含香	강연의 당일 함향(含香)140하여 모시었네
靑綾歸夢瑤池近	청릉(靑綾) 아래 요지(瑤池) 가까이 숙직했고
銀燭朝天紫陌長	은촛대 잡고서 긴 궁궐을 가 조회했네
一代恩榮修史地	역사를 기록하는 일은 한 시대 은총과 영광인데
此身多病鬢蒼浪	이 몸 병이 많아 귀밑머리 세어 흩날리네

91 水原客舍_壬辰   수원 객사_임진년(1652 효종 3)

此地開雄府	이곳에 큰 고을 열렸으니
平臨大陸雲	대륙은 평평히 구름에 닿았네
山樓高百尺	산 같은 누대 백 여 척이나 되고
兵馬擁千羣	병마는 천여 명이 호위하네
綺席歌初罷	비단 자리에서 노래 비로소 마치고
河橋日欲曛	강가 다리에 해는 저물어 가네
繡衣催驛路	어사또 역로를 재촉하는데
春雪正紛紛	봄눈은 분분히 날리는구나

92 燈夕賜詩[月課]   정월 대보름날 시를 내리시다 월과(月課)로 지은 것이다.

天上飛樓幾百層	하늘 나는 듯 누대 몇 백 층인가

---

139 별천지 : 원문의 "취향(醉鄕)"은 술에 취했을 때 온갖 걱정을 잊는 별천지의 경계이다. 당(唐)나라 왕적(王績) 의 <취향기(醉鄕記)>에 보인다.

140 함향(含香) : 옛날 상서성(尙書省)의 낭관(郎官)이 일을 아뢸 때 구취(口臭)를 없애기 위해 입에 계설향(鷄舌 香)을 머금었다는 고사에서 유래하였다. 이 해 4월에 오핵이 시강원 사서(司書)에 제수되었는데, 여기서는 시강원 사서를 말하는 것이다.

千門照耀九枝燈　천 개 문은 아홉 갈래 등불 빛나네
安車赴召慚非分　안거¹⁴¹ 타고 부름에 응하니 분수 넘쳐 부끄러운데
御席承歡夢未曾　어전에서 임금님 뜻 받잡는 것 꿈꿔 본 적 없네
詔賜瓊漿恩渥渙　내려 주신 경장(瓊漿)¹⁴²은 은총이 넘치고
更蒙華袞寵光增　다시 지극한 은혜 입어 총애 더하였네
至今樂府傳奇事　지금까지 악부에 전하는 기이한 일은
當日黃扉舊股肱　당시 고굉의 옛 정승¹⁴³이라네

93 泛波亭泛舟　　범파정에서 배를 띄우다

高江秋日倚孤舟　가을 맑은 강에서 외론 배 타니
紅葉靑山水急流　청산은 불붙은 듯하고 강물은 빠른데
倘有神仙應在此　신선이 있다면 응당 여기 머물 듯하니
仰看天上起飛樓　하늘을 쳐다보니 나는 듯 누정 솟았네

94 高城海山亭　　고성 해산정

縹緲三山鼇背高　아스라이 삼신산은 자라등[鼇背]에 높이 솟아 있고¹⁴⁴
彩雲多處更逍遙　채색 구름 많은 곳 다시 천천히 거니네

---

141 안거(安車) : 앉아서 편히 타는 수레를 뜻한다. 수레는 서서 타는 것이 보통이나, 은퇴한 국가의 원로나 중망
(重望)이 있는 인사를 징소(徵召)할 때에는 안거를 하사하며 예우하였다.
142 경장(瓊漿) : 음료(飮料)로 아주 맛있다고 한다. 송옥(宋玉)의 <초혼(招魂)>에 "화려한 술잔 이미 베풀어졌는
데 경장도 있네.[華酌旣陳, 有瓊漿些]"라고 한 말이 보인다.
143 정승 : 원문의 '황비(黃扉)'는 옛날 승상이나 삼공 등의 고관의 집 문에 황색 칠을 했던 것에서 유래한 말로
삼정승, 급사중 등 최고 관원을 가리킨다.
144 자라등[鼇背] : 옛날 발해(渤海) 동쪽의 다섯 산이 파도에 떠밀리자 상제가 다섯 마리의 자라로 하여금 이를
떠받치게 했다는 전설이 전해 온다. 『열자(列子)』 <탕문(湯問)>에 보인다. 여기서는 고성 바닷가에서 보이
는 섬들이 솟아 있는 것을 비유한 것이다.

平臨滄海心逾壯　　푸른 바다에 임하니 마음은 더욱 장쾌하고

直上仙臺氣自豪　　곧장 신선의 누대 오르자 기분 호탕해지네

萬里秋風長作客　　만 리의 가을바람 속 오랜 객이 되어

曲欄明月敎吹簫　　굽은 난간 밝은 달 아래 퉁소를 부네

樓船泛泛杳何許　　누선은 강 따라 아득히 어디로 떠가나

驅石當年空自勞　　바위를 채찍질하던 때 부질없이 힘썼을 뿐[145]

95 **次石室僧軸韻**_癸巳　석실 승려의 시축에 있는 시에 차운하다_계사년(1653 효종4)

楊柳輕黃細雨來　　버드나무 누런 버들개지 가벼울 때 이슬비 오고

小塘春水碧於苔　　작은 연못 봄물은 이끼보다 푸르네

十年未遂歸山計　　십 년을 이루지 못한 돌아갈 계획

僧軸詩篇謾自裁　　승려의 시축으로 마음대로 쏟아보네

---

145 바위를 채 ~ 뿐 : 진시황이 만리장성을 쌓을 때에 신편(神鞭)으로 돌을 몰아들였다 한 고사를 인용하였다.

賦부

1 鳳凰非梧桐不棲賦_癸酉監試初試魁

竊觀夫一氣之播萬物兮, 偉百飛之聱駬. 鸎鳩搶於楡枋兮, 鷦鷯丁乎荊棘. 鴻鵠擧而覩圓方兮, 大鵬翼乎圖南. 獨怪夫丹鳳之巍巍羽兮, 擇必集于梧桐焉. 與衆禽而齊飛, 知所止兮得所止. 自丹穴而九苞兮, 挺天壇而五色. 背負仁兮心入信, 頸揭義兮首戴德. 超四靈而不羣兮, 摠三百而爲之長. 飛千仞而軒翥兮, 覽德輝而天地光. 朝餐巘谷之嘉實兮, 夕飮溟渤之沆瀣. 上明月兮下桂樹, 春與鸎吟兮秋鶴與飛. 歷少昊兮鳥官, 過虞舜兮簫韶. 嗟世下而混濁兮, 集燕雀於堂壇. 鷗嘯羣兮遷喬木, 鷄聚族兮止于灌. 行與止不可以同兮, 吾將遠引而遐集. 雖飢兮固不妄下, 況乎居而不擇所. 枳棘之榛榛兮, 夫豈靈禽之攸居. 蓬蒿之蕪蕪兮, 又何仁鳥之所集. 瞻彼碧梧之奇挺兮, 本乎地而參於天. 有葉萋萋而光被下, 可托而可休思. 有枝茂暢兮所施博, 盍爰居而爰處. 鋪冲虛而爲席, 搆恬漠而爲巢. 鷗梟厲吻而莫余害兮, 鵰鶚嚇而不吾捷. 矰弋機兮罔我射, 罻羅張兮不吾擒. 棲非是而焉托兮, 吾固得其所哉. 何所獨無嘉樹兮, 爾獨棲彼梧桐. 梧桐之於凡樹, 不曰嘉乎. 鳳凰之於飛鳥, 不曰靈乎. 鳳兮鳳兮, 不梧桐其奚棲. 梧兮梧兮, 非鳳凰其誰集. 鳳凰兮梧桐, 曰兩美其必合. 鷙鳥之翔翔兮, 羌貪餧而受絏. 鶹鷺之翾翾羽兮, 媒黃粱而爲戮. 欽爾鳳之姱節兮, 無道隱兮有道見. 吾令鸎鳥飛騰兮, 追彩鳳而共路. 瀏乎以遊於萬物者, 始兮與道德而翶翔.

'봉황은 오동나무가 아니면 깃들지 않는다.'[146]에 대한 부(賦)
__계유년(1633, 인조11) 감시(監試) 초시(初試) 장원

　무릇 하나의 기운이 만물에 퍼진 것을 가만히 보니,
　성대하게 온갖 날짐승 시끄러이 나는구나.
　작은 비둘기는 느릅나무나 방(枋)나무에 부딪치고,[147]

---

146 봉황은 ~ 않는다 : 봉황의 성질은 오동나무가 아니면 깃들지 않고, 대나무 열매가 아니면 먹지 않는다고 한다. 『시경집전(詩經集傳)』 「대아(大雅)」 권 이(阿)에 보인다.
147 작은 ~ 부딪치고 : 『장자(莊子)』 <소요유(逍遙遊)>에, 대붕(大鵬)이 날아가는 것을 보고서 매미와 비둘기[蜩與鸎鳩]는 "나는 기껏 날아 봤자 유나무와 방나무에 부딪치는가 하면 어떤 때는 중도에 땅으로 떨어지기도 하는데, 뭣 때문에 구만리까지 올라가서 남쪽으로 날아간단 말인가." 하고 비웃었다는 이야기가 나온다.

뱁새는 나뭇가지에 멈추네.

큰 기러기와 고니는 날아올라 온 천지를 둘러보고

대붕(大鵬)은 날개를 펴고 남쪽으로 가려하네.[148]

유독 괴이하게도 붉은 봉황은 날개깃을 퍼덕이며[149]

반드시 오동나무를 골라 앉는구나.

뭇 새들과 함께 일제히 날다가 그 멈출 곳을 알고 제자리를 얻는구나.

단혈산에서 나와 아홉 가지 특징을 가졌고,

천단(天壇)에서 나와 오색이 찬란하구나.[150]

등에 인(仁)을 업었고 마음에 신(信)을 품었으며 목에 의를 매달았고 머리에 덕을 이었도다.[151]

사령(四靈) 중에서도 빼어나 우뚝하여, 온갖 짐승을 통틀어 으뜸이구나.[152]

천 길을 날아 높이 날아올라 덕이 빛나는 곳을 봄에 천지가 빛나는구나.[153]

---

148 대붕(大鵬)은 ~ 가려하네 : 『장자(莊子)』 <소요유(逍遙遊)>에 "붕새가 남쪽 바다로 옮겨 갈 때에는 물결을 치는 것이 삼 천 리요, 회오리바람을 타고 구 만 리를 올라가 여섯 달을 가서야 쉰다."라고 하였다

149 붉은 봉황은 날개깃을 퍼덕이며 : 『시경』 「대아(大雅)」 권 아(阿)에 "봉황이 나니 그 깃을 퍼덕여 또한 그칠 데에 앉도다. 봉황이 나니 그 깃을 퍼덕여 또한 하늘에 이르도다."라고 하였다.

150 단혈산에서 ~ 찬란하구나 : 단혈산(丹穴山)은 도과산(禱過山)에서 동쪽으로 500리에 있다고 전해지는 전설상의 산인데, 닭처럼 생긴 새가 있어 오색 빛이 문채가 나며 봉황이라고 한다. 『산해경(山海經)』 <남산경(南山經)>에 보인다. 『전당시(全唐詩)』 권60 이교(李嶠)의 <봉황새[鳳]>에 "단혈산에 새가 사는데, 이름이 봉황이라네. 아홉 가지 특징을 갖춘 영물(靈物)로, 오색찬란하다네."라고 하였는데, 아홉 가지 특징은 구포명(口包命), 심합도(心合度), 이청달(耳聽達), 설굴신(舌詘伸), 채색광(彩色光), 관구주(冠矩州), 거예구(距銳鉤), 음격앙(音激揚), 복문호(腹文戶)이다. 『산당사고(山堂肆考)』 권211 「우충(羽蟲)」 <봉(鳳)>에 자세하다.

151 등에 ~ 이었도다 : 황제(黃帝)가 즉위하여 자신의 덕을 닦고 인정(仁政)을 행하여 천하가 태평하였는데도 봉황을 보지 못하자, 천로(天老)에게 봉황의 형상이 어떠한지를 물었다. 천로의 대답에 "봉황의 형상은 앞은 기러기와 같고 뒤는 기린과 같으며, 뱀의 목에 물고기의 꼬리를 가졌으며, 용의 무늬에 거북이의 몸을 가졌으며, 제비의 턱에 닭의 부리를 가졌습니다. 머리에 덕(德)을 이었고, 목에 의(義)를 매달았고, 등에 인(仁)을 업었고, 마음에 신(信)을 품었고, 날개에 예(禮)를 끼었고, 발로 문(文)을 밟았고, 꼬리에 무(武)를 맸습니다. [首戴德, 頸揭義, 背負仁, 心入信, 翼挾禮, 足履文, 尾繫武.]"라고 하였다. 이 글은 『예문유취(藝文類聚)』 권99 「상단부하(祥瑞部下)」 <봉황(鳳凰)>에 보인다.

152 사령(四靈) 중에서도 ~ 으뜸이구나 : 『대대례기(大戴禮記)』 <역본명(易本命)>에 "360종의 날개 있는 짐승 중에 봉황이 으뜸이고, 360종의 털 있는 짐승 중에 기린이 으뜸이고, 360종의 딱지가 있는 짐승 중에 신귀(神龜)가 으뜸이고, 360종의 비늘 있는 짐승 중에 교룡이 으뜸이고, 360종의 털 없는 짐승 중에 성인(聖人)이 으뜸이다.[有羽之蟲三百六十, 而鳳凰爲之長, 有毛之蟲三百六十, 而麒麟爲之長, 有甲之蟲三百六十, 而神龜爲之長, 有鱗之蟲三百六十, 而蛟龍爲之長, 倮之蟲三百六十, 而聖人爲之長.]"라는 내용이 보인다. 여기에서 '삼백 짐승'이라고 한 것은 성수(成數)를 들어 말한 것으로, 다섯 부류의 짐승, 곧 모든 동물을 가리킨다.

아침에는 해곡(嶰谷)의 맛있는 열매[154]를 먹고, 저녁에는 명해(溟海)와 발해(渤海)의 이슬을 마시네.

위로는 밝은 달이요 아래로는 계수나무라.

봄에는 난(鸞)새와 함께 노래하고 가을에는 학(鶴)과 함께 날아다니네.

소호(少昊) 시대를 거치며 새 이름을 관직으로 하였고 순(舜)의 시대를 거치며 소소(簫韶)의 음악이 있었도다.[155]

안타깝게도 시대가 내려오면서 혼탁해져 제비와 참새가 당과 단에 모이네.

올빼미가 무리를 지으니 교목(喬木)으로 옮기고, 닭 떼가 모이니 관목(灌木)에 멈추어,

가고 멈춤이 같을 수 없구나.

내 장차 멀리 떠나서 먼 곳에 자리를 잡고 배가 고프더라도 진정 함부로 내려오지 않으리라. 더구나 거처를 정하며 장소를 가리지 않으랴.

무성한 가시나무 검불이 어찌 신령한 날짐승이 살 곳이며, 우거진 쑥대밭이 또한 어찌 봉황이 모일 곳이랴.

저 기이하고 빼어난 오동을 바라보니, 땅에 근본을 두고 하늘에 간여하는구나.

잎이 우거졌지만 빛은 아래로 드리워 의탁할 만하고 가서 쉴 만하며, 가지는 무성하여 베푸는 바가 넓으니, 어찌 이에 거처를 정하지 않으리오.

충허(沖虛)를 깔아 자리로 삼고 고요함을 엮어 보금자리로 삼으니,[156]

---

153 천 길을 ~ 빛나는구나 : 가의(賈誼)의 <조굴원부(弔屈原賦)>에 "봉황이 천 길이나 높이 날아 덕이 빛나는 곳을 보고 내려앉도다.[鳳皇翔于千仞兮, 覽德輝而下之]"라고 하였다. 『고문진보 후집(古文眞寶後集)』에 보인다.

154 해곡(嶰谷)의 맛있는 열매 : 황제(黃帝)가 악관(樂官) 영윤(伶倫)에게 악률(樂律)을 만들라고 명하자, 영윤이 해계(嶰谿) 골짜기 대나무를 취하여 12개의 통(筒)을 만든 다음 봉황의 울음소리를 듣고서 12음률을 구별했는데, 수컷 울음소리로 육률을 삼고 암컷 울음소리로 육려를 삼았다고 한다. 『여씨춘추(呂氏春秋)』 「중하기(仲夏紀)」 <고악(古樂)>에 보인다. 맛있는 열매는 대나무를 가리키는 듯하다.

155 소호(少昊) ~ 있었는데 : 소호씨가 즉위했을 때 봉조(鳳鳥)가 마침 왔기 때문에 새의 이름을 따서 관직의 이름을 지었다고 한다. 『상서비전(尙書埤傳)』 권1 「요전(堯典)」에 보인다. 소소(簫韶)는 순임금의 음악이다. 악관(樂官)인 기(夔)가 말하기를, "순임금의 음악인 소소를 아홉 번 연주하자 봉황이 와서 의용(儀容)을 갖추었다."라고 하였다. 『서경』 「익직(益稷)」에 보면 모두 봉황이 나타난 것을 말하는 것이다.

156 충허(沖虛)를 ~ 삼으니 : 당(唐)나라 문인 유종원(柳宗元)의 <해수부(解祟賦)>에 "충허를 깔아 자리로 삼고, 염박(恬泊)에 멍에를 매어 수레로 삼아 시원하게 만물에서 노닐 것이니"라고 한 데서 인용한 것이다. 『유하동집(柳河東集)』 권2 <해숭부(解祟賦)>에 보인다.

올빼미의 사나운 부리도 나를 해칠 수 없고 수리가 사납게 굴어도 나를 이길 수 없으리.

화살로 기교를 부려도 나를 쏠 수 없고 그물을 펼쳐도 나를 잡을 수 없으리.

이곳에 깃들지 않고 어디에 의탁하겠는가. 내가 참으로 제자리를 얻었도다.

어느 곳인들 좋은 나무 없으랴마는 너는 유독 저 오동나무에 깃드니,

오동나무는 범상한 나무에 비해 아름답다 하지 않겠는가. 봉황은 날짐승에 비해 신령하다
하지 않겠는가.

봉이여, 봉이여, 오동이 아니면 어디에 깃들 것인가. 오동이여, 오동이여, 봉황이 아니면
누가 와서 모이겠는가. 봉황과 오동은 두 가지 아름다움을 반드시 합하였도다.

날라 다니는 사나운 새여, 먹이를 탐하다가 올가미에 걸려들고,

펄럭이며 나는 해오라기와 산새여, 누른 기장에 넘어가 죽게 되지만,

공경히 하는 너 봉황의 아름다운 절개여, 도가 없으면 숨고 도가 있으면 나타나는구나.

내가 난(鸞) 새로 하여금 날아오르게 하리라. 봉황을 좇아서 길을 같이 하여 시원하게 만
물에서 노닐 것이니 비로소 도덕과 함께 비상할 것이다.

2 民猶水賦_丙戌庭試魁

包乾括坤而蕩蕩汨汨兮, 曰惟坎之其險. 橫亘萬里而一任飜覆兮, 吁可怕摧橦而決帆. 若有
非水而水兮, 其名曰民. 風行水之著象渙, 元吉於其羣. 顧海內蠢蠢而林林兮, 羌至愚而且神.
君依於國國依於民兮, 苟非民何以爲君. 惟其向背去就, 其興其亡之勃焉忽焉. 何嘗不由於斯.
離心離德而罔有定極兮, 奚異夫巨浪之噴薄. 如羹如沸而怨讟朋興兮, 亦何異洪濤之渤潏. 瞿塘
灎澦之不足以喩其險兮, 險莫險於民水. 龍門積石之不足以喩其危兮, 危莫危於民水. 惟人君以
宗社之重, 泛之於億萬人如海之上. 仁爲纜兮義爲帆. 謇誰留兮中洲. 禮爲槳兮信爲楫. 使萬頃
而安流. 博施濟衆而登三邁五兮, 此豈非利涉大川. 日暖風微而有如雲錦纖纊兮, 其猶太平之民
歟. 廓然靈變而岑嶺飛騰五嶽鼓舞兮, 其猶衰亂之民歟. 至如桀紂幽厲亂亡不辟, 吁嗟乎皆臭
厥載. 是以三風之起惡兮, 夫孰非淪陷而崩潰. 吾固知邦本之搖搖兮, 是可謂平地風波. 漢水膠
舟, 竟斬周王之澤. 龍渠汋波, 可鑑隋轍之覆. 天不定則日月薄蝕, 地不定則坤軸震驚. 矧丘民

之不定兮, 岌岌乎邦國之必傾. 故天縱之大聖以此垂訓, 懿大唐之藎臣用此陳懇. 是足爲天下人主之龜鑑, 臣百拜而獻箴. 箴曰, 可畏非民, 故曰喦. 作民父母曷不諴, 矧今我東民瘼痌. 天災孔慘太白晝, 惟民所召可不懼. 念念先甲虎尾蹈, 耿耿乙夜六馬馭. 盰玉宵錦若臨谷, 繫于苞桑若磐石.

'백성은 물과 같다.'[157]에 대한 부(賦)_병술년(1646, 인조 24) 정시(庭試) 장원

하늘을 감싸고 땅을 긁으며 넓고도 콸콸, 험한 구덩이를 다 메우는구나.

만 리를 뻗어 마음대로 뒤집고 엎으니, 아, 돛대를 꺾고 돛을 찢을까 두렵구나.

물이 아니면서 물과 같은 것이 있으니, 그 이름 백성이라네.

바람이 물위로 불어 상(象)으로 드러나 환(渙)이 되니, 무리를 이루게 하였기 때문에 크게 길하도다.[158]

돌아보면 나라 안의 백성들 많으니, 아, 지극히 어리석고도 또 신령스럽도다.

임금은 나라에 의존하고 나라는 백성에 의존하는 것이니, 진정 백성이 아니라면 무엇으로 임금이 되겠는가.

그 향배와 거취, 그 흥망과 성쇠가 어찌 일찍이 여기에서 연유하지 않은 적이 있었던가.

마음이 떠나고 덕이 떠나가면[159] 정해진 법칙이 없게 되니, 거대한 물결이 용솟음치는 것과 무엇이 다르겠는가. 국이나 물이 끓어오르듯 원망이 떼를 지어 일어나니, 또한 큰 파도가 일렁거리는 것과 무엇이 다르겠는가.

구당염여(瞿塘灩澦)[160]로도 그 험한 형세를 형용할 수 없으니, 백성이라는 물보다 험한 것

---

157 백성은 물과 같다 : 『서경(書經)』 <소고(召誥)>의 전(傳)에, "백성은 물과 같고, 임금은 배와 같은데, 물이 배를 띄워 주기도 하고, 물이 배를 전복시키기도 한다."라고 하였다.

158 바람이 ~ 길하도다 : 『주역』 <환괘(渙卦)>에, 바람이 물 위에 부는 것이 환(渙)인데, 흩어질 때에 무리를 이루게 하였기 때문에 크게 선하여 길(吉)한 것이니, 그 공덕이 광대한 것이라는 내용이 보인다. 물의 공덕을 말한 것이다.

159 마음이 ~ 떠나가면 : 『서경』 <태서(泰誓)>에, "은(殷)나라 마지막 임금 수(受)는 억조(億兆)의 보통사람이 있으나 마음이 떠나가고 덕(德)이 떠나갔지만, 나는 난(亂)을 다스리는 신하(臣下) 10인이 있는데 마음이 같고 덕(德)이 같다."라고 한 주 무왕(周武王)의 말에서 인용한 것이다.

160 구당염여(瞿塘灩澦) : 구당협(瞿塘峽) 어귀의 험한 여울인 염여퇴(灩澦堆)를 말한다. 구당(瞿塘)은 중국 삼협

은 없도다. 용문적석(龍門積石)[161]으로도 그 위태함을 형용할 수 없으니, 백성이라는 물보다 위태한 것은 없도다.

생각건대, 임금은 중대한 종묘사직을 무수한 바다 같은 사람 위에 떠운 것이라네.

인(仁)을 닻줄로 삼고 의(義)를 돛으로 삼으니, 아, 누가 섬에 머무르게 하겠는가.[162]

예(禮)를 상앗대로 삼고, 신(信)을 노로 삼아, 너른 물을 편안히 흐르게 하는구나.

널리 베풀어 많은 사람을 구제하면 삼황(三皇)이나 오제(五帝)보다 월등하니, 이 어찌 큰물을 잘 건넌다는 것이 아니겠는가.[163]

해는 따뜻하고 바람은 잔잔하여 구름 비단과 고운 솜 같으니, 태평시대의 백성과 같구나.

순식간에 기이하게 변하여 산 같은 물결이 솟구쳐 오르고 오악 같은 파도가 넘실대니,[164] 쇠퇴하는 혼란한 시대의 백성과 같구나.

걸(桀), 주(紂)나 유왕(幽王), 여왕(厲王)[165] 같은 경우는 혼란과 멸망을 피하지 않아서, 아, 모두 그 실은 것을 부패하게 하였구나.[166]

이 때문에 세 가지 풍습[167]이 악행을 일으켰으니 어찌 몰락하고 무너지지 않으랴.

(三峽)의 하나로, 사천성(四川省) 봉절현(奉節縣) 동남쪽 양자강(揚子江) 상류에 있는 협곡(峽谷)인데 급류가 거세다고 한다.

161 용문적석(龍門積石) : 용문(龍門)은 산서성(山西省) 하진현(河津縣)과 섬서성(陝西省) 한성현(韓城縣) 사이의 산 이름으로, 우(禹) 임금이 일찍이 이 산을 뚫어 깎아서 황하를 개통시켰다고 하는바, 물길이 몹시 험난하기로 유명하다. 『서경』〈우공(禹貢)〉에 "황하를 인도하여 적석으로부터 용문에 이르며 남쪽으로 화음에 이르고 동쪽으로 지주에 이르며 또 동쪽으로 맹진에 이른다."라고 하였다.

162 누가 섬에 머물게 하겠는가 : 『초사(楚辭)』〈구가(九歌) 상군(湘君)〉에, "아, 그대가 움직이지 않고 머뭇거리니, 누가 섬에 머물러 기다리게 하는가?"라고 한데서 인용한 것이다. 여기서는 배가 잘 움직일 수 있다는 것을 말한 것이다.

163 큰물을 ~ 이롭다는 것 : 『주역』의 괘사(卦辭)에 자주 나오는 "큰물을 건너는 것이 이롭다."라는 말을 가져다 한 말이다.

164 거센 물결이 ~ 넘실대니 : 목화(木華)가 지은 〈해부(海賦)〉의 "岑嶺飛騰而反覆, 五嶽鼓舞而相磓"라는 구절에 대한 주석에서 잠령(岑嶺)과 오악(五嶽)은 파도가 번갈아 와서 부딪치는 것을 말한다고 하였다. 『문선주(文選注)』 권12 〈해부(海賦)〉에 보인다.

165 걸(桀), 주(紂)나 유왕(幽王), 여왕(厲王) : 걸은 하(夏)나라의 마지막 군주이고, 주는 은(殷)나라의 마지막 군주이다. 주(周)나라 유왕은 여왕의 손자인데, 이들 모두 폭군이었다. 『사기(史記)』 권2 「하본기(夏本紀)」, 권3, 「은본기(殷本紀)」, 권4, 「주본기(周本紀)」에 모두 보인다.

166 모두 ~ 하였구나 : 『서경』 「반경(盤庚)」에, 반경이 천도하려 하며 백성들에게 이르기를, "이는 마치 배를 타는 것과 같으니, 너희들이 제 때에 건너가지 않으면 배에 실은 물건이 부패하고 말 것이다."하였다. 패망을 비유한 것이다.

167 세 가지 풍습 : 나라를 망하게 한다는 세 가지 나쁜 풍습인 무풍(巫風), 음풍(淫風), 난풍(亂風)을 말한다. 궁(宮)에서 항상 춤추고 실(室)에서 취(醉)하여 노래 부르는 것을 무풍(巫風)이라 하고, 재물(財物)과 여색(女色)

나는 참으로 나라의 근본이 흔들린 것을 알겠으니, 이는 평지풍파라고 할 만하네.

한수(漢水)를 건너던 아교로 붙인 배는 마침내 주(周)나라 왕의 은택을 끊었고,[168]

용거(龍渠)와 변수(汴水)의 운하 물결[169]에서 수나라의 전철이 반복되는 것을 알 수 있다네.

하늘이 안정 되지 않으면 일식이나 월식으로 해와 달이 서로 그 빛을 가리고,

땅이 안정되지 않으면 지축(地軸)이 진동하네.

하물며 백성들이 안정되지 않는 것이야 말할 나위가 있으리오. 위태로워 나라가 반드시 기울 것이로다.

그러므로 하늘이 낸 큰 성인이 이로써 교훈을 전하고, 훌륭한 당(唐)나라의 충신은 이를 가지고 간절히 아뢰었다네.[170]

이는 천하의 임금에게 귀감이니 신은 백 번 절하고 잠(箴 경계)을 바칩니다.

두려워할 것은 백성이 아니겠는가. 그러므로 '백성의 어려움'이라 하였으니,[171]

백성의 부모가 되어서 어찌 정성을 다하지 않겠는가. 더구나 지금 우리 동방 백성은 고통에 시달리고 있음에랴.

천재(天災)가 몹시 참혹하여 낮에 태백성(太白星)이 나타나고 있으니,[172] 백성이 부르는 바

만 따르고 항상 놀며 사냥만 하는 것을 음풍(淫風)이라 하며, 성인의 말을 무시하고 충직(忠直)한 말을 외면하며 기덕(耆德)을 멀리 하고 완동(頑童)을 친(親)히 하는 것을 난풍(亂風)이라 한다. 『서경』「이훈(伊訓)」에 보인다.

168 한수(漢水)를 ~ 끊었고 : 주 소왕(周昭王)은 재위 51년 동안 덕을 잃었는데, 남쪽으로 순행 가서 한수(漢水)를 건너게 되었을 때 초(楚)나라 사람이 왕을 미워하여 아교로 붙인 배를 왕에게 바쳤고, 강 중간쯤 왔을 때 왕이 탔던 배의 아교가 녹아 왕 이하 함께 간 사람들이 모두 익사하였다고 한다. 『제왕세기(帝王世紀)』 권5 「주(周)」와 『문헌통고(文獻通考)』 권109 「왕례고(王禮考)」 4 <순수(巡狩)>에 보인다.

169 용거(龍渠)와 변수(汴水)의 운하 물결 : 수 양제(隋煬帝)가 낙양(洛陽)에 동경(東京)을 건설하며 바다로 통하는 용린거(龍鱗渠)를 만들었고, 대운하를 파면서 황하의 지류인 변수를 통했다고 하는데, 이를 가리키는 듯하다. 여기서는 백성을 괴롭히는 토목공사를 말하는 것이다.

170 하늘이 ~ 아뢰었다네 : 당 태종(唐太宗) 때 위징(魏徵)이 상소를 올리며 "임금은 배이고 백성은 물이다. 물을 배를 띄울 수도 있고, 엎을 수도 있다."는 순자(荀子)의 말을 인용하였다. 『역대명신주의(歷代名臣奏議)』 권285 <예신(禮臣)>에 보인다.

171 두려워할 ~ 하였으니 : 『서경』「대우모(大禹謨)」에 "사랑해야 할 사람은 임금이 아니겠으며, 두려워해야 할 사람은 백성이 아니겠는가."라고 하였으며, 『서경』「소고(召誥)」에, "임금은 감히 뒤로 미루심이 없이 백성들의 어려움을 돌보고 두려워해야 합니다.[王不敢後, 用顧畏于民碞]"라고 한 데서 인용한 것이다.

172 낮에 ~ 있으니 : 태백성(太白星)은 금성(金星)을 가리키는데, 금성이 새벽에 나타나는 않고 대낮에 나타나는

를 두려워하지 않을 수 있겠는가.

신중하게 생각하여[173] 호랑이 꼬리를 밟듯이 하고,[174] 깊은 밤에도 잊지 말고 썩은 새끼줄로 여섯 마리 말을 몰듯이 하라.[175]

늦게 식사하고 늦게 잠자리에 들면서 마치 깊은 골짜기에 임한 듯이 두려워하고 조심하며,[176] 뽕나무에 매어놓은 듯[177] 태산반석 같이 튼튼하게 하라.

것을 하늘의 이변이라고 하는 것이다.

173 신중하게 생각하여 : 원문의 선갑(先甲)은 무슨 일을 처리할 때 사전 사후를 신중히 하는 것을 말한다. 『주역』 <고괘(蠱卦)>에, "갑의 앞에 3일, 갑의 뒤에 3일[先甲三日, 後甲三日]"이라 하였는데, 정전(程傳)에, "갑(甲)은 수의 시작이고 일의 시초이다. 일을 다스리는 도는 앞으로 3일, 뒤로 3일까지 염려해야만 폐단이 없이 완벽하게 된다."라고 하였다.

174 호랑이 꼬리를 밟듯이 하고 : 『서경』 「군아(君牙)」에, 목왕(穆王)이 군아(君牙)에게 명하는 말 가운데 "호랑이 꼬리를 밟은 듯이 봄에 얼음판을 건너듯이 조심하라."라고 한 데서 인용한 것이다.

175 썩은 ~ 하라 : 『서경』 「오자지가(五子之歌)」에 "백성은 친근히 해야지 낮게 보아서는 안 된다. ~ 내가 억조의 백성 위에 임하는 것이 마치 썩은 새끼줄로 여섯 마리의 말을 모는 것처럼 조심스럽기만 하니, 백성의 윗사람이 된 자로서 어떻게 공경하지 않을 수가 있겠는가."라고 한 데서 인용한 것이다.

176 마치 ~ 조심하며 : 『시경』 <소완(小宛)>의 "두려워하여 조심함은 깊은 골짜기 굽어보듯, 전전긍긍함은 얇은 얼음 밟는 듯."이라고 한 데서 인용한 것이다.

177 뽕나무에 매어놓은 듯 : 뽕나무는 뿌리가 깊이 들어가 튼튼하여 잘 빠지지 않는다고 한다. 『주역』 <비괘(否卦)> 구오(九五)에 "망하지 않을까 망하지 않을까 하고 두려워하여야 총생(叢生)하는 뽕나무에 매어놓듯 튼튼하다"라고 하였으니, 나라를 튼튼히 하는 것을 말한다.

儷文여문

1 晉州碧梧堂序 _丙戌

濟羅舊疆, 嶺海雄府. 方丈西峙, 逈臨天王之峯. 弱水東流, 直通蓬瀛之外. 泛泛彩鷁, 白鷺之洲中分. 矗矗層巖, 黃鶴之樓千尺. 華譙粉堞, 形勢最於上游. 勝賞奇觀, 佳麗甲於南土. 天連橘柚之霧, 境接桑柘之烟. 至如羅浮, 二月梅含香處處而白. 渭川千畝, 竹滿目猗猗之靑. 嵬然紫龕中, 凜凜姜尙書之像. 宛若黃絹字, 屹屹金將軍之碑. 忍說龍蛇之間, 義軍同日死. 至今猿鶴之怨, 烟波使人愁. 粵惟淳古之鄕, 素稱人材之庫. 名公碩輔, 有如河相國之間生. 博雅鴻儒, 最是曺南冥之特挺. 風俗孝子烈女氣習, 虎士文人. 念昔牧是州者, 別區江空, 崔東皐詩上之淸趣. 當筵唱咽, 梁松川句裏之繁華. 利器別於錯節蟠根, 曾說淸江之老. 爲政先於慈祥愷悌, 爭稱倚樓之人. 潘郎之花幾多, 謝眺之閣宜敞. 吾兄出宰之明年, 爰起渠渠之屋, 遂作潭潭之居. 餘事是營, 乃見不日而訖. 諸僧來役, 可謂無煩於民. 碧瓦飛甍, 勢壓平蕪之野. 虛簷曲檻, 影納蒼茫之山. 八窓灑靖節之風, 小樓覘庾亮之月. 鑿方塘半畝, 君子花之聞馨, 植嶧陽孤桐, 鳳凰枝之知寓. 睠彼北來之山勢騰驤, 輿地得飛鳳之名, 南方之火精文明, 勝境應覽德之瑞. 是以堂軒美號, 人傳鳳鳴之樓, 指點遺墟, 古有朝陽之館. 然惟喊喊之鳥必棲, 莘莘之陰起興, 於斯卷阿高岡之雅, 命名之義, 南華老仙之談, 於是堂名碧梧, 閣號彩鳳, 牧伯之所以名之者, 豈偶然哉. 黃堂淸爽, 有此鳴琴之軒. 白日庭除, 知是懸魚之地. 繭絲保障, 可行尹鐸之寬, 講論詩書, 佇見文翁之化. 嗚呼, 顧此菁川之域, 實我幷州之鄕, 大纛高牙, 王父節度公之兼牧, 襜帷玉節, 伯氏觀察使之來巡. 父老咨嗟, 共賀今古盛事. 君恩河海, 均蒙前後榮光. 翮漢北微蹤, 海東晩學, 龍虎榜裏, 幸忝黃甲之魁, 鵪鴒原頭, 更辦朱垠之會, 天涯弟妹之樂, 人間悲感之情, 開勝筵於今辰, 喜溢常棣, 撫遺跡於當日, 淚灑甘棠, 適會落成之時, 重開慶席之夕, 樽前授簡, 愧乏馬卿之才, 席上揮毫, 乃辱滕閣之序.

진주 벽오당서(晉州碧梧堂序)__병술년(1646)

백제와 신라의 옛 영토이고 영남 바닷가의 웅장한 고을이구나.

서쪽에 방장산(方丈山 지리산)이 우뚝하여 멀리 천왕봉(天王峯)이 마주하였고,

동쪽으로 약수(弱水 남강(南江))가 흘러 곧장 봉영(蓬瀛)과 통하네.[178]

둥둥 떠가는 채익(彩鷁)은 백로가 앉아있는 모래톱에서 갈라지고[179]

높이 층층이 쌓인 바위에는 1천 척(尺) 황학루(黃鶴樓 촉석루(矗石樓))가 있네.

화려한 문루(門樓)와 회칠을 한 성가퀴는 그 형세가 요충지[180] 중에 최고이고,

훌륭하고 기이한 경관은 그 아름다움이 남쪽 지방에서 으뜸이로구나.

하늘에는 귤과 유자의 향기가 잇닿고 땅에는 마을 연기가 이었네.

나부산(羅浮山)은 2월 매화가 향기를 머금고 곳곳마다 하얗게 피었고

위천(渭川) 천 이랑에는 푸르게 우거진 대나무가 눈에 가득 차네.

높이 솟은 자주색 감실(龕室) 안에는 강상서(姜尙書)의 초상이 늠름하고

완연히 빼어난 글자는 김장군의 비석[181]이 우뚝하구나.

임진년과 정사년의 일을 차마 말하랴. 의로운 군사 같은 날에 죽었도다.

지금까지도 원숭이와 학의 원한[182]으로 강가의 안개가 사람을 수심에 젖게 하누나.[183]

생각하면 순박하고 예스러운 고장이며 본래 인재의 창고라고 일컫는다네.

이름난 보필의 신하로는 하 상국(河相國 하륜(河崙))과 같은 사람이 특별히 나오고 박학하고 단아하며 큰 유학자로는 조 남명(曺南冥 조식(曺植))이 가장 빼어나네.

---

178 동쪽으로 ~ 통하네 : 약수(弱水)는 봉래도(蓬萊島) 주변을 에워싸고 있는 물인데, 그곳은 새털처럼 가벼운 물체도 금세 가라앉기 때문에, 도저히 건너갈 수 없다는 전설이 있다. 봉영(蓬瀛)는 봉래(蓬萊)와 영주(瀛洲)인데, 방장(方丈)과 함께 해중(海中)의 삼신산(三神山)이다. 「해내십주기(海內十洲記)」에 보인다.

179 둥둥 ~ 갈라지고 : 익(鷁)은 바람을 잘 타는 새로, 뱃사람들이 뱃머리에다 채색 비단으로 익새의 모양을 만들어 달아서 배가 난파되지 않기를 기원하는데, 여기서는 배를 가리킨다. 이백(李白)의 <등금릉봉황대(登金陵鳳凰臺)>에 "삼산은 푸른 하늘 밖으로 반쯤 떨어져 있고, 두 강물은 백로주에서 중간이 나뉘었네."라고 하였는데, 여기서는 남강 중간에 백로주와 같은 모래톱이 있어 강물이 두 둘기로 나뉘어진 것을 말한다.

180 요충지 : 원문의 상유(上游)는 상류(上流)와 같은 말인데, 국가의 중요한 지역을 뜻하기도 한다. 『사기』 권7 「항우본기(項羽本紀)」에 "옛날의 제왕은 땅이 사방 천 리 크기인데 반드시 상유에 거주했다.[古之帝者地方千里, 必居上游.]"라고 하였다.

181 탁월한 김장군의 비석 : 원문의 황견(黃絹)은 절(絶)을 말한다. 동한(東漢)의 채옹(蔡邕)이 조아비(曹娥碑)에 "황견유부외손제구(黃絹幼婦外孫齏臼)"라고 써 두었는데 위(魏)나라 주부(主簿) 양수(楊修)가 황견은 색이 있는 실[色絲]이므로 절(絶)이라고 풀이하였다. 『세설신어(世說新語)』 <첩어(捷語)>에 보인다. 김장군은 임진왜란 때 진주성 싸움에서 순국한 김시민(金時敏)을 말한다.

182 원숭이와 학의 원한 : 임진왜란 때에 전사한 일반 장사(將士)들을 말한다. 『예문유취(藝文類聚)』 권93 주(注)에 "주 목왕(周穆王)이 남정(南征)했을 때 군대가 전멸하였는데 장사들은 원숭이와 학이 되고 일반 백성들은 벌레와 모래가 되었다." 하였다.

183 강가의 ~ 하누나 : 당(唐)나라의 시인 최호가 지은 <등황학루(登黃鶴樓)>에 "해는 저무는데 고향은 그 어디에 있는가. 강가에 긴 안개가 사람을 수심에 젖게 하네."라고 한 데서 인용한 것이다. 『당시삼백수(唐詩三百首)』 권4에 보인다.

효자의 풍속과 열녀의 풍습에 무사와 문인이 있구나.

옛날 이 고을의 목사를 지낸 사람을 생각하니,

"별구강공(別區江空)"은 최 동고(崔東皐) 시의 맑은 흥취이고,[184]

"당연창열(當筵唱咽)"은 양 송천(梁松川) 시구의 번화함이네.[185]

칼의 예리함은 얽힌 나무뿌리에서 판별된다는 것은 일찍이 청강로(淸江老)를 두고 한 말이며,[186]

정사를 함에 자상하고 화락함을 우선시한 것은 의루인(依樓人)을 두고 다투어 칭송한 바라네.[187]

반랑(潘郎) 같은 분이 심은 꽃 많으니[188] 사조(謝朓)의 누각[189]을 넓게 해야 했는데,

우리 형님이 목사로 나간[190] 다음해, 이에 넓고 큰 건물을 기공하여 마침내 깊고 그윽한 집을 지었도다.

공무를 보는 남는 시간에 공사를 했는데도 도리어 얼마 지나지 않아 완성을 보게 되었고, 승려들이 와서 일을 하였으니 백성들을 고생시키지 않았다고 하겠네.

푸른 기와와 나를 듯한 용마루는 너른 들판을 누르는 형세이고, 흰한 처마와 굽은 난간에는 아득한 푸른 산의 그림자가 들어오는구나.

---

184 "별구강공(別區江空)"은 ~ 흥취이고 : 최동고는 최립(崔岦)이다. 그의 시 <촉석루차운(矗石樓次韻)>에, "돌은 늙고 강은 텅 빈 고즈넉한 별천지[石老江空悄別區]"라고 하였다. 『간이집(簡易集)』 권6 「진양록(晉陽錄)」에 보인다.

185 "당연창열(當筵唱咽)"은 ~ 번화함이네. : 양송천은 양응정(楊應鼎)이다. 그의 시 <촉석루(矗石樓)>에, "자리에 임하여 목메게 노래하니 구름이 머무는데[當筵唱咽雲留陣]"라고 하였다. 『송천유집(松川遺集)』 권1 <촉석루(矗石樓)>에 보인다.

186 칼의 ~ 말이며 : 청강로(淸江老)는 청강 이제신(李濟臣)이다.

187 정사를 ~ 바라네 : 당(唐) 나라 조하(趙嘏)의 시에 "몇 점 희미한 별 띠 있는 변방 하늘에 기러기 날아가고, 어디선가 들리는 구슬픈 피리 소리에 한 사람 누각에 기대어 섰네.[殘星幾點雁橫塞 長笛一聲人倚樓]"라는 구절이 있는데, 두목(杜牧)이 이에 탄복한 나머지 조하를 조의루(趙倚樓)라고 부르기 시작하면서부터, 조씨(趙氏) 성을 가진 사람을 의루인(倚樓人)이라고 칭하게 되었다. 『전당시화(全唐詩話)』 「척언(摭言)」에 보인다. 여기서는 조씨 중에 누구를 가리키는지는 알 수 없다.

188 반랑(潘郎)이 심은 꽃 많으니 : 반랑은 진(晉) 나라 때의 문인(文人) 반악(潘岳)을 가리킨다. 그가 하양령이 되었을 때 복숭아나무와 오얏나무를 많이 심어 고을에 꽃이 만발했다.

189 사조(謝朓)가 세운 누각 : 사조는 남조(南朝) 제(齊)나라 때의 유명한 시인으로, 선성 태수(宣城太守)로 있을 때 지은 사공루(謝公樓)를 지었다. 이백의 <기최시어(寄崔侍御)>에 "고인은 누차 진번의 걸상을 풀고, 과객은 사조의 누각에 오르기 어려워라.[高人屢解陳蕃榻, 過客難登謝朓樓]" 하였다.

190 우리 ~ 나간 : 오핵(吳翮)의 중형(仲兄) 오빈(吳翩)이 진주 목사로 나간 것을 말한다.

8개의 창으로 도정절(陶靖節)의 바람[191]을 쏘이고 작은 누대에서는 유량(庾亮)의 달을 감상한다네.[192]

네모난 연못 반 이랑을 파서 군자화(君子花)[193]의 향기를 맡고 역양(嶧陽)의 오동나무[194]를 심어 봉황이 깃들게 하였구나.

바라보면, 저 북쪽에서 내려오는 산세가 날아올라 지리지(地理志)에서 비봉산(飛鳳山)이라는 이름을 얻었고, 남방의 화정(火精)이 문명을 나타냈으니[195] 훌륭한 경관은 응당 덕을 보는 상서[196]로다.

이 때문에 당헌(堂軒)에 아름다운 이름을 붙여 사람들이 봉명루(鳳鳴樓)라고 전하고, 유허를 가리키니 옛날 조양관(朝陽館)이 있었다.

생각건대, 화락한 새가 반드시 깃들고 무성한 그늘이 일어날 것이니,[197] 이에 〈권아(卷阿)〉시의 고강(高岡)의 우아함과 명명한 뜻과 남화노선(南華老仙)의 이야기[198]가 있게 되는 것이

---

191 도정절(陶靖節)의 바람 : 정절은 도잠(陶潛)의 사시(私諡)이다. 그가 일찍이 팽택 영(彭澤令)으로 있은 지 겨우 80여 일 만에 그만두고 〈귀거래사(歸去來辭)〉를 짓고 전원(田園)으로 돌아가 유유자적하였으므로 이른 말이다. 도잠의 풍모를 말하는 것이다.

192 작은 ~ 감상한다네 : 진(晉)나라 유량(庾亮)이 일찍이 정서 장군(征西將軍)이 되어 무창(武昌)에 있을 때 장강(長江) 가에 누각을 세우고 이를 남루(南樓)라 하였는데, 어느 가을날 밤에 달이 막 떠오르고 천기(天氣)가 아주 쾌청하자 유량이 남루에 올라가서 그의 좌리(佐吏)인 은호(殷浩), 왕호지(王胡之) 등과 함께 시를 읊조리며 고상한 풍류를 만끽하였다. 『진서(晉書)』 권73 〈유량열전(庾亮列傳)〉에 보인다.

193 군자화(君子花) : 송(宋)나라의 유학자인 주돈이(周敦頤)의 애련설(愛蓮說)에, 연꽃은 꽃 중의 군자라고 하였다.

194 역양(嶧陽)의 오동나무 : 『서경』 「우공(禹貢)」에 "역산 남쪽에 우뚝 자란 오동나무라.[嶧陽孤桐.]"라고 하였는데, 오동나무는 역산 지방의 특산물로서 거문고와 비파[琴瑟]를 만들기에 좋은 재목이었다고 한다.

195 남방의 ~ 나타냈으니 : 화정(火精)은 주작(朱雀), 즉 붉은 봉황을 가리키고 남방을 지키는 영물이다. 공자가 "봉새가 오지 않고 하수에서 그림이 나오지 않으니, 나의 도는 이제 그만이로다."라고 하였는데, 주석에서 장재(張載)는, "봉황이 오고 그림이 나온 것은 문명(文明)의 상서이다."라고 하였다. 『논어집주』 「자한(子罕)」에 보인다.

196 덕을 보는 상서 : 가의(賈誼)와 〈조굴원부(弔屈原賦)〉에 "봉황이 천 길이나 높이 날아 덕이 빛나는 곳을 보고 내려앉도다."라고 하였다. 『고문진보 후집』에 보인다.

197 화락한 ~ 것이니 : 『시경』 〈권아(卷阿)〉에 "봉황새가 우네 저 높은 언덕에서. 오동나무 자라났네 해 뜨는 저 동산에서. 오동나무 무성하니 봉황새 소리 어울리네.[鳳凰鳴矣, 于彼高岡. 梧桐生矣, 于彼朝陽. 菶菶萋萋, 雝雝喈喈.]"라는 구절에서 인용한 것이다.

198 남화노선(南華老仙)의 이야기 : 남화노선은 장자(莊子)를 가리킨다. 장자의 친구인 양(梁)나라 재상 혜시(惠施)가 장자에게 재상 자리를 뺏길까 의심하니, 장자가 "원추라는 큰 봉황은 큰 뜻을 품고 남쪽 나라로 날아가는데, 오동나무가 아니면 앉지 않고, 대나무 열매가 아니면 먹지 않으며, 단물 샘이 아니면 마시질 않는다."라고 하며 자신을 봉황에 비유하여 욕심이 없음을 밝혔다. 『장자(莊子)』 〈추수(秋水)〉에 보인다.

다. 이에 당의 이름을 "벽오(碧梧)"로 하고 각(閣)의 호칭을 "채봉(彩鳳)"이라 하였으니, 목사가 이렇게 이름을 붙인 것이 어찌 우연이겠는가.

수령의 정당(正堂)은 맑고 시원하니 이렇게 명금헌(鳴琴軒)이 있고, 대낮에 뜨락에는 물고기를 걸어둠[199]을 알겠구나.

견사(繭絲)와 보장(保障)을 겸하여 윤탁(尹鐸)의 너그러움을 행할 수 있고,[200] 시서(詩書)를 강론하며 문옹(文翁)의 교화[201]를 기대할 것이다.

아아, 이 청천(菁川 진주의 옛 이름) 지역을 보건대, 실로 고향과도 같은 타향이다.[202]

큰 둑기(纛旗)와 높은 아기(牙旗)는 조부 절도사공이 목사를 겸하였던 바이고,[203] 첨유(襜帷)를 타고 부절(符節)을 가졌던 것은 큰 형님이 관찰사로 와서 순행(巡行)하였던 바이네.[204]

부로(父老)들이 찬탄하며 고금의 성대한 일을 함께 축하하니, 하해와 같은 인군의 은혜를 전후로 부끄럽게도 영광을 입었네.

나는 한강 이북의 미미한 사람이자 해동의 만학도(晚學徒)로 요행히 문과에 장원하여 형제가 다시 남쪽에서 모이는 자리를 마련하였으니[205]

---

199 물고기를 걸어둠 : 관리의 청렴결백을 말한다. 후한 양속(羊續)이 물고기를 바치는 사람이 있자 이를 관청 뜰에 걸어두고 경계시킨 고사에서 비롯된 말이다.

200 견사(繭絲)와 ~ 있고 : 견사는 세금을 받아들이는 것이고 보장(保障)은 백성을 잘 살게 만들어 견고한 성의 역할을 하게 하는 것이다. 조 간자(趙簡子)가 윤탁(尹鐸)을 진양(晉陽)으로 파견하여 다스리도록 하니, 윤탁이 지시해 줄 것을 요청하며 말하기를 "누에고치에서 실을 뽑아내듯이 계속 백성의 재물을 긁어모을 것입니까? 아니면 보루(堡壘)나 성곽(城郭)을 쌓을 적에 계속 흙을 첨가하듯이 백성의 생활이 날로 윤택해지게 만들 것입니까?"라고 한 데서 유래한 말이다. 『통감절요(通鑑節要)』 권1 「주기(周紀)」에 보인다.

201 문옹(文翁)의 교화 : 문옹은 한(漢)나라 때 사람으로, 경제(景帝) 말엽에 촉군(蜀郡)을 맡아 교화(敎化)를 높이고 학교(學校)를 일으켜 문풍(文風)을 크게 떨쳤다. 이를 계기로 무제(武帝) 때에 와서 온 천하에 학교를 설립하게 하였다. 『한서(漢書)』 권89 <순리전(循吏傳) 문옹(文翁)>에 보인다.

202 고향과도 같은 타향 : 원문의 병주(幷州)는 정이 들어 고향처럼 느껴지는 타향이다. 당(唐)나라 시인 가도(賈島)의 시에 "병주의 나그네살이 십 년이 지나도록, 밤낮으로 고향 함양에 돌아가고파라. 무단히 다시금 상건수 물을 건너니, 돌아보니 병주가 바로 고향처럼 느껴지더라.[客舍幷州已十霜, 歸心日夕憶咸陽, 無端更渡桑乾水, 却望幷州是故鄕.]" 한 데에서 유래한다.

203 큰 둑기(纛旗)와 ~ 겸하였던 바이고 : 둑기는 대장기를 말한다. 오핵(吳翮)의 조부 오정방(吳定邦)은 선조 38년(1605)에 경상우도 병마절도사 겸 진주목사가 되었다. 『백헌집(白軒集)』 권42 <경상우도절도사오공신도비명(慶尙右道節度使吳公神道碑銘)>에 보인다.

204 첨유(襜帷)를 ~ 순행(巡行)하였던 바이네 : 첨유는 관찰사의 행차에 쓰는 장막을 말한다. 오핵(吳翮)의 맏형 오숙(吳翽)은 인조 9년(1631)에 경상도 관찰사가 되었다. 『인조실록(仁祖實錄)』 인조 9년 9월 6일조에 보인다.

205 형제가 ~ 마련하였으니 : 『시경』 「소아(小雅)」 <상체(常棣)>에 "할미새가 언덕에 있으니 형제가 급난을 구원하도다."라고 하였는데, 척령(鶺鴒)은 형제를 의미한다. 이글을 쓴 1646년 당시 중형(仲兄)인 오빈(吳𣑃)이

까마득히 먼 곳에서의 아우와 누이들을 만나는 즐거움과 인간 세상의 슬픈 감정으로, 오늘 좋은 잔치를 여니 형제간에 기쁨이 넘치는데, 당시의 남은 자취를 어루만지며 감당(甘棠) 나무에 눈물을 뿌리네.[206]

마침 낙성할 때로서 다시 연 경사스러운 저녁의 술자리에서 부탁을 받음에 사마상여(司馬相如)의 재주[207]가 없음이 부끄럽고, 자리 위에서 붓을 휘두르니 〈등왕각서(滕王閣序)〉를 욕되게 하도다.[208]

진주 목사로 있었기 때문에 오핵(吳翮)이 진주에 내려간 것이다. 이경석(李景奭)이 쓴 <천파집(天坡集)서문(序文)>에 보인다. 『명곡집(明谷集)』 권24, <지추오공묘갈명(知樞吳公墓碣銘)>에 보인다.

206 당시 ~ 뿌리네 : 진주 목사를 지낸 조부 오정방(吳定邦)과 경상 감사를 지낸 백형 오숙(吳翻)을 그리워 한다는 것이다. 주(周)나라 소공이 고을을 순행(巡行)하면서 감당나무 아래에서 선정을 베푼 것을 기념하여 백성들이 감당의 시를 지어 기렸는데, 이후 감당은 지방관의 선정을 가리키게 되었다. 『시경』 <감당(甘棠)>에 보인다.

207 사마상여(司馬相如)의 재주 : 사마상여는 한 경제(漢景帝), 무제(武帝) 때 사람으로 문장이 뛰어나고 특히 부(賦)에 능하였다. 문제(文帝)의 아들인 양 효왕(梁孝王)을 섬겼는데 함께 주연을 즐기다가 양왕이 사마상여에게 종이를 주면서 눈을 소재로 글을 지으라고 하였다. 『문선(文選)』 권30 <설부(雪賦)>에 보인다. 여기서는 주석에서 오핵에게 종이를 내놓고 즉석에서 벽오당 서문을 지으라고 했지만 오핵이 사마상여의 고사를 말하며 겸양하는 것이다.

208 등왕각서(滕王閣序)를 욕되게 하도다 : 등왕각은 강서성(江西省) 남창(南昌)에 있는 누각인데, 당나라 초기의 문장가 왕발(王勃)이 마침 등왕각을 중수하는 낙성연(落成宴)에 가서 <등왕각서(滕王閣序)>를 지었다. 『고문진보후집』 권2 <등왕각서(滕王閣序)>에 보인다. 여기서는 오핵이 겸양하는 말이다.

哀辭애사

1 挽伯承辭

嗟我君兮, 有道而有藝, 尚玄兮尚文章, 誠旣有斯脩美兮, 揚芳菲而翱翔, 與余游兮翰墨, 孰非羨此蠅附驥. 自有利兮金可斷, 謂一節兮一致, 非君兮莫我知, 非我兮不知爾. 南北兮華山, 與余期乎耕且穫, 何年華之未暮兮, 秋菊落兮春蘭凋, 顔回兮不幸, 彼哉蒼兮信莫原, 慟莫慟兮母失子, 悲莫悲兮祖失孫, 哀哀兮寡婦賦, 戚戚兮孤兒詞, 自古死者非一兮, 公乎公乎! 伏恨而至斯, 湖山高兮湖水濶, 冤氣結兮何時已, 獨熒熒兮誰與游, 天地寥寥兮少知己, 臨北風兮颯颯, 憂與愁兮永噫.

백승(伯承)[209]의 죽음을 애도하다[挽伯承辭]

嗟我君兮	아아! 우리 그대여!
有道而有藝	도리를 갖추었고 문예도 있었으며
尚玄兮尚文章	현도(玄道)를 숭상했고 문장(文章)을 숭상하였도다
誠旣有斯脩美兮	진실로 이미 이 아름다움을 닦아
揚芳菲而翱翔	아름다운 이름을 드날렸네
與余游兮翰墨	나와 문단에서 함께 노닐었으니
孰非羨此蠅附驥	누가 천리마에 붙은 이 파리[210]를 부러워하지 않으리오
自有利兮金可斷	우리의 우정은 쇠도 끊을 만큼 단단했고
謂一節兮一致	한 가지 절개로 한 길을 갔다네
非君兮莫我知	그대가 아니면 나를 알지 못했고

---

209 백승(伯承) : 오핵이 살았을 당시 백승을 자로 쓴 이는 조윤석(趙胤錫, 1615~1664)이다. 본관은 양주(楊州), 자는 백승, 호는 용은(慵隱)이다. 인조의 국구(國舅) 조창원(趙昌遠)의 아들이며 김집(金集)의 문인이다. 그러나 오핵이 1653년에 죽었기 때문에 조윤석이라고 단정할 수가 없다. 즉 이 작품 조윤석이 아닌 백승이거나, 또는 오핵의 작품이 아닌 것으로 볼 수도 있다.

210 천리마에 붙은 이 파리 : 사마천이 <백이열전(伯夷列傳)>에서 "파리가 천리마의 꼬리에 붙어서 천리를 간다.[附驥之尾]"라고 했는데, 색은(索隱)에는 "천리마의 꼬리에 붙어 천리를 간다. 안회가 공자를 통해 이름이 난 것을 비유했다."라고 하였다. 즉 안회의 이름이 지금까지 전하는 것은 공자의 말씀 덕분이라는 것이다. 따라서 보잘 것 없는 사람이 명망이 있는 사람 덕분에 이름이 전해지는 것을 말한다.

非我兮不知爾	내가 아니면 그대를 알지 못했네
南北兮華山	화산(華山)의 남북에서
與余期乎耕且耰	나와 밭 갈고 씨 뿌리자 약속하더니
何年華之未暮兮	어찌 젊은 나이 저물기도 전에
秋菊落兮春蘭凋	가을 국화 떨어지고 봄 난초 시들었는가
顔回兮不幸	안회의 불행인가
彼哉蒼兮信莫原	저 푸른 하늘이여, 참으로 믿을 바 없구나
慟莫慟兮母失子	이보다 더 애통할까, 어미가 자식을 잃었으니
悲莫悲兮祖失孫	이보다 더 슬플까, 할아버지가 손자를 잃었도다
哀哀兮寡婦賦,	애처롭구나, 과부의 노래
戚戚兮孤兒詞	슬프구나, 고아의 노래
自古死者非一兮	예부터 죽는 자가 비일비재 하지만
公乎公乎	공이여! 공이여!
伏恨而至斯	한탄스러움이 이 지경에 이르는가
湖山高兮湖水濶	산은 높고 호수는 넓은데
冤氣結兮何時已	가슴에 맺힌 원통함 어느 때에 다할 것인가
獨煢煢兮誰與游	오직 그립고 그리우니 누구와 함께 노닐 것인가
天地寥寥兮少知己	천지 쓸쓸하니 나를 알 이 없겠구나
臨北風兮颯颯	쌀쌀한 북풍을 맞으며
憂與愁兮永噫	슬픔 속에 길게 탄식하노라

百千堂遺稿　卷二

啓辭계사

請停山陵親幸啓_己丑

啓曰

昨日梓宮發引之時 冒夜出郊 哭泣無節 聖上違豫之中 必有添傷之患 臣民憂念 曷有其極 且
前頭將有陵幸之擧 此誠出於聖孝罔極之至情 而竊聞殿下哀疚之中 傷毁已甚 頃當炎熱 亦不得
開戶云 自京城至陵所 百里之遠也 殿下以此筋力 何以驅馳 以此病患 何以露宿

郊外與陵所哭辭 則無異終天永訣之痛 豈自臨窆而後 以盡孝思之無窮乎 本朝列聖 未有有臨
窆之擧 此豈誠孝不足哉 蓋人君氣體 與常人不同 一動一靜 有所自愼而然也 況我大行王於元
宗大王遷葬時及仁獻王后之葬 乃於葬後往拜 以大聖之誠孝篤至 而亦不臨窆 殿下何不體念於
此 而乃欲行前代帝王所未行之擧乎

待明春和緩 玉候平復之後 擇日陵幸 其於事勢情理 俱爲得當也 畿民以陵役 勞擾方極 而不
日勅行將至矣 此時陵幸 亦貽勞弊 此不可不顧也 殿下一身 宗社之所托也 萬民之所戴也 殿下
豈不念宗社 又不念生民 而不思愼保之道 乃欲徑情而直行 此擧臣民 萬萬悶迫 請命亟停陵幸
上慰慈聖之念 下慰臣民之望

산릉(山陵)에 친히 능행하시는 것을 정지하기를 청하는 계사_기축년 1649, 효종 즉위년

아뢰기를,

"어제 재궁(梓宮)[1]을 발인할 때에 밤을 무릅쓰고 교외로 나가 곡하며 울기를 절제 없이 하
셨습니다. 성상께서 편찮으신 가운데 필시 더 손상되실 우환이 있으니, 신민들의 근심이 어
찌 끝이 있겠습니까. 더구나 앞으로 능행(陵幸)을 하려 하신다니, 이는 참으로 효성스런 성상
의 지극히 망극한 정리(情理)에서 나온 일일 것입니다만, 삼가 듣건대 전하께서 오랫동안 애
통하신 탓에 매우 심하게 손상되어 지난번에 한참 더울 적에도 창문을 열지 못하게 하셨다고
합니다. 서울 도성에서 능소(陵所)까지는 100리의 먼 거리인데, 전하께서 이러한 근력으로
어떻게 말을 타고 달려가실 수 있겠으며, 이러한 병환으로 어떻게 한데서 유숙하실 수 있겠

---

1 재궁(梓宮) : 왕이나 왕비의 시신을 넣는 가래나무로 만든 관(棺)인데, 여기서는 승하한 인조(仁祖)의 관곽(棺槨)
을 가리켰다.

습니까.

　교외와 능소에서 곡하여 이별하는 것은 끝내 영구히 헤어지는 애통함과 다름이 없으니, 어찌 직접 광중(壙中)에 임한 뒤에야 무궁한 효성을 다하는 것이겠습니까. 우리나라의 열성(列聖)들은 광중에 임한 일이 없으셨는데, 이것이 어찌 효성이 부족해서였겠습니까. 대개 임금의 몸은 일반 사람과는 같지 않아 하나하나의 움직임에 스스로 신중히 해야 할 바가 있기 때문에 그러하셨던 것입니다. 더구나 우리 대행왕(大行王)²께서는 원종대왕(元宗大王)³의 묘소를 옮겨 모실 때와 인헌왕후(仁獻王后)⁴의 장례를 지내실 적에는 장사(葬事)를 마친 뒤에야 가서 뵈었습니다. 대성인(大聖人)의 효성이 지극히 도타우셨음에도 또한 광중에 임하지 않으셨는데, 전하께서는 어찌하여 이 점을 깊이 생각지 않고 앞 시대의 제왕께서 행한 적이 없었던 일을 행하려 하신단 말입니까.

　내년 봄에 날이 온화해지고 옥체(玉體)가 회복되기를 기다린 뒤에, 날을 가려 능행하시는 것이 사세나 정리에 모두 온당할 것입니다. 경기 백성들이 능역(陵役) 때문에 노고가 한창 극심한 데다 머지않아 칙사(勅使)의 행차가 이를 것인데, 이러한 때의 능행은 또한 수고와 폐단을 끼치게 될 것이니, 이 점을 고려하지 않아서는 안 됩니다. 전하의 한 몸은 종묘사직이 의탁하는 바이며, 온 백성이 떠받드는 바입니다. 그런데 전하께서는 어찌 종묘사직을 염려하지 않으며 또 생민을 염려하지 않고, 행실을 신중히 하여 몸을 보중(保重)할 도리를 생각지 않으시고 바로 마음 내키는 대로 곧장 행하려 하신단 말입니까. 이 일에 대해서는 모든 신민들이 매우 근심하고 있습니다. 능행을 속히 정지하도록 명하셔서 위로 자성(慈聖)⁵의 염려를 위로하고, 아래로 신민의 소망에 부응하소서."

하였다.

---

2 대행왕(大行王) : 임금이 승하한 뒤 아직 시호(諡號)를 올리기 전의 호칭으로, 여기서는 인조(仁祖)를 지칭한다.
3 원종대왕(元宗大王) : 인조의 생부인 정원군(定遠君) 이부(李琈)를 말한다. 선조(宣祖)의 다섯째 아들로 인빈(仁嬪) 김씨(金氏) 소생이다. 인조반정 뒤에 대원군(大院君)에 추존되었다가 후에 원종으로 추존되었고, 그의 부인은 인헌왕후(仁獻王后)로 추존되었다.
4 인헌왕후(仁獻王后) : 인조의 생모이다. 구사맹(具思孟)의 딸로 인조의 생부인 정원군(定遠君)에게 시집와서 연주군부인(連珠郡夫人)에 봉해졌다가 인조반정에 뒤에 연주부부인(連珠府夫人)으로 올려졌으며, 궁호(宮號)를 계운궁(啓運宮)이라고 하였다. 후에 정원대원군(定遠大院君)이 원종(元宗)으로 추존됨에 따라 인헌왕후로 추존되었다.
5 자성(慈聖) : 임금의 어머니를 말하는데, 여기서는 인조의 계비(繼妃)인 장렬왕후(莊烈王后) 조씨(趙氏)를 지칭한다. 한원부원군(漢原府院君) 조창원(趙昌遠)의 딸이다. 자의대비(慈懿大妃), 조대비(趙大妃)로도 불린다.

2 以論罷金自點事避嫌啓

啓曰

無狀小臣 最居人下 郎署之職 尙恐不堪 言責重地 萬萬不似 臣猶自知 人謂斯何 今此領議
政金自點合啓之請 實一國公共之論 論執逾月 兪音尙閟 上下相持 輿情憤鬱 此豈所望於新化
之初乎 且當初之只請罷職 物議皆以罪重律輕爲非 到今公論益激 終不可遏 而臣之聯名論列
亦已多日 則執法不嚴 論事無狀之罪 在所難逭 疲劣如此 而何敢冒居臺席 請命遞斥臣職

김자점(金自點)을 파직할 것을 논한 일로 피혐(避嫌)[6]하는 계사[7]

아뢰기를,

"형편없는 소신은 누구보다도 더욱 못난 사람인지라 낭관(郞官)의 직임도 오히려 감당하지
못할까 두려우니, 언관(言官)이라는 중요한 자리가 조금도 어울리지 않습니다. 이는 신 자신
도 잘 알고 있거든 남들이 뭐라고 하겠습니까. 이번에 영의정 김자점(金自點)에 대해 합계
(合啓)[8]하여 청한 일은 실로 온 나라의 공의(公議)로, 쟁집(爭執)한 지가 한 달이 넘었는데도
아직 유음(兪音)[9]이 내려오지 않고, 상하가 서로 버티는 바람에 여론이 억울해하고 있습니다.
이것이 어찌 새로운 교화를 펴시는 초기에 바라는 바이겠습니까. 게다가 당초 단지 파직하기
만을 청한 데에 대해서는 여론이 모두 '저지른 죄는 무거운데 적용한 형률은 가벼움을 잘못
된 일'이라 여기고 있으니, 지금까지도 공론이 더욱 격렬하여 끝내 막을 수가 없습니다. 신이

---

6 피혐(避嫌) : 언관(言官)이 논핵하는 사건에 관련된 관원이 관직에 나가는 것을 피하는 것으로, 혐의가 풀릴 때
  까지 그 직책에 나가지 않는 것이 관례였다.
7 김자점(金自點)을 …… 계사 : 1649년(효종 즉위년) 7월 8일 오핵이 정언(正言)을 맡고 있으면서 올린 계사인
  데, 효종은 "사직하지 말고, 물러나 물론(物論)을 기다리라.[勿辭 退待物論]"라는 비답을 내렸다. ≪承政院日記
  孝宗 卽位年 7月 8日≫
8 합계(合啓) : 시사(時事)에 관한 일, 역적을 징토(懲討)하는 일, 관원에 대한 논핵(論劾), 추고(推考), 파직, 삭출,
  죄인에 대한 처벌 등의 시급한 사안으로 사헌부와 사간원 양사(兩司) 또는 사헌부, 사간원 홍문관이 합사(合司)
  하여 논핵하는 내용을 입시하여 아뢰거나 승지, 사관, 승전색(承傳色)을 통하여 올리는 것을 말한다. 삼사의
  합계는 대신(大臣) 및 국구(國舅), 종친(宗親), 의빈(儀賓), 산림(山林)에 대한 성토까지 가능하다. 합계를 올릴
  때는 동료 대신(臺臣)들에게 간통(簡通)을 보내 의논하여 결정한 다음 전계(傳啓)할 내용을 작성한다.
9 유음(兪音) : 신하의 상주(上奏)에 대해 임금이 허락하는 하답(下答)이다.

연명으로 논열(論列)[10]한 지도 또한 이미 여러 날이 지났으니, 법을 집행함이 엄격하지 못하고 시사를 논함이 형편없는 죄에서 도피하기가 어렵습니다. 나약하고 용렬하기가 이와 같은데도 어찌 감히 대각(臺閣)[11]의 자리를 함부로 차지할 수 있겠습니까. 신의 직임을 체차(遞差)하도록 명하소서."

하였다.

3 因睦行善疏避嫌啓

啓曰

臣伏聞前司諫睦行善疏辭 張皇贅語 詆斥臣身 其意所在 實未曉也 臺閣之論 一徇公議 罪之大小 律以輕重 臣之欲加金自點之罪者 只欲伸公議而已 頃日臣以構草事 往見行善 言及此事 則行善 以體例爲言 旋有遲回之色 臣曰 已發之論 不可中止 吾今發簡 則答以何辭 行善曰 當答以待長官出 而然則此論 孰有異議者乎

及發簡 則行善稱以加資命下 不見而還送矣 今者反以見輕等語 費辭立異 有若引避者然 亦獨何心哉 行善旣曰 自點誣上行詐 貪縱負國 則諉以事例 只請罷職 誠爲執法者所羞 竊聞大司憲趙絅當初再啓之後 旋發加律之論 而徑遞未果 則公議之發 亦已久矣

到今加律 猶可謂之汲汲乎 況以古今事例言之 故相臣許頊之被劾也 直以削黜論之 近事則相臣李聖求之被劾也 亦以削黜論啓 則大臣論劾之例 亦未必先請遞罷 而行善必欲强援區區之例 以爲沮遏公論之計 臣未知其故也

自點之罪 彰著已久 而未及論列於先朝 臣亦恥之 行善以臺閣無一人繼槩而起爲恨 謂槩敢言 果欲繼之 則行善之出入三司 非一非再 何不繼槩而起乎 及今已發之論 反欲沮之 而至以落井下石 軟地揷木之說 攻斥至此

誣一國之公論 而指以爲乘時構陷然者 隱然於疏中 則士夫間發言 恐不當如是也 觀望之狀安得自掩 此則聖明在上 公論在下 臣不敢多辯也 臣賦性踈愚 與世抹摋 觸事生疣 重被意外之

---

10 논열(論列) : 대상자의 죄상을 논핵(論劾)하고 그 죄목을 나열한다는 말이다.

11 대각(臺閣) : 언로(言路)를 담당한 사헌부와 사간원의 합칭으로 대간(臺諫)이라고도 한다. 이때 오핵(吳翩)은 사간원의 정6품 정언(正言) 직책을 맡고 있었다.

斥 其何敢一刻仍冒 請命鑴削臣職

목행선(睦行善)의 상소로 인해 피혐하는 계사[12]

아뢰기를,

"신이 삼가 전 사간 목행선(睦行善)의 상소를 한 말을 들으니, 쓸데없는 말을 장황히 늘어놓으며 신을 헐뜯었다고 하는데, 실로 그 의도가 어디에 있는지 알지 못하겠습니다. 대간(臺諫)의 논의는 한결같이 공의(公議)를 좇아 지은 죄의 크기에 따라 형률의 경중을 적용해야 하는데, 신이 김자점의 죄에 적용하고자 한 것은 공의를 펴려는 것일 뿐이었습니다. 지난번 신은 초안(草案)을 잡기 위해 목행선을 만나러 갔었는데 말이 이 일에 미치자, 목행선이 체례(體例)를 가지고 말하더니 곧이어 주저하는 기색이 있었습니다. 신이 말하기를 '이미 제기된 논의를 중간에 그만둘 수는 없다. 내가 지금 간통(簡通)을 보내면 무슨 말로 답하겠는가?' 하니, 목행선이 '장관(長官)이 나오기를 기다려야 한다[13]고 답하겠거니와, 그렇게 되면 이 논의에 대해 누가 이의(異議)를 가지겠는가?'라고 하였습니다. 간통을 보내자 목행선이 가자(加資)하라는 명이 내렸다는 핑계로 보지도 않고 도로 돌려보내고는, 이제는 도리어 '무시당하였다'는 등의 이야기로 말을 남발하는 등 이론(異論)을 세워 마치 인피(引避)[14]하듯이 하니, 이것이 또한 유독 무슨 심사란 말입니까. 목행선이 이미 말하기를 '김자점은 윗사람을 기만하고 속임수를 썼으며, 탐욕을 부리고 나라를 등졌다.'라고 하였습니다. 그렇다면 사례라고 핑계대고 단지 파직할 것만을 청한 것은 참으로 법을 집행하는 자의 수치입니다. 삼가 듣건대 대사헌 조경(趙絅)은 당초 두 번째 계사를 올린 뒤에 곧이어 형률을 더해야 한다는 논의를 제기하였다가 지레 체차되는 바람에 실행되지는 못하였다고 하니, 공의를 발의된 것이 또한 이미 오래인데, 지금에 와서 형률을 더하는 것을 오히려 급급하다고 할 수가 있겠습니까?

---

12 목행선(睦行善)의 …… 계사 : 1649년(효종 즉위년) 7월 11일 오핵이 정언을 맡고 있으면서 올린 계사인데, 효종은 "사직하지 말고, 물러나 물론을 기다리라.[勿辭 退待物論]"라는 비답을 내렸다. ≪承政院日記 孝宗 卽位年 7月 11日≫

13 장관(長官)이 나오기를 기다려야 한다 : 이 때 대사헌 조경(趙絅)이 말미를 얻어 사진(仕進)하지 않고 있었으므로 그가 나오기를 기다린 이후에 다시 논계하여야 한다고 한 말이다. ≪承政院日記 孝宗 卽位年 6月 16日≫

14 인피(引避) : 관원이 그 관직에 있기가 거북하여 물러나 회피하는 것이다.

더구나 고금의 사례를 가지고 말해 보더라도 고(故) 상신(相臣) 허욱(許項)이 탄핵을 당했을 때는 곧바로 삭출(削黜)하는 것으로 논계(論啓)하였었고, 근래의 일로는 상신(相臣) 이성구(李聖求)가 탄핵을 당했을 때도 삭출하는 것으로 논계하였으니, 그렇다면 대신(大臣)을 논핵한 사례에도 꼭 먼저 체파(遞罷)하기를 청하지는 않았습니다. 그런데 목선행이 군이 구차한 사례를 억지로 끌어대어 공론을 막으려는 꾀를 부리려하니, 신은 그 까닭을 모르겠습니다.

김자점의 죄상이 훤히 드러난 지 이미 오래되었지만 미처 선조(先朝)에 논열되지 못한 점에 대해서는 신 또한 부끄럽게 생각하였는데, 목행선이 대각에서 누구 한 사람 유계(兪棨)를 이어 분기(奮起)하는 자가 없음을 한스러워하며 ‘유계는 과감하게 말하였었다.’라고 하였습니다.[15] 정말로 그를 이어 분기하려 하였다면, 목행선이 삼사(三司)에 출입한 적이 한두 번이 아닌데 어찌하여 유계를 이어 분기하지 않는단 말입니까. 지금 이미 발의된 논의에 대해서는 도리어 저지하고자 하여 심지어 ‘우물에 빠진 사람에게 돌을 던진다[落井下石]’[16]거나 ‘무른 땅에 말뚝을 박는다.[軟地揷木]’[17]는 말을 가지고 이토록 공격하기까지 하면서 온 나라의 공론을 속이고 시류에 편승하여 함정에 빠뜨리려 한다는 지목을 상소 속에 은근히 드러내다니, 사대부 가운데서 말을 꺼내는 것이 아마도 이와 같아서는 안 될 듯합니다. 관망하는 태도를 어찌 스스로 감출 수 있겠습니까마는 이에 대해서는 위로 밝으신 성상께서 계시고 아래로 공론이 있으니, 신이 감히 여러 말로 변증하지 않겠습니다. 신은 타고난 성품이 소홀하고 어리석어 세상의 배척을 받고 하는 일마다 허물을 짓는 데다 거듭 뜻밖의 배척을 받게 되었으니, 어찌 감히 잠시라도 그대로 자리에 눌러앉아 있겠습니까. 신의 직임을 삭탈하도록 명하소서.”

하였다.

---

15 목행선이 …… 하였습니다 : 이 논계가 있기 전에 대사헌 조경, 집의 심대부, 장령 장응일(張應一), 지평 조복양·이경휘, 사간 조빈, 헌납 유계, 정언 심세정·권대운 등이 양사(兩司) 합계로 김자점의 죄목을 열거하면서 한(漢) 나라 때의 전분(田蚡)의 일에 비유하며 파직을 청한 일이 있었는데, 그 일이 언관(言官)의 체모에 적절하였음을 칭찬한 말이다. ≪孝宗實錄 孝宗 卽位年 6月 22日≫

16 우물에 …… 던진다 : 어려운 처지에 놓인 사람을 돕지는 않고 오히려 더 힘들게 하는 것을 비유한 말이다. 당(唐)나라 한유(韓愈)가 유종원(柳宗元)의 묘지명에서 “만약 작은 이익이나 손해를 마주하면, 겨우 터럭에 견줄만하여도 반목하고 서로 모르는 체한다. 함정에 떨어져도 잠깐 손을 뻗어 구해 주지 않고 도리어 밀어버리고 돌까지 던지는 것은 모두 그렇다.[一旦臨小利害 僅如毛髮比 反眼若不相識 落陷穽 不一引手救 反擠之 又下石焉者 皆是也]”라고 하였다. ≪韓愈, 柳子厚墓誌銘≫

17 무른 땅에 말뚝을 박는다 : 일하기가 매우 쉽다는 뜻으로 만만한 일만 찾아하는 것을 비유한 말이다. 연지삽과(軟地揷戈), 연지삽말(軟地揷抹)로도 쓰인다.

4 兩司請金自點削黜啓

啓曰

前領議政金自點 挾功恃恩 橫姿貪侈之狀 臣等備盡論列 有何一毫顧惜 而持難至此 必以先朝勳舊大臣 而曲加容貸 不卽顯黜 此則有不然者 使自點 久處勳相之地 小有酬報之事 則今日待之 自有其道 而徒藉勳相之重 不念休戚之義 凡所作爲 動拂人心 營私病公 罔有紀極

此實先朝之罪人 其可待之以先朝勳相乎 先朝之所未去者 因一國公議而去之 抑何傷於繼述之道也 況此嗣服之初 所當先者 正朝廷而順人情也 不罪此人 朝廷何得而正 人情何得而快 貪汚之懲不懲在此 紀綱之立不立在此 殿下豈可以區區私恩 不恤朝廷之混淆 人情之拂鬱 任其貪汚之罔戒 紀綱之壞了也 國論愈往愈激 斷不可止 請金自點亟命削奪官爵 門外黜送

양사가 김자점의 삭출(削黜)을 청하는 계사[18]

아뢰기를,

"전 영의정 김자점이 공적에 의지하고 은혜에 기댄 채 방자하고 탐욕을 부린 정황은 신들이 전부 갖추어 논열하였습니다. 그런데 무슨 털끝만큼이라도 돌아보며 아까워할 것이 있다고 이토록 질질 끌며 어렵게 여기신단 말입니까. 필시 선조(先朝)의 훈구대신(勳舊大臣)이라는 이유 때문에 곡진하게 용서해 주어 곧바로 드러내놓고 내치지 않으신 것일 텐데, 여기에는 그렇지 않은 점이 있습니다. 만약 김자점이 오래도록 훈신(勳臣)의 지위에 있으면서 조금이나마 국은에 보답한 일이 있었다면 오늘날 그를 대우하는 데 절로 그 방도가 있을 것입니다. 그러나 한갓 훈신 재상의 막중한 자리를 빙자하여 휴척(休戚)의 의리[19]는 생각지 않고 하는 짓이라고는 모두 걸핏하면 인심을 거스르며, 사리(私利)를 꾀하여 공익을 병들게 함이 끝이 없었으니, 이 자야말로 참으로 선조(先朝)의 죄인인데, 선조의 훈상으로 대우할 수가 있겠습니까. 선조 시절에 미처 제거하지 못한 자를 온 나라의 공의(公議)에 따라 제거하는 것이

---

18 양사가 …… 계사 : 1649년(효종 즉위년) 8월 8일 사헌부 대사헌 조익(趙翼)과 사간원 대사간 이지항(李之恒) 등이 올린 계사인데, 효종은 "너무 고집하지 말라.……[毋庸堅執……]"라는 비답을 내린 일이 있었다. 《承政院日記 孝宗 卽位年 8月 8日》
19 휴척(休戚)의 의리 : 국가와 함께 고락(苦樂)을 함께 해야 하는 도리로, 세신(世臣)이 갖추어야 할 덕목이다.

선대의 뜻을 이어 나아가는 도리에 오히려 무슨 문제가 됩니까. 더구나 이렇게 즉위한 초기
에는 마땅히 먼저 해야 할 것이 조정을 바로잡고 인정(人情)을 잘 따르는 것이니 더 말할 나
위가 있겠습니까. 이 사람을 죄주지 않고서야 조정을 어떻게 바로잡을 수 있겠으며, 인정을
어떻게 시원스레 풀어줄 수 있겠습니까. 탐오(貪汚)한 짓을 징계할 수 있느냐 없느냐가 여기
에 달려 있고, 나라의 기강을 세울 수 있느냐 없느냐가 여기에 달려 있습니다. 전하께서는
어찌 보잘 것 없는 사적인 은혜 때문에 조정이 혼란해지고 인정이 답답해하는 것을 근심하지
않아 탐오한 짓에 대한 경계가 없어져서 나라의 기강이 무너지도록 내버려 두신단 말입니까.
국론이 갈수록 더욱 격렬해지고 있어 결단코 중지할 수 없으니, 김자점에 대해 관작(官爵)을
삭탈하고 도성문 밖으로 내쫓도록 속히 명하소서.”
하였다.

5 因嚴旨避嫌啓

啓曰

當此新化之初 斥逐貪黷 肅淸朝廷 實一國堂堂公論 而頃日聖批 辭意嚴峻 至以臣子所不忍
聞者爲敎 此豈臣子所望於聖明哉 夫臺閣所論 雖有過激之語 固當優容 而不宜摧抑 況自點之
貪縱負國 罔有紀極 則欲斥貪縱者 謂之憸人可乎 欲扶公議者 謂之陷人可乎

此敎一出 人皆失色 自此之後 雖有指鹿之奸 孰肯爲殿下言之 而自陷於憸人陷人之罪乎 自
古拒諫之主非一 而未聞以憸人陷人之說 摧抑論事之臣也 臺官殿下之耳目 公論國家之元氣
而殿下欲護負國之一勳臣 杜塞其耳目 消鑠其元氣 而不之恤 臺臣結舌之漸 自殿下一言而啓矣
臣於此不勝慨然也

臣累叨此職 不能少效涓埃以補聖化 而負此罪目 何敢抗顏於天日之下乎 臣往來山陵 未卽引
避 惶愧積中 置身無地 多官旣以此引避 不可一刻仍冒 請命遞斥臣職

엄한 교지로 인해 피혐하는 계사[20]

아뢰기를,

"이렇게 새롭게 교화를 펴시는 초기에 탐욕스러운 자를 내쫓아 조정을 맑게 하는 것은 진실로 온 나라의 당당한 공론(公論)입니다. 며칠 전에 내리신 성상의 비답(批答)은 그 말뜻이 준엄하여 신하로서 차마 듣지 못할 말씀으로 하교하시기까지 하셨으니 이것이 어찌 신하로서 밝으신 성상께 바라는 바이겠습니까. 대체로 보아 대각의 논의에 비록 과격한 말이 있다 하더라도 본디 넉넉히 포용하여 그 뜻을 꺾거나 억눌러서는 안 될 터인데, 더구나 김자점(金自點)은 탐욕하여 나라를 저버리는 짓을 끝도 없이 저지른 자이니, 그 탐욕을 배척하려 하는 자를 두고 '아첨한다.'고 하는 것이 옳겠으며, 공의를 부지하여 세우려는 자를 두고 '무함한다.'고 하는 것이 옳겠습니까?

이번 하교가 한번 나오자 사람들은 모두 실색(失色)하였습니다. 앞으로는 지록위마(指鹿爲馬)[21]의 간신(奸臣)이 있더라도 누가 기꺼이 전하께 이를 말하여 스스로 '아첨하는 사람', '무함하는 사람'이라는 죄과에 빠지겠습니까. 예로부터 간언(諫言)을 물리친 군주가 한둘이 아니었습니다만, '아첨하는 사람', '무함하는 사람'이라는 말로 시사(時事)를 논하는 신하의 의기를 꺾어버렸다는 말은 듣지 못하였습니다. 대관(臺官)은 전하의 눈과 귀를 담당한 자이며, 공론은 나라의 원기(元氣)인데도, 전하께서 나라를 저버린 훈신(勳臣) 하나를 보호하려고 그 눈과 귀를 막고 그 원기를 사그라지게 하면서도 돌아보지 않으십니다. 대신(臺臣)이 입을 다무는 조짐이 전하의 한 마디 말로부터 시작될 것이니, 신은 이점에 대하여 개탄스러운 마음을 금할 수 없습니다.

신은 이 직책을 여러 차례 맡았습니다만, 성상의 교화에 조금도 도움을 바치지 못한 채 이러한 죄목을 쓰게 되었습니다. 어찌 감히 밝으신 성상께 뻔뻔스레 얼굴을 들 수 있겠습니까. 신은 산릉(山陵)을 오가느라 즉시 인책하고 물러나지 못하여 부끄러운 마음이 가슴에 쌓여 몸 둘 바를 모르겠습니다. 많은 관원이 이미 이 때문에 인피 하였으므로 잠시도 그대로 자리

---

20 엄한 …… 계사 : 1649년(효종 즉위년) 9월 22일 오핵이 정언을 맡고 있으면서 올린 계사인데, 효종은 "사직하지 말라.[勿辭]"라는 비답을 내렸다. 《承政院日記 孝宗 卽位年 9月 22日》

21 지록위마(指鹿爲馬) : 사슴을 가리켜 말이라고 한다는 뜻으로 윗사람을 농락하여 권세를 마음대로 함을 이르는 말이다. 진(秦)나라의 조고(趙高)가 자신의 권세를 시험하여 보고자 황제 호해(胡亥)에게 사슴을 가리키며 말이라고 한 데서 유래한다.

를 차지하고 있을 수 없으니, 신의 직책을 체척하도록 명하소서."
하였다.

6 憲府處置臺諫啓

啓曰

執義宋浚吉云云 大司憲金南重云云 持平任重云云 掌令李尙逸云云 竝引嫌而退 激濁揚淸
欲正朝著 則其議可尙 托以鎭靜 强欲扶植 則似涉苟且 答以謹悉 不出異見 或早或晚 大意則
同 請大司憲金南重遞差 執義宋浚吉持平任重掌令李尙逸竝命出仕

사헌부에서 간관(諫官)을 처치(處置)[22]하는 계사[23]

아뢰기를,

"집의(執義) 송준길(宋浚吉)이 운운하고, 대사헌(大司憲) 김남중(金南重)이 운운하고, 지평
(持平) 임중(任重)이 운운하고, 장령(掌令) 이상일(李尙逸)이 운운하면서 모두 인혐하고 물러
갔습니다.[24] 송준길은 혼탁한 부류를 쳐내고 청류(淸流)를 끌어올려 조정 신료를 바로잡고자

---

22 처치(處置) : 사헌부나 사간원의 관원이 어떤 일로 피혐(避嫌)하고 물러갔을 때에 상대방 관서(官署)에서 그것
   이 정당한지의 여부를 가려 그 피혐을 받아들일 것인가 아니면 출사하도록 할 것인가를 결정해서 임금에게
   아뢰는 일이다.
23 사헌부에서 …… 계사 : 1649년(효종 즉위년) 9월 14일 사간원 대사간 김경여(金慶餘)와 정언 오핵이 올린
   계사인데, 효종은 "대간을 처치하는 일은 아뢴 대로 하라.[臺諫處置事依啓]"라는 비답을 내렸다. 《承政院日
   記 孝宗 卽位年 9月 14日》
24 송준길 …… 물러갔습니다 : 송준길은 김자점이 국권을 농단하자 이시만(李時萬), 엄정구(嚴鼎耉) 신면(申冕)
   등 권문에 드나드는 자들이 부끄러움을 모르고 세도를 어지럽히니 그들 모두들 규찰하여 적발할 수는 없더
   라도 드러난 자로서 선비의 품위를 더럽힌 자들을 그대로 둘 수 없다는 내용으로 간통을 발하였는데도 대사
   헌 김남중은 시종 어렵게 여기고 있음을 들어 인피하자, 김남중은 짐자점의 집을 드나드는 자들 중 원두표
   와 같은 사람은 세력도 없고 욕심도 없으니 일체로 말하여 죄를 논하려 해서는 안된다는 사실을 들어 진정
   시키려 하고 함께하지 않았다며 인피한 일을 가리킨다. 이 때 지평 임중과 장령 이상일 또한 동료 관원과 의
   논이 일치하지 않는다는 이유로 인피하였다. 《孝宗實錄 孝宗 卽位年 9月 13日》

하였으니, 그 의론은 높이 살 만합니다. 그러나 대사헌이 진정시킨다는 것을 핑계로 억지로 두둔하려 하는 것은 구차한 일입니다. 근실(謹悉)[25]로 답하고 다른 의견을 내지 않은 것은, 더러 빠르거나 늦었다는 차이는 있지만 대의에 있어서는 같습니다. 청컨대 대사헌 김남중은 체차(遞差)하고, 집의 송준길과 지평 임중과 장령 이상일은 모두 출사(出仕)하도록 명하소서."

하였다.

7 避嫌啓

啓曰

新化之初 激濁揚淸 務所當先 則其議可尙 故臣於處置之時 相議請出者 蓋以此也 大司諫卽於席上乃曰 此是公議 竝發可也 臣以爲竝發似過 而今若論之 則罪之輕重 不可不愼也 趨附權門 迹甚麤鄙 則時萬以存 雖置之重典可也 鼎耈之恒之罪 論之稍輕可也 海昌冕原 以我所聞 不至已甚 愈輕可也

至於勳臣家出入之人 有煩人目 亦有閭巷之指目 雖以故交 雖以連家 而公議所在 竝可論罪之說 不爲無見 而姑無見著之失 此則論之太輕可也 竝此論罪之際 同僚之欲輕欲重 與臣之所見 未免參差 臣之疲軟 見輕多矣 請命遞斥臣職

피혐하는 계사

아뢰기를,

"새롭게 교화를 펴시는 초기에 혼탁한 부류를 쳐내고 청류(淸流)를 끌어올리려는 것은 마땅히 먼저 힘써야 할 일이니, 그 의론은 가상하므로 신이 처치할 때에 출사시키기를 계청(啓

---

25 근실(謹悉) : 상대편의 사정이나 의견 등을 삼가 앎이라는 뜻이지만, 보내온 상소나 간통(簡通) 등의 확인 동의를 받는다는 의미로 쓰인다.

請)하였던 것은 이 때문이었습니다. 그런데 대사간이 그 자리에서 바로 말하기를 '이것은 공의(公議)이니 함께 발의하는 것이 좋겠다.'라고 하였는데, 신의 생각에는 함께 발의하는 것이 지나친 듯하였습니다. 지금 만약 논해본다면, 죄의 경중은 신중하지 않아서는 안 될 것이니, 권문에 붙좇아 그 자취가 매우 비루하였으니, 이시만(李時萬)과 이이존(李以存)은 비록 무거운 형전(刑典)에 붙이더라도 괜찮을 것이며, 엄정구(嚴鼎耇)와 이지항(李之恒)의 죄는 조금 가볍게 논하여도 괜찮을 것이고, 이해창(李海昌)・신면(申冕)・황호(黃屎)는 제가 들은 바로는 그다지 심한 지경은 아니니 더욱 가볍게 하여도 괜찮을 것입니다.

그리고 훈신(勳臣)의 집안에 출입한 사람들 중에는 사람들의 이목을 번거롭게 한 경우도 있고, 여항(閭巷)의 지목을 받은 경우도 있습니다. 비록 오랜 친구의 집이거나 연비(連比)가 있는 집안이라 하더라도, 공의(公議)로 볼 때 함께 논죄해야 한다는 설에 일리가 없지 않습니다. 그러나 일단 두드러진 잘못이 없는 이상 이들에 대해서는 크게 가볍게 논하여도 괜찮을 것입니다. 이들을 함께 논죄할 때 가볍게 하거나 무겁게 하려는 동료들의 의견이 신의 소견과 차이 날 수밖에 없었으니, 신의 나약하고 무른 성품이 가볍게 보인 적이 많습니다. 청컨대 신의 직임을 체척하도록 명하소서."
하였다.

8 李時萬等削奪官爵 李之恒罷職不敍 李海昌等罷職啓

啓曰

搢紳之羞 莫甚於趨附權門 士夫之恥 莫大於喪失廉隅 全南監司李時萬 瑞山郡守李以存 染迹於金自點之門 見棄於淸議 人皆唾鄙 副護軍李之恒 以連家之人 所當自愼 而表裏論議 多有人言 副護軍李海昌 前執義嚴鼎耇 廣州府尹黃屎 或交結子弟 隣居接近 昏夜往來 情誼親密 物論藉藉 不可無一番糾劾 以爲激揚之擧 尋常推考 不足以懲勵 李時萬李以存削奪官爵 李之恒罷職不敍 李海昌嚴鼎耇黃屎竝命罷職

副提學申冕以淸議相許之人 至被權貴家之款遇 不能拒絶 多有物議 不可尋常推考而止 請命罷職 勳宰之與名流 趣味自不相同 禮曹參議李行進 左承旨李時楷等 出入元斗杓之門 號稱狎客 多有人言 不可推考而止 請命罷職

이시만(李時萬) 등의 관작을 삭탈하고, 이지항(李之恒)을 파직하여 서용하지 말고, 이해창(李海昌) 등을 파직할 것을 청한 계사[26]

아뢰기를,

"진신(搢紳)의 수치로는 권문세가(權門勢家)에 붙좇는 것보다 심한 것이 없고, 사대부의 부끄러움으로는 염치를 잃는 것보다 큰 것이 없습니다. 전남 감사 이시만(李時萬)과 서산 군수(瑞山郡守) 이이존(李以存)은 김자점의 집에서 자취를 더럽힘으로써 청의(淸議)에 버림을 받아 사람들이 모두 침을 뱉고 비루하게 여깁니다. 부호군 이지항(李之恒)은 연비(連比)가 있는 집안사람이니 스스로 삼가야 하는데도 안팎으로 논의하여 사람들의 말이 많습니다. 부호군 이해창(李海昌)과 전 집의 엄정구(嚴鼎耉), 광주 부윤(廣州府尹) 황호(黃㦿)는 혹 자제들을 교류시키거나 이웃에 살며 가까이 지내면서 늦은 밤까지 왕래하여 정의(情誼)가 친밀하므로 여론이 자자합니다. 한번 철저히 조사하여 혼탁한 부류를 쳐내고 청류(淸流)를 들어 올리는 조치가 없어서는 안 될 것이니, 평범한 추고(推考)[27]로는 징계하기에 부족할 것입니다. 이시만·이이존은 관작을 삭탈하고, 이지항은 파직하여 서용하지 말고, 이해창·엄정구·황호는 모두 파직하도록 명하소서.

부제학 신면(申冕)은 맑은 의론으로 세상이 인정하는 사람이지만 권세가의 정성스러운 대우를 받게 되자 거절하지 못해 여론이 많이 생기니, 평범한 추고에 그쳐서는 안 될 것이니, 파직하도록 명하소서. 훈신(勳臣)과 재신(宰臣)은 명류(名流)와 그 지취(志趣)가 절로 같지 않은데, 예조 참의 이행진(李行進)과 승지 이시해(李時楷) 등은 원두표(元斗杓)의 집에 출입하며 압객(狎客)이라 불리니, 사람들의 말이 많습니다. 추고하는 데서 그쳐서는 안 되니, 파직하도록 명하소서."

하였다.

---

26 이시만(李時萬) …… 계사 : 1649년(효종 즉위년) 9월 15일 사간원 대사간 김경여(金慶餘)와 정언 오핵이 올린 계사인데, 효종은 "이미 추고하였으니, 굳이 번거롭게 논할 것 없다.[旣已推考 不必煩論]"라는 비답을 내렸다. ≪承政院日記 孝宗 卽位年 9月 15日≫
27 추고(推考) : 관원의 의심스러운 행실을 조사하거나 드러난 과실의 책임 등을 따지는 것으로 일종의 징계 조치이다.

9 避嫌啓

啓曰

玄宮之遠日已迫 聖上之哀痛倍深 當此之時 無狀如臣 瀆擾是事 罪當萬死 新化之初 有此激揚之擧 則淸議所在 不可不從 故同僚以竝發爲言 臣與之相議 分輕重論啓矣 持平任重 以濫枉等語爲避 獻納李天基 以汲汲等語引嫌 旣已參論 何可異辭 臺閣論事 豈拘於時 同僚旣以此引避 臣安得晏然仍冒 請命遞斥臣職

피혐하는 계사[28]

아뢰기를,

"장삿날이 이미 임박하였으니, 성상의 애통하신 심정이 갑절이나 깊을 것입니다. 이와 같은 때에 신처럼 보잘것없는 신하가 이번 일로 번거롭게 해 드렸으니 그 죄가 만 번 죽어 마땅합니다. 하지만 새롭게 교화를 펴시는 초기에 이렇게 혼탁한 부류를 쳐내고 청류(淸流)를 들어 올리는 일이 있었습니다. 그렇다면 청의(淸議)가 있는 터에 따르지 않을 수 없으므로 동료가 함께 발의하기로 하여, 신이 함께 상의한 다음 경중을 분별하여 논계(論啓)하였습니다. 그런데 지평 임중(任重)은 '주제넘게 왜곡하였다'는 등의 말로 피하고, 헌납 이천기(李天基)는 '급급하다'는 등의 말로 인피(引避)하였습니다. 이미 논의에 참여하였으면서 어찌 다른 말을 할 수 있단 말입니까. 대각의 논사(論事)가 어찌 시세(時勢)에 구애될 수 있겠습니까. 그런데 동료들이 이미 이 때문에 인피 하였으니, 신이 어찌 태연히 그대로 자리를 차지하고 있을 수 있겠습니까. 청컨대 신의 직임을 체척하도록 명하소서."
하였다.

---

28 피혐하는 계사 : 1649년(효종 즉위년) 9월 17일 정언 오핵이 올린 계사인데, 효종은 "사직하지 말라.[勿辭]"
라는 비답을 내렸다. 《承政院日記 孝宗 卽位年 9月 17日》

10 避嫌啓

啓曰

無狀小臣 叨冒非據 當此新化之初 絲毫無補 瀆擾是事 罪當萬死 目今淸議方伸 鎭靜不遠 而强生鬧端 輾轉至此 吁亦異矣 至於處置之際 有意立落 眩亂是非 臺閣論事之體 決不可如是 顚倒也 且見同僚引避之辭 一則曰 混入稱寃 一則曰 機關危懼 其在私厚之情 雖欲稱寃 而人 言其可防乎 公論所在 有何機關 而加之以危懼之說 是亦何意

毋論前啓之停不停 而旣謂之稱寃 又謂之機關 則當初此論 臣亦與同 兩司所論 雖有輕重 而 其爲被斥則一也 所當引避之不暇 何敢晏然處置乎 況臣痼疾纏身 連日呈疏 去夜陪祭 今日擧 動 皆未進參 日暮之後 扶曳來避 臣之罪戾 至此尤大 以此以彼 決難在職 請命遞斥臣職

피혐하는 계사[29]

아뢰기를,

"보잘것없는 소신이 차지해서는 안 될 자리를 외람되이 맡고 있으면서 이렇게 새롭게 교화를 펴는 초기를 맞아 털끝만큼도 보탬은 없고, 이 일로 번거롭게 해드렸으니 죄가 만 번 죽어 마땅합니다. 현재 청의(淸議)가 막 펴지고 있어 진정될 때가 머지않았는데, 시끄러운 단서를 억지로 만들어 이토록 엎치락뒤치락하니 아, 또한 이상한 일입니다. 처치(處置)하던 때에 출사와 체차(遞差)의 결정에 사의(私意)를 두거나 옳고 그름의 판단에 현혹되었다면, 대각(臺閣)에서 시무를 논하는 체모에 있어서 결단코 이처럼 전도(顚倒)시켜서는 안 될 것입니다. 또 동료가 인피하는 글을 보건대, 한 명은 '혼동하여 들어간 사람은 억울하다고 할 것이다.'라고 하고, 다른 한 명은 '계략을 쓰니 위태롭고도 두렵다.'라고 하였습니다. 사사로이 후하게 대하는 정리가 있는 터에 비록 억울함을 호소하려 하더라도 여론이야 막을 수가 있겠습니까. 공론이 존재하는 터에 무슨 계략을 쓰겠으며, 게다가 위태롭고도 두렵다는 말을 하니 이 또

---

29 피혐하는 계사 : 1649년(효종 즉위년) 10월 10일 오핵이 정언을 맡고 있으면서 올린 계사인데, 효종은 "사직하지 말고, 물러나 물론을 기다리라.[勿辭 退待物論]"라는 비답을 내렸다. ≪承政院日記 孝宗 卽位年 10月 10日≫

한 무슨 의도란 말입니까.

앞서 있었던 계사를 중지하든지 말든지를 막론하고 이미 '억울함을 호소한다.' 하고, 또 '계략을 쓴다.'라고 하였다면, 당초 이 논의에 신도 동참하였으니, 양사(兩司)의 논의에 경중이 있다 하더라도, 공척(攻斥)을 당한 것임에는 마찬가지입니다. 그러니 인피하기에도 겨를이 없어야 하거든 어찌 감히 태연히 처치할 수 있겠습니까. 더구나 신은 고질병에 걸리어 연일 사직소를 올리고 있으니 더 말할 나위가 있겠습니까. 지난밤 모시고 지냈어야 할 제사와 오늘 있었던 거둥에 모두 나아가 참석하지 못하고, 날이 지문 뒤에야 부축을 받고 와서 인피하려니, 신의 죄가 이에 이르러 더욱 커졌습니다. 이모저모로 보아 결단코 직임을 맡고 있기 어려우니, 신의 직임을 체척하도록 명하소서."

하였다.

11 請柳碩削去仕版 李丕顯罷職不敍 沈大孚等罷職 嚴鼎耇推考啓

啓曰

江原監司柳碩 乃於頃年 乘機挾憾 誣陷大老 指意陰險 遣辭慘毒 至今公議 莫不扼腕痛骨 聖明初服 優禮元老 倚之如柱石 重之如蓍龜 是非邪正 豈容竝[30]立 且碩國哀之日 公除之前 無病食肉 肆然公座 衆人所覩 略不愧懼 敗俗亂禮 莫此爲甚 請命削去仕版 江原都事李丕顯 持服食肉 略無顧忌 其縱恣無識之罪 不可不懲 請命罷職不敍

朝廷之上 事體至嚴 士夫之間 相敬爲貴 況元老大臣 聖上之所尊禮 一國之所瞻仰者乎 前司諫沈大孚 避嫌措語之間 不但名呼倨傲而已 其懷不平 隱然侵侮 揆之事理 豈容如是 物情莫不駭異 沈大孚請命罷職

相避之法 自有一定 近來謬規 雖未知俑於何時 旣是非古 則豈宜因襲行之 吏曹判書沈詻 注擬之際 不能謹愼 至於相避一款 壞了憲章 後弊所關 不可置之 吏曹判書沈詻 請命罷職

臺諫處置之際 不計相避 旣是謬例 而除授外職 尤爲不可 前執義嚴鼎耇 曾以銓郞 於吳挺緯

---

30 竝 : 저본에는 '無'로 되어 있는데, 《효종실록》과 《승정원일기》의 같은 날 기사에 근거하여 '竝'으로 바로잡았다.

之除職也 擔當注擬 到今不思引咎 反爲自伸 張皇辭說 至謂之法外相避 有若以元老畫一之論
爲非者然 殊甚可駭 嚴鼎耈請命從重推考

유석(柳碩)은 사판(仕版)[31]에서 삭제하고, 이비현(李丕顯)은 파직하고 서용하지 말고, 심대부(沈大孚) 등은 파직하고, 엄정구(嚴鼎耈)는 추고할 것을 청하는 계사[32]

아뢰기를,

"강원 감사 유석(柳碩)은 지난해에 기회를 틈 타 유감을 품고 대로(大老)[33]를 무함하였는데, 가리키는 뜻이 음흉스럽고 쓴 말이 지독히 간사하여 지금까지도 공론이 팔을 걷어붙이며 뼛속까지 통분해하고 있습니다. 밝으신 성상께서 즉위하신 초기에 예(禮)로써 원로들을 우대하시어 주춧돌처럼 의지하고 시귀처럼 중시하시니, 시비와 사정(邪正)의 양립(兩立)을 어찌 용납할 수 있겠습니까. 더구나 유석은 국상(國喪)을 당하여 공제(公除)[34]를 마치기도 전에 공개적인 자리에서 병도 없으면서 방자하게 고기를 먹었는데, 여러 사람이 보는 데도 조금도 부끄러워하거나 두려워하지 않았습니다. 풍속을 무너뜨리고 예의를 어지럽힘이 이보다 심할 수가 없으니, 사판(仕版)에서 삭제하도록 명하소서.

강원 도사(江原都事) 이비현(李丕顯)은 상복(喪服)을 입는 중에 고기를 먹으면서 조금도 거리낌이 없었습니다. 방자하고 무식한 그의 죄를 징계하지 않을 수 없으니, 파직하고 서용하지 말도록 명하소서.

조정에서는 일의 체모가 지극히 엄정하여 사대부 사이에 서로 공손하게 대하는 것을 귀하게 여깁니다. 더구나 원로대신에 대해서는 성상께서 높여 예우(禮遇)하며 온 나라 사람들이

---

31 사판(仕版) : 벼슬아치의 명부(名簿)로 현직의 재직과 상관없이 관직에 오른 사람들의 성명과 내력 등을 적어 둔 문서를 말한다.
32 유석(柳碩)은 …… 계사 : 1649년(효종 즉위년) 8월 25일 사간원에서 대사간 이지항(李之恒), 헌납 홍처량(洪處亮), 정언 이정영(李正英)·임의백(任義伯) 등이 올린 계사인데, 효종은 "아뢴 대로 하되, 유석은 파직시키고 이비현의 일은 이치에 닿지 않는 듯하니, 다시 더 자세히 들어본 다음 처리하라.[依啓 柳碩罷職 李丕顯事 似不近理 更加詳聞處之]"라는 비답을 내렸다. 《承政院日記 孝宗 即位年 8月 25日》
33 대로(大老) : 당시 좌의정을 맡고 있던 김상헌(金尙憲)을 지칭한다.
34 공제(公除) : 국상(國喪)을 당하여 조의(弔意)를 표하는 뜻으로 일정 기간 공무를 보지 않다가 그 기간이 지난 뒤에 상복을 벗는 일을 말한다.

우러러보는 자이니 더 말할 나위가 있겠습니까. 전 사간(司諫) 심대부(沈大孚)는 피혐하는 말을 쓰는 사이에 오만하게도 그 이름을 불렀을 뿐 아니라 화평하지 못한 뜻을 품고서 은근히 침해하여 모욕하였습니다. 사리로 따져볼 때 어찌 이럴 수가 있겠습니까. 여론이 놀라 괴이하게 여기지 않음이 없으니, 심대부를 파직하도록 명하소서.

상피(相避)[35]의 법규에는 본래 정식(定式)이 있어왔습니다. 근래 잘못된 규례가 비록 언제부터 시작되었는지 모르겠습니다만, 이미 옛날의 법규가 아니라면 그대로 답습하는 것이 어찌 옳겠습니까. 이조 판서 심액(沈詻)은 주의(注擬)[36]하는 사이에 삼가지 못하고 상피 한 조항에 이르러 법규를 무너뜨려 버렸습니다. 뒷날의 폐단과 관계가 되니, 그대로 놔두어서는 안 됩니다. 이조 판서 심액을 파직하도록 명하소서.

대간(臺諫)에서 처치할 때에 상피 관계를 따지지 않은 것이 이미 잘못된 규례인 데다 외직에 제수하는 경우는 더욱 안 될 일입니다. 전 집의(執義) 엄정구(嚴鼎耉)는 일찍이 전랑(銓郎)으로서 오정위(吳挺緯)에게 관직을 제수할 때에 주의를 담당한 적이 있었는데, 지금까지도 인책할 생각을 하지 못하고 도리어 스스로를 변명하여 장황한 말을 늘어놓고 있습니다. 심지어 그를 두고 법규 바깥의 상피라고 하며, 원로들의 통일된 의론을 잘못된 점이 있는 듯이 말하니, 너무나 해괴합니다. 엄정구를 엄중히 추고하도록 명하소서."
하였다.

12 請李憫中道付處啓

啓曰

李憫事論列 今已閱月 而尙未蒙允許 實未知聖意之所在也 憫爲人無識 濟以詖險 出入自點之門 親昵無比 人言藉藉 莫不憤罵 此而不治 將無以懲 豈可推考而止 前判決事李憫 請命中道付處

---

35 상피(相避) : 친척 관계에 있는 사람끼리는 같은 관청에 재임하거나 업무상 서로 혐의(嫌疑)가 있는 자리에 나아가지 못하거나, 청송관(聽訟官), 시관(試官) 등이 되지 못하는 것을 말한다. 어느 지역에 특별한 연고가 있는 관리는 그 지역에 파견되지 못하는 것도 포함된다.
36 주의(注擬) : 관원을 임명할 때 임금에게 후보자를 정하여 올리던 일을 말한다. 문관(文官)은 이조(吏曹)에서, 무관(武官)은 병조(兵曹)에서 정하였다.

이한(李憪)을 중도부처(中道付處)[37]할 것을 청하는 계사

아뢰기를,

"이한(李憪)의 일에 대해 논열(論列)한 지 지금 이미 한 달이 지났는데, 아직도 윤허를 받지 못하였으니, 실로 성상의 뜻이 어디에 있는지 알지 못하겠습니다. 이한은 사람됨이 무식한 데다 남을 음험하게 비방하는 술수를 부렸는데 김자점(金自點)의 집을 출입하며 더없이 친밀하게 지내니, 사람들의 말이 자자하여 분하게 여기고 욕하지 않는 이가 없습니다. 이번에 다스리지 않는다면 장차 징계할 수가 없을 것이니, 어찌 추고에 그칠 수 있겠습니까. 전판결사(判決事) 이한을 중도부처(中道付處)하도록 명하소서."
하였다.

13 因論奴殺主罪人九月事避嫌啓 _庚寅

啓曰

昨以九月事論啓 而伏承聖批 臣誠惶蹙 無地措躬 當初臺啓之必欲以殺主之律論執者 豈有他意 而聖明從諫之美 獨於九月之事 連下未安之教 伏想聖明 必欲明辨良賤 而後罪之 此雖出於明覈之意 而以刑官前後之文案 一國公共之論觀之 竊恐聖明 有所未燭其源而然也 以此一事上下阻隔 反爲淸朝之累 臣竊惜之

臣徒知弑主之惡 不可施以殺家長之律 而至於遣辭之際 首末顚錯 則臣從外來 未及詳悉之致昏謬之罪 在所難免 昨緣日暮 未卽引避 且所患厥逆之症 又發於去夜 今始扶曳來避 所失尤大何敢晏然仍冒 請命遞斥臣職

---

37 중도부처(中道付處) : 먼 곳으로 귀양 가도록 정해진 죄인에 대해 평소의 공로(功勞)와 정상(情狀)을 참작하여 유배지로 가는 중간 지점의 한 곳을 정하여 머물게 하는 형벌이다.

노비로서 주인을 살해한 죄인 구월(九月)[38]을 논한 일로 인해 피혐하는 계사[39]_경인년

아뢰기를,

"어제 구월(九月)의 일로 논계하고서 삼가 성상의 비답(批答)을 받들어 보고는 신은 참으로 두렵고 위축되어 몸 둘 바를 모르겠습니다. 당초 대간의 논계에서 반드시 주인을 살해한 형률로 논하여 고집하려 한 것이 어찌 다른 뜻이 있었겠습니까마는, 간언을 잘 따라주신 성상의 아름다운 덕으로도 유독 구월의 일에 있어서만 연이어 미안한 하교를 내리셨습니다. 삼가 생각건대 밝으신 성상께서는 양인(良人)인지 천민(賤民)인지를 분명히 분별한 후에 죄를 주려는 듯한데, 이것은 비록 분명하게 밝히려는 뜻에서 나온 것이라 하더라도, 형관(刑官)이 전후로 올린 문건과 온 나라 공공의 논의를 가지고 살펴보자면 아마도 밝으신 성상께서 미처 그 원인을 살피지 못하여 그런 것일 듯합니다. 이 한 가지 일로 상하의 소통이 막히는 것은 도리어 맑은 조정의 흠이 될 것이니 신은 삼가 애석하게 여기는 바입니다.

신은 다만 주인을 살해한 악행에 가장(家長)을 살해한 자에 대한 형률을 시행해서는 안 된다는 것만 알았으나, 말을 하는 사이에 앞뒤가 뒤섞여 착오가 나게 되었습니다. 이는 신이 지방에서 올라와 미처 자세히 알지 못하였기 때문이니, 어리석어 일을 그르친 죄에서 벗어나기 어렵습니다. 어제는 날이 저무는 바람에 즉시 인피(引避)하지 못한 데다 앓고 있던 궐역(厥逆)[40] 증상이 또 지난밤에 발작하여 이제야 부축을 받고 실려와 피혐하게 되니, 잘못이 더욱 큽니다. 어찌 감히 태연히 그대로 자리를 차지하고 있을 수 있겠습니까. 청컨대 신의 직임을 체척하도록 명하소서."

하였다.

---

38 죄인 구월(九月) : 구월과 그의 남편은 모두 김태길(金泰吉)이라는 자의 노비이다. 구월의 남편이 김태길에게 죄를 지어 죽임을 당하자 구월이 이를 분하게 여기고 내수사(內需司)에 투속(投屬)한다. 이후 김태길이 서울로 왔을 때 구월이 그를 직접 살해하는데, 구월이 여전히 김태길의 여종인지의 여부가 조정에서까지 논란이 되었다. ≪孝宗實錄 1年 2月 27日≫

39 노비로서 …… 계사 : 1650년(효종 1) 1월 16일 오핵이 정언(正言)을 맡고 있으면서 올린 계사인데, 효종은 "사직하지 말고, 물러나 물론을 기다리라.[勿辭 退待物論]"라는 비답을 내렸다. ≪承政院日記 孝宗 1年 1月 16日≫

40 궐역(厥逆) : 기(氣)가 거꾸로 흘러서 가슴과 배가 아프면서 팔, 다리가 싸늘해지는 병증이다.

因論李泰淵等事避嫌啓_壬辰

避曰

昨日聖批極嚴 臣不勝瞿然之至 李泰淵設有言語間差違 原其本情 則要不出格君之誠 而至於 丁彦璧之獨立自列 廉隅可尙 故昨日啓辭中 竝謂之直截者此也 而未安之敎 出於情外 此無非 如臣無狀 忝居臺席 不見信於君父之致 臣之不可仍冒者一也

且見副校理尹鑠之疏 詆斥臣身 不遺餘力 吁其意亦未可知也 李泰淵被罪之後 吳挺緯以首 發之人 所當先獨陳列 請被同罰可也 而聯名於同僚之疏 有若循例隨參 則發論之初意安在 凡 在聞見 豈不駭異 而尹鑠獨以爲不非 何哉

噫 挺緯之初發 非徒尹鑠是之 臣亦是之 而挺緯之後不自列 雖尹鑠 其敢曰是乎 廉隅所在 論啓之擧 在所不已 而臣纔從外來 未諳世情 曾不料一挺緯之論遞 若是其重難也 緘口之外 更 無他策 臣之不可仍冒者二也

嚴旨之下 卽當引避 而昨日習儀之時 重患暑瘧 自臺廳扶曳而出 今始來避 所失尤大 臣之不 可仍冒者三也 以此情勢 何敢一刻晏然 請命遞斥臣職

이태연(李泰淵) 등을 논한 일로 인해 피혐하는 계사[41]_임진년

아뢰기를,

"어제 성상의 비답이 지엄(至嚴)하여 신은 매우 놀라 두려운 마음을 금치 못하겠습니다. 설령 이태연(李泰淵)에게 언어 간의 오차가 있었다 하더라도, 그 본뜻을 소급해보자면 핵심 은 임금의 마음을 바로잡으려는 정성에 지나지 않았으며, 정언벽(丁彦璧)이 홀로 자신을 논 열(論列)한 것에 이르러서는 그 염치가 가상하였으므로 어제 계사 중에서 아울러 '직절(直截) 하다.'라고 한 것은 이 때문이었는데 성상의 미안한 하교가 뜻밖에 내렸습니다. 이는 모두가 신처럼 형편없는 자가 외람되이 대간의 자리를 차지하고 있어 군부(君父)에게 신임을 받지 못한 소치이니, 신이 그대로 자리를 차지하고 있을 수 없는 첫 번째 까닭입니다.

---

41 이태연(李泰淵) …… 계사 : 1652년(효종 3) 6월 9일 오핵이 지평(持平)을 맡고 있으면서 올린 계사인데, 효종 은 "사직하지 말라.[勿辭]"라는 비답을 내렸다. ≪孝宗實錄 3年 6月 9日≫

또 부교리 윤집(尹鏶)의 상소를 보니, 신을 비난하여 배척하는 데에 온 힘을 다 쏟았으니, 아, 그 의도를 또한 알 수가 없습니다. 이태연이 죄를 받은 뒤, 오정위(吳挺緯)는 처음에 발론(發論)한 사람으로서 혼자서 먼저 스스로를 논열하여 같은 벌을 받기를 청하여야 했습니다. 그런데 동료들의 상소에 연명하여 마치 일반적인 규례에 따라 참여한 것처럼 하였으니 발론하였던 당초의 뜻이 어디에 있단 말입니까. 이를 보고 듣는 모든 사람이 어찌 놀라 이상하게 여기지 않겠습니까마는 윤집만 홀로 잘못이 아니라고 생각하니 이것이 무슨 까닭입니까.

아, 오정위가 처음 발론한 것에 대해서는 윤집만 옳게 여긴 것이 아니라 신 역시 옳게 여겼었습니다. 그러나 오정위가 나중에 스스로 논열하지 않은 것에 대해서는 아무리 윤집이라 하더라도 감히 옳다고 여기겠습니까. 염우가 있으므로 논계를 그만둘 수는 없겠습니다만, 신은 막 지방에서 올라와 세간 사정을 잘 알지 못합니다. 하지만 일개 오정위를 논계하여 체직시키는 것이 이처럼 어렵고 어려울 줄은 예상하지 못하였습니다. 입을 다무는 수 밖에는 달리 다른 방책이 없으니, 신이 그대로 자리를 차지하고 있을 수 없는 두 번째 까닭입니다.

지엄한 비지(批旨)가 내렸으니 즉시 인피해야 했습니다만, 어제 습의(習儀)[42]할 때에 서곽(暑癨)[43]을 심하게 앓아 대청(臺廳)에서부터 부축을 받고 나온 후 이제 비로소 자리에 나와 피혐하니 잘못이 더욱 큽니다. 이것이 신이 그대로 자리를 차지하고 있을 수 없는 세 번째 까닭입니다. 이런 사정에 어찌 감히 잠시라도 태연할 수 있겠습니까. 청컨대 신의 직임을 체척하도록 명하소서."

하였다.

15 請還收申恦徒配 李泂等補外之命啓_癸巳

啓曰

自古人主之優容臺諫 所以重言路也 頃者申恦 以言官至被徒配 李泂‧黃儁耈‧朴承健等

---

42 습의(習儀) : 국가 행사의 의식(儀式)을 미리 연습하는 것이다.
43 서곽(暑癨) : 더위로 말미암아 위로는 토하고 아래로 설사를 하면서 배가 아픈 병증이다.

亦以臺臣 一時補外 國家重臺諫之意 果安在哉 當初申怕 旣見其書札 則爲法官者 豈可以小事
而不論哉 辨覈之際 雖有疎戆之失 至於投荒 其罰不已過乎

李逈等身居言責 連章固爭 乃其職耳 但引見之時 縱不能明辨以對 原其本情 了無他腸 而補
外之命 亦出於慮外 此群情之所以悶鬱者也 申怕之朴訥愚直 國人所共知 而殿下以姦邪目之
至於李逈等 亦以阿好斥之

噫 天地之大 猶有所憾 雷霆之下 無不摧折 自是厥後 直氣日以消鑠 言路日以阻隔 殿下欲
開言路 則前後論事之臣 以言獲罪者 竝皆放還收用 此今日之所當先也 大抵事過之後 公論乃
定 中外之議 至今皆以爲冤 請特垂申怕放還之典 且收李逈等補外之命

신상(申怕)을 도배(徒配)[44]하고 이형(李逈) 등을 보외(補外)[45]하라는 명을 도로 거둬들일 것을 청하는 계사[46]_계사년(1653)

아뢰기를,

"예로부터 임금이 대간(臺諫)을 너그럽게 포용한 것은 언로(言路)를 중히 여겼기 때문입니다. 얼마 전에 신상(申怕)은 언관(言官)의 신분으로서 도배(徒配) 당하기까지 하였고, 이형(李逈)·황준구(黃儁耉)·박승건(朴承健) 등도 대신(臺臣)의 신분으로서 동시에 보외(補外)되었으니, 나라에서 대간을 중히 여기는 뜻이 과연 어디에 있단 말입니까. 당초 신상이 그 서찰을 본 이상 법관이 된 자가 어찌 작은 일이라 하여 논하지 않을 수 있었겠습니까. 분간하여 조사하는 사이에 비록 서툴게 고집을 부린 잘못이 있다 하더라도 황폐한 곳으로 내치기까지 하는 것은 그 벌이 너무 과도하지 않겠습니까.

이형 등은 언책(言責)의 자리에 있는 몸이니, 연이은 문서로 굳게 쟁집(爭執)하는 것이 그 직분입니다. 다만 인견(引見)하였을 적에 설사 밝게 분간하여 대답하지 못하였을지라도, 그

---

44 도배(徒配): 도형(徒刑)의 죄목으로 귀양 보내는 것인데, 도형은 비교적 중한 죄를 지은 자를 관가에 구속하고 노역(勞役)에 종사시키는 형벌이다.

45 보외(補外): 비교적 높은 지위에 있는 관원이 잘못이 저질렀을 경우, 지방의 수령 등 외직(外職)으로 좌천시켜 징계하는 일을 말한다.

46 신상(申怕)을 …… 계사: 1653년(효종 4) 3월 12일 사헌부에서 올린 계사인데, 효종은 "윤허하지 않는다.[不允]"라는 비답을 내렸다. ≪承政院日記 孝宗 4年 3月 12日≫

본심을 따져보자면 다른 마음은 전혀 없었습니다. 그런데 보외하라는 명이 또한 뜻밖에 나왔으니, 이것이 뭇사람들이 안타깝게 여기고 답답해하는 까닭입니다. 신상이 순박하고 우직하다는 것은 온 나라 사람들이 다 아는 일인데도 전하께서는 간사한 사람으로 지목하고, 이형 등에 이르러서도 또한 아첨하는 사람으로 배척하셨습니다.

아, 천지의 광대(廣大)함에도 오히려 유감이 있어서 천둥과 벼락을 내리시니 꺾이지 않는 것이 없어서 이 이후로는 올곧은 기개는 날로 사그라지고 언로는 날로 저지될 것입니다. 전하께서 언로를 열고자 하신다면, 그 동안 시사를 논하였던 신하 중 언사논사로 죄를 받은 자를 모두 다 도로 풀어준 다음 거두어 등용하소서. 이것이 오늘날 마땅히 먼저 해야 할 일입니다. 대개 일이 지나간 뒤에는 공론(公論)이 정해지기 마련인데, 안팎의 의론이 지금까지도 모두 원통하다고 여기고 있으니, 특별히 신상을 도로 풀어주라는 은전(恩典)을 내리시고, 또 이형 등을 보외하라는 명을 거두어 주소서.”
하였다.

16 因論宋明奎等事避嫌啓

啓曰

臣於昨日 以宋明奎事 連啓之意 發簡於同僚 而未見答通之前 同僚簡通先至 拆而見之 則改其措語 而其中有欲言則醜甚 且有不欲掛齒牙 末文又有無恥等語 臣以人皆唾罵四字改之 支辭雖刪 主意則同 以此爲引嫌之一款 實所未料也

且於簡通中 有禮曹判書李厚源請推之舉 再昨齊坐之時 臣病未進參 其間曲折 未及聞知 而蓋推考之啓 辭語太重 臣以如此之事 若出於泛然言語間相傳 則不可不愼重之意 答送矣 同僚遽爾引避 大槪虛實間 聞其禁吏受賂之說 雖有慨然言及之事 以此謂之請囑 實涉過重

論事之體 貴在商確 而不爲回報 至於引避 及見避辭 詆斥至此 疲軟見輕 莫此爲甚 臣痼疾纏身 日漸危重 頃日冒呈辭單 再蒙給由之命 適以臺諫之一時呈辭 遽下嚴旨 陳辭引避 見阻政院 臣之狼狽 亦已極矣 以此以彼 決難仍冒 請命遞斥臣職

송명규(宋明奎) 등을 논하는 일로 인해 피혐하는 계사[47]

아뢰기를,

"신이 어제 송명규(宋明奎)의 일을 연계(連啓)[48]할 뜻으로 동료들에게 간통(簡通)을 띄웠는데, 그 답통(答通)을 보기 전에 동료의 간통이 먼저 이르렀기에 열어 보았더니, 거기에 쓴 말들을 고쳐 놓았는데 그 가운데는 '말을 하려니 추악함이 심하다.'는 말이 있는 데다 '입에 담고 싶지도 않다.'는 말까지 있었으며, 끝 단락에는 또 '염치가 없다.'는 등의 말이 있었습니다. 신이 '사람들이 모두 침을 뱉으며 욕한다.[人皆唾罵]'는 네 글자로 고쳤는데, 지루한 말은 지워버렸지만 주된 의미는 같았습니다. 이를 가지고 인피하는 한 가지 이유로 삼을 줄은 참으로 생각하지 못하였습니다.

또 간통 중에 예조 판서 이후원(李厚源)에 대해 추고를 청하자는 내용이 있었는데, 그저께 함께 좌기한 자리에 신이 병 때문에 참석하지 못하여 그 간의 곡절을 미처 알지 못하였습니다. 하지만 추고에 관한 계사의 표현의 너무 심하므로 신은 '이와 같은 일이 만약 범범하게 말하는 사이 서로 전하는 데서 나온 것이라면, 신중히 하지 않으면 안 된다.'는 뜻으로 답하여 보냈는데, 동료가 대번에 인피하였습니다. 대개 거짓이든 사실이든 간에 금리(禁吏)[49]가 뇌물을 받았다는 말을 듣고서 개탄스럽게 여기고 언급한 일이 있었다 할지라도 이를 '청탁하였다'라고 하는 것은 실로 너무 지나친 듯하였기 때문입니다.

논사의 체모는 서로 의논하여 확정하는 것을 귀하게 여깁니다. 그러나 회답도 하지 않은 채 인피하기까지 하였는데, 그 인피한 말을 보건대 이토록 헐뜯는 것이었으니, 나약하고 물러터져 경시를 당함이 이보다 심할 수 없을 것입니다. 신은 온 몸에 고질병이 들어 날마다 점점 위독해집니다. 일전에 외람됨을 무릅쓰고 사직하는 단자를 올려 재차 말미를 주라는 명을 받았습니다. 그러나 마침 대간에서 한꺼번에 정사(呈辭)[50]하는 바람에 갑자기 엄한 비지(批旨)

---

47 송명규(宋明奎) 등을 …… 계사 : 1653년(효종 4) 6월 5일 오핵이 지평(持平)을 맡고 있으면서 올린 계사인데, 효종은 "사직하지 말고, 물러나 물론을 기다리라.[勿辭 退待物論]"라는 비답을 내렸다. 《承政院日記 孝宗 4年 6月 5日》

48 연계(連啓) : 양사에서 전계(傳啓)한 것을 윤허 받지 못하였을 경우 여러 날에 걸쳐 계속해서 계사를 올리는 것을 말한다.

49 금리(禁吏) : 금란패(禁亂牌)를 가지고 도성 안에서 금령을 범한 사람을 단속하던 의금부와 사헌부 소속 서리를 말한다.

50 정사(呈辭) : 사직장(辭職狀)을 올리다. 관원이 신병(身病)·성묘(省墓)·상장(喪葬) 등의 일 때문에 결근을 하

가 내렸습니다. 정사하여 인피한 단자도 승정원에서 저지되어 신이 겪는 낭패가 또한 너무나 심합니다. 이모저모로 결단코 그대로 자리를 차지하고 있기 어려우니, 신의 직임을 체척하도록 명하소서."

하였다.

17 避嫌啓

啓曰

兩司多官 旣以不言而見遞 是殿下導之使言 聖敎及此 實國家無疆之休 一言興邦 正在今日 噫 天災時變 愈往愈甚 妖虹貫日 疊現於旬望之間 有何禍機伏於冥冥 而天之譴告 若是其切急也 上焉而天變若此 下焉而癘疫孔熾 死亡相繼 言念及此 誠可於悒

殿下卽位之初 至誠求治 洞開言路 四方拭目 佇見治化 而近年以來 漸不如初 氣辭之間 喜怒失中 區區憂愛之誠 常切悶歎 殿下輕視臺臣 摧折慢罵 至於斥逐而後已 前之論事者 比比獲罪 則後之入臺者 隨行逐隊 遂含默成風 其勢固然矣

噫 天災孔棘 臺閣寂然 則平日之不能培養直氣 於此可戒矣 殿下杜塞其言路 欲使之進言 則不幾於閉之門而欲其入乎 然則臺臣之不言 豈獨臺臣之責 是殿下使之不敢言也 殿下自今日 大開言路 欲聞嘉言 雖使忠直達理之士 置之臺閣 猶難盡其責 如臣疲劣 曾忝此職 少無建白之事 適緣賤疾苦劇 長在呈告之中 蒙恩遞免 纔過數日 不言之責 與兩司已遞之官 少無異同 何敢更叨言地乎 請命遞斥臣職

피험하는 계사

아뢰기를,

"양사(兩司)의 많은 관원들이 이미 간언을 하지 않는다는 이유로 체차되었으니, 이는 전하

게 되면 곧 사직을 진청(陳請)하는데, 대개 사직은 불허하고 휴가를 명하게 된다.

께서 간언을 하도록 인도하신 것입니다. 성상의 하교가 이에 미친 것은 실로 나라의 끝없는 아름다움이라 한 마디 말로 나라를 흥기시킴이 바로 오늘에 달렸습니다. 아, 하늘의 재앙과 시절의 변고가 갈수록 더 심해져 요사한 무지개가 해를 꿰뚫는 현상이 보름 사이에 여러 번이나 나타났습니다. 무슨 화란(禍亂)의 조짐이 어둠 속에 숨어 있기에 하늘의 경고가 이처럼 급박한 것입니까. 위로는 하늘의 재변(災變)이 이와 같고, 아래로는 전염병이 치성하여 죽는 자가 이어지니, 말이 여기에 미칠 때마다 참으로 비통합니다.

전하께서는 즉위 초기에 지극한 정성스런 마음으로 치화(治化)를 추구하여 언로를 활짝 열어놓으셨으므로 사방에서 눈을 닦고서 치화를 기대하였습니다. 그런데 근년 이래로는 점차 처음만 못하여 안색과 말소리에 기뻐하거나 성내시는 일이 중도(中道)를 벗어나시니 나랏일을 근심하고 임금을 사랑하는 구구한 성심(誠心)에 늘 안타깝고 한스럽습니다. 전하께서 대신(臺臣)을 경시하시니 그 의기(意氣)를 꺾고 꾸짖으셔서 심지어 지척하고 축출한 이후에 그치기까지 하십니다. 이전에 논사한 자들이 자주 죄를 받았으니 나중에 대각에 들어오는 자들은 대열을 지어 따라다니기만 할 뿐 드디어 잠자코 침묵하는 것이 풍조가 되었습니다. 그 형세가 진실로 당연합니다.

아, 하늘의 재변이 매우 심한데도 대각이 조용하다면, 평소 직언하는 기개를 길러주지 못하였음을 여기서 경계해야 합니다. 전하께서 그 언로를 막아 놓고서 진언(進言)하게 하려는 것은 문을 닫아 놓고서 그리로 들어가려는 것에 가깝지 않겠습니까. 그렇다면 대신(臺臣)이 입을 떼지 않는 것이 어찌 유독 대신만의 책임이겠습니까. 이는 전하께서 과감히 말하지 못하도록 만드신 것입니다.

전하께서 오늘부터 크게 언로를 열어놓고 좋은 말을 들으려 하신다면, 충직하면서도 이치에 통달한 선비를 대각에 두게 하더라도 오히려 그 책임을 다하기 어려울 것인데, 신처럼 못난 자는 일찍이 이 직임을 맡고서 조금도 시무를 아뢴 일이 없었습니다. 마침 천한 신의 병이 매우 심해져 늘 정고(呈告)[51] 중에 있었기 때문에 면직의 은혜를 입은 지 겨우 며칠이 지났으니 간언을 하지 않은 책임은 이미 체차된 양사의 관원과 조금도 다를 것이 없습니다. 어찌 감히 다시 언관의 자리를 맡을 수 있겠습니까. 신의 직임을 체척하도록 명하소서."
하였다.

---

51 정고(呈告) : 고는 고가(告暇)로 휴가를 이르니, 관원이 휴가를 신청하는 일을 말한다.

疏소

1 辭正言仍救四臺臣兼陳勉戒疏 _辛卯

伏以 臣於前月二十六日 祗承有旨 以爾爲司諫院正言 爾其乘馹上來者 臣承命驚感 精爽飛越 顧臣菅愚 遭遇聖明 待罪言責者非一 而少無建白之事 長懷退縮之志 臣之罪戾 無所逃於日月之明矣 然惟聖量天涵 恩命又至 危厲熏心 置身無所也

臣當感激天眷 卽日就道 而第臣稟氣虛薄 素患痰厥 八月以後 往往而劇 頃以妻父歸葬 往來峽中 旅店觸寒 前症復發 昇歸鄉廬 病勢益篤 頭痛目眩 痰火上升 日再沈冥 二十餘日 雖欲匍匐前進 百計未由 北望雲霄 涕泗交頤也 自憐微臣 危疾纏身 氣息奄奄 而一端愚衷 耿耿不已也

臣伏聞道路所傳之說 近日天威震疊 南重晦柳椐以持平下獄 趙錫胤以憲長罷斥 李慶億以正言北邊安置云 臣於病中聞之 悚然驚悸也 臣病伏鄉村 不見朝報 事之曲折 未知如何 而臺臣被囚 前古所無之事也 不料聖世有此擧措也 自祖宗重臺官之意 至殿下掃地盡矣 寧不膽寒

趙錫胤爲人儒雅 一生廉潔 今日在廷之臣 孰有如錫胤乎 噫 知臣莫如君 聖明必知錫胤之賢 而嚴呵峻責 使之不容於朝 從容經席 誰與講論乎 剴切疏章 亦安得復見乎 臣竊爲殿下惜之 李慶億性行耿介 又有敢言之風 但年少之人也 進退之際 得當與否 雖未知之 而至於投之荒裔 不亦太過乎 慶億以藐然新進 獨立廷爭 其心可嘉 忍加之罪乎 況奉使海外 復命未久 渠之老母 方在南方 未及歸見 遽被投竄 慶億此行 卽母子永訣之日 想其情事 誠可戚矣 以大聖人體下之仁 能不惻然於此乎 噫 風雷遷改 不遠而復 易之象也 伏願聖明 體念焉

伏見殿下聰明睿知 卓冠百王 卽位之初 至誠求治 從諫如流 四境之內 延頸拭目 佇見至治矣 數年以來 漸不如初 辭氣之間 喜怒不中 政令之際 未免顚倒 竊恐殿下心學上工夫 有所未盡處也 蓋爲學之功 莫切於變化氣質 必先治其病根 然後氣質可以變化也 噫 天不可以窺測 而第以見於辭令者言之 殿下病根有三 英氣太露 是聖量未恢也 辭語太過 是聖心未平也 喜怒易發 是聖學未充也 臣聞治怒爲難 克己可以治怒 所謂克己 須從性偏難克處 克將去 此正殿下之藥石也

近思錄有曰 思叔詬詈僕夫 伊川曰 何不動心忍性 思叔慙謝 此亦學問警覺處也 殿下試於靜中 看喜怒哀樂未發時氣象 則本然之善可見 而中和之氣藹然矣 必須潛心義理 涵養本原 天理湛然 氣質變化 喜怒哀樂 發皆中節 動靜云爲 無不合理 然後可謂聖量恢弘矣 聖心和平矣 聖學高明矣

殿下雖有講學之名 苟無踐履之實 則所謂朝講也晝講也夕講也夜對也 雖無日不爲 而恐歸於
虛文也 噫 學而不思 則讀書千卷 有何神益 爲學之法 篤實爲大 易大畜之象曰 篤實輝光 日新
其德 此乃多識前言往行 以畜其德之義也 伏願聖明加意焉

當此衰亂板蕩之時 天災時變 式月斯生 此正殿下號號震懼 警戒無虞之日也 君臣之間 所當
務存和平 大小政事 誠心咨問 夙夜憂勤 共濟艱難之不暇 而不此之憂 乃於微細之事 輒下情外
之敎 輾轉激拂 震動臣隣 此豈國家之福 而聖朝之美事乎 臣於中夜 念及國事 流涕而已 殿下
誠用臣言 特收嚴命 亟遞臣職 俾安愚分 則天地父母之恩 尤不知所報矣 臣神思瞀亂撥昏 具疏
語無倫次 罪合萬殞 臣無任戰灼隕越之至 謹昧死以聞

상소

정언을 사직하면서 이어 네 명의 대신(臺臣)을 신구(伸救)하고, 면려하고 경계할 것을 함께 진달하는 상소[52] _ 신묘년(1651)

삼가 아룁니다. 신이 지난달 26일에 공경히 유지(有旨)[53]를 받들어 보니, "그대를 사간원의 정언으로 삼노니, 그대는 역마를 타고 올라오라."라는 내용이었습니다. 신은 명을 받들고는 놀라고 감격스러워 정신이 아득히 달아났습니다. 어리석은 신을 돌아보면 밝으신 성상을 만나 언관(言官)의 직책을 맡은 것이 한두 번이 아니었지만, 조금도 의견을 세워 아뢴 적 없이 늘 물러나 숨어 지낼 생각만 품고 있었으니, 신의 죄는 일월처럼 밝으신 성상에게서 달아날 데가 없습니다. 그런데도 성상의 하늘처럼 너그러운 도량으로 은혜로운 명이 또 내리니 위태롭고 애타는 마음에 몸 둘 바를 모르겠습니다.

신은 하늘같은 성상의 보살핌에 감격하여 당일로 길을 나서야 했지만, 타고난 기질이 허약한 데다 평소 담궐(痰厥)[54]을 앓았었는데, 8월 이후로 종종 심해지더니, 지난번 고향으로 돌

---

52 정언 …… 상소 : 1651년(효종 2) 11월 7일 오핵이 정언을 맡고 있으면서 올린 상소인데, 효종은 "체차하라. [遞差]"라고 하교하였다. ≪孝宗實錄 2年 11月 7日≫
53 유지(有旨) : 임금의 뜻을 승정원의 담당 승지를 통하여 전달하는 문서이다. 이 문서의 마지막에 위와 같은 분부가 계셨다는 '유지(有旨)' 두 글자를 적는다.
54 담궐(痰厥) : 원기(元氣)가 허약한 데다가 추운 기운을 받아서 담이 막히고 팔다리가 싸늘해지며, 맥박이 약해지고 마비·현기증을 일으키는 병으로, 심하면 졸도하여 인사불성이 된다.

아가 처부(妻父)를 장사 지낼 때 산협(山峽)을 왕래하며 객점에서 찬 공기를 쏘이는 바람에 이전의 증세가 다시 발작하였습니다. 들것에 실려 시골집으로 돌아왔지만 병세가 더욱 심해져 두통과 현기증에다 담(痰)으로 인한 열이 위로 치밀어 하루에 두 차례나 까무러지곤 하는 것이 20여 일이나 되었습니다. 기어서라도 나아가려 하였으나 암만 생각해도 방법이 없어 북쪽으로 하늘을 바라보며 두 줄기 눈물만 흘릴 뿐입니다. 미천한 신의 위태한 병이 온 몸을 감싸 금방이라도 숨이 끊어질 듯하니 스스로도 가련합니다만, 한 가닥 어리석은 충정만 깜빡깜빡 그치지 않고 있습니다.

신이 삼가 도로를 따라 전해지는 소문을 들건대, 요사이에 성상의 진노가 거듭되어, 남중회(南重晦)와 유거(柳椐)는 지평의 신분으로 하옥되고, 조석윤(趙錫胤)은 대사헌의 신분으로 파척되고, 이경억(李慶億)은 정언의 신분으로 북쪽 변방에 안치(安置)되었다고 합니다. 신은 병중에 이 말을 들으니 모골이 송연할 만큼 두렵기 그지없습니다. 신은 병으로 시골에 칩거하느라 조보(朝報)를 보지 못하였으니 일의 곡절이 어떠한지는 모릅니다. 그러나 대신(臺臣)을 하옥(下獄)시킨 일은 옛날에 없었던 일이니 성세(聖世)에 이런 거조가 있을 줄은 생각조차 못하였습니다. 조종조로부터 대간을 중하게 여긴 뜻이 전하에 이르러 땅을 쓸어낸 듯 사라졌으니 어찌 간담이 서늘하지 않겠습니까.

조석윤(趙錫胤)은 사람됨이 학자답고 아담하여 평생 청렴하게 지냈습니다. 오늘날 조정 신하 가운데 조석윤 만한 자가 누구이겠습니까. 아, 신하를 알아보는 데는 임금만한 이가 없으니, 밝으신 성상께서는 필시 조석윤의 어짊을 잘 아실 것입니다. 그런데도 너무나 준열하게 문책하여 그로 하여금 조정에서 용납되지 못하게 하셨으니, 조용한 경연 석상에서는 누구와 더불어 강론을 하며, 매우 알맞고도 절실한 상소를 또한 어디서 다시 볼 수 있겠습니까. 신은 삼가 전하를 위하여 몹시 애석하게 여깁니다.

이경억(李慶億)은 성품과 행실이 꼿꼿한 데다 과감히 진언하는 풍도가 있습니다. 다만 나이가 젊은 사람인지라 나아가고 물러날 때의 자세가 알맞은지의 여부는 모르겠지만, 먼 변방으로 내치기까지 한 것은 또한 너무 지나치지 않겠습니까. 이경억이 연소한 신진(新進)으로서 조정에 홀로 서서 간쟁하였으니, 그 마음이 가상한데도 차마 그에게 죄를 가할 수 있겠습니까. 더구나 사명(使命)을 받들고 바다 밖으로 다녀와 복명한 지도 얼마 되지 않아 지금 남쪽에 있는 그 노모를 미처 돌아가 만나지도 못하였는데 갑자기 변방으로 내쳐졌습니다. 이경억의 이번 길이야말로 모자가 영원히 이별하는 날이나 마찬가지이니, 그 사정을 생각해보면 참으로 애처롭습니다. 아랫사람을 자기 자신처럼 여기시는 대성인의 어진 마음으로 이에 대해 측은히 여기지 않을 수 있겠습니까. 아, 바람처럼 빨리 행하고 우레처럼 세차게 고쳐 머지 않아 회복하는 것이 ≪주역(周易)≫의 상(象)입니다. 삼가 바라건대 밝으신 성상께서는 깊이 유념하소서.

삼가 보건대 전하의 총명예지(聰明叡智)는 모든 왕들 가운데 가장 뛰어나십니다. 즉위하신 처음에는 지성으로 치화(治化)를 추구하시어 물 흐르듯 간언을 따랐습니다. 이에 온 나라 사람들이 목을 빼고 눈을 씻고서 지치(至治)가 오리라 기대하였습니다. 그런데 몇 년 이래로 점차 처음만 같지 않아 언색에 있어 성내고 기뻐함이 알맞지 않고, 정령(政令)을 내는 일에도 본말이 전도됨을 면치 못하시니, 삼가 생각건대 이는 아마 전하의 심학(心學) 상의 공부가 미진한 부분이 있어서인 듯합니다.

대개 학문을 하는 노력은 기질(氣質)을 변화시키는 것보다 더 절실한 것이 없을 것인데, 반드시 먼저 그 병의 뿌리를 다스린 다음에야 기질을 변화시킬 수 있습니다. 아, 하늘같은 성상을 엿보아 헤아릴 수는 없습니다만, 언사(言辭)에 드러난 것을 가지고 말하자면 전하의 병의 뿌리는 세 가지이니, 영특한 기운이 지나치게 드러나는 것은 성상의 도량이 넓지 못해 서이고, 말이 너무 과한 것은 성상의 마음이 평온치 않아서이며, 기쁨과 노여움이 쉽게 발하는 것은 성상의 학문이 확충되지 않아서입니다. 신이 듣기로는 노여움을 다스리는 것이 어려운데 자신을 이겨내야 노여움을 다스릴 수 있다고 합니다. 이른바 자신을 이겨낸다는 것은 성품이 편벽되어 이겨내기 어려운 곳을 제거해나가는 것이니, 이것이 바로 전하를 위한 약석(藥石)입니다.

≪근사록(近思錄)≫에 "사숙(思叔)이 종들을 꾸짖으며 욕하자 이천(伊川)이 '어찌하여 마음을 단련하고 성질을 인내하지 못하는가.'라고 하니, 사숙이 부끄러워하며 사과하였다." 하였습니다.[55] 이것은 또한 학문을 함에 있어서 경각심을 가져야 할 곳입니다. 전하께서 한번 고요한 상태에서 희로애락이 아직 발하지 않았을 때의 기상을 살펴보소서. 그러면 본연의 선(善)을 볼 수 있을 것이고 중화(中和)의 기운이 온화하게 가득해질 것입니다. 반드시 의리에

---

55 근사록(近思錄)에 …… 하였습니다 : ≪근사록≫은 중국 송나라 때에, 주자(朱子)와 그 제자인 여조겸(呂祖謙) 이 함께 편찬한 책으로 주무숙(周茂叔), 정명도(程明道), 정이천(程伊川), 장재(張載) 등의 저서나 어록에서 일상 수양에 긴요한 장구(章句) 622조목을 추려서 14부로 분류하였다. 위의 내용은 권5 <극기(克己)>편의 31번째 조목이다. 사숙은 장역(張繹, 1071~1108)의 자로 이천 정이(程頤, 1033~1107)의 문인이다.

잠심(潛心)하여 본원(本原)을 함양하고, 천리(天理)에 무젖어 기질을 변화시키면 희로애락이 발함에 모두 절도에 맞고, 동정운위(動靜云爲)가 이치에 합치하지 않음이 없을 것입니다. 그런 다음에야 성상의 도량이 넓어지고, 성상의 마음이 화평해지고, 성상의 학문이 고명(高明)해졌다고 할 수 있을 것입니다.

전하께서 비록 강학(講學)한다는 명목을 두실지라도 진실로 실천하는 실체가 없다면, 이른바 조강(朝講)이니 주강(晝講)이니 석강(夕講)이니 야대(夜對)니 하는 것을 하루도 하지 않는 날이 없을지라도, 아마도 겉치레가 되고 말 것입니다. 아, 배우기만 하고 생각지 않는다면 천 권의 책을 읽더라도 무슨 보탬이 있겠습니까. 학문하는 방법은 독실(篤實)이 중요합니다. ≪주역(周易)≫ 대축괘(大畜卦)의 〈단전(彖傳)〉에 "독실하고 빛나서 날로 그 덕을 새롭게 한다." 하였으니, 이는 바로 "옛 성현들의 말씀과 지나간 행실을 많이 알아서 그 덕을 쌓는다."[56]라는 뜻입니다. 삼가 바라건대 밝으신 성상께서는 더욱 유의하소서.

이렇게 쇠퇴하여 정사가 크게 어지럽게 된 때를 당하여 천시(天時)의 재변(災變)이 다달이 생겨나니, 지금이야말로 전하께서 크게 놀랍고 두렵게 여겨 안일함을 경계해야 할 시기입니다. 군신 사이에는 마땅히 화평하기에 힘쓰고, 크고 작은 정사에 있어서 성심으로 자문하고, 아침저녁으로 근심하면서 어려움을 함께 헤쳐 나가기에 겨를이 없어야 합니다. 그런데도 이를 근심하지 않고 결국은 미미한 일에 대해서는 번번이 뜻밖의 전교를 내리고 점점 더 과격해져서 신하들을 두려움에 떨게 하시니, 이것이 어찌 국가의 복이겠으며, 성상의 밝은 조정에 아름다운 일이겠습니까. 신은 한밤중에도 생각이 나랏일에 미치면 눈물을 흘릴 따름입니다.

전하께서는 진실로 신의 말을 받아들여 엄명을 특별히 거두시고, 신의 직임을 속히 체차하여 어리석은 신의 분수를 편안하게 해 주소서. 그렇게 해주신다면 천지와 같고 부모와 같으신 전하의 은혜에 대해 더욱 어떻게 보답해야 할지 모를 것입니다. 신은 정신이 혼미하여 상소를 쓰며 말에 전혀 차례가 없게 하였으니 그 죄가 만 번 죽어 마땅합니다. 신은 지극히 떨리고 두려운 마음을 금할 수 없기에 삼가 죽음을 무릅쓰고 아룁니다.

---

56 옛 성현들의 …… 쌓는다 : 대축괘(大畜卦)의 괘상(卦象)에 대한 〈상전(象傳)〉에 보인다.

2 持平時應旨陳時政八弊仍乞遞職疏_癸巳

伏以 天災時變 愈往愈甚 妖虹貫日之變 疊現於旬望之間 有何禍機伏於冥冥之中 而天之譴
告 若是其汲汲也 上下憂惶 莫保朝夕 言念國事 不覺流涕 災不虛生 必有所召 犬馬憂愛之誠
不能自已 敢陳瞽說 冀蒙睿察焉

臣伏覩殿下聰明睿智 卓冠百王 卽位之初 至誠求治 洞開言路 從諫弗咈 四境拭目 佇見至治
近年以來 漸不如初 訑訑之色 拒人千里 臣竊惜之

噫 臺諫 殿下之耳目也 雖有過激之言 固當優容 而摧折謾罵斥逐相繼 故以言爲戒 含默成風
天災孔慘 而臺閣寂然 則此乃殿下平日不能培養直氣之驗也 殿下旣塞其言路 欲使之進言 則不
幾於閉之門 而欲其入乎 何幸今日 聖心開寤 以兩司之默無一言爲敎 噫 聖敎及此 實國家無疆
之休 此正轉災爲祥之一大機會也 當今切急之務 其目有八 一曰 恢聖量 以開言路 二曰 盡禮
敬 以待臣僚 三曰 明公道 以收人才 四曰 擇守令 以責字牧 五曰 革內司 以付有司 六曰 罷立
案 以戢宮奴 七曰 蠲弊瘼 以慰民情 八曰 整軍政 以紓民隱

所謂恢聖量 以開言路者 山藪藏疾 川澤納污 國君含垢 此其至論也 人君喜怒與奪 而物之生
死榮辱係焉 苟非恢廓之度 何以御物而臨下 殿下每於聽納之際 屑屑然較其長短 競其曲直 欲
正朝廷 而反使朝廷不靖 欲辨是非 而反使是非不明 是何示人以不廣也 誠能克恢聖量 洞開言
路 則忠言讜論 可得而聞矣 前後論事之臣 以言獲罪者 雖有疏戇之失 原其本情 實無他腸 竝
皆放還收用 豈非聖朝之美事乎

所謂盡禮敬 以待臣僚者 臣之於君 迎之以誠 致敬有禮 則就之 禮貌衰 則去之 古之人君 使
臣以禮者 良以此也 殿下輕視臣僚 待之甚薄 以一時之薄過 至於下理宰臣 或被杖罰臺諫 至比
狗彘 此豈聖德事乎 昔鄭興因日蝕之變 上疏曰 日君象 月臣象 君亢急 則臣促迫 故月行疾 今
陛下高明 群臣惶促 宜思柔克之政 垂意洪範之法 此言眞今日之藥石也 殿下方講尙書 於洪範
柔克之義 更加留神焉

所謂明公道 以收人才者 人才盛則其國興 人才衰則其國亡 天生一世人才 自足了一世事 我
國數千里地方 豈無一二可用之人哉 卽今別薦之擧 誠是急務 嚴其薦法 甄別器使 則庶見底績
之效矣 里選之規 亦甚着實 請令列邑明鄉薦 則抱才沈淪之士 或可得而用矣 但被薦之人 若無
扳聯之勢 政目之間 全不擧論 公道之不行 未有甚於此時 亦宜申飭銓曹 俾無遺珠之歎也

所謂擇守令 以責字牧者 生民休戚 係守令之賢否 而近來勿論賢否 陞出六品者 例授此職 故

肥己者多 恤民者少 豈不大可寒心哉 且守令之任 異於他職 而武臣之時時特除 亦涉未安 至於

下直時引見之擧 蓋出於擇守令之盛意 而近日則閫帥之外 守令之引見 絶無而僅有 其間庸雜之

輩 聖明何以盡知 請令銓曹 必以聲績已著者 十分擇擬 申明才堪守令之薦 勿論職秩高下 直拜

守令 則豈不愈於計日積仕 例出六品 夤緣求邑 徒事口腹之類乎

所謂罷內司 以付有司者 王者奉三無私 而至於內需 別有私儲 前後臺臣 非不力爭 而殿下終

不允從 若以無益而不言 則是負殿下也 叛主之奴 作一淵藪 謀陷厥主 歸怨國家 種種弊端 胡

可勝言 噫 地部 國家財也 內需 亦國家財也 歸之有司 一體需用 何所不可 而奈何因循不罷 以

貽無窮之弊乎 昔唐德宗興元元年 貯諸道貢獻之物 榜曰瓊林大盈庫 陸贄諫曰 瓊林大盈 古無

其制 創自開元 貴臣求媚 以奉私求 玄宗悅之 今茲二庫 不歸度支 是行私也 德宗 卽命去之

噫 以殿下之明斷 猶不行德宗所能行者 臣竊慨然 且內司之書題別坐 摠是常漢之輩 加以宦

寺領之 陳告投屬之弊 皆由於此輩 若令地部 使之句管 而自前取怨之事 一切釐革 則民情可悅

而王化可見矣

所謂罷立案 以戢宮奴者 宮家立案 無處不及 沿海則漁箭鹽盆堤堰 山郡則柴場草場火田 幾

入於立案中 桀黠宮奴 橫行作弊 奪人生業 輾轉侵占 宮家之弊 罔有紀極 臣曾往峽中 目見其

弊 草木茂盛之處 則居民指之曰 從某至某 某宮立案之地 白書立標 或七十里 或五六十里之內

無一片閑曠之地 官家不得下手 小民不敢刺耟 其間入作人火粟田 磨造匠水鐵店 亦在侵漁之中

甚至於京城十里內東西郊 盡入於立案之中 使京城小民 不敢芻牧 都下至近之地 尙且冒占 外

方遐遠之處 固不足說

殿下卽位之後 宮家立案查革事 累度申明 而一未施行 弊益日甚 蓋事涉宮家 則殿下輒必堅

執故也 此雖出於親親之義 獨不念小民之怨乎 若非害切於國家 則凡於章奏之間 豈若是縷縷不

已也 卽今宮奴之作弊如此 有司之臣 不敢禁抑 豈不愧於董宣乎 伏願殿下申明有司 宮家立案

一切革罷 作弊宮奴 摘發治罪 則國法加以行 民瘼加以祛矣

所謂蠲弊瘼 以慰民情者 年年失稔 赤子阻飢 加以癘疫孔熾 死亡相繼 春耕已迫 民事誠急

死者塡于溝壑 生者亦將流離 殿下念及蒼生 想必投筯矣 前頭若有站役 則畿甸之民 尤難支撐

常定賦稅 雖未全蠲 往在戊寅年 覆審之時 稱以自覺 勒定加結 民間至今稱冤 請令戶曹 蠲減

戊寅年自覺 則畿甸之民 庶蒙一分之惠矣 但近日該曹 不念民怨 每以防啓爲能事 如此之事 不

爲變通 則殘氓何以保存 漢文帝減民田租之半 此正今日之所當法也

凡係御藥所用 臣子分義 不敢言弊 而以兩南靑大竹一事言之 取瀝之竹 不必待大 故自前唯

取其色清節潤者捧之 逆點爲內局提調時 必捧其大如椽者 自此因成謬例 雖擇於千畝之竹 如此者絶少 封進之邑重價 貿易不得 其弊不貲 害及於民 自今申明內局 趁速變通 知會施行

所謂整軍政 以紓民隱者 兵務在精 不在於多 列邑軍卒 老弱居半 以此兵力 倉卒難恃 請令節鎭 抄其丁壯 別作隊伍 着實操鍊 以蓄精銳 則不待充定闕額 而軍兵自精矣 何必逐年搜括以致騷屑也

至於閑丁歲抄之時 丁壯則贈賂色吏 多脫漏 襁褓赤子 抱入官庭 爲守令者 恐其拘於解由 備數成册 蔀屋之下 冤號徹天 殿下深居九重 安得而知之 此足以感傷和氣之一端也 伏願殿下 令該曹申飭列邑 如有年未滿充定者 摘發科罪 則庶慰民情矣

噫 殿下臨御五年 世道日下 治道日卑 積弊日點滋蔓 國勢日點衰弱 怨讟日點蝻蟟 仁愛之天 安得不爲之譴告乎 此天所以警動殿下之心 以爲挽回世道 迓續景命之基也 易曰 震來虩虩虩虩 恐懼修省之意也 噫 恐懼修省之實 不在於避殿減膳 而唯在於人主本源之地 必得窮理之士 與之講學 沈潛義理 不事章句口讀之末 惟以踐履篤實爲務 一心持敬 對越上帝 則天人之際一理無間 感應之妙 捷於影響

太戊修德 祥穀枯 景公一言 熒惑徙 至誠感神 信非虛語 惟天無親 克敬惟親 可不戒哉 殿下誠能學問高明 本源澄澈 喜怒中節 施措合宜 痛革積弊 以爲應天之實 則安知非今日之變異 轉爲億萬年無疆之休徵乎

臣本朦劣 不達時務 數行瞽說 何足以仰答鴻造 況今天災孔慘之時 上格宸衷 下達輿情 釐補穿弊 責在言官 雖使忠直達理之士當之 亦難盡職 況臣無狀 曾忝此職 少無建白之事 適緣賤疾苦劇 長在呈告之中 蒙恩遞免 纔過數日 不言之責 臣亦難免 再昨謝恩之日 以此引避 而政院以前事勿避之規 措辭退却 徊徨跋蠟 進退維谷 伏乞聖慈察臣危懇 亟遞臣職 俾安愚分 不勝幸甚 臣無任激切震灼之至 謹昧死以聞

지평 때에 왕의 명에 응하여 시정(時政)의 폐단 여덟 가지를 진달하고 이어 체직(遞職)을 청한 상소[57]__계사년(1653)

삼가 아룁니다. 하늘의 재앙과 시절의 변고가 갈수록 더욱 심해지고 있어 요사스런 무지개가 해를 꿰뚫는 괴변이 보름 사이에 거듭 나타나고 있습니다. 무슨 화란(禍亂)의 조짐이 깊고 어두운 곳에 웅크리고 있기에 하늘의 견책이 이처럼 다급한단 말입니까. 위아래가 근심으로 경황 없어하느라 조석을 보장하지 못할 듯이 하고 있으니, 나랏일을 생각하면 저도 모르게 눈물이 흐릅니다. 재앙은 까닭 없이 생기지 않으니 반드시 그것을 부른 원인이 있을 것이니, 신은 보잘것없이 나라를 걱정하고 임금을 사랑하는 정성을 스스로 그만둘 수 없기에 감히 어리석은 말이나마 진달하여 지혜로운 성상께서 살펴보아 주시기를 바랍니다.

신이 삼가 보건대 전하께서는 총명예지(聰明叡智)가 모든 왕들 가운데 으뜸이십니다. 즉위하신 처음에는 지성으로 치화(治化)를 추구하시어 간언을 거스르지 않고 따르셨으므로 사방에서 눈을 씻고서 지극한 치세가 오리라 기대하였습니다. 그런데 근년 이래 점점 처음과 같지 않아서 자만하는 기색을 띠고 천리 밖에서 사람을 막으시니, 신은 삼가 안타깝게 여깁니다.

아, 대간은 전하의 귀와 눈의 역할을 하는 자들이니, 비록 과격한 말을 하더라도 진실로 너그러이 포용해 주셔야 합니다. 그런데 의기를 꺾고, 모욕하며 욕하고, 내쫓기를 계속하시니, 말하는 것을 경계하여 잠자코 입을 다무는 것이 기풍이 되었습니다. 하늘의 재앙이 매우 심한데도 대각에서 조용하다면, 이는 바로 전하께서 평소 직언하는 기개를 길러주지 못하였다는 증거입니다. 전하께서 이미 그 언로를 막고서 진언(進言)하게 하려 하시는 것은 문을 닫고서 거기로 들어가려는 것에 가깝지 않겠습니까. 너무나 다행하게도 오늘날 성상께서 마음을 깨우치시어 "양사에서 침묵한 채 한 마디 말이 없다."라고 하교하셨습니다. 아, 성상의 하교가 이에 미친 것은 실로 나라의 끝없는 아름다움이니, 이는 바로 재앙을 돌려 상서(祥瑞)로 만들 하나의 큰 기회입니다.

현재 매우 절실한 시무(時務)로, 그 세목이 8가지입니다. 첫째는 성상의 도량을 넓혀 언로를 열 것, 둘째는 예의와 공경을 극진히 하여 신료를 대할 것, 셋째는 공도(公道)를 밝혀 인재를 수용할 것, 넷째는 수령을 잘 가려 사랑으로 다스리도록 책임지울 것, 다섯째는 내수사

---

57 지평 …… 상소 : 1653년(효종 4) 3월 4일 오핵이 지평을 맡고 있으면서 올린 상소인데, 효종은 "비변사로 하여금 그의 말을 채용하게 하겠다.[令廟堂採用其言]"라고 비답(批答)하였다. 《孝宗實錄 4年 3月 4日》

(內需司)[58]를 혁파하고 유사(有司)에게 맡길 것, 여섯째는 입안(立案)[59]을 파기하고 궁노(宮奴)를 단속할 것, 일곱째는 폐단이 되는 것을 줄이어 민심을 위로할 것, 여덟째는 군정(軍政)을 정비하여 백성의 고달픔을 풀어줄 것입니다.

이른바 "성상의 도량을 넓혀 언로를 연다."라는 것은 "산과 늪은 독충을 숨어 살게 하며, 시내와 연못은 오수(汚水)를 받아들이니, 임금은 더러운 것을 포용해야 한다.[60]"라는 말이 지론(至論)입니다. 임금이 기뻐하고 화내거나 주고 빼앗는 데에 백성의 생사와 영욕이 달려 있습니다. 진실로 광대한 도량이 아니라면 어떻게 백성을 통제하고 아랫사람들에게 나아갈 수 있겠습니까. 그런데 전하께서는 매양 다른 사람의 말을 들으실 적마다 잗달게 그 장단을 비교하고 그 곡직을 다투십니다. 조정을 바로잡으려 하였지만 도리어 조정으로 하여금 맑지 못하게 하고, 시비를 분간하려 하였지만 도리어 시비가 분명치 못하게 하였으니, 어찌 사람들에게 광대하지 못함을 보인단 말입니까. 참으로 성상의 도량을 제대로 넓히고 언로를 활짝 여신다면, 충직한 말과 곧은 의론을 듣게 될 수 있으실 것입니다. 그 동안 시사를 논한 신하들로서 말 때문에 죄를 얻은 자 가운데는 비록 고집불통의 잘못이 있기는 하지만, 그 본뜻을 소급해본다면 실은 다른 마음이 있는 것이 아닙니다. 모두 다 풀어준 다음 거두어 등용하신다면, 어찌 성명(聖明)한 조정의 아름다운 일이 아니겠습니까.

이른바 "예의와 공경을 극진히 하여 신료를 대해야 한다."라는 것은 신하는 임금에게 있어서 맞이하기를 정성으로 한다는 것입니다. 공경을 다해 예의를 갖추면 나아가고, 예의가 시들면 떠나는 법이니, 옛날의 임금이 신하를 부리기를 예로써 한 것은 참으로 이 때문이었습니다. 그런데 전하께서는 신하들을 경시하고, 대우를 매우 박하게 하십니다. 한 때의 사소한 허물을 가지고 재신(宰臣)을 형리(刑吏)에 내리기까지 하고, 혹은 대간에게 장(杖)을 치는 형벌을 가하거나 개돼지에 비기기까지 하시니, 이것이 어찌 덕을 갖추신 성상께서 하실 일이겠습니까. 옛적에 정흥(鄭興)이 일식의 변고로 인해 상소하기를, "해는 임금의 상징이고, 달은

---

58 내수사(內需司) : 궁중에서 쓰는 쌀·베·잡화(雜貨) 등을 조달하고, 소속 노비의 신역(身役)·신공(身貢)을 관장하던 관아(官衙)이다. 그 소속 관원은 모두 내관(內官)이 겸임하였으며, 왕실에 직속되어 있었기 때문에 갖가지 특권이 자행되어 그 폐해가 많았는데, 관할 장토(莊土)에는 면세(免稅)·면역(免役)의 특혜가 부여되어 부역을 피하려는 농민이 다투어 투탁(投託)하였다.
59 입안(立案) : 개인의 청원에 따라 매매, 노비, 결송(決訟), 입후(立後) 등의 사실을 관에서 인증하여 발급하는 문서를 말한다.
60 산과 …… 한다 : 《춘추좌씨전(春秋左氏傳)》 선공(宣公) 15년 조에 보인다.

신하의 상징입니다. 임금이 조급하면 신하도 재촉하여 서두르므로 달의 운행이 빠르게 됩니다. 지금 폐하께서 고명(高明)하신데 뭇 신하들이 조급해하니, 마땅히 유극(柔克)의 정사를 생각하시고, 〈홍범(洪範)〉의 규범을 베풀 것에 유의하소서.[61]"라고 하였는데, 이 말이야말로 오늘날의 약석(藥石)입니다. 전하께서 한창 ≪서경(書經)≫을 강(講)하고 계시니, 〈홍범(洪範)〉에서 말한 유극(柔克)[62]의 뜻에 대해 다시 더욱 유념하소서.

이른바 "공도(公道)를 밝혀 인재를 수용해야 한다."라고 한 것은 인재가 성하면 그 나라는 흥하고, 인재가 쇠하면 그 나라는 망하기 때문입니다. 하늘이 일세(一世)의 인재를 내어 자연히 일세의 일을 충분히 마치게 하거늘 우리나라 수 천리 지역에 어찌 등용할 만한 인물이 한두 명이 없겠습니까. 지금의 별천(別薦)[63] 조치는 참으로 급선무이니, 추천하는 방법을 엄격히 해 잘 감별하여 재능에 따라 부린다면, 공적을 이루는 효과를 거의 볼 수 있을 것입니다. 향리에서 중앙에 추천하는 규례 또한 매우 착실히 해야 하니, 청컨대 열읍으로 하여금 향촌에서 천거하는 규례를 밝게 준수하게 하소서. 그렇게 한다면 재능을 품은 채 침체되어 있는 선비를 혹 구하여 등용하기에 이를 수도 있을 것입니다. 다만 천거된 사람에게 끌어줄 연줄이 없다면 인사 행정의 문건을 작성하는 사이에 전혀 거론되지 않게 될 것입니다. 공도(公道)가 행해지지 않음이 지금보다 더 심한 적이 없으니, 또한 전조(銓曹)[64]를 신칙하여 인재가 버려져 한탄하는 일이 없게 해야 합니다.

이른바 "수령을 잘 가려 사랑으로 다스리도록 책임 지워야 한다."라고 한 것은 백성의 고락(苦樂)이 수령이 어진가에 여부에 달려 있기 때문입니다. 근래에는 어진지의 여부를 막론

---

61 해는 …… 유의하소서 : ≪후한서(後漢書)≫ 권36 〈정흥열전(鄭興列傳)〉에 보인다.
62 홍범(洪範)에서 말한 유극(柔克) : 홍범은 ≪서경(書經)≫의 한 편명이다. 하(夏) 나라 우(禹) 임금이 홍수를 다스릴 때 하늘로부터 받은 낙서(洛書)를 보고 만들었다고 하는 홍범구주(洪範九疇)가 전하는데, 홍범은 세상의 큰 규범이라는 뜻이다. 주(周)나라 무왕(武王)이 기자(箕子)에게 선정(善政)의 방법을 물었을 때 홍범구주 아뢰었는데, 이 9개 조항은 오행(五行), 오사(五事), 팔정(八政), 오기(五紀), 황극(皇極), 삼덕(三德), 계의(稽疑), 서징(庶徵) 및 오복(五福)・육극(六極)이다. 유극에 대해서는 "여섯 번째 삼덕(三德)은 첫 번째는 정직이요, 두 번째는 강(剛)으로 다스림이요, 세 번째는 유(柔)로 다스림이다. 평강(平康)은 정직이고, 강하여 순하지 않은 자는 강(剛)으로 다스리고, 화(和)하여 순한 자는 유(柔)로 다스리며, 침잠(沈潛)한 자는 강(剛)으로 다스리고, 고명(高明)한 자는 유(柔)로 다스린다.[六 三德 一曰正直 二曰剛克 三曰柔克 平康正直 彊弗友剛克 燮友柔克 沈潛剛克 高明柔克]"라고 하였다.
63 별천(別薦) : 일반적인 규례 외에 특별히 관리 후보자를 추천하는 일을 말한다.
64 전조(銓曹) : 문관(文官)의 전형을 맡아보는 이조(吏曹)와 무관(武官)을 맡아보는 병조(兵曹)를 두루 이르는 말이다.

하고 6품으로 승진한 자를 상례대로 이 직책에 보임하고 있으므로 자신만 이롭게 하는 자는 많고, 백성을 구휼하는 자는 적으니, 어찌 대단히 한심스럽지 않겠습니까. 더구나 수령의 직임은 다른 직책과는 다른데 무신이 때때로 특별히 임명되는 것 또한 온당치 못합니다. 하직(下直)할 때에 인견(引見)[65]하는 일은 대개 수령을 가리는 성대한 뜻에서 나온 것입니다. 그런데 근래에는 곤수(閫帥)[66] 이외에는 수령을 인견하는 일이 거의 없다시피 하니, 그 가운데 용렬하고 잡박한 무리들을 성상께서 어떻게 다 아실 수 있겠습니까. 청컨대 전조로 하여금 반드시 명성과 공적이 현저한 자 가운데서 충분히 가려서 수령을 감당할 만큼 재주가 있는 자를 추천하도록 단단히 밝힌 다음 직급의 고하를 막론하고 곧바로 수령에 임명하소서. 그렇게 한다면 날짜를 계산하며 출근 일수만 채워 으레 6품으로 올라 연줄을 타고 고을 수령직을 구한 후 한갓 자기 배만 채우기를 일삼는 부류보다야 어찌 더 낫지 않겠습니까.

이른바 "내수사(內需司)를 혁파하고 유사(有司)에게 맡겨야 한다."라고 한 것은 왕자(王者)는 '세 가지 사사로움이 없음[三無私]'[67]을 받들어야 하는데, 내수사의 경우 별도의 사사로운 비축을 갖고 있기 때문입니다. 그 동안 대신(臺臣)들이 힘써 간쟁하지 않은 것이 아닌데도 전하께서 끝내 허락하여 따라주지 않으셨습니다. 하지만 만약 무익하다고 여겨 말하지 않는다면 이는 전하를 등지는 것입니다. 주인을 배반한 종들이 하나의 소굴을 이루어 그 주인을 모함하고 원망을 나라로 돌리면서 갖가지 폐단을 일으키는 것을 어찌 이루 다 말할 수 있겠습니까. 아, 호조의 것도 나라의 재산이고, 내수사의 것 역시 나라의 재산입니다. 유사에게로 귀속시킨다면 일체의 수용(需用)에 있어 안 될 것이 무엇이 있겠습니까. 그런데 어찌하여 구습을 따른 채 혁파하지 않아 무궁한 폐단을 끼치게 하신단 말입니까. 옛적 당나라 덕종(德宗) 흥원(興元) 원년(785)에 여러 도(道)에서 공물로 바친 물품을 저축해 놓고 편액하기를 경림고(瓊林庫)와 대영고(大盈庫)라고 하자, 육지(陸贄)가 간언하기를 "경림고와 대영고는 옛날에 없던 제도이고, 개원(開元)[68] 연간에 처음으로 시작된 것입니다. 귀척(貴戚)이 아첨을 떨어

---

65 인견(引見) : 임금이 예식을 갖추어 신하를 불러 보는 일을 말한다.
66 곤수(閫帥) : 변방의 수비를 책임지는 장수로 병마절도사(兵馬節度使)와 수군절도사(水軍節度使)를 말한다.
67 세 가지 사사로움이 없음[三無私] : 공자(孔子)가 삼왕(三王)의 덕을 천지(天地)에 견주자 자하(子夏)가 그 까닭을 물었다. 그러자 공자는 "하늘은 사사로이 덮어 줌이 없고, 땅은 사사로이 실어 줌이 없고, 일월은 사사로이 비추어 줌이 없다. 이 세 가지를 받들어 천하를 위해 수고하셨는데, 이를 '세 가지 사사로움 없음'이라 한다.[天無私覆 地無私載 日月無私照 奉斯三者以勞天下 此之謂三無私]"라고 하였다. ≪禮記 孔子閒居≫ 곧 임금이 사심 없이 만백성을 공평무사하게 다스림을 뜻하는 말로 쓰인다.
68 개원(開元) : 당나라 현종(玄宗) 때 713년부터 741년까지 사용한 연호이다.

사사로운 요구를 받드니, 현종(玄宗)이 기뻐하였습니다. 지금 이 두 창고를 호조로 귀속시키지 않는다면, 이는 사사로운 욕심을 행하는 것입니다."라고 하니, 덕종이 즉시 제거하도록 명하였습니다. 아, 전하의 명철(明哲)하신 판단력으로 오히려 덕종도 행할 수 있던 것을 행하지 못하시니, 신은 삼가 개탄스럽습니다. 그리고 내수사의 서제(書題)와 별좌(別坐)[69]는 모두 평민들인데다 더구나 환관이 통솔을 하니, 진고(陳告)와 투속(投屬)[70]의 폐단은 모두 이 무리들로부터 기인하는 것입니다. 만약 호조로 하여금 관리하게 하여 전부터 원망을 사던 일들을 일체 정리하여 바로잡아 고치게 한다면, 백성들의 마음은 기뻐할 것이고 임금의 교화를 볼 수 있게 될 것입니다.

이른바 "입안(立案)을 파기하고 궁노(宮奴)를 단속해야 한다."라고 한 것은 궁가(宮家)의 입안이 미치지 않는 곳이 없기 때문입니다. 연해(沿海)의 경우는 어살·염전·뚝방이, 산군(山郡)의 경우는 땔감 공급처·꼴 베는 곳·화전(火田) 등이 거의 입안 속에 포함되므로 교활한 궁노(宮奴)가 거리낌 없이 제멋대로 행동하여 폐단을 일으키고, 다른 사람의 생업을 빼앗으며 이리저리 침범하여 차지하니, 궁가의 폐해가 끝이 없습니다. 신이 일찍이 산간지방을 갔다가 그 폐단을 목격하였는바, 숲이 무성한 곳은 그 곳에 사는 백성들이 가리켜 말하기를 "아무 궁(宮)이 입안한 지역입니다."라고 합니다. 나무 껍데기를 깎아 흰 바탕 위에 글씨를 써 푯말을 세워놓아 혹 70리나 혹은 5, 60리 이내에는 한 조각 빈 땅이 없습니다만, 관가도 손을 못 대고 소민(小民)도 감히 호미질을 못합니다. 그 범위 내의 산중 유민(流民)의 화전(火田)과 마조장(磨造匠)의 수철점(水鐵店)[71] 또한 침범의 대상에 포함됩니다. 심지어 도성 10리 안의 동쪽과 서쪽의 교외는 전부 입안 가운데 포함되어 있어 도성 백성들로 하여금 감히 꼴을 베어 가축을 기르지도 못하게 만듭니다. 도성 아래 지극히 가까운 곳에서도 함부로 차지하거늘 외방의 멀리 떨어진 지역은 진실로 이야기할 것도 못 됩니다.

전하께서 즉위하신 뒤로 궁가의 입안에 대해 조사하여 개혁하도록 수차례 거듭 밝혔는데도,

---

69 서제(書題)와 별좌(別坐) : 모두 내수사 소속으로 별좌는 5품으로 2명, 서제는 품계 없이 20명을 두어 왕실의 사유 재산을 관리하게 하였다.

70 진고(陳告)와 투속(投屬) : 진고는 죄를 지은 사람이나 불법의 물건을 관가에 고발하는 것이고, 투속은 자기 몸을 남에게 종속시키는 것이다. 그러나 노복이 주인을 무고하는 수단으로 악용되거나, 공사천(公私賤) 또는 양민이 조세나 군역(軍役) 등의 부담을 회피하기 위하여 스스로 의탁하는 폐단이 많았다.

71 마조장(磨造匠)의 수철점(水鐵店) : 마조장은 돌이나 쇠붙이 따위를 갈아 물건을 만드는 장인(匠人)이고, 수철점은 무쇠를 만들어 팔던 곳을 말한다.

한 번도 시행되지 못하고 폐해만 더욱 날로 심해지고 있으니, 이는 대개 일이 궁가와 관련되기만 하면 전하께서 그때마다 필시 굳게 고집하시기 때문입니다. 이것이 친한 이를 친하게 대하는 뜻에서 나온 것이라 하지만, 유독 백성들의 원망은 생각지 않으신단 말입니까. 만약 그 해(害)가 나라에 절실한 것이 아니라면, 아뢰는 모든 문서들이 어찌 이와 같이 끊임없이 계속되겠습니까. 지금 궁노가 이처럼 폐단을 일으키는데도 일을 담당한 신하가 감히 금지하지 못하고 있으니, 어찌 동선(董宣)[72]에게 부끄럽지 않겠습니까. 삼가 바라건대 전하께서 유사(有司)에게 거듭 밝혀 궁가의 입안은 일체 혁파하게 하고 폐단을 일으킨 궁노는 직발하여 죄를 다스리게 하신다면, 나라의 법은 더욱 행해지고 백성의 폐해는 더욱 제거될 것입니다.

이른바 "폐단이 되는 것을 줄이어 민심을 위로해야 한다."라고 한 것은 해마다 흉년이 들어 백성들이 굶주린 데다 전염병이 매우 치성하여 죽는 자가 이어지고 있기 때문입니다. 봄밭갈이가 이미 임박하여 농사일이 참으로 급한데, 죽은 자가 구덩이에 뒹굴고 산 자들도 장차 뿔뿔이 흩어질 형편입니다. 전하께서 생각이 창생(蒼生)에게 미치면 필시 수저를 던지실 것입니다. 앞으로 역참(驛站)과 관련된 역(役)이 있게 된다면 경기 백성들은 더욱 지탱하기 어려울 것입니다. 상정(常定)인 전세(田稅)를 완전히 탕감해주지는 못하더라도, 지난 무인년(1638, 인조16)에 복심(覆審)할 때에 자각(自覺)[73]을 명목으로 억지로 더 결세(結稅)하기로 결정한 것을 백성들 사이에서는 지금까지도 억울하다고 하고 있습니다. 청컨대 호조(戶曹)로 하여금 무인년의 자각을 탕감하게 해주신다면, 경기지역 백성들이 아마도 조금이나마 혜택을 입게 될 것입니다. 다만 근래 해당 조(曹)에서 백성들의 원성은 생각지 않고, 매양 방색(防塞)을 능사로 여기고 있으니 이와 같은 일을 변통하지 않는다면 잔약한 백성들이 어떻게 보존될 수 있겠습니까. 한(漢)나라 문제(文帝)가 백성들에게 전세(田稅)의 반을 감면해 준 일[74]

---

72 동선(董宣) : 후한 광무제(後漢光武帝) 때 사람으로, 낙양령(洛陽令)이었을 적에 호양공주(湖陽公主)의 종이 사람을 죽이고 숨어 있는 것을 잡아다 죽였다. 공주의 호소로 광무제가 노하여 동선을 잡아오고 공주에게 사과하게 하였으나, 직책을 다했을 뿐이라고 항변하고 끝내 굽히지 않자 도리어 후한 상을 주어 보냈다. ≪後漢書 卷77 董宣傳≫

73 자각(自覺) : 본래는 공무 수행상의 잘못이 탄로나기 전에 스스로 깨달아 자수하는 것을 말하는데, 후에는 주로 새로 개간한 전결(田結)에 대해 탈세를 목적으로 누락시켰다가 사면을 조건으로 관아에 스스로 밝히는 뜻으로 많이 쓰였다.

74 한(漢)나라 …… 일 : 한 문제가 조서를 내리기를 "농업은 천하의 대본이니 백성이 의지하여 생활하는 바이다. 그런데 백성들이 혹 근본에 힘쓰지 않고 말단을 일삼기 때문에 그 삶을 온전히 누릴 수가 없다. 짐은 그렇게 되는 것을 걱정하는 까닭에 이번에 친히 뭇 신하들을 거느리고서 농업을 권면하니, 천하 백성에게 금년 전세(田稅)의 반을 감면해 주겠다.[詔日 農 天下之大本也 民所恃以生也 而民或不務本而事末 故生不遂 朕憂其然

이야 말로 오늘날 본받아야 할 일입니다.

무릇 어약(御藥)에 쓰이는 약재(藥材)에 대해서는 신하의 분수나 의리상 감히 그 폐단을 말할 수 없습니다만, 양남(兩南)의 청대죽(青大竹) 한 가지 일을 가지고 말해보겠습니다. 죽력(竹瀝)을 취하려는 대나무는 굳이 크지 않아도 됩니다. 그래서 전부터 그 빛깔이 맑고 마디가 윤택한 것만을 취하여 거둬들였습니다. 하지만 역적 김자점(金自點)이 내의원의 제조이었을 적에 반드시 그 크기가 서까래만한 것들을 거둬들였기에 이때부터 그대로 잘못된 사례로 굳어졌습니다. 비록 천 이랑이나 되는 대나무 밭에서 가려 뽑더라도 이와 같은 것은 매우 적고, 봉진(封進)하는 읍에서는 값이 비싼 탓에 사들일 수가 없으니 그 폐단이 작지 않아 피해가 백성에게까지 미칩니다. 지금부터는 내의원에 단단히 밝혀 속히 변통한 다음 통지하여 시행하게 하소서.

이른바 "군정(軍政)을 정비하여 백성의 고달픔을 풀어주어야 한다."라고 한 것은 병무(兵務)는 정예롭게 하는 데 달린 것이지 군병의 수가 많은 데에 달려 있지 않기 때문입니다. 열읍(列邑)의 군졸들은 노약자가 반을 차지하니, 이러한 병력으로는 창졸간의 변고에 대처하기 어렵습니다. 청컨대 절도사(節度使)의 진영(鎭營)으로 하여금 장정을 뽑아 별도로 대오(隊伍)를 만든 다음 착실하게 조련시켜 정예함을 쌓아가게 하소서. 그렇게 한다면 빠진 인원을 충정하지 않아도 군병들이 저절로 정예화 할 것이니, 어찌 해마다 수색하고 묶어내어 소동을 빚을 필요가 있겠습니까.

한정(閑丁)[75]을 세초(歲抄)[76]할 때에 이르러 정장(丁壯)은 색리(色吏)에게 뇌물을 주어 대부분 빠져나가고, 포대기에 쌓인 갓난아기가 관아의 뜰 앞으로 안겨 들어옵니다. 수령된 자는 해유(解由)[77]에 구애될까 두려워하여 숫자를 갖추어 장부를 만들어 놓으니, 가난한 집에서는 원통함으로 울부짖는 소리가 하늘에까지 이를 정도입니다. 전하께서는 구중궁궐 깊은 곳

故今玆親率群臣 農以勸之 其賜天下民今年田租之半]"라고 한 일을 말하다. ≪漢書 卷4 文帝紀≫

75 한정(閑丁) : 15세부터 60세까지는 으레 국역(國役)에 복무하여야 하는데, 고의로 복무하지 않은 장정(壯丁)을 말한다.

76 세초(歲抄) : 군사가 도망하고 늙고 사망하는 등 탈이 있으면 각 읍진(邑鎭)에서 그 대신 충정한 뒤에 군적(軍籍)을 작성해서 절도사에게 보내고 절도사는 마감하여 계문(啓聞)하는 것을 말한다.

77 해유(解由) : 경외(京外)의 관리가 체차되었을 때 재직 중의 회계(會計)와 물품 관리에 흠축난 것이 없을 경우, 호조 또는 병조에서 이를 증명해 주어 이에 대한 책임을 면제받는 일이나 또는 그렇게 증명하여 지급해 주는 문서를 말한다. 이것이 나오면 이조로 이관(移關)되어, 이조에서 해당 체차된 관원에게 조흘(照訖)을 발부해서 다른 관직에 제수될 수 있도록 하였다.

에 계시니 어떻게 아실 수 있겠습니까마는 이것이 화기(和氣)를 흔들어 손상시키는 하나의 단초가 되기에 충분합니다. 삼가 바라건대 전하께서는 해당 조(曹)로 하여금 열읍을 신칙하게 하여, 만일 충정(充定)할 나이에 차지 않은 자가 있거든 적발하여 죄를 다스리도록 한다면, 거의 민심을 위무할 수 있을 것입니다.

아, 전하께서 등극하신 지 5년이 되었는데, 세도(世道)는 날로 못해지고 치도(治道)는 날로 낮아지고 있습니다. 적폐(積弊)는 날로 점점 불어나고, 국세는 날로 점점 쇠약해져 원성이 날로 높아지고 있으니, 인자한 하늘이 어찌 꾸짖어 경고하지 않을 수 있겠습니까. 이는 하늘이 전하의 마음을 경동(警動)시켜 세도를 만회하고 대명(大命)을 맞이하여 이어갈 기반으로 삼게 하려는 것입니다. ≪주역(周易)≫에 "우레가 오니 삼가고 두려워한다.[78] [震來虩虩]"라고 하였는데, '삼가고 두려워한다[虩虩]'는 것은 두려워하여 수신하고 반성한다는 의미입니다. 아, 두려워하여 수신하고 반성하는 실제는 정전(正殿)을 떠나 거처하거나 수라상의 음식 가짓수를 줄이는 데에 있지 않고, 오직 임금의 본원이 어떠한가에 달려 있습니다. 반드시 이치를 깊이 연구한 선비를 얻어 그와 함께 강학하여 의리에 침잠하시고, 장구(章句)와 구두의 말단을 일삼지 마시며, 오직 독실하게 실행하는 것만을 힘쓸 일로 여기소서. 한결같은 마음으로 경(敬)을 지키고 저 상제(上帝)를 대하듯이 하신다면, 천도와 인도 사이에 한 가지 이치도 간격이 없게 되어 그 감응의 신묘함이 그림자나 메아리보다도 빠를 것입니다.

태무(太戊)가 덕을 닦자 祥穀이 말라죽었고,[79] 경공(景公)의 말 한 마디에 형혹성(熒惑星)이 옮겨갔으니,[80] 지극한 정성이 신명(神明)을 감동시킨다는 것이 참으로 빈말이 아닐 것입니다. "하늘은 친히 하는 이가 없고 능히 공경하는 이를 친히 한다."[81] 하였으니, 경계하지 않

---

78 우레가 …… 두려워한다 : ≪주역≫ 진괘(震卦)의 괘사(卦辭)에 보인다.

79 태무(太戊)가 …… 말라죽었고 : 은(殷)나라 태무 임금 시절, 박(亳) 땅에 상상(祥桑)과 상곡(祥穀)이 아침에 자라나 날이 저물 때 한 아름이 되어, 태무가 이척(伊陟)에게 물으니 "요사한 것은 덕(德)을 이기지 못하니, 덕을 닦으소서."라고 하자, 태무가 선왕(先王)의 정사를 닦은 지 이틀 만에 상상과 상곡이 말라 죽었다고 한다. ≪史記 卷3 殷本紀≫

80 경공(景公)의 …… 옮겨갔으니 : 경공은 춘추시대 송(宋)나라 임금이고, 형혹성은 별 이름으로 이 별이 나타나면 큰 병란(兵亂) 등 좋지 않은 일이 일어난다고 한다. 그런데 이 별이 나타나 경공이 두려워하니, 천문을 맡아 보는 관원이 재상에게 허물을 돌릴 수 있다고 하자 경공이 "재상은 나의 팔과 다리이다." 하고, 백성에게 허물을 돌릴 수 있다고 하자 "임금은 백성이 있어야 한다." 하고, 다시 농사에 허물을 돌릴 수 있다고 하자 "농사가 흉년이 들면 백성들이 곤궁해지는데 내가 누구와 더불어 임금 노릇을 하겠는가." 하였다. 그러자 관원이 "하늘은 높이 있으나 낮은 데에서 듣습니다. 임금께서 임금다운 말 세 마디를 하였으니, 형혹성이 물러갈 것입니다." 하였다. 이에 다시 관측해 보니 과연 삼사(三舍)를 옮겨 갔다고 한다. ≪史記 卷38 宋微子世家≫

아서야 되겠습니까. 전하께서 진실로 학문을 고명(高明)하게 하고, 본원을 아주 맑게 하고, 희로의 감정을 절도에 맞게 하고, 행위를 사리에 합당하게 하시어 적폐를 통렬히 혁파할 것을 하늘에 응하는 실제로 삼으신다면, 오늘날의 재이(災異)가 바뀌어 억만년토록 끝없을 아름다운 징조가 아니리라는 것을 어찌 알겠습니까.

신은 본시 우매하여 시무(時務)에 밝지 못하니, 어리석은 몇 줄의 글로 어찌 성상의 큰 은혜에 우러러 보답할 수 있겠습니까. 하물며 지금은 하늘의 재앙이 매우 참혹한 시기입니다. 위로 성상의 마음을 바루고 아래로 인심을 이해하여 구멍 나고 해진 것을 바로잡아 보완하는 책임이 언관에게 있으니, 충직하며 사리에 통달한 선비로 하여금 담당하게 하더라도 또한 그 직분을 극진히 하기 어려울 터인데, 더구나 형편없는 신은 일찍이 이 직책을 맡고서 의견을 세워 밝게 아뢴 일이 조금도 없었습니다. 마침 천한 신의 질병이 매우 고통스러워져 늘 정고(呈告) 중에 있었던 일로 은혜를 입어 체차된 지 겨우 며칠이 지났으니 진언하지 않은 책임에서 신 또한 벗어나기 어렵습니다. 그저께 사은하던 날 이 때문에 인피 하였으나, 승정원에서 예전의 일로 피혐해서는 안 된다는 규례를 가지고 말을 만들어 물리치니, 방황하며 안절부절하며 진퇴양난의 처지에 놓여 있습니다. 삼가 바라건대 자애로우신 성상께서는 신의 매우 간절한 심정을 살피시고 속히 신의 직임을 체차하여 어리석은 신의 분수를 편안토록 해 주소서. 그렇게 해 주신다면 너무도 다행이겠습니다. 신은 지극히 절실하고 두려워 떨리는 마음을 금치 못하겠습니다. 삼가 죽음을 무릅쓰고 아룁니다.

3 辭持平仍救申怕等疏

伏以臣痼疾纏身 自分屛蟄 而夢寐之外 濫承恩召 臣誠感激 輿疾登程 寸寸前進 來謝恩命 而當此避殿之日 不敢呈告 泯默退伏矣 狗馬賤疾 一向危苦 玆敢冒昧顧呼 臣之所患 本是痰厥 乘寒挾發 時或沈冥 自本月旬間 前症復發 痰火厥逆 目眩頭暈 精神昏憒 加以赤痢頻數 今已六日 些少元氣 憊敗無餘 僵仆一室 不能起動 以此病勢 萬無供職之望 伏乞聖慈 諒臣憫迫之情 亟賜遞免 以便公私 不勝幸甚

---

81 하늘은 …… 한다 : ≪서경(書經)≫ 태갑 하(太甲下)에 보인다.

仍竊伏念 臣纔從外來 廷論是非 雖未詳知 而近以微細之事 天怒轉激 臺閣之上 景象愁慘 臣竊慨然 臣於入來之日 伏聞諫院三臣特賜引對 咫尺前席 溫諭丁寧 瞻聆所及 莫不感悅 曾未隔宿 遽下特遞之教 繼以補外之命 天地之大 猶有所憾 至於申恦之罰 旣減其等 旋卽還收 此豈古聖人不遷怒之義乎 顧此三臣 雖未解聖明開諭之盛意 豈有一毫他腸於其間哉 論事之臣 雖有過激之言 優容寬假 乃人君聽納之道 而一時斥逐 臺閣索然 恐非盛德事也

況李迥以獨子無兄弟之人 家有臨年老父 而遽作北邊數千里之行 父子相訣 情事倍慽 孝理之下 寧不惻然 方今聖上避殿 久未臨御 恐懼修省 靡極不至 政令之間 當務和平 喜怒之際 宜加戒愼 伏乞聖明 亟霽雷霆之威 以示日月之更 臣無任祈懇震越之至 謹昧死以聞

지평을 사직하고 이어 신상(申恦) 등을 구제하는 상소[82]

삼가 아룁니다. 신은 고질병이 온 몸에 퍼져 스스로 칩거할 것만 생각하였는데, 꿈에도 생각지 못한 일로 외람되이 은혜로운 소명(召命)을 받들게 되었습니다. 신은 진실로 감격하여 병든 몸을 수레에 싣고 길을 나서 한 걸음씩 앞으로 나아가 도성에 와서 은혜로운 명에 사은 하였습니다만, 이번의 피전(避殿)하시는 날을 만나 감히 정고(呈告)하지 못한 채 말없이 물러 나왔습니다. 그러나 천한 신의 질병이 한결같이 위태롭고 고통스러워지므로 이에 감히 어리 석음을 무릅쓰고 호소합니다.

신의 병은 본래 담궐(痰厥)인데 추위를 틈 타 발작한 후로 때때로 까무러지기도 합니다. 이번 달 10일 경부터 이전의 병증이 재발하여 담화(痰火)와 궐역(厥逆)으로 눈이 침침하고 머리가 어지러워 정신이 혼미해졌습니다. 게다가 독한 설사를 자주 한 지 지금 벌써 6일째라 약간의 원기마저 남김없이 사그라졌습니다. 방 하나에 쓰러져 누운 채 일어나 움직일 수가 없으니, 이러한 병세로는 직임을 수행할 가망이 전혀 없습니다. 삼가 바라건대 자애로우신 성상께서는 신의 안타깝고 절박한 사정을 헤아리시고 속히 체직하여 공적으로나 사적으로 편 안케 해 주소서. 그렇게 해 주신다면 매우 다행이겠습니다.

---

82 지평을 …… 상소 : 1653년(효종 4) 1월 24일 오핵이 지평을 맡고 있으면서 올린 상소인데, 효종은 "사직하 지 말고 직무를 살피라.[勿辭察職]"라는 비답을 내렸다. ≪孝宗實錄 4年 1月 24日≫

이어서 삼가 생각건대 신은 막 외지에서 왔기에 조정 의론의 시비에 대해 자세히 알지는 못합니다만, 근래 미미한 일로 하늘같은 성상의 노여움이 갈수록 거세지고 있어 대각(臺閣)의 모습이 매우 근심스럽고 참담하니, 이에 대해 신은 삼가 개탄스럽게 생각합니다. 신이 도성으로 들어온 날 삼가 듣건대, 간원(諫院)의 세 신하를 특별히 인대(引對)하여 지척의 어전에서 온화하게 유시하신 것이 매우 정성스러우셔서 이를 보고 들은 자들이 감복하고 기뻐하지 않은 이가 없었다고 합니다. 그런데 하룻밤도 지나지 않아 특별히 체차하라는 하교가 갑자기 내리고, 이어서 보외(補外)하라고 명하시니 천지와 같은 광대함에도 오히려 유감스러운 점이 있습니다. 심지어 신상(申恦)에 대한 처벌은 그 등급을 감하였다가 곧바로 거두어들이셨으니, 이 어찌 옛 성인의 '노여움을 옮기지 않는다.[不遷怒]'[83]라고 한 뜻이겠습니까. 돌아보건대 이 세 신하가 비록 밝으신 성상께서 타이르신 성대한 뜻을 이해하지는 못했다 하더라도, 어찌 그 사이에 털끝만큼이라도 다른 마음이 가졌겠습니까. 일을 논하는 신하에 대해서는 비록 과격한 말이 있을지라도 넉넉히 포용하여 관대히 용서해주는 것이 곧 임금이 간언을 받아들이는 도리입니다. 그런데 한꺼번에 내쫓아 대각(臺閣)이 삭막해졌으니 아마 성대한 덕으로 행한 일은 아닐 것입니다.

더구나 이형(李逈)은 독자(獨子)로서 형제가 없는 사람으로서 집에 노경의 아비가 있습니다. 그런데 갑자기 북쪽 변방으로 수천리 길을 떠나게 되었으니, 부자가 서로 이별하려하니 그 사정이 갑절이나 슬픕니다. 효도(孝道)로 다스리는 세상에 어찌 측은하지 않을 수 있겠습니까. 지금 막 성상께서 피전 중이라 오래도록 조정에 임하지 않으시니, 두려워하며 덕을 닦아 반성하는 데는 지극히 하지 않음이 없으십니다만, 정령(政令)을 내리는 사이에는 화평하기를 힘써야 하고, 희로(喜怒)를 드러낼 때는 더욱 신중하셔야 합니다. 삼가 바라건대 밝으신 성상께서는 속히 천둥 같은 위엄을 거두시고 해와 달의 빛이 다시 비치는 모습[84]을 보이소서. 신은 지극히 간절하고 두려운 마음을 금할 수 없습니다. 삼가 죽음을 무릅쓰고 아룁니다.

---

83 노여움을 옮기지 않는다[不遷怒] : 춘추 시대 노(魯)나라 애공(哀公)이 공자(孔子)에게 제자 중에서 누가 학문을 좋아하는가를 물어보자 "안회가 학문을 좋아했습니다. 노여움을 옮기지 않고, 같은 잘못을 재차 저지르지 않는 사람이었는데, 불행히도 단명으로 죽었습니다.[有顔回者好學 不遷怒 不二過 不幸短命矣]" 하였다. 《論語 雍也》
84 해와 …… 모습 : 과오를 고치는 모습이다. 《논어(論語)》 〈자장(子張)〉에 "군자의 과오는 마치 일식 월식과 같다. 과오가 있으면 사람들이 모두 다 볼 수 있고, 과오를 고치면 사람들이 다 우러러 본다.[君子之過也 如日月之食焉 過也人皆見之 更也人皆仰之]"라 한 말에서 유래한다.

附부

1 啓草帖跋

昔孝廟初元 同春宋公起山林入臺閣 主士論宗盟 曾季祖持平公 實與之左右 未幾同春退歸 公又不喜榮進 在野日多 又不幸早卒不究用 士林恨之 然當自點濁亂之餘 摧陷廓淸 使凶魁授首 朝著整肅 公等之功 偉矣

公之曾孫瑋 集公啓事手草若干紙爲一卷 以示瑗 瑗惟公德懿材學 當求之古君子 臺閣風采 固公細事 惟其讜言正論 森然羅列卷中者 亦皆足爲後世法矣 公筆法甚古潔 人謂如其人 每一開卷 見公正色省中 落筆草奏 淸操直氣 猶可以彷彿 嗚呼可敬已

收輯家先文獻 不令墜棄 亦孝道之一 今瑋宜推此心 有以濯厲自立 庶幾繩先祖風烈 用不愧此卷 吾所望於瑋 如斯而已 抑瑗不肖 幸備聖朝諫官 以妄言觸罪戾 誠由言不切忠不至 不足感格天心 而視公所就 何啻霄壤也哉 卽此卷雖在千載之遠 猶將披復感歆 恨不能同時 況忝在旁裔 而耳熟於遺風者 其激昂慨慕 宜何如也 旣以勉瑋 輒又附書其所感云

己酉孟冬 從曾孫 前司諫院正言瑗 謹跋

.

계사 초고의 첩(帖)에 대한 발문

옛날 효종(孝宗)께서 등극하신 초년에 동춘당(同春堂) 송준길(宋浚吉) 공이 산림에서 일어나 대각에 들어가 사론(士論)의 종약(宗約)을 주도할 때 증계조(曾季祖) 지평공(持平公, 오핵)이 실로 그와 더불어 좌지우지하였다. 얼마 지나지 않아 동춘당이 물러나 귀향하자, 공 또한 벼슬길을 좋아하지 않아 재야(在野)에 있는 날이 많더니, 또한 불행히도 일찍 별세하여 끝까지 쓰이지 못하므로 사림들이 한스럽게 여겼다. 그러나 김자점(金自點)이 세상을 혼탁하게 한 나머지에 그 기세를 꺾어 깨끗이 씻어냄으로써 흉적의 괴수로 하여금 머리를 바치게 하고 조정의 고관으로 하여금 정숙하게 한 것은 공(公) 등의 공로이니, 위대하도다!

공의 증손인 오위(吳瑋)가 공이 아뢸 계사의 초고(草稿) 약간을 수집한 다음 한 권(卷)을 만들어 내[오원(吳瑗)]에게 보여주었다. 내가 생각건대 공의 덕성(德性)과 의행(懿行), 재주와 학식은 옛 군자에게서 찾아야 할 것이니, 대각에서 드러난 모습은 진실로 공에게 있어서 작은 일일 뿐이었다. 생각건대 그 곧은 말과 바른 의론 중 빼곡하게 책권 가운데 나열된 것 또한 모두 후세의 모범이 되기에 충분하다.

공의 필법은 매우 예스럽고 깨끗하여 사람들이 그 사람과 같다고 하는데, 매양 한번 책을 펼쳐 공이 낯빛을 바로하고 마음을 성찰하는 가운데 붓을 대어 주문(奏文)을 초 잡은 것을 볼 때마다 맑은 지조와 곧은 기개가 여전히 그대로 남아 있는 듯하니, 아, 공경할 만하도다.

집안 선대의 문헌을 수습하여 폐기되지 않도록 하는 것 또한 효도의 한 방도이다. 지금 오위(吳瑋)가 의당 이러한 마음을 미루어 분발하여 자립하고 있으니, 아마 선조의 매서운 기풍을 계승하여 이 책에 부끄럽지 않게 될 것이니 내가 오위에게 바라는 바가 이와 같을 뿐이다. 도리어 불초(不肖)한 나는 요행히 성조(聖朝)의 간관(諫官)이 되었다가 망령된 말로 죄과를 범하게 되었으니, 그것은 참으로 말이 절실하지 못하고 충성이 지극하지 못하여 하늘같은 성상의 마음을 감동시키기 부족한 탓이었다. 공이 성취한 바에 비한다면 어찌 하늘과 땅처럼 크게 차이가 있을 뿐이겠는가. 이 책을 보면 멀리 천년 뒤의 후인이라 하더라도 오히려 재삼 펼쳐보며 감동하고 찬탄하면서 같은 시대를 살지 못한 것을 한스러워할 것이다. 더구나 방계 후손으로서 공의 유풍(遺風)에 대하여 귀에 익숙하게 들었으니, 감격과 사모의 뜻이 의당 어떠하겠는가. 이미 오위에게 권면하였던 말에다 문득 다시 느낀 바를 덧붙여 쓴다. ·

기유년(1729, 영조5) 10월, 종증손 전(前) 사간원 정언 오원(吳瑗)이 삼가 발문을 쓰다

百千堂遺稿　卷三

墓誌묘지

1 先考, 贈崇政大夫 議政府左贊成 兼判義禁府事 行通訓大夫 宗親府典簿 府君墓誌銘幷序

吳海州大姓也, 高麗檢校軍器監諱仁裕, 公之始祖也. 後有左僕射諱札, 世襲簪纓, 歷六世, 有典牲署主簿贈通禮院左通禮諱賢卿, 公之高祖也, 司醞署直長贈承政院左承旨諱慶雲, 公之曾祖也, 慶尙左道水軍虞候贈兵曹判書諱壽億, 公之祖也, 慶尙右道兵馬節度使諱定邦, 公之考也. 壯節公申崇謙之後, 司直壽眉之女, 貞夫人平山申氏, 公之妣也.

萬曆癸酉八月十八日卯時, 公生于漢都, 諱士謙, 字汝愼. 俊秀超凡之儀, 倜儻盖世之氣, 孝悌忠恕之心, 寬弘博愛之德, 傾財施人之惠, 盖公之氣象也·天性也·行事也. 其在宣廟時, 壬辰倭亂, 公制挺逐賊, 以衛父母舉家之獲全, 皆公之誠孝出天, 而捍于艱也. 嘗以兵燹, 未早學爲恨, 就學於判書李公尙吉, 其取友亦一時文人也, 公性好文學, 而尤以善書鳴. 公以武家子弟, 大倡文教, 教之嚴肅, 責以成就, 必使之貫通經史, 百家後已, 此公之孳孳矻矻, 教訓諸子, 扶植門戶, 克復先烈之志, 如是其至勤也. 禁火司別提·廣興倉主簿·軍資監判官·龍仁縣令·宗親府典簿, 公之履歷也. 公年五十三丁節度公憂, 五十五丁申夫人憂, 衰病之境, 荐罹巨創, 執喪過禮, 漸毀羸疾, 以戊辰九月初六日卒於廬次, 春秋五十六. 是年十二月, 永窆于陽城天德山坐丑向未之原, 實崇禎元年也. 不肖孤等, 誠孝未盡, 先君哀毀之際, 不善奉養, 竟不勝喪, 終天之慟, 曷有極於霄壤間者耶!

後贈崇政大夫議政府左贊成兼判義禁府事, 以子翻原從勳推恩也. 配貞敬夫人全州李氏, 漢城府庶尹贈吏曹參判諱時中之女也, 和順靜正, 克秉婦道, 閨門之內無間言, 後公十二年而終, 葬于越二岡坐亥之山. 舉四男二女, 男長翻, 登文科, 以文學重於世, 官至觀察使. 次翿文科持平, 次翔業文有名士林, 次翧乔魁文科司書, 女長適士人鄭大隆, 次適生員李蕃.

翻娶參判李成吉女, 無子, 取翔子斗寅爲后, 文科壯元正言. 翿娶海豐君鄭孝俊女, 生三男一女, 男斗憲·斗宣·斗宬, 柳瓛其壻也. 翔娶佐郎李孝吉女, 生二男, 斗興·斗寅, 卽後觀察使者, 再娶完南君李復匡女, 生一男一女, 男斗奎, 女未字. 翧娶師傅元振海女, 生三男一女, 男斗光·斗龍·斗雄, 女愼元萬. 鄭大隆生六男一女, 男有禋·有禋·有禛·有宗·有禱·有禩, 黃龍瑞其壻也. 李蕃生一男三女, 男漢雄, 女未字. 內外孫総三十餘人, 懿歟休哉! 門戶之文明, 子孫之昌蕃, 皆公之德蔭也. 銘曰:

天德之山穹窿鬱弟, 而峻極于天兮秀, 而特大溪之水橫亘百里, 而走于海兮環于側, 堂耶斧

耶, 碩人衣冠之藏兮妥而康, 欽于世世, 而永錫之極兮吉無疆.

崇禎二十六年癸巳二月日, 不肖男翩翻, 泣血謹識.

선고(先考) 증 숭정대부 의정부좌찬성 겸 판의금부사 행 통훈대부 종친부전부 부군(贈崇政大夫 議政府左贊成 兼判義禁府事 行通訓大夫 宗親府典簿 府君)의 묘지명과 서문

오씨는 해주(海州)의 대성(大姓)으로, 고려 때 검교군기감(檢校軍器監)을 지낸 휘(諱) 인유(仁裕)가 공의 시조이다. 뒤에 좌복야(左僕射) 휘 찰(札)이 계셨으며, 집안 대대로 높은 벼슬을 세습하셨다. 육대가 지난 후 전생서 주부(典牲署主簿) 증 통례원 좌통례(通禮院左通禮) 휘 현경(賢卿)이 공의 고조(高祖)이시며, 사온서 직장(司醞署直長) 증 승정원 좌승지(承政院左承旨) 휘 경운(慶雲)이 공의 증조(曾祖)이시며, 경상좌도 수군우후(慶尙左道水軍虞候) 증 병조판서(兵曹判書) 휘 수억(壽億)이 공의 할아버지이고, 경상우도 병마절도사(慶尙右道兵馬節度使) 휘 정방(定邦)이 공(公)의 아버지이며, 장절공(壯節公) 신숭겸(申崇謙)의 후손으로 사직(司直) 신수미(申壽眉)의 따님이신 정부인 평산 신씨가 공의 어머니이시다.

만력(萬曆) 계유(癸酉 : 1573 선조 6)년 8월18일 묘시(卯時 : 5~7시)에 한양에서 태어났으며, 휘는 사겸(士謙)이고 자(字)는 여신(汝愼)이다. 범상함을 능가하는 준수(俊秀)한 용모와 세상을 덮을 만 한 척당(倜儻 : 뜻이 크고 기개가 있음)한 기개(氣槪), 효제(孝悌)·충서(忠恕)의 마음과 관홍(寬弘, 넓고 큰 도량)·박애(博愛)의 덕성(德性), 재물을 온통 기울여 남에게 은혜를 베푼 일은 대체로 공의 기상이며, 천성이며, 행했던 일이다. 선조(宣祖) 때 임진왜란(壬辰倭亂)이 발발하자 몽둥이를 만들어 적을 쫓아냄으로써 부모님을 보호하고 온 집안을 온전하게 지켰으니, 이는 모두 하늘이 낸 공의 정성과 효심으로 어려움을 막아낼 수 있었던 것이다.

일찍이 병란(兵亂)으로 어려서 배우지 못한 것을 한스럽게 여겨 판서(判書) 이상길(李尙吉)[1]에게 나아가 배웠다. 사귀었던 벗들도 한 시대를 풍미한 문인들이었으니, 공의 성품이 문

---

1 이상길(李尙吉 1556~1637) : 조선 중기의 문신이다. 본관은 벽진(碧珍). 자는 사우(士祐), 호는 동천(東川). 시호는 충숙(忠肅)이며, 저서로는 『동천집(東川集)』이 있다.

학을 좋아했기 때문이지만 더욱 글씨를 잘 써 이름이 있었다.

공은 무인 집안 자제로써 크게 문교를 창도(倡導)하였으니, 엄숙하게 가르치고 성취하도록 독려하되, 반드시 경사와 백가에 통달한 후에야 그만두게 하였다. 이토록 부지런하게 애를 써 여러 아들들을 가르치고 문호를 붙잡아 세워 조상의 업적을 회복하였으니, 그 지극히 힘 쓰신 것이 이와 같았다. 금화사 별제(禁火司別提)·광흥창 주부(廣興倉主簿)·군자감판관(軍資監判官)·용인현령(龍仁縣令)·종친부전부(宗親府典簿)는 공의 관력(官歷)이다.

공의 나이 53세에 절도사(節度使) 공께서 돌아가시고, 55세에 어머니 신부인(申夫人)께서 돌아가셨다. 쇠약하고 병들었을 때에 큰일을 당하셨음에도 예법에 지나치게 집상(執喪)을 하시느라 기운이 다되고 건강을 해쳐 병에 걸리심으로써, 무진년(1628년 인조 6) 9월 6일 여막(廬幕)에서 돌아가시니, 춘추 56세였다. 이해 12월에 양성(陽城 : 경기도 안성) 천덕산(天德山) 축좌 미향(丑坐未向)의 언덕에 영폄(永窆)[2]하니 이때가 숭정(崇禎) 원년(元年 : 1628년)이었다. 불초고(不肖孤) 등이 정성과 효성을 다하지 못하여 아버지께서 슬픔으로 수척해 지는 동안 잘 봉양하지 못하였기 때문에 마침내 상을 견디지 못하고 돌아가셨으니, 이 하늘이 무너지는 아픔을 하늘과 땅 사이 어디에서 다 할 수 있으랴.

뒤에 숭정대부 의정부좌찬성 겸 판의금부사(崇政大夫 議政府左贊成 兼判義禁府事)에 추증되었으니, 아들 오숙(吳翽)이 원종공신(原從功臣)에 녹훈(錄勳)됨으로 인하여 추은(推恩)된 것이다. 배위(配位)는 정경부인(貞敬夫人) 전주 이씨로, 한성부서윤(漢城府庶尹) 증 이조참판(贈吏曹參判) 휘 시중(時中)의 따님이시다. 온화하고 순리적인 성품에 조용하고 단정한 용모로 부도(婦道)를 지켜 집안 내에서 흠잡는 말이 없었다. 공께서 돌아가신지 12년 후에 돌아가시어 언덕 두 개를 넘어 산의 해좌(亥坐)에 장사 지냈다. 4남 2녀를 두셨는데, 첫째 아들 숙(翽)은 문과에 급제하여 문학으로써 세상에 추중(推重)되었으며, 관직이 관찰사에 이르렀다. 둘째 아들 빈(翻)은 문과에 급제하여 지평(持平)을 지냈고, 셋째 아들 상(翔)도 문장을 수련하여 사림에 명성이 있었다. 넷째 아들 핵(翮)은 문과에 장원급제하여 사서(司書)를 지냈다. 첫째 딸은 사인(士人) 정대륭(鄭大隆)에게 시집갔으며, 둘째 딸은 생원(生員) 이번(李蕃)에게 시집갔다.

오숙은 참판(參判) 이성길(李成吉)의 딸과 혼인하였는데, 아들을 두지 못하였으므로 오상

---

2 영폄(永窆) : 영원히 모실 산소를 말한다. 임시로 장례를 치르는 것은 권폄(權窆)이라고 한다.

의 아들 두인(斗寅)을 후사(後嗣)로 삼았는데, 두인은 문과에 장원급제하여 정언(正言) 벼슬을 하였다. 오빈은 해풍군(海豊君) 정효준(鄭孝俊)의 딸을 아내로 맞이하여, 3남 1녀를 두었는데, 아들은 두헌(斗憲)·두선(斗宣)·두성(斗宬)이며, 사위는 유환(柳瓛)이다. 오상은 좌랑(佐郎) 이효길(李孝吉)의 딸을 아내로 맞이하여 두 아들을 낳았으니, 두흥(斗興)과 두인이다. 두인은 관찰사 공의 후사가 되었다. 다시 완남군(完南君) 이복광(李復匡)의 딸을 재취로 맞이하여 1남 1녀를 낳았으니 아들은 두규(吳斗奎)요 딸은 아직 혼인하지 않았다. 오핵은 사부(師傅) 원진해(元振海)의 딸에게 장가들어 3남 1녀를 낳았다. 아들은 두광(斗光)·두룡(斗龍)·두웅(斗雄)이고, 딸은 신원만(愼元萬)에게 시집갔다. 정대륭(鄭大隆)은 6남 1녀를 낳았으니, 아들은 유인(有禋)·유회(有禬)·유진(有禛)·유종(有宗)·유도(有禱)·정유계(有禊)이며, 사위는 황용서(黃龍瑞)이다. 이번(李蕃)은 1남 3녀를 낳았는데, 아들은 한웅(漢雄)이며, 딸들은 아직 혼인하지 않았다. 내·외손이 모두 30여 인이니, 훌륭하고 아름답구나! 집안이 문화(文華)로 빛나고 자손이 번창함은 모두 공의 음덕 덕분이다. 다음과 같이 명(銘)한다.

天德之山穹隆鬱第	천덕산(天德山) 우뚝 솟은 뭇 봉우리
而峻極于天兮秀	빼어나 하늘까지 닿도다
而特大溪之水橫亘百里	다만 백리에 가로 이르는 큰 강물만이
而走于海兮環于側	바다까지 내달리며 그 곁을 흐르네
堂耶斧耶	반듯하고 높은 저 무덤이여![3]
碩人衣冠之藏兮妥而康	어진 이의 의관을 감춰 편안하게 하였으니
欽于世世	대대손손 흠향하시어
而永錫之極兮吉無疆	영원토록 무한한 복을 내려주소서

숭정(崇禎) 26년(1653) 계사 2월 일. 불초아들 오핵(吳䎙)이 피눈물을 흘리면서 삼가 씁니다.

---

3 반듯하고~무덤이여 : 원문의 "당부(堂斧)"는 무덤을 가리키는 말이다. 『예기(禮記)』「단궁(檀弓) 상」에 나오는 말로, 당(堂)은 마루같이 네모반듯하고 높은 봉분을 가리키며, 부(斧)는 도끼날처럼 아래는 넓고 위가 좁은 장방형의 봉분을 말한다.

雜著 잡저

1 韓柳川集跋

乾之體剛, 坤之體柔, 以天地之剛柔, 而総論載道之器, 則庸詎無純乎剛者, 庸詎無純乎柔者, 庸詎無一剛一柔者耶! 無論六經百家, 而以吾東方近代之文觀之, 則李退溪之文, 一剛一柔, 崔東皐之文, 純乎剛, 李栗谷之文, 純乎順也.

余觀韓柳川之文, 其文也純乎順, 其詩也純乎順, 而奇麗沈雄之體, 亦皆備焉. 柳川公德量之含弘光大, 可以想見於斯文上也, 公之詩也記也序也碑也, 足於一時文章, 而其果爲後世之所矜式者, 其五言律乎.

於戱! 公之聲譽蔚於文, 公之事業成於文, 而足以黼黻乎王家, 笙鏞乎治道. 公之爲世用者, 不以文, 而公之職, 常在於元帥, 實未知公之壯志大略, 奇謀雄圖. 其源於六花八陣, 而可以統領三軍, 折衝千里, 而特爲公餘事者, 文章耶! 是未可知也.

公諱浚謙字益之淸州人也, 公有經綸, 才華國手, 而不爲世用, 而以國舅封西平府院君云. 公卽我大母之再從弟, 故余知公事詳.

한유천집발(韓柳川集跋)[4]

하늘의 체(體)는 강건(剛健)하고, 땅의 체(體)는 유순(柔順)하니, 천지(天地)의 강건함과 유순함으로 재도지기(載道之器)[5]를 총론한다면, 어찌 순전히 강건한 것이 없을 것이며, 어찌 순전히 유순한 것이 없을 것이며, 어찌 한편으로 강건하고 한편으로 유순한 것이 없겠는가! 육경(六經)[6]과 제자백가(諸子百家)는 물론이고, 우리 동방의 근래 시문(詩文)을 살펴보건대, 퇴

---

4 한유천집(韓柳川集) : 조선 중기의 문신 한준겸(韓浚謙 : 1557~1627)의 시문집. 현재 국립중앙도서관·규장각 등에 『유천유고(柳川遺稿)』라는 명칭으로 소장되어 있다. 2권 1책 목판본이다. 그의 저술은 상당히 많았다고 하는데, 대부분 병화로 없어졌다. 현존본은 1639년(인조 17)에 아들 한회일(韓會一)이 임천 군수로 있으면서 남은 원고를 수집하여 간행한 것으로 내용이 소략하다. 권두에 이식과 신익성이 쓴 서문과 연보를 실었다. 권 1은 시 211수, 권2는 잡저 5편과 제문·비지·묘표·행장이다. <기묘제현서첩지(己卯諸賢書帖識)>는 기묘사화 희생자들의 글을 모아 첩을 만든 경위와 소감을 기록한 글이다. <서영주벽상기후(書英州壁上記後)>는 고려시대 윤관의 여진정벌을 기록한 임언의 <영주벽상기(英州壁上記)>를 토대로 철령 이북의 옛 영토의 위치를 고증한 글이다.
5 재도지기(載道之器) : 도를 담기 위한 그릇이라는 말로, 송나라 주돈이(周敦頤)의 『통서(通書)』「문사(文辭)」에 나온다.

계(退溪) 이황(李滉 : 1501~1570)의 시문은 한 편으로 강건하고 한편으로 유순하며, 동고(東皐) 최립(崔岦 : 1539~1612)의 시문은 순전히 강건하고, 율곡(栗谷) 이이(李珥 : 1536~1584)의 시문은 순전히 유순하다.

내가 유천 한준겸의 시문을 보니, 그 문장은 순전히 순리적이며, 그 시도 순전히 순리적이면서도, 빼어나게 아름답고 침착하며 웅건한 체재가 또한 모두 구비되었으니, 유천공의 함홍광대(含弘光大)[7]한 덕성(德性)을 이 글에서 상상할 수 있을 것이다. 공의 시(詩)·기(記)·서(序)·비문(碑文)도 한 시대의 문장이 되기에 충분하지만 진정 후세에 모범이 될 것은 오언율시일 것이다.

아아! 공의 명성과 영예는 문장에서 성대하였고 공의 사업은 문장에서 이루어졌으니, 왕가에 보불(黼黻)[8]이 되고 치도(治道)에 생용(笙鏞)[9]이 되기에 충분했으나, 공이 세상에서 쓰인 것은 문장이 아니었으며, 공의 직책은 항상 군을 통솔하는 원수(元帥)였다. 실로 알지 못하거니와 공의 늠름한 의표와 담대한 지략, 기이한 모책(謀策)과 웅대한 계획이 육화진(六花陣)과 팔진(八陣)[10]에 근원을 두고 있는 것으로, 삼군(三軍)을 통합하여 거느리고 천리 강역을 적으로부터 보호할 수 있었지만, 그저 공에게 예사로운 것이 문장이었던가? 이는 알 수가 없다.

공의 휘는 준겸(浚謙), 자는 익지(益之)이니 청주(淸州) 사람이다. 공은 세상을 경영할 수 있는 재주와 나라를 빛낼 수 있는 솜씨가 있음에도 세상에 쓰이지 못하고 국구(國舅 : 임금의 장인)가 되어 서평부원군(西平府院君)에 봉해졌다. 공은 곧 우리 할머니[大母]의 재종제(再從弟)이기 때문에 내가 공의 일을 자세하게 알고 있다.

---

6 육경(六經) : 『시경(詩經)』, 『서경(書經)』, 『역경(易經)』, 『춘추(春秋)』, 『예기(禮記)』, 『악경(樂經)』을 말한다.

7 함홍광대(含弘光大) : 함(含)은 포용하는 것이고 홍(弘)은 너그러운 것이며, 광(光)은 빛나는 것이고 대(大)는 큰 것을 말하는데, 곤(坤)의 덕, 곧 땅의 덕을 들어서 말한 것이다. 『주역(周易)』「곤괘(坤卦)」 "구이(九二)"에 보인다.

8 보불(黼黻) : 임금의 대례복(大禮服)에 놓은 수로, 보는 도끼 모양의 흑백색, 불은 아(亞)자 모양의 흑청색으로 수를 놓은 것인데, 여기서는 보좌한다는 뜻으로 쓰였다.

9 생용(笙鏞) : 생황(笙簧)과 대종(大鐘)으로, 순(舜) 임금 때의 악관(樂官) 기(夔)의 말에 "생황과 대종을 번갈아 울리자 새와 짐승들이 서로 춤을 추고, 소소(簫韶)를 아홉 번 연주하자 봉황이 와서 춤을 추었습니다."라고 한 데서 온 말로, 이 역시 임금을 잘 보좌하는 것을 의미한다.

10 육화진(六花陣)과 팔진(八陣) : 진법(陣法)을 말한다. 육화진은 당(唐) 나라 때 이정(李靖)이 제갈량(諸葛亮)의 팔진법(八陣法)에 기초하여 만들었던 진법이며, 팔진은 아주 고대(古代)에도 팔진법이 있었으나, 특히 삼국(三國) 시대 촉한(蜀漢)의 제갈량이 만든 것이 유명하다.

2 鄭東溟斗卿三神山記

北有海而南有山, 山高聳也, 海渤澥也. 天下之名山大川, 孰有大於斯地者耶, 東溟子以此, 猶以爲歉焉. 鑿大野而爲之池, 厥面築太乙臺, 厥中又築山而三之, 名之曰三神山, 一則象蓬萊, 一則象方丈, 一則象瀛洲. 天下果有神仙, 則豈不來遊於斯歟!

吾觀鄭東溟, 拔流俗千丈, 謝人間萬事, 栩栩然自得於形骸之外, 披鶴氅, 冠崔嵬, 佩明月之珠, 而咏於斯, 讀於斯, 酒於斯, 則不曰仙耶! 東海之外, 有此三山, 三山之中, 有此偉人, 則不曰仙耶!

若使秦始皇漢武帝, 幸而復生於今日, 則不必登太山上琅琊, 而來問道於斯也. 惜乎! 秦漢帝不幸, 而出於一千年之前也.

동명(東溟) 정두경(鄭斗卿)의 삼신산(三神山)에 쓰다[鄭東溟斗卿三神山記]

북쪽으로는 바다가 있고, 남쪽으로는 산이 있다. 산은 높이 솟아 있으며, 바다는 발해(渤澥)이다. 천하의 명산대천(名山大川) 중에 어찌 이 땅보다 큰 것이 있으리오마는 동명자(東溟子)[11]는 이것을 오히려 부족하다고 여겼다. 너른 들판을 파서 못을 만들고, 그에 면(面)하여 태을대(太乙臺)를 세우고, 그 가운데에다 세 개의 산을 만들고서는 삼신산(三神山)[12]이라 이름 하였으니, 하나는 봉래산(蓬萊山)을 본떴고, 하나는 방장산(方丈山)을 본떴으며, 다른 하나는 영주산(瀛洲山)을 본떴다. 세상에 정말로 신선(神仙)이 있다면, 어찌 이곳에 와서 노닐

---

11 동명자(東溟子) : 조선 중기의 문인 정두경(鄭斗卿 : 1597~1673)이다. 본관은 온양(溫陽). 자는 군평(君平), 호는 동명(東溟). 아버지는 호조좌랑을 지낸 정회(鄭晦)이며, 어머니는 광주정씨(光州鄭氏)로 사헌부장령 정이주(鄭以周)의 딸이다. 이항복(李恒福)의 문인이다. 저서로는 『동명집(東溟集)』 26권이 있다.

12 삼신산(三神山) : 중국 전설 상에 나오는 상상의 세 신산(神山)을 말한다. 즉 봉래산(蓬萊山)·방장산(方丈山)·영주산(瀛洲山)의 세 산이다. 『사기(史記)』, 『열자(列子)』에서 비롯된 이야기로, 『열자』에 의하면, 발해(渤海)의 동쪽 수억만 리 저쪽에 오신산(五神山)이 있는데, 그 높이는 각각 3만 리, 금과 옥으로 지은 누각(樓閣)이 늘어서 있고, 주옥(珠玉)으로 된 나무가 우거져 있다. 그 나무의 열매를 먹으면 불로불사(不老不死)한다고 한다. 그곳에 사는 사람은 모두 선인(仙人)들로서 하늘을 날아다니며 살아간다. 오신산은 본래 큰 거북의 등에 업혀 있었는데, 뒤에 두 산은 흘러가 버리고 삼신산만 남았다고 한다. 한국에서도 중국의 삼신산을 본떠 금강산(金剛山)을 봉래산, 지리산(智異山)을 방장산, 한라산(漢拏山)을 영주산으로 불렀으며, 이 산들을 한국의 삼신산이라 일컬었다.

지 아니 할 것인가!

내가 살펴보니 정두경(鄭斗卿)은 세속에서 천 길이나 벗어나 인간세상의 온갖 일을 사양하고, 형체를 초월하여 자유롭게 자득한 사람이다.[13] 학창의(鶴氅衣)[14]를 풀어 헤치고 모자를 높이 세워 쓴 채 명월주(明月珠)를 차고서 이곳에서 시를 읊고, 이곳에서 글을 읽으며, 이곳에서 술을 마시니 신선(神仙)이라 말하지 않을 것인가! 동해 밖에 삼신산이 있으며, 삼신산 중에 이와 같은 큰 사람이 있으니 신선이라 말하지 않을 것인가!

만약 진시황(秦始皇)과 한무제(漢武帝)가 다행히도 오늘 다시 태어난다면, 굳이 태산(太山)이나 낭야산(琅琊山)에 오를 필요 없이 이곳에 와서 도를 물었을 것이다.[15] 애석하구나! 진시황과 한무제가 불행하여 천 년 전에 태어났도다.

3 天德山記

天德山源於白頭長白, 而祖於俗離, 自俗離北走三百里, 爲陽智雙嶺山, 自雙嶺西走三十里, 爲金積嶺, 自金嶺南走, 爲天德山, 第一峯峙立如御屛形, 左右峯亦如御屛形. 後則漢都之三角山, 秀出于二百里之外, 而西有大海渤澥也. 前有長河之水, 始於雙嶺, 而橫亘大野入于海, 長河之外, 又有靑龍慰禮之壯, 張于百餘里.

右峯下有集虛亭, 地位淸勝, 而沙石白巖石奇, 此實爲畿輔兩湖形勝之大都會也. 集虛亭之西, 有呀然洞洞, 有靜樂菴, 揭靜樂菴三字額, 明學士米萬鍾之筆, 我伯兄朝天時請而來也. 靜樂菴之下, 有白蓮池·淸冷臺·玩珠巖·雙石潭·枕漱巖, 靜樂菴之東, 有松石, 偃蹇之松, 奇怪之石, 淸勝可觀, 亦與集虛亭甲乙也.

我伯兄天啓之乙丑丙寅間, 解官而歸田園, 以靜樂菴爲讀書所, 集虛松石玩珠爲逍遙吟詠之

---

13 형체를 ~ 사람이다 : 『장자(莊子)』 <제물론(齊物論)>에 보면, "장주(莊周)가 꿈에 호랑나비가 되어 훨훨 날아다닌 꿈을 꾸었다.[莊周夢爲蝴蝶, 栩栩然蝴蝶也.]"라는 구절이 보인다. 여기서는 정두경이 세속에 얽매이지 않는 자유로운 영혼을 표현한 것이다.

14 학창의(鶴氅衣) : 소매가 넓고 뒤 솔기가 갈라진 흰옷의 가를 검은 천으로 넓게 댄 웃옷.

15 진시황(秦始皇)과 한무제(漢武帝)가 ~ 도를 물었을 것이다 : 태산에서 봉선제를 올리면 신선이 될 수 있다 하여 진시황과 한무제 모두 다 태산에 올라 봉선제를 올렸다. 또한 진시황은 낭야 땅에서 서불(徐市)을 배에 태워 동해로 보내 신선을 찾게 하였다. 『사기(史記)』 권6 「진시황본기(秦始皇本紀)」, 권12 「효무본기(孝武本紀)」에 보인다.

地, 天下之名書, 東國之奇花異草, 盡在此也. 然則孰名目是, 孰主張是, 名目是主張是者, 惟我伯兄天坡先生, 世以謂唐李泌之衡山, 漢嚴光之富春, 李太白之匡山, 讀書十餘年, 邵堯夫之自雄其才樹功業於書者, 公其一擧而兼有之也.

集虛亭下東南有退全堂, 我五代祖所始築, 世世冠冕而享者, 今百餘年. 退全堂之東有一峯峙立中天, 其名鉢峯. 下有千樹栗萬竿竹, 千叢花百樹棗與柿, 四友堂居其中, 所謂四者, 指我四人, 而友者取友于兄弟之義也. 天德山第一峯下, 左右前後岡, 有表碣之塋者, 卽我先世之幽宅也. 天德山實古之岳陽, 今之陽城縣之西南也.

天德山人記于集虛亭, 是歲崇禎十二年也.

천덕산기(天德山記)

천덕산(天德山)[16]은 백두산(白頭山), 장백산(長白山)에서 발원하여 속리산(俗離山)을 조종으로 한다. 속리산으로부터 북으로 300리를 뻗어 와 양지(陽智 : 경기도 용인의 옛 지명)의 쌍령산(雙嶺山)이 되고, 쌍령으로부터 서쪽으로 30리를 뻗어 와 금적령(金積嶺)이 되고, 금적령이 남쪽으로 뻗어 천덕산이 된다. 천덕산 제일봉은 우뚝 솟아 어병(御屛 : 임금 뒤에 처진 병풍)의 형상을 이루고 있으며, 제일봉 좌우의 봉우리 또한 어병의 모습을 닮았다. 뒤에는 한양의 삼각산(三角山)이 이백여 리 밖에서 우뚝 솟아 있고 서쪽으로는 큰 바다인 발해(渤澥)가 있다. 앞에 기나긴 강줄기가 쌍령에서 시작되어 너른 들을 가로질러 바다로 들어간다. 긴 강줄기 밖에는 또한 청룡산(靑龍山)[17]과 위례(慰禮)[18]의 장대함이 있어 백여 리에 길게 뻗어 있다.

천덕산 오른쪽 봉우리 아래에 집허정(集虛亭)이 있는데, 땅의 위치는 깨끗한 경관처이고

---

16 천덕산(天德山) : 경기도 안성시의 북서쪽에 위치한 산으로 해발고도는 324m이다. 경기도 안성 양성면과 원곡면에 걸쳐 있다. 『신증동국여지승람(新增東國輿地勝覽)』에 "천덕산은 양성현 서쪽 2리에 있는데 진산(鎭山)이다."라고 하여 관련 기록이 처음 등장한다. (한국지명유래집 중부편 지명, 2008. 12. 국토지리정보원 참고)
17 청룡산(靑龍山) : 서울 특별시와 경기도 성남시·과천시·의왕시에 걸쳐 있는 청계산(淸溪山)을 지칭한다. 높이는 618m로 서쪽에 위치한 관악산(冠岳山)과 더불어 서울의 남쪽 방벽을 이루는 산이다. 고려말 이색의 시에 "청룡산"으로 기록되어 있으며, 『신증동국여지승람』에도 청룡산으로 기록되어 있다. 과천 관아의 왼편에 해당되어 좌청룡의 청룡산의 산명이 유래하였다고 전한다.
18 위례(慰禮) : 위례성을 말하는 듯하다. 위례성은 충남 직산(稷山)의 옛 이름으로 지금의 천안(天安)이다.

흰 모래와 기괴한 바위가 있어, 여기가 실로 기보(畿輔 : 경기도)와 양호(兩湖 : 호서와 호남)의 형승이 크게 모인 장소이다. 집허정의 서쪽 빈 골짜기에 정락암(靜樂菴)이 있다. '정락암'이라고 세 글자가 적힌 편액이 걸려 있는데, 명나라 한림학사(翰林學士)인 미만종(米萬鍾)[19]의 글씨이다. 우리 큰형님이 명나라에 사신을 다녀올 때에 부탁하여 가져온 것이다. 정락암 아래에는 백련지(白蓮池)·청냉대(淸冷臺)·완주암(玩珠巖)·쌍석담(雙石潭)·침수암(枕漱巖)이 있으며, 정락암의 동쪽에는 소나무와 바위가 있다. 비스듬히 누운 소나무와 기괴한 바위가 보기에 깨끗하여 또한 집허정과 갑을을 다투었다.

우리 큰형님이 천계(天啓) 을축년(乙丑年 : 1625)과 병인년(丙寅年 : 1626) 사이에 해직이 되어 전원(田園)으로 돌아오셔서 정락암에서는 책을 읽고, 집허정·송석·완주암을 산책하며 시를 읊조리셨는데, 천하의 이름난 책과 우리나라의 기이한 꽃과 풀은 다 이곳에 있었다. 그렇다면 누가 이곳에 이름 붙이고 누가 이곳을 주장하였겠는가? 이곳에 이름 붙이고 이곳을 주장한 사람은 우리 큰 형님 천파선생(天坡先生 : 吳翻)이다. 세상에서는 당나라 이필(李泌)의 형산(衡山),[20] 한나라 엄광(嚴光)의 부춘산(富春山),[21] 이태백(李太白)의 광산(匡山)[22]을 일컫는다. 십여 년 독서에 소옹[邵堯夫][23]이 재주를 자부하고 글씨 분야에 업적을 세운 것을

---

19 미만종(米萬鍾) : 명나라 관중(關中) 사람으로, 자가 중조(仲詔)이며, 돌을 좋아하여 별호를 우석(友石)이라 하였다. 태상 소경(太常少卿)을 지냈으며, 서화(書畫)에 능하였다. 『명사(明史)』(권288)에 보면, 글씨를 잘 쓰는 사람으로 형동(邢侗), 장서도(張瑞圖), 미만종(米萬鍾), 동기창(董其昌)을 '형장미동(邢張米董)'이라 불렀다.

20 이필(李泌)의 형산(衡山) : 이필(李泌 : 722~789)은 당나라 현종·숙종·덕종 때의 재상이다. 경조(京兆) 사람으로 자는 장원(長源), 시호는 현화(玄和)이다. 당 현종(玄宗)에게 인정을 받아 대조한림(待詔翰林)이 되었으나, 양국충(楊國忠)의 시기로 인해 은거했다. 안록산(安祿山)의 난 때 당 숙종(肅宗)의 부름을 받고 군사에 관한 자문을 하였다. 그러나 또 다시 이보국(李輔國) 등의 무고로 형산(衡山)에서 은거 했다.

21 한나라 엄광(嚴光)의 부춘산(富春山) : 엄광(BC 37~43)은 후한(後漢) 때 은사(隱士)이다. 회계(會稽) 여요(餘姚) 사람으로 자는 자릉(子陵)이며, 준(遵)이라고도 불렸다. 젊어서 후한의 광무제(光武帝) 유수(劉秀)와 함께 공부 했는데, 광무제가 즉위하자 성명을 바꾸고 은거했다. 광무제가 여러 차례 불러 경사(京師)에 왔는데, 옛 친구처럼 스스럼없이 지냈다. 밤에 광무제와 함께 자면서 엄광이 광무제의 배에 발을 얹었는데, 태사(太史)가 상주하기를, '어제 밤에 객성(客星 : 일시적으로 나타나는 별)이 북극성을 침범했습니다.'라고 하였다. 그는 벼슬로 불러도 오지 않았으며 부춘산(富春山) 아래 은거하면서 동강(桐江) 칠리탄(七里灘)에서 낚시질하면서 세상을 마쳤다.

22 이태백(李太白)의 광산(匡山) : 광산(匡山)은 강서성(江西省) 구강현(九江縣) 남쪽에 위치한 여산(廬山)을 말한다. 옛날 광유(匡裕)라는 사람이 오두막집[廬]을 짓고 살았다하여 광산(匡山) 또는 여산(廬山)이란 이름을 얻게 되었다. 광산과 여부(廬阜)를 합쳐 광려산(匡廬山)이라고도 불렸다. 예부터 은일(隱逸)의 땅으로 향로봉과 폭포가 유명하다.

23 소옹[邵堯夫] : 요부(堯夫)는 송나라 철학자 소옹(邵雍 : 1011~1077)의 자이다. 시(諡)는 강절(康節). 범양(范陽) 출신으로 성리학 형성에 큰 영향을 주었다.

천파공께선 단번에 겸하여 가지셨다.

집허정 아래 동남쪽에는 퇴전당(退全堂)이 있다. 우리 5대조께서 처음 세운 건물로, 대대로 높은 벼슬을 지내면서 누려 온지 지금까지 백여 년이 되었다. 퇴전당의 동쪽 편에 하늘 높이 우뚝 솟은 봉우리 하나가 있는데 발봉(鉢峯)이라 부른다. 그 아래에 수많은 밤나무와 대나무, 온갖 화초들과 많은 대추나무와 감나무가 있는데, 사우당(四友堂)이 그 안에 자리하고 있다. 이른바 '사(四)'는 우리 4형제를 가리킨 것이고, '우(友)'는 형제간의 우애라는 뜻을 취한 것이다. 천덕산 제일봉 아래 좌우전후에 있는 산등성이에 표갈(表碣)을 세운 무덤들이 있으니, 즉 우리 선조의 유택(幽宅)이다. 천덕산은 실로 옛날의 악양(岳陽) 즉 지금의 양성현 서남쪽에 있다.

천덕산인(天德山人)이 집허정(集虛亭)에서 쓰다. 이때가 숭정(崇禎) 12년(1639년 인조 17)이다.

4 祭谿谷張先生維文

門人首陽吳翮, 再拜慟哭於谿谷張先生之墓.

先生之道學文章, 有以經天緯地, 而黼黻焉, 煊爀焉, 則非所謂道濟天下之溺, 文起八代之衰耶.

嗚呼! 太山其頹乎! 梁木其摧乎! 哲人其萎乎! 太山頹, 小子何仰? 梁木摧, 小子何依? 哲人萎, 小子何從?

丙丁慘禍之後, 不能候先生, 三年血泣之際, 不能問先生. 先生之捐舘舍也, 憑不哭, 先生之藏衣冠也, 臨不哭.

無從之淚, 渤海汪汪, 罔極之痛, 天地茫茫, 海天陰陰, 宿草萋萋, 今來一哭, 萬事亡羊, 嗚呼哀哉!

계곡(谿谷) 장유(張維) 선생께 올리는 제문[祭谿谷張先生維文]

문인 수양(首陽) 오핵(吳翮)이 계곡 장 선생의 묘소에 두 번 절하며 통곡합니다.

선생님의 도학(道學)과 문장(文章)은 하늘을 날실로 삼고 땅을 씨줄로 삼으시어 보불(黼黻)처럼 찬연히 빛나셨으니, 이른바 도는 이단에 빠진 천하를 구제하고, 문장은 팔대의 쇠미함을 일으켰다는 것이 아니겠습니까?[24]

아아! 태산이 무너지고 대들보가 꺾였으며 철인이 위축되었습니다. 태산이 무너졌으니 소자는 무엇을 우러러 본받을 수 있겠습니까? 대들보가 꺾였으니, 소자는 무엇을 의지할 수 있겠습니까? 철인이 위축되었으니 소자는 무엇을 따를 수 있겠습니까?

병자(1636년 인조 14)・정축(1637년 인조 15)연간의 참화[25] 뒤에 선생께 문후(問候)를 드리지 못했으며, 삼년상을 피눈물로 치르실 때에도 선생께 안부를 묻지 못하였습니다. 선생께서 세상을 떠나심에 빈소에 가서 곡하지 못하였으며, 선생의 의관을 묻은 곳에 임하여 곡하지 못하였습니다.

無從之淚, 渤海汪汪	저도 모르게 흐르는 눈물이 발해처럼 흘러넘치니
罔極之痛, 天地茫茫	그지없는 애통함에 천지는 아득하고 아득할 뿐입니다
海天陰陰, 宿草萋萋	바닷가 날씬 음산한데, 묵은 풀만 무성하고
今來一哭, 萬事亡羊	오늘 와서 통곡하노라니 온갖 일들 갈 바를 모르겠습니다
嗚呼哀哉!	아아! 슬픕니다!

---

24 이른바 도는 ~ 아니겠습니까 : 소식(蘇軾)이 "문장은 팔대의 쇠미함을 일으키고 도는 이단에 빠진 천하를 구제하였다.[文起八代之衰, 道濟天下之溺]"라는 글로 한유가 문단과 유학에서 이룩한 공적을 칭송하였다. 여기서 팔대란 후한(後漢)・위(魏)・진(晉)・송(宋)・제(齊)・양(梁)・진(陳)・수(隋)의 여덟 왕조로, 그동안 나약하고 화려하기만 한 변려문(騈儷文) 일색의 문풍을 한유가 고문(古文)으로 바꾸어 놓은 것을 말한다. 『고문진보후집(古文眞寶後集)』<조주한문공묘비(潮州韓文公廟碑)>에 보인다.

25 병자(1636년 인조 14)~참화 : 병자호란(丙子胡亂)을 말한다. 1636년 12월부터 이듬해 1월에 청나라가 조선에 대한 2차 침입으로 일어난 전쟁이다. 병자년에 일어나 정축년에 끝났기 때문에 병정노란(丙丁虜亂)이라 부르기도 한다.

5 深衣辨

謹按『禮記』〈深衣〉篇, 十二幅, 以應十二月之象也, 圓袂, 以應規之象也, 曲袷, 以應矩之象也, 負繩之一貫衣裳, 以應直也, 下齊之如權衡, 以應平也, 可以文, 可以武, 可以擯相, 可以治軍旅, 則此古聖人之法服也, 吉服也.

謹按深衣制度, 裁用者白布也, 度用者指尺也. 其曰衣, 身四幅者, 用布二幅, 各二尺二寸, 中屈之垂前後, 則各四幅, 各二尺二寸也. 其曰裳, 十二幅, 上屬衣, 而長及踝者, 用布六幅, 每幅裁爲幅, 一頭廣, 一頭狹, 以狹頭向上而連縫之, 上屬於衣也. 其曰圓袂者, 用布二幅, 中屈之, 如衣之長, 屬於衣之左右, 漸圓殺之, 至袂口也. 其曰方領者, 兩襟相掩, 而兩領之會, 自方也. 腰中之廣, 通前後, 大約七尺二寸. 下齊之廣, 通前後, 大約一丈四尺四寸. 具父母大父母則純以繢, 具父母純以靑, 孤子則純以素也.

謹按深衣前圖, 兩領不相掩, 而裳三幅左, 裳三幅右, 兩裳之會中虛焉. 謹按深衣兩襟相掩圖, 衣領交而如矩之象也. 左襟三幅在外而闔於右也. 深衣前圖, 則蓋示左右裳之分別耶. 兩襟相掩圖, 則蓋示左右裳之合襟耶.

近代儒名者, 一以前圖裁之者有之, 一以兩襟相掩圖裁之者有之. 以前圖裁之者, 則方領不爲方, 兩襟不爲合, 聖人之制度, 不當如是也. 以兩襟相掩圖裁之者, 則以爲前裳之幅之廣, 與後裳之幅之廣, 同一體, 則前裳三幅, 不及掩後裳六幅之廣也. 前裳三幅之外, 別連一幅, 而其長及於衣身之上, 直縫之, 斜裁之, 以作方領然後, 兩襟相掩, 而十二裳之外, 旣加一幅, 則此亦大失其古人象則之制也.

以余之困蒙而思之, 以前圖而裁之, 不知變而通之, 則失本制也. 以兩襟相掩圖裁之, 不知變而通之, 則失本制也. 必以前圖相掩圖, 而深究之變通之後, 不失其本制也.

以余之困蒙而反復思之, 前裳之幅之廣, 加一倍於後裳之幅, 然後前裳三幅之廣, 與後裳之六幅 相稱也. 如斯其裁也, 可以十二幅, 而兩襟合也, 不必十二幅之外, 別有一幅然後, 兩襟相掩也. 前裳之差大於後裳, 則雖謂之變通, 而不謂之大段者, 天之陰陽有大小, 四時之十二月亦有大小, 凡所以取象之物, 亦豈無大小之制, 而不爲之大小者耶.

以余之困蒙思之, 前裳則雖已掩之, 而衣身只是四幅, 則領不得成方也, 體不似衣樣也, 變通之如何而可也? 別用一幅, 而當中直縫之, 向右斜裁之而後, 衣領自方也, 兩襟自掩也. 蓋裳則禮經曰, 以應十二月, 蓋衣則禮經不曰應, 不曰象, 若變通之, 則衣可加也, 裳不可加也, 然則衣身之加幅, 似有愈於十二裳之外, 又加一幅耶, 然而以余之童觀, 不可妄擬議於古聖人莫大之制也, 當以前圖裁之, 以俟後之高明者.

嗚呼! 人不知深衣之制, 則何以知深衣之所以爲深衣耶! 不知深衣之所以爲深衣, 則何以知身之修・心之正・意之誠耶!

심의변(深衣辨)

삼가 『예기(禮記)』〈심의(深衣)〉편[26]을 살펴보니, 열두 폭[十二幅]은 열두 달을 상징(象徵)하고, 둥근 소매[圓袂]는 원만한 것을 상징하며, 꺾인 깃[曲袷]은 방정한 것을 상징한다. 부승(負繩)[27]이 저고리[衣]과 치마[裳]에 일관되게 함은 수직(垂直)의 의미에 상응이 되고, 아랫단[下齊]이 저울대처럼 가지런하게 함은 수평(垂平)의 의미에 상응되게 한 것이니, 문신복(文臣服)으로 입을 수도 있고, 무신복(武臣服)으로 입을 수도 있으며, 빈상(擯相)[28]을 할 수도 있고, 군려(軍旅)를 다스릴 수도 있으니, 곧 이것이 옛 성인의 법복(法服)[29]이요, 길복(吉服)[30]이다.

삼가 심의의 제도를 살펴보니, 백포(白布)를 끊어서 쓰고, 지척(指尺)을 사용하여 잰다. 저고리[衣]라고 하는 것은 몸체는 네 폭이니, 베 두 폭을 사용하는데, 각각 두 자 두 치이다. 가운데를 접어서 앞뒤로 늘어뜨리면, 각각 네 폭에 각각 두 자 두 치이다. 치마[裳]라고 하는

---

26 『예기(禮記)』〈심의(深衣)〉편 : 『예기』 39에 있다. 심의(深衣)는 조선 시대 유학자들이 입던 옷으로 머리의 복건과 함께 착용하였다. 흰 비단으로 소매를 넓게 하여 옷깃, 소매 끝, 옷단에 검정색 선을 둘렀으며, 허리에는 띠를 두르고 오색의 술을 길게 늘어뜨렸다. 허리 위는 네 폭, 허리 밑은 12 폭으로 춘하추동 사시(四時)와 1년 열두 달을 상징한 것이다. 이 옷은 중국 고대로부터 있었던 것으로 우리나라에는 중국 송나라부터 주자학과 함께 전해졌다.

27 부승(負繩) : 심의(深衣)의 제도에 있어서 의(衣)와 상(裳)의 등 뒤쪽에 있는, 일직선으로 곧게 내려온 솔기 즉 뒷부분을 이은 중심선을 말한다. 이 부분은 심의를 입고 걸으면서 손을 올려도 흐트러지지 않도록 되어 있다.

28 빈상(擯相) : 빈(擯)은 내빈을 인도하는 것이고, 상(相)은 상주를 도와서 손님을 접대하는 것으로, 대부(大夫)나 사(士)가 서로 상견(相見)할 때의 예법을 말한다.

29 법복(法服) : 왕과 왕비, 왕세자와 왕세자비의 대례복(大禮服)을 말한다.

30 길복(吉服) : 혼인할 때에 신랑 신부가 입는 옷을 말한다. 또는 삼년상을 치른 뒤에 입는 보통 옷을 말하기도 한다.

것은 열두 폭으로, 위로는 저고리에 잇고, 길이는 복사뼈에 이른다. 베 여섯 폭을 사용하여 매 폭을 잘라 폭을 만드는데, 한쪽 끝은 넓고 한쪽 끝은 좁다. 좁은 쪽 끝을 위로 향하도록 연결하여 기워서 저고리에 잇는다. 둥근 소매[圓袂]라고 하는 것은 베 두 폭을 사용하여 가운데를 접어 저고리의 길이와 같이 하여 저고리의 좌우에 잇고, 점점 둥글게 줄여서 소맷부리에 이르게 한다. 방령(方領)이라고 하는 것은 양쪽 옷섶을 서로 덮으면 양쪽 깃이 모이게 되니 절로 사각형이 된다. 허리둘레는 앞뒤를 통틀어 대략 일곱 자 두 치이며, 치마 아랫단의 둘레는 앞뒤를 통틀어 대략 한 길 네 자 네 치이다. 아버지 어머니 할아버지 할머니가 모두 살아계시면 옷 가 선 돌림으로 채색 비단을 사용하고, 아버지 어머니가 살아 계시면 선 돌림으로 푸른색 천을 사용하고, 아버지를 여읜 사람은 선 돌림으로 흰색 깁을 사용한다.

삼가 〈심의의 앞쪽 그림[深衣前圖]〉을 살펴보면, 양쪽 깃이 서로 덮여있지 않고, 치마는 왼쪽 세 폭에 오른쪽 세 폭인데 치마의 양쪽이 만나는 가운데가 터져있다. 삼가 〈양쪽 옷섶을 서로 덮은 그림[兩襟相掩圖]〉을 살펴보면, 저고리 깃이 마치 곱재[矩]를 교차시킨 모양으로 되어 있고, 왼쪽 옷섶 세 폭이 바깥쪽에서 오른쪽으로 포개어 지도록 되어있다. 〈심의전도(深衣前圖)〉는 아마도 좌우의 치마가 따로 떨어져 있다는 것을 보인 듯하고, 〈양금상엄도(兩襟相掩圖)〉는 아마도 좌우 치마의 옷섶이 포개어 진다는 것을 보인 듯하다.

근래 명색 유학자라는 이들 가운데 오직 〈심의전도〉만으로 심의를 판단하는 경우도 있고, 또 오직 〈양금상엄도〉만으로 심의를 재단하는 경우도 있다. 〈심의전도〉만으로 재단한다면 방령이 사각형이 되지 않으며, 양쪽 옷섶이 합쳐지지도 않으니, 성인의 제도가 마땅히 이와 같지는 않을 것이다. 〈양금상엄도〉만으로 재단한다면 앞쪽 치마폭의 너비와 뒤쪽 치마폭의 너비를 모두 같도록 만들어야 하니, 앞쪽 치마 세 폭으로는 뒤쪽 치마 여섯 폭의 너비를 덮지 못할 것이다. 앞쪽 치마 세 폭 이외에 별도로 한 폭을 이어서 그 길이가 저고리의 몸체 위까지 이르도록 바로 꿰매고, 비스듬하게 잘라 방령을 만든 연후에 양쪽 옷섶이 서로 덮이도록 한다면, 십이 폭 치마 이외에 이미 한 폭을 더하였으니, 이 또한 옛사람이 상징했던 제도를 크게 잃어버린 결과가 된다.

어리석은 내 생각으로는 〈심의전도〉만으로 옷을 재단하여 변통할 줄을 알지 못한다면 근본 제도를 잃게 되며, 〈양금상엄도〉만으로 옷을 재단하여 변통할 줄을 알지 못한다면 근본 제도를 잃게 될 것이다. 반드시 〈심의전도〉와 〈양금상엄도〉를 서로 비교하여 변통되는 것을 깊이 연구한 뒤에야 그 근본 제도를 잃지 않을 것이다.

어리석은 내가 반복해서 생각해 보니, 앞쪽 치마폭의 너비는 뒤쪽 치마폭보다 곱절을 더한 뒤에야 앞쪽 치마 세 폭의 너비와 뒤쪽 치마 여섯 폭의 너비가 서로 어울릴 것이다. 이와 같이 해서 옷을 열 두 폭으로 재단한다면 양쪽 옷섶이 합쳐질 것이니, 반드시 열 두 폭 이외에 별도의 한 폭이 있어야만 양쪽 옷섶이 서로 덮여지는 것이 아니다. 앞쪽 치마폭이 뒤쪽 치마폭보다 조금 큰 것은 비록 변통이라 하겠지만 대단한 것이라고 하지는 않을 것이다. 하늘의 음양(陰陽)에도 크고 작음이 있고, 사계절 열두 달도 또한 크고 작음이 있으니, 무릇 상징화된 사물에 있어 또한 어찌 대소(大小)의 제도가 없다고 하여 크거나 작게 만들지 못하겠는가?

어리석은 내 생각으로는 앞쪽 치마가 비록 이미 덮였다 하더라도, 저고리의 몸체가 다만 네 폭이라면 옷깃은 사각형을 이룰 수 없고, 몸통이 옷과 같은 모양이 못 될 것이니 어떻게 변통해야 할 것인가? 별도로 한 폭을 사용하여 가운데를 바로 꿰매서 오른쪽을 향해 비스듬히 마름질을 해야만 윗옷의 옷깃은 절로 직각이 될 것이며, 양쪽 옷섶은 절로 덮일 것이다. 이는 치마에 대하여 『예경(禮經)』에서 열두 달에 상응하는 것이라고 했지만, 저고리에 대해서는 『예경』에서 상응되는 것이라거나 상징하는 것이라고 하지 않았기 때문이니, 만약 변통을 한다면, 저고리는 폭을 더할 수 있지만, 치마는 더해서는 안 된다. 그러므로 저고리 몸체의 폭을 더하는 것이 열두 폭 치마의 밖에다 한 폭을 더하는 것보다는 나은 점이 있는듯하다. 그러나 나의 유치한 견해로 옛 성인의 막대한 제도를 함부로 비교해 논의할 수 없으므로, 앞의 그림을 마련해 두고 후인의 고견을 기다리겠다.

아아! 사람이 심의의 제도를 알지 못한다면, 어찌 심의(深衣)가 심의인 까닭을 알 수 있겠는가! 심의가 심의인 까닭을 못한다면 어찌 몸을 수양하고, 마음을 바르게 하고 뜻을 성실히 하는 것을 알 수 있겠는가!

6 幅巾圖說

天之色玄, 幅巾之色, 盖象天也. 天之形覆, 幅巾之形, 盖象天也.

謹按『家禮』曰, 用黑繒六尺, 中屈之, 右邊就屈處爲橫帊, 左邊反屈之, 自帊左四五寸, 斜縫圓曲而下, 餘繒向裏, 以帊當額前裹之, 至兩耳旁, 各綴一帶, 廣二寸, 長二尺, 自巾外過頂後, 相結而垂也.

此其制度之詳備較著者也, 噫! 是巾也, 聖人之冠也, 苟冠是冠, 則仁義禮智之性明, 孝悌忠信之心生, 肅敬遜讓之風與. 嗟! 我小子冠是巾.

복건도설(幅巾圖說)

하늘의 색은 검으니, 복건의 색은 하늘을 본 뜬 것이고, 하늘의 형체는 덮고 있는 것이니, 복건은 하늘을 본 뜬 것이다.

삼가 『가례(家禮)』를 살펴보니, 검은 비단[黑繒] 여섯 자를 사용하여, 가운데를 접고 오른쪽으로 접은 곳에 가로로 끝동을 만들되 왼편으로 뒤집어 접고, 끝동에서 왼편으로 4~5치 사이에서부터 비스듬히 둥글게 바느질 하면서 내려가다가 남은 비단을 뒤집어 안쪽으로 향하게 하고, 끝동이 이마 앞에 걸쳐지도록 하되, 양쪽 귀 옆에 이르면, 각기 너비 두 치, 길이 두 자의 띠를 하나씩 매어서, 복건 바깥을 지나서 목 뒤에서 서로 매듭을 짓고 늘어뜨린다.

이는 복건의 제도를 상세하게 갖추어 분명하게 드러낸 것이다. 아아! 이 복건은 성인의 관(冠)이니, 만일 이 관을 쓴다면, 인의예지(仁義禮智)의 성(性)이 밝아지고 효제충신(孝悌忠信)의 마음이 생겨날 것이다. 그리고 엄숙하고 공경하며, 겸손하고 사양하는 풍속이 흥기될 것이다. 아아! 나도 복건을 썼다.

7 三學士傳

朝鮮有斥和臣, 洪其姓, 翼漢名也, 爲人剛直穎逸, 而以文才亦用譽於翰墨場. 天啓甲子, 王以平适, 慶設科於公州播越所, 翼漢居其魁, 而擧朝賀得人. 丁卯之江都和, 翼漢常以爲平生慨. 崇禎乙亥, 金虜汗自立爲皇帝, 國號曰大淸, 遣龍骨大等, 以詔諭朝鮮爲名曰, "近焉蒙古部, 遠焉西域地方, 皆來王, 爾朝鮮不得不臣服, 而用大淸號." 賣國臣崔鳴吉, 一誘一劫, 王庶幾許, 翼漢時在臺閣上, 以爲'我朝鮮箕子以來, 累千年禮義之邦, 寧忍臣於犬戎, 而況大明神宗皇帝再造我藩邦, 其忍負萬世德乎!', 凜凜然不勝, 堂堂直入闕, 而抗排斥疏, 盖請斬臣頭以謝虜使事, 疏之槩也. 由是庭議同聲應, 王以此少沮鳴吉計, 龍胡等恐議, 已而驚遁逃.

崇禎丙子金汗大擧十五萬, 罔晝夜越千里關防, 直抵漢都之西, 關嶺兩西之烽燧絶, 羽書塞, 禍忽及王城晏然中, 大駕去邠之策在江都, 先軍出崇禮門, 勢必有中道變, 君臣上下蒼黃走入南漢山城, 賊進圍南漢重三匝, 一軍蹂躪元師陣, 一軍蹴踏三南軍, 一軍走江都, 乘大將醉, 而陷辱宗社木主, 驅嬪宮大君巨室妻孥等, 誇示於南漢城, 建招降旗曰: '爾王下城降, 以東宮王子質, 繫擄出斥和臣.' 鳴吉請王降, 斥和臣洪翼漢之流, 吳達濟・尹集等, 扈君上而在城中, 鳴吉以國命, 執拘與之賊.

吳達濟以麗朝世家, 儒者淵源, 又多讀古人書, 貫通義理上, 直截之風, 先可徵於登科時壯元策. 尹集亦以骨鯁臣, 鳴朝廷, 而最見忤於鳴吉者. 翼漢時以庶尹在平壤, 亦以國命與賊, 時有一太守, 冥頑, 甚繾綣翼漢酷, 世以爲犬羊太守. 斥和臣三人各在賊先後陣, 賊之詬辱之, 恐劫之慘, 東方被擄人等, 不忍見皆掩面慟哭. 而過有一漢人, 見翼漢曰: "汝大丈夫! 大丈夫! 汝爲蘇武, 我爲李陵, 我何面目立於天地白日下乎?" 泣數行下.

金汗自朝鮮入瀋陽, 日下令軍中曰: "曰可殺斥和臣者, 曰不可殺斥和臣者?", 左右立曰: "不可殺". 而左立者多於右立者, 左立者幾天朝人. 汗大張軍威儀, 先招翼漢曰, "能死不跪, 不能死跪." 翼漢立不跪. 汗大怒, 令諸將等, 搏擊而屈之膝, 翼漢不屈而正色立曰: "有一言." 汗許之言, 翼漢以話不通, 以文墨大書特書曰: '覆載之間, 寧有二天子哉? 首此斥和議者, 翼漢也, 終此斥和議者, 翼漢也. 雖萬被誅戮, 實所甘心, 血一釁鼓, 魂去飛天, 歸于故國, 快哉! 快哉! 偸生犬羊之天, 非所願也, 胡不速殺我? 速殺我.' 汗聞之, 怒聲大如雷, 令將士等, 卽曳出于城門外刑戮處.

汗又招吳達濟・尹集等曰: "屈." 達濟等齊聲曰: "我首可斬, 我脚可斫, 此膝不可屈." 汗又大怒, 又出吳達濟・尹集于刑戮地. 是日也, 天慘慘, 日陰曀, 大風起, 雷霆震. 金人大發嚴禁, 使朝鮮人, 不得觀其終. 厥後有一語, 斥和臣一人在北海島, 斥和臣二人在北海上, 口不入一粒粟, 今已死生決.

漢人云, '大宋之胡銓斥和疏, 文天祥正氣不屈, 翼漢等能之. 翼漢等可謂以胡銓之節義, 得兼文天祥之忠者'. 今者東方之節義, 不徒斥和臣已, 則金尚容之自焚死, 洪命耇之力戰死, 金尚憲之抗義, 鄭蘊・沈誢・宋時榮・李時稷之自縊自刎死, 亦可與之同日語歟! 窮天地亘萬古, 而巍乎! 昭乎! 崒乎! 天地日月山岳之節, 足以爲東方億萬世表準.

崇禎丁丑之春王三月, 泰山人立之傳, 聳動華夷于千載下. 鄭蘊自刎而不殞.

삼학사전(三學士傳)

조선에 척화신(斥和臣)[31]이 있으니 성은 홍(洪)이고 이름은 익한(翼漢)이다. 사람됨이 강직(剛直)하고 빼어나, 문재(文才)로도 문단(文壇)의 칭찬을 받았다. 천계(天啓) 갑자(1624 인조 2)년에 왕께서 이괄(李适)의 난이 평정된 것을 경축하여 공주(公州)의 피난처에서 과거를 실시하였다. 홍익한이 장원(壯元)을 차지하니 온 조정의 신하들은 모두 인재를 얻었다고 축하하였다. 정묘(1627 인조 6)년에 강화도(江華島)에서 화친(和親)을 하였는데,[32] 홍익한이 항상 평생 개탄할 일로 여겼다. 숭정(崇禎) 을해(1635 인조 13)년에 후금의 캔[汗][33]이 스스로 황위에 올라 황제라 칭하고 국호를 대청(大淸)이라고 하였다. 용골대(龍骨大)[34] 등을 사신으로 보내어, 조선을 조유(詔諭 : 황제의 조칙을 내려 효유함)한다는 것을 명분으로 삼아 이르기를, "가까운 곳으로는 몽고부(蒙古部)와 먼 곳으로 서역 지방까지 모두 와서 조회하였으니, 너희 조선도 부득불 신하로 복종하고 대청의 연호를 써야 할 것이다."라고 하였다. 매국신(賣國臣) 최명길(崔鳴吉)[35]이 한편으로는 타이르고 한편으로는 겁박을 함으로써 임금이 거의

---

31 척화신(斥和臣) : 1635년(인조 13) 청나라가 사신을 보내 조선을 속국시하는 모욕적인 조건을 제시해오자, 윤집(尹集)·오달제(吳達濟)·홍익한(洪翼漢) 등이 청나라 사신을 죽여 모독을 씻자고 주장하였다. 이 세 사람을 보통 척화신 또는 척화삼학사(斥和三學士) 줄여서 삼학사(三學士)라고 한다. 이후 청나라에서 15만의 군사로 조선을 침략하고 이듬해 1636년(인조 15) 인조가 삼전도(三田渡)에서 청나라에 항복함으로써 화의가 성립되었는데, 이때 청나라의 요구로 세 사람은 소현세자(昭顯世子), 봉림대군(鳳林大君 : 후에 孝宗이 됨)과 함께 청나라 심양으로 잡혀갔다. 청태종은 삼학사를 직접 국문하고 회유하였으나, 홍익한과 윤집, 오달제 모두 죽음을 선택해서 심양 서문 밖에서 처형당했다. 조선 조정에서는 홍익한에게는 충정(忠正), 윤집에게는 충정(忠貞), 오달제에게는 충렬(忠烈)이라는 시호를 내리고 정문(旌門)을 세웠다.

32 정묘(1627 인조 6)년에 강화도(江華島)에서 화친을 하였는데 : 인조반정 후 집권한 서인정권은 친명배금정책을 내세웠다. 이에 후금에서 누르하치의 뒤를 이은 홍타이지가 1627년 1월 3만 명의 병력으로 조선을 침공하게 했다. 후금군은 파죽지세로 남하하여 1월 25일 황주에 이르렀다. 이에 인조를 비롯한 신하들은 강화로, 소현세자는 전주로 피난했다. 한편 각지에서 의병이 일어나 후금군의 배후를 공격했는데, 정봉수·이립 등의 활약이 두드러졌다. 후금군은 계속 남하하다가 후방을 공격당할 위험이 있다는 점과, 명을 정벌할 군사를 조선에 오랫동안 묶어둘 수 없다는 점 때문에 강화의사를 표시했고 조선이 이를 받아들여 3월 3일 화친(和親)이 이루어졌다.

33 캔[汗] : 몽골, 터키, 타타르, 위구르, 여진 등의 종족에서 군주를 지칭하던 호칭이다.

34 용골대(龍骨大) : 타타라 잉굴다이(英俄爾岱 1596~1648)로 청나라 장수이다. 한국에서는 한자로 음차한 용골대로 더 잘 알려져 있다. 1636(인조 14)년에 사신으로 인조 비 한씨(韓氏)의 조문(弔問)을 왔을 때 후금이 청이라 국호를 바꾼 후 청 태종의 존호(尊號)를 알리면서 군신의 의(義)를 강요했으나 조정의 척화파에 의해 거절당하였다. 그 후 1636년 12월에 청나라 태종의 지휘 하에 청이 조선 침략을 감행할 때 마부대(馬夫大)와 함께 선봉장에 섰으며, 남한산성에 피신한 인조의 항복을 받아냈다.

35 매국신(賣國臣) 최명길(崔鳴吉) : 조선 중기의 문신이다. 본관은 전주(全州), 자는 자겸(子謙), 호는 지천(遲

허락하고자 하였다. 이때에 홍익한이 대각(臺閣)[36]의 윗자리에 있었는데, 말하기를, "우리 조선은 기자(箕子)[37]이래로 수 천 년 동안 예의(禮義)의 나라였다. 어찌 차마 견융(犬戎)[38]의 신하가 될 수 있겠는가? 하물며 명나라가 신종(神宗) 황제가 우리나라를 다시 살려주었는데,[39] 어찌 차마 만세(萬世)의 덕을 저버릴 수가 있겠는가?"라고 하여, 늠름하게 승복하지 않고 당당하게 곧장 대궐로 들어가 배척하는 상소를 올렸으니, 대개 '신(臣)의 머리를 베어 오랑캐 사자에게 답하기를 청합니다.'라는 것이 상소의 대략이었다. 이로 말미암아 조정의 의론이 한 목소리로 응하니 왕도 이 때문에 최명길의 계책을 다소 저지하였고, 용골대 등 오랑캐는 여론이 두려워서 벌써 놀라 도망쳐버렸다.

숭정 병자(1636 인조 14)년 후금의 칸이 십오만의 병사를 크게 일으켜 밤낮없이 달려 천리 관방(關防)을 넘어서 곧장 한양의 서쪽에 닿으니, 관북[關嶺]과 양서(兩西 황해도, 평안도)의 봉수가 끊어지고 우서(羽書)[40]가 막힘으로써, 병화(兵禍)가 태연하게 있던 왕성에 갑작스레 닥치게 되었다. 어가는 강화도로 파천(播遷)하고자 먼저 군대를 숭례문으로 내 보냈는데, 필시 중도에 변이 있을 형편이라 군신 상하가 매우 급작스레 남한산성(南漢山城)으로 달려 들어갔다. 적군이 남한산성으로 진격하여 이중 삼중으로 산성을 포위하고는, 일군(一軍)은 원수의 진영을 유린하고, 일군은 삼남(三南)의 군사를 짓밟았다. 일군은 강화도에 달려가 대장이 취한 틈을 타서[41] 종묘사직의 신주를 욕보이고, 빈궁(嬪宮)과 대군(大君) 그리고 고관대작의 처자식 등을 몰아다가 남한산성에서 항복을 요구하는 기를 세웠다고 자랑하면서 말하기

川)·창랑(滄浪)이며, 시호는 문충(文忠)이다. 완성군에 봉작되었다가 완성부원군으로 진봉되었다. 정묘호란이 발생했을 때 홀로 화친을 주장하여, 화친을 이루어냈다. 이후 병자호란 당시에도 화친을 주장하였으나, 기근과 질병, 약체 병력 등 여러 가지 문제가 복합되었음을 확인한 그는 병자호란에서 승리할 가망이 없음을 들어 청나라에 항복할 것을 주장했다. 인조는 그의 분석을 수용하여 항복을 결정하고 최명길에게 직접 항복문서를 작성하게 했다. 이에 대해 오핵(吳翮)은 최명길을 나라를 팔아먹은 신하라고 비난한 것이다.

36 대각(臺閣) : 사헌부(司憲府)와 사간원(司諫院)을 통틀어 이른다.

37 기자(箕子) : 중국 고대 은(殷)나라의 현인(賢人)으로 주(周) 무왕(武王)이 은을 멸망시키 B.C. 1122년 동쪽으로 도망하여 고조선에 들어와 기자 조선을 건국하고, 8조금법(八條禁法)을 가르쳤다 전해진다. 조선 시대 유학자들은 기자를 숭배하고 조선이 기자로부터 문명국이 되어 소중화(小中華)라고 말하였다.

38 견융(犬戎) : 고대 중국 섬서성(陝西省)에 살던 북방 민족을 일컫던 말로, 보통 오랑캐를 뜻하는 말이다.

39 명나라가 신종(神宗) 황제가 우리 번방(藩邦)을 다시 살려주셨는데 : 1592년 임진왜란 때 명나라에서 병사를 보내 도와주었던 것을 말한다.

40 우서(羽書) : 군사상으로 급하게 전하는 격문(檄文)을 이르던 말이다.

41 대장이 ~ 타서 : 김류의 아들 김경징이 강화도 검찰사(檢察使)였는데 강화도가 섬이라 안전하다고 믿고 술에 취해 있었다. 뒤에 이로 인하여 처형되었다. 『인조실록』 15년 9월 21일조에 보인다.

를, "너희 왕은 성을 내려와 항복하였고, 동궁과 왕자를 인질로 삼았으며 척화신을 사로잡아 내었다."라고 하였다. 최명길은 왕에게 항복하라고 청하였고, 척화신 홍익한의 동지인 오달제(吳達濟)·윤집(尹集) 등은 왕을 호종하여 성 안에 있었는데, 최명길이 국명이라고 잡아다가 적에게 넘겨주었다.

　오달제는 고려조의 세가(世家)로 유학에 연원을 두고 있으며, 또 옛사람의 글을 많이 읽어 의리상의 강직한 풍도에 관통하였으니, 우선 과거에 오를 때 장원급제했던 책문에서 징험할 수 있다.[42] 윤집[43] 또한 바른 말을 거침없이 하는 신하로 조정에서 이름이 나 있었으니, 최명길에게 가장 미움을 받는 인물이었다. 홍익한은 이때에 서윤(庶尹)[44]으로 평양에 있었는데, 또한 국명으로 잡혀서 적에게 보내졌다. 이때 어리석고 완악한 태수 하나가 있어 홍익한을 심하게 포승줄로 묶어서 혹독하게 대하니, 세상에서 '견양(犬羊) 태수'라 불렀다. 척화신 삼인이 각각 적의 선진(先陣)과 후진(後陣)에 있게 되었는데, 적군이 그들을 모욕하고 꾸짖으며 협박하고 위협하는 참상(慘狀)에 우리나라 포로들이 차마 볼 수가 없어서 얼굴을 가리고 통곡하였다. 지나던 한인(漢人) 한 사람이 홍익한을 보고는

　　"당신은 대장부입니다. 대장부이십니다. 당신은 소무(蘇武)요 나는 이릉(李陵)이니[45] 내

---

42 오달제는 ~ 징험할 수 있다 : 오달제(1609~1637)는 조선 중기의 문신으로 삼학사 중 한 사람이다. 본관은 해주(海州)이며 자는 계휘(季輝), 호는 추담(秋潭)이다. 1627년(인조 5) 사마시(司馬試)에 합격, 1634년(인조 12) 26세에 별시 문과에 장원으로 급제하였으며, 이때 지은 책문이 무척 유명하였다. 전적(典籍)·병조좌랑·시강원사서(侍講院司書)·정언(正言)·지평(持平)·수찬(修撰)을 거쳐, 1636년에 부교리(副校理)가 되었다. 병자호란 때 남한산성에 들어가 청나라와의 화의를 끝까지 반대하였으며, 홍익한, 윤집과 함께 청나라로 잡혀가 심양 서문 밖에서 처형되었다.

43 윤집(尹集 : 1606~1637) : 조선 중기의 문신으로 삼학사 중 한 사람이다. 본관은 남원(南原)이며 자는 성백(成伯), 호는 임계(林溪)·고산(高山)이다. 병자호란 때 남한산성에 들어가 청나라와의 화의를 끝까지 반대하였으며, 오달제, 홍익한과 함께 청나라로 잡혀가 심양 서문 밖에서 처형되었다.

44 서윤(庶尹) : 조선 시대 한성부(漢城府)와 평양부(平壤府)에 두었던 종사품 벼슬로 판관(判官)보다는 위이고 좌우윤(左右尹)보다는 아래이다.

45 당신은 소무(蘇武)요 나는 이릉(李陵)이니 : 소무(蘇武)는 중국 한나라 때의 충신이다. 자는 자경(子卿)이며 두릉(杜陵 지금의 섬서성 서안 동남쪽) 사람이다. 한 무제 때인 BC 100년에 중랑장으로서 흉노에 사신으로 갔다가 체포되어 항복을 강요받았다. 그러나 절의를 굽히지 않고 이를 거부하자 바이칼 호 주변의 황야로 보내져 19년에 걸친 억류생활을 했다. 이릉(李陵)은 중국 한나라 때의 무장이다. 자는 소경(少卿) 농서(隴西) 사람으로 이광(李廣)의 손자이다. 한무제 때 기도위가 되어 BC 99년 부하 오천 명을 거느리고 흉노와 싸웠으나 중과부적으로 결국 흉노에게 항복했다. 두 사람은 흉노국에서 서로 만나게 되었다. 이후 한 소제가 흉노와 화친하자 소무는 고국으로 돌아올 수 있었다. 여기서 홍익한을 절의를 꺾지 않았던 소무에다 비유하고 자신은 흉노에 항복한 이릉에다 비유하여 홍익한의 절의를 높이 평가하였다.

가 무슨 면목으로 천지간 백주 대낮에 서 있을 수 있겠습니까?"

라 말하면서 두어 줄기 눈물을 흘렸다.

후금의 칸이 조선으로부터 심양으로 들어갔는데, 하루는 군중(軍中)에 명을 내리기를,

"척화신을 죽여야 한다고 하는 자와 척화신을 죽일 수 없다고 하는 자는 좌우로 나누
어 서라."

하니, 죽일 수 없다고 하며 왼편에 선 자가 오른편에 선 자보다 많았는데, 왼편에 서 있던
사람들은 거의 명나라 사람들이었다. 칸은 군의 위세(威勢)를 크게 떠벌리면서 먼저 홍익한
을 불러서 "죽으려거든 무릎을 꿇지 말고 죽지 않으려거든 무릎을 꿇어라."라고 하였다. 홍
익한이 서서 무릎을 꿇지 않으므로, 칸이 크게 노하여 여러 장수들에게 때리고 쳐서 무릎을
꿇게 하였으나, 홍익한은 무릎을 꿇지 않고 정색하고는 서서 "한 마디만 하겠다."라고 하였
다." 칸이 허락하였으나, 홍익한은 말이 서로 통하지 않자 먹으로 특별히 큼직하게 썼다.

천지간에 어찌 두 명의 천자가 있을 수 있겠는가? 처음에 이 화의(和議)를 배척한 사람
도 나 홍익한이요, 끝까지 이 화의를 배척한 사람도 나 홍익한이다. 비록 만 번 죽음을 당
하더라도 실로 마음으로 달게 받을 것이며, 피를 내어 흔고(釁鼓)[46]한다 하여도 혼은 떠나
서 하늘을 날아 고국으로 돌아갈 수 있을 것이니 기쁘고 기쁠 것이다. 견양(犬羊)의 하늘
에서 목숨을 훔쳐서 사는 것은 원하는 바가 아니다. 어찌 속히 나를 죽이지 않는가? 속히
나를 죽여라.

칸이 이 내용을 듣고는 우뢰같이 크게 노성을 지르며, 장사들에게 즉시 성문 밖 사형장으
로 끌어내게 하였다. 칸이 또한 오달제와 윤집 등을 불러서 이르기를, "꿇어라!"라고 하니,
오달제와 윤집이 한꺼번에 말하기를, "우리의 목을 벨 수 있고 우리의 다리를 자를 수 있을지
언정 이 무릎은 굽힐 수 없을 것이다."라고 하였다. 칸이 또 대노하여 또 오달제와 윤집을
사형장으로 끌어내라고 하였다. 이날 하늘도 참담하여 날씨도 음산하고 큰 바람이 불고 우레

---

46 흔고(釁鼓) : 옛날에 북을 새로 만들면 소의 피를 북에다 발라서 그 틈[釁]을 메웠는데, 전쟁 중에는 적을 잡
아 죽여서 쓰기도 하였다.

와 천둥 벼락이 쳤다. 후금은 엄한 금령을 크게 내어 조선 사람이 그들의 마지막을 볼 수 없게 하였다. 그 후에 '척화신 한 사람은 북해(北海)의 섬에 있고, 척화신 두 사람은 북해 가에 있었는데 입에 한 알의 곡식도 넣지 않아서 지금은 이미 죽고 사는 것이 결판났다.'는 말이 있었다.

중국 사람들이 말하기를, '송나라 때 호전(胡銓)[47]이 척화소(斥和疎)를 올렸고, 문천상(文天祥)[48]이 바른 기운으로 무릎을 꿇지 않았는데 홍익한 등이 능히 그러하다. 그러니 홍익한 등은 호전의 절의에다 문천상의 충절을 겸하여 얻은 사람이라고 할 만하다.'라고 하였다.

오늘날 우리 동방의 절의가 한갓 척화신에서 그치는 것이 아니다. 김상용(金尙容)은 스스로 불에 타 죽었고, 홍명구(洪命耈)는 힘써 싸우다 죽었으며, 김상헌(金尙憲)은 의리를 내세워 항거하였으며, 정온(鄭蘊)·심현(沈誢)·송시영(宋時榮)·이시직(李時稷) 등은 스스로 목을 매거나 목을 찔러서 죽었으니, 또한 그들과 함께 평가할 수 있을 것이다. 천지의 끝까지 만고의 세월을 다하여, 높고 밝고 삼엄하도다! 천지와 일월과 산악 같은 절조는 족히 동방의 영원한 표준이 되리라.

숭정(崇禎) 정축(1637 인조 15)년 봄, 왕 3월에 태산인(泰山人)이 전(傳)을 지어 천년 후까지 화이를 용동(聳動)하게 하노라. 정온은 스스로 목을 찔렀으나 죽지는 않았다.

8 擬平遼奏文

謹奏爲懇乞, 天威大震, 濯征虜賊, 平遼東保藩邦事. 臣竊照古劉曜石勒之變, 不必甚於伊賊之虔劉我小邦, 古遼金元之亂, 不必甚於伊賊之掃蕩我小邦.

小邦窮天極地之痛, 伏惟天地日月業已洞燭之. 小邦窮天極地之痛, 伏惟天地父母業已憐愍

---

47 호전(胡銓 : 1102~1180) : 송나라의 문신이다. 자는 방형(邦衡), 호는 담암(澹庵), 시호는 충간(忠簡)이며, 여릉(廬陵) 사람이다. 소초(蕭楚)에게 『춘추(春秋)』를 배웠으며, 호안국(胡安國)에게도 수학하였다. 금나라와의 화친을 적극 반대한 대표적 척화론자이다.

48 문천상(文天祥) : 송(宋) 나라 장수이다. 자(字)는 송서(宋瑞), 호는 문산(文山)으로 길수(吉水) 사람이다. 덕우(德祐) 초년에 원(元)의 군사가 침범하자, 원(元)나라 군대와 끝까지 맞서 싸우다 사로잡혀 연옥(燕獄)에 3년 동안 구금되었으나 끝내 절개를 굽히지 아니하고 시시(柴市)에서 피살되었는데, 형(刑)에 임하자 정기가(正氣歌)를 지어 뜻을 보였다.

之. 臣之廟社之爲僇辱於賊, 臣之嗣子之爲俘囚於賊, 臣之赤子之爲魚肉於賊, 亦非臣之至痛至痛! 而小邦爲伊賊萬端劫, 而朝宗之禮闕焉, 此臣之窮天極地痛也! 小邦爲伊賊萬端劫, 而助兵之擧作焉, 此臣之窮天極地痛也!

小邦被禍以來, 凡終始首尾事, 臣請列陳於天地日月之下. 該崇禎八年乙亥某月日, 伊賊僭號曰大淸, 自立爲皇帝, 以詔諭朝鮮爲名曰, '自今用大淸崇德年號', 小邦愕然大斥之, 驅逐虜使龍骨大等于境上. 該崇禎九年丙子十二月二十三日, 賊大發兵軍號十五萬也, 犯境蹂踏, 不啻如雷霆烈火之急, 而直抵國城, 廟社主僅得入海島江華府, 臣率輩下, 亦向江華, 未及山崇禮門, 而賊鋒突入延詔門, 臣蒼黃走入於國城東三十里許南漢城, 賊圍之匝匝重重, 以長梯爲陷城具, 以大炮爲崩城具, 自丙子十二月至丁丑二月, 而夜半薄城, 白晝進戰, 炮丸如雷, 矢下如雨, 城中食盡, 幾於鼠盡紙盡, 而小邦君臣上下, 一心於效死勿去之義. 伊賊出一軍, 蹂躪諸方, 殺擄萬姓, 出一軍飛渡長江, 屠戮江華, 詬辱廟社主, 繫擄臣諸子婦諸臣僚諸士女, 誇示于城下曰: "爾國和, 則殺戮可止, 爾子可活, 廟社可全, 兵可撤還." 臣顧我城中食已乏, 士已飢, 城已崩, 而況廟社主顚倒於賊陣, 臣北向叩心, 慟哭慟哭.

臣不忍不忍, 信陪臣崔鳴吉賣國之計, 以和自愚, 伊賊以臣之嗣子次子爲質, 縲紲乙亥斥和臣三人而去曰, '爾國若與南朝通, 則當屠戮殄滅之已.' 所謂南朝指天朝也. 臣北向叩心, 慟哭慟哭!

賊之犯椵島也, 鞭撻小邦之殘氓而去, 賊之覘錦州也, 擁驅小邦之舟楫而去. 當是時也, 小邦以不忍助兵船犯我父母國等語塞之, 則賊大怒捉去主議臣, 判書金尙憲牢囚大窖, 臣北向叩心, 慟哭慟哭!

小邦非不知君臣上下背城一戰以決死生存亡, 而小邦固弱國, 況大亂之餘, 瘡痍之卒, 勢不抗於以强食弱, 以大吞小之賊, 小邦形勢之有如此者. 伏惟皇上明見洞燭於萬里外也, 盖赤子疾痛之極, 必呼父母, 臣之疾痛旣極, 疾呼皇天. 而豺狼塞之, 天路邈矣, 君臣義絶, 父子恩斷, 上下情塞, 臣北向叩心, 慟哭慟哭!

臣聞周之八百年赫業而亡, 漢之四百年赫業而亡, 古今天下庸詎有長存之國乎, 不亡之邦乎! 小邦到此罔極地頭, 必欲亡而後已, 死而後已.

先臣父事之天朝, 至臣身而背違之, 則臣罪萬死萬死! 豺狼犬豕之賊, 至臣身而屈膝之, 則臣罪臣罪! 先臣所奉之正朔, 至臣身而變易之, 則臣罪臣罪! 臣不久忍背違也, 屈膝也, 變易正朔也. 臣卽自今年, 躬擐甲冑, 手持鈇鉞, 爲小邦宗社生靈一洒之, 臣伏仰天威赫然, 雷霆之震疊也, 霹靂之殷動也, 大發水陸兵馬, 以助東方形勢, 則此實拯濟小邦於水火中也.

該崇禎十三年庚辰某月日, 世子幽囚所陪臣狀啓曰, '本年某月, 賊大舉入犯天朝八高山中, 大將斃, 隻輪不返, 瀋陽城中, 哭聲徹天'. 該本年某月日平安兵使林慶業狀啓曰, '舟師時往見賊陣, 其所以盛張兵勢者, 都是中朝人・朝鮮人・蒙古人, 而眞撻不過三四萬'. 該崇禎十四年辛巳五月某日, 世子所陪臣狀啓曰: "龍骨大等來詣世子所聲言曰: '唐船千隻到泊爾國地界云. 切勿相通, 嚴其防守'. 世子答曰: '唐船到泊之說, 孟浪語也'. 賊心甚疑之, 隱然有恐恐之色者, 是爲天朝小邦之恊心同力而議其後也."

臣以賊勢賊情而觀之, 則賊之兵勢大弱也, 賊之凶謨大挫也, 賊之疑懼大發也. 當此兵勢大弱・凶謀大挫・疑懼大發之時也, 若聲其罪而明其賊, 明其賊而致其討, 則利禦寇也. 天朝大軍, 一自山海關出, 天朝大軍, 一自居庸關出, 天朝大軍, 自寧遠衛浮于海, 下于遼東地方, 天朝大軍, 自登萊州浮于海, 下于朝鮮地方, 小邦先期動兵, 自豆滿江直突瀋陽, 自鴨綠江直突瀋陽, 賊必大舉兵力, 專意東方, 當是時也, 天兵一時期會四面挾擊, 則伊賊大驚惶怵, 亦不暇屈膝泥首, 蟻附蛾伏, 於兵車戎車, 鐵騎大炮, 踊躍震蕩之中, 天地風雲, 龍虎鳥蛇, 闔闢變化之下也.

雖失捕若網漏, 而必走建州城, 必走胡彙地, 必走北海上, 賊酋之頭, 被擄三土人之倒戈者, 必得也, 倒戈者不得, 則小邦必得也. 小邦不得, 則蒙古必得也. 誠如是也, 小邦廟社之恥, 庶幾雪, 萬姓魚肉之讐, 庶幾復, 斥和諸臣之冤, 庶幾雪, 二子俘擄之痛, 庶幾解, 天地神人之憤, 庶幾洩. 不徒爲小邦之雪恥復讐之地者, 乃可紓皇上西顧之憂, 乃可去王土入寇之患, 乃可免士女殺擄之慘. 而顚越不恭之罪, 攻陷關防之罪, 入犯皇城之罪, 僭稱皇帝之罪, 大嚴懲於天地覆載之間也.

昔周宣王濯征徐國, 薄伐玁狁, 臣以周宣王之濯征薄伐, 望於聖天子也. 欽惟神宗皇帝, 大發六師, 大破倭亂, 再造藩邦, 臣以神皇帝之再造藩邦, 大有望於聖天子也. 臣之二子方在賊中, 臣旣不顧置之不測, 而爲廟社生民, 而出此計. 臣所否者, 天厭之, 天厭之. 人或指臣曰: '乞降讐庭', 而臣身雖屈, 而心不屈. 身雖降, 而心不降. 一片臣心, 天日照臨. 喪邦之臣, 尙不自滅, 敢有煩瀆, 臣罪, 萬死萬死!

伏惟天地父母, 察臣愚懇. 乃命司馬恭行天罰, 布昭聖武, 而保全藩邦, 則興滅繼絕, 生死肉骨者, 天地父母之賜也. 臣不勝呼天叩心, 瀝血懇祈, 兢營隕越之至, 爲此謹具奏聞.

요동(遼東) 평정에 대한 의주문[擬平遼奏文]

삼가 아뢰노니, 천자의 위엄(威嚴)을 크게 떨쳐 도적 오랑캐를 깨끗이 소탕하여 요동(遼東)을 평정하고 우리나라를 지켜주시기를 간절히 바라옵나이다. 신이 삼가 살펴보건대, 옛날 유요(劉曜)[49]와 석늑(石勒)[50]의 변란도 이 도적이 작은 우리나라를 살육한 것보다 필시 심하지는 않았을 것이며, 옛날 요나라 금나라 원나라의 혼란도 이 도적들이 작은 우리나라를 휩쓸어 버린 것보다 필시 심하지는 않았을 것입니다.

하늘과 땅에 사무치는 우리나라의 통분은 삼가 생각건대 천지의 해와 달은 이미 통촉하셨을 것입니다. 하늘과 땅에 사무치는 우리나라의 통분은 생각건대 천지의 부모님께서는 이미 가련하게 여기고 계실 것입니다. 신의 종묘사직이 도적에게 욕을 당하였으며, 신의 아들들이 도적에게 포로로 잡혀갔으며, 신의 백성들이 도적에게 도륙을 당한 것도 또한 신의 지극한 통한이요, 지극한 통한이 아니겠습니까마는, 우리나라가 저 도적에게 만 가지로 겁박을 당하여 조종(朝宗) 예를 잃어버리게 되었으니, 이것이야말로 신이 하늘과 땅에 사무치도록 원통한 것입니다. 우리나라가 저 도적에게 만 가지로 겁박을 당하여 원병을 보냈으니[51] 이것이 신이 하늘과 땅에 사무치도록 원통한 것입니다.

우리나라가 병화를 입은 이래로 무릇 시작과 끝, 처음과 마지막 일 모두를 신은 천지의 해와 달과도 같은 황제께 나열하여 아뢰고자 합니다. 그 해 숭정(崇禎) 8년 을해(1635 인조13)년 모월 모일에 저 도적이 참칭(僭稱)하여 국호를 '대청(大淸)'이라 하고, 스스로 황제의 지위에 오르고서는 '조선을 조유한다'는 것을 명분으로 삼아 이르기를, '지금부터 청나라의 연호인 숭덕(崇德)을 사용하라'라고 하니, 우리나라가 깜짝 놀라서 크게 배척하여 오랑캐 사신 용골대(龍骨大) 등을 국경 밖으로 쫓아냈습니다. 그 해 숭정 9년 병자(1636 인조 14)년 12월 23일, 도적이 15만 군사를 크게 일으켜 국경을 침범해 짓밟으니, 마치 우레와 천둥이 치고

---

49 유요(劉曜) : 전조(前趙) 사람 유연(劉淵)의 족자(族子). 자는 영명(永明). 일찍부터 고아가 되어 유연에게서 자라났으며, 힘이 뛰어나고 총명했다. 진(晉) 태흥(泰興 318~321) 초에 늑준(勒準)을 적벽(赤壁)에서 격파한 뒤 장안에 도읍, 전조를 세웠으나 주색에 빠져 흥청거리다가 후조(後趙)를 세운 석늑(石勒)에게 멸망당하였다.

50 석늑(石勒) : 본시 갈(羯)족으로 상당(上黨)무향(武鄕)에 살았다. 자는 세룡(世龍). 14세에 낙양에 내왕하면서 장사를 하다가 뒤에 도적의 두목이 되어 유연(劉淵)의 부하로 들어갔고, 후에 반기를 들고 후조(後趙)를 세운 뒤 유요(劉曜)를 살해하여 전조를 멸망시켰음. 오호 16국 중에서 가장 그 세력이 강했다.

51 명나라를 치러가는 청나라에게 원병을 보냈으니 : 인조가 삼전도(三田渡)에서 항복할 때 청 태종(淸太宗)이 "청이 명(明)을 정벌할 때는 조선은 청에 원군(援軍)을 보내라."라고 요구한 일을 이른다.

맹렬한 불길이 타오르는 급박한 형세일 뿐만이 아니었습니다. 곧바로 한양 도성에 다다랐으므로 종묘사직의 신주는 겨우 강화도의 강화부로 들여보내고, 신은 신하들을 거느리고 역시 강화도로 향하였는데, 미처 숭례문을 나오지 못하여 적의 예봉이 연조문(延詔門)[52]에 들이닥쳤습니다. 신은 어떻게 해 볼 겨를도 없이 도성 동쪽 30리 쯤에 있는 남한산성으로 쫓겨 들어갔습니다. 도적들은 겹겹으로 포위하고는 긴 사다리를 성을 함락하는 도구로 삼고 대포를 성을 무너뜨리는 도구로 삼아서, 병자년 12월부터 이듬해 정축(1637 인조 15)년 2월까지 밤중에는 성에 쳐들어오고 대낮에는 나와 싸우는데, 포탄이 우레처럼 울리고 화살이 비처럼 쏟아졌으며, 성 안에 먹을 것이 다하여 쥐나 종이조차도 거의 다 없어졌으나, 우리나라 군신 상하는 죽을힘을 다하여 떠나지 않는 의리로 마음을 통일하였습니다. 저 도적들이 한 군(軍)을 내어서 사방을 유린하여 온 백성을 죽이고 포로로 사로잡았으며, 또 한 군을 내어서 바다를 건너 강화도를 도륙(屠戮)하고 종묘사직의 신주를 모욕하였으며, 신의 자식과 며느리, 여러 신료(臣僚)들과 사녀(士女)들을 잡아다가 남한산성 아래에서 과시하며 말하기를,

　"너희 나라가 화의를 맺는다면, 살육을 멈추어 너희들을 살려줄 것이며, 종묘사직을 온전히 할 수 있도록 할 것이며, 병사들을 거두어 돌아갈 것이다."

라 하였습니다. 신이 우리 성안을 돌아보니, 먹을 것은 이미 모조리 없어져 병사들이 이미 다 굶주리고 있으며 성은 이미 다 무너졌습니다. 하물며 종묘사직의 신주가 적진에 넘어져 뒹굴고 있었으니, 신은 북쪽을 향하여 가슴을 치면서 통곡하고 통곡하였습니다.

　신은 차마 할 수 없고 차마 할 수 없어서 배신 최명길의 매국의 계책을 믿어 화의를 하는 어리석음을 저지르자, 저 도적이 신의 장자(長子 소현세자)와 차자(次子 봉림대군)를 인질로 삼고 을해(1635 인조 13)년 척화를 주장했던 세 신하를 사로잡아 가면서, '너희 나라가 만약 남조(南朝)와 교통(交通)한다면 도륙하여 다 없애고 끝낼 것이다.'라 하였습니다. 남조라 말한 것은 바로 명나라입니다. 신은 북쪽을 향하여 가슴을 치면서 통곡하고 통곡하였습니다.

　도적이 가도(椵島)[53]를 침범하면서 우리나라의 백성을 채찍질하여 데려갔고, 적이 금주(錦

---

52 연조문(延詔門) : 현재 서대문구 독립문 앞에 있는 두 개의 돌기둥만 남아 영은문주초(迎恩門柱礎)라고 적혀 있는데, 이 영은문 이전의 이름이 연조문 이었다. 모화관 앞에 세웠던 문을 이른다. 이유원(李裕元)이 쓴 『임하필기(林下筆記)』 권17 「문헌지장편(文獻指掌編)」 <영은문(迎恩門)>에 자세하다.

53 가도(椵島) : 평안북도 출산군 백량면에 속한 섬으로 일명 피도(皮島)라고도 한다. 1618년 후금이 본격적으로 명에 대한 공세를 취하자 요동에 거주하던 명나라 주민과 명나라 패잔병 등이 난민이 되어 조선으로 몰려들었다. 이후 1621년 요동도사 모문룡(毛文龍 : 1576~1629)은 요동이 함락되자 조선으로 오자, 광해군은 모문

州)를 공략하면서 우리나라의 배를 끌고 몰아갔습니다. 당시에 우리나라가 차마 우리 부모의 나라를 침범할 배와 병사를 내어 도와줄 수 없다는 등의 말로 그들을 막았으나, 도적이 크게 노하여 이러한 주장을 편 신하를 잡아가 판서(判書) 김상헌(金尙憲)이 큰 움에서 감옥살이를 하였습니다.[54] 신은 북쪽을 향하여 가슴을 치면서 통곡하고 통곡하였습니다.

우리나라의 군신(君臣)과 상하(上下)가 성을 등지고 한 번 싸워 생사와 존망을 결정해야 했음을 알지 못하는 것은 아닙니다. 그러나 우리나라는 참으로 약소국입니다. 더구나 큰 난리를 치르고 난 뒤 만신창이가 된 병사로는 강한 것이 약한 것을 잡아먹고, 큰 녀석이 작은 녀석을 삼켜버리는 도적에 대하여 항거할 수 없는 형세였습니다. 우리나라의 형세가 이와 같았다는 것은 황상께서는 만 리 밖에서 환히 통촉하셨을 것입니다. 대개 어린 아이가 아픈 통증이 지극히 심하면 반드시 부모를 부르듯이, 신의 아픔이 지극하여 황상을 애타게 부르짖었지만 승냥이와 이리가 길을 가로 막아 북경으로 가는 길이 아득히 멀어졌습니다. 군신간의 의리가 끊어지고, 부자간의 은혜가 단절되어 상하의 정이 막혔습니다. 신은 북쪽을 향하여 가슴을 치면서 통곡하고 통곡하였습니다.

신이 듣기로 주나라의 8백 년 동안 빛나던 왕업도 망하였으며, 한나라의 4백 년 동안 빛나던 왕업도 망했으니, 예로부터 지금까지 천하에 어찌 오래도록 존재하는 나라가 있겠으며, 망하지 않는 나라가 있겠습니까. 우리나라가 이와 같이 망극한 지경에 이르렀으니, 반드시 망한 다음에야 그치고, 죽은 이후에야 그치려 할 것입니다.

신의 선부조(先父祖)가 명나라를 섬겨 왔던 것이 지금 신의 몸에 이르러 거스르고 어기게 된다면 신의 죄는 만 번 죽어 마땅하고, 만 번 죽어 마땅합니다! 승냥이 이리 개 돼지 같은 도적이 지금 신의 몸에 이르러 무릎을 꿇게 한 것은 신의 죄요, 신의 죄입니다! 신의 선조가 받들었던 명나라의 정삭(正朔 여기서는 연호를 말한다)이 지금 신의 몸에 이르러 뒤바뀌었으니, 신의 죄요, 신의 죄입니다. 신은 차마 오래도록 거스르고 어기며, 무릎을 꿇고, 정삭을 뒤바꿀 수 없습니다. 신은 곧장 올해부터 몸에 갑옷을 두르고, 손에 부월(鈇鉞)을 들고서, 우

룡을 목마장으로 운영하던 가도에 머물도록 한다. 명군과 난민 1만여 명이 가도에 머물게 되었고, 모문룡은 명과 조선으로부터 식량, 병기 등을 공급받고 계속하여 후금을 견제하였다. 모문룡으로 인하여 가도는 정유호란의 도화선이 되었다.

54 큰 움집에서 감옥살이를 하였습니다 : 흉노에 사신으로 갔던 한나라의 소무(蘇武)가 움집 속에 갇힌 채 죽음 직전에 몰리면서도 충절을 굽히지 않았던 고사를 인용하여, 청음 김상헌이 병자호란 뒤에 청나라에 잡혀가 고초를 겪은 것을 비유한 것이다.

리나라의 종묘사직과 생령(生靈)들을 위하여 한번 치욕을 씻고자 합니다. 신은 엎드려 바라건대, 천자의 위엄이 밝게 빛나 천둥과 번개가 연거푸 치고 벼락이 크게 때리듯 수륙(水陸)의 병마를 크게 일으켜 우리 동방의 형세를 도와주신다면, 이는 실로 물불의 도탄(塗炭)에 빠진 우리나라를 건져주는 일일 것입니다.

이 해 숭정 13년 경진(庚辰 1640 인조 18)년 모월 모일, 세자가 유폐되어 있는 곳의 배신이 보낸 장계(狀啓)에 이르기를, '올해 모월, 도적이 군대를 크게 일으켜 명나라의 팔고산(八高山)을 침범하였는데, 대장이 죽고 한 대의 수레도 돌아오지 않아 심양 성중에는 통곡소리가 하늘에 닿았다'고 합니다. 이 해(1640년) 모월 모일 평안병사(平安兵使) 임경업(林慶業)이 올린 장계에 이르기를, '수군이 가끔 가서 적진을 살펴보니 군세를 크게 펼치고 있는 자들은 모두 중국인·조선인·몽골인이고, 사실상 달자(㺚子 오랑캐)는 3~4만에 지나지 않습니다.'라 하였습니다. 이해 숭정 14년 신사(1641 인조 19)년 오월 모일, 세자가 있는 곳의 배신이 올린 장계에 이르기를, "용골대 등이 세자가 있는 곳에 찾아와서 큰소리로 말하기를, '중국 배 천여 척이 너희 나라 경계에 이르러 정박했다고 하니, 일체 서로 상통하지 말고 엄중히 그곳을 방비하도록 하라.'라고 했다고 하는데, 세자가 대답하기를, '중국 배가 당도해서 정박했다는 말은 허무맹랑한 말이다.'라 하였습니다. 도적이 마음속으로 몹시 의심하고 은연중에 두려워하는 빛이 있는 것은 이는 중국이 우리나라와 마음을 합치고 힘을 같이 하여 그 뒤를 논의할까 해서입니다."라고 하였습니다.

신이 도적의 형세와 실정을 살펴보니, 도적의 병세(兵勢)는 매우 약하고 도적들의 흉악한 계책은 크게 꺾였으며 도적의 의심과 두려움이 크게 일어났습니다. 이처럼 병세가 크게 약하고, 흉악한 계책이 크게 꺾였고, 의심과 두려움이 크게 일어나는 때에 만일 그 죄를 성토하여 그 적황(賊況)을 밝히고, 그 적황을 밝혀서 토벌을 도모한다면 도적을 막는데 유리할 것입니다. 중국의 대군이 한 편으로 산해관(山海關)에서 출병하고 중국의 대군이 한 편으로 거용관(居庸關)에서 출병하며, 중국의 대군이 영원위(寧遠衛)로부터 바다에 배를 띄워 요동 지방에서 내리고, 중국의 대군이 등주(登州) 내주(萊州)에서 배를 띄워 조선 지방에서 내리면, 우리나라가 먼저 그 병사를 움직이기로 약속하고서 두만강(豆滿江)으로부터 곧장 심양으로 쳐들어가고, 압록강으로부터 곧장 심양으로 쳐들어간다면, 도적이 필시 병력을 크게 일으켜서 온전히 우리나라만을 상대하고자 할 것입니다. 바로 이때에 중국 병사들이 일시에 기회를 잡아 사방에서 들이친다면, 저 도적이 크게 놀라 황겁하여 두려워서 또한 무릎을 꿇고 머리를 처박을 겨를도 없이 병거(兵車), 융거(戎車)와 철기(鐵騎), 대포가 날뛰는 아수라장 속 천(天)·지(地)·풍(風)·운(雲)·용(龍)·호(虎)·조(鳥)·사(蛇) 팔진(八陣)[55]이 조화를 여닫는 아래에 개미가 기어 붙고 나비가 포복하듯 할 것입니다.

비록 그물 사이로 도망치는 도적을 사로잡지 못한다 해도, 도적의 우두머리는 반드시 건주성(建州城)으로 도망할 것이며, 반드시 오랑캐 땅으로 도망갈 것이며, 반드시 북해(北海) 가로 도망할 것입니다. 도적 괴수의 수급은 세 지역에 포로로 잡힌 사람 중에 창을 거꾸로 향하는 이가 반드시 얻을 것이며,[56] 창을 거꾸로 향하는 이가 얻지 못한다면 반드시 우리나라가 얻을 것이며, 우리나라가 얻지 못한다면 반드시 몽골이 얻을 것입니다. 진실로 이와 같이 된다면 우리나라 종묘사직이 겪었던 수치를 거의 갚을 수 있을 것이며, 만 백성들이 어육(魚肉)이 되었던 원수(怨讐)를 거의 갚을 수 있을 것이며, 척화를 주장했던 여러 신하들의 원통(冤痛)함을 거의 씻어줄 수 있을 것이며, 두 아들이 포로로 잡혀간 통한(痛恨)을 거의 풀 수 있을 것이며, 천지와 신인의 분을 거의 풀 수 있을 것이지만, 한갓 우리나라의 수치를 씻고, 원수를 갚으며 원통함을 씻으며 통한을 푸는 것뿐만이 아닐 것입니다. 이는 곧 황제가 서쪽을 돌아보는 근심을 풀 수 있고, 곧 천자의 영토에 들어와 노략질을 하는 걱정을 제거할 수 있으며, 곧 사녀(士女)를 죽이고 사로잡아가는 참극을 면할 수 있게 할 것입니다. 그리고 성을 뒤엎고 국경을 넘어 불공을 저지른 죄와 관문과 요새를 공격하고 무너뜨린 죄, 왕명에 불복종한 죄,[57] 황성을 침범한 죄, 천자를 참칭(僭稱)한 죄를 하늘과 땅 사이에 크게 엄중히 징벌하는 것입니다.

옛날 주나라 선왕(宣王)께서는 서(徐) 나라[58]를 크게 정벌하시고, 험윤(玁狁)을 잠깐 치셨

---

55 천(天)·지(地)·풍(風)·운(雲)·용(龍)·호(虎)·조(鳥)·사(蛇) 팔진(八陣) : 고대에 있었던 진법의 이름을 말한다. 『이위공문대(李衛公問對)』에 보인다.

56 도과자((倒戈者)가 반드시 잡을 것이며 : 도과는 창끝을 돌려서 거꾸로 자기 군대를 공격하는 것을 말한다. 주무왕(周武王)이 목야(牧野)에서 은(殷)나라 주왕(紂王)의 군대와 싸울 적에, 은나라 군사들이 주나라를 대적하지 않고 오히려 자기편을 공격한 덕분에 크게 이겼다는 기록이 『서경(書經)』「무성(武成)」에 나온다. 여기서는 건주성, 오랑캐 땅, 북해 지역이 모두 여진족이 사는 곳이므로, 이렇게 말한 것이다.

57 전월불공(顚越不恭) : 『서경(書經)』「반경(盤庚) 중」에 보인다. 이는 반경(盤庚)이 백성에게 경계하면서, "불선(不善)하고 부도(不道)한 사람들이 타락하고, 왕명에 공손하지 않거나, 잠시 만나는 사람에 대해서도 간악한 짓을 하면, 내가 이들을 남김없이 코 베고 죽여 그 종자를 새 도읍에 퍼뜨리지 못하게 할 것이다.[乃有不吉不迪, 顚越不恭, 暫遇姦宄, 我乃劓殄滅之, 無遺育, 無俾易種于玆新邑]."라고 하였다.

58 서(徐) 나라 : 백익(伯益)의 후손으로 주(周)나라 초기에 왕을 참칭(僭稱)하였다가 목왕(穆王)에 의해 멸망 당하였다.

거니와.[59] 신은 주나라 선왕께서 서 나라를 크게 정벌하였던 것처럼 하시기를 성천자(聖天子)께 바랍니다. 삼가 생각건대 신종(神宗) 황제께서 육사(六師)를 크게 일으켜 왜구의 난을 크게 격파함으로써 우리나라를 다시 살리셨거니와[60] 신은 신종 황제께서 우리나라를 다시 살리셨던 것을 성천자께 크게 바랍니다. 신의 두 아들이 적중에 있으나 신은 예측할 수 없는 위치에 있음을 돌아보지 않고 종묘사직과 백성들을 위해 이러한 계책을 내는 것입니다. 신이 하지 않는다면 하늘이 그것을 미워할 것이요, 하늘이 그것을 미워할 것입니다. 어떤 사람은 신을 손가락질하면서, '원수의 뜰에서 항복을 구걸하였다'라고 말합니다. 그러나 신의 몸은 비록 굴복하였으나, 신의 마음은 굴복하지 않았습니다. 몸은 비록 항복하였지만, 마음은 항복하지 않았습니다. 한 조각 신의 마음은 하늘의 태양이 임하여 비추고 있습니다. 나라를 망친 신이 아직까지도 자멸(自滅)하지 않고서 감히 번거롭게 눈을 괴롭히니 신의 죄는 만 번 죽어 마땅합니다. 만 번 죽어 마땅합니다.

삼가 바라건대 천지의 부모께서는 신의 어리석음을 살펴주시기를 간절히 바라옵니다. 이에 사마(司馬)[61]에게 공손히 하늘의 벌을 봉행하도록 명하시어[62] 성스런 무력을 펼쳐 밝힘으로써 우리나라를 온전히 보호하여 주신다면, 망한 나라를 다시 일으켜 주시고 끊어진 대를 다시 이어주며 죽은 자를 살리고 뼈에 살을 붙여 주시는 것은 천지 부모가 베풀어주시는 은덕일 것입니다. 신은 하늘에 호소하고 가슴을 치며 피를 뿌려 간절히 바라고, 지극히 두렵고 황공함을 가누지 못하며 삼가 주문을 갖추어 올립니다.

---

59 서나라를 크게 ~ 치셨거니와 : 모두 『시경(詩經)』에 전고가 보인다. '탁정서국(濯征徐國)'은 「대아(大雅) 제삼 탕지십(第三 蕩之什)」 <상무(尙武)> 편에 보이며, '박벌험윤(薄伐玁狁)'은 <유월(六月)> 편에 보인다. 주나라 선왕이 오랑캐를 물리친 것을 칭송한 시이다.

60 신종(神宗) 황제께서 ~ 다시 살리셨거니와 : 육사(六師)는 중국의 주나라 때의 군제로 천자가 통솔하던 여섯 개의 군대를 말한다. 신종(晨鐘)은 명나라 제 13대 황제로 1572년 7월 등극하여 1620년까지 황위에 있었다. 신종이 사용한 연호를 따라 만력제(萬曆帝)라고 불린다. 1592년 임진왜란이 발병하자 조선은 명나라에 가서 원병을 청하였는데, 이때 신종은 막대한 원군을 보내주었다.

61 사마(司馬) : 중국 주나라 때 삼공(三公)의 하나이다. 여기서는 명나라 군대를 지칭하였다.

62 공손히 하늘의 벌을 행하여 : 『서경』 「목서(牧誓)」에 "이제 나 발(發)은 공손히 하늘의 벌을 행하려 한다. 오늘의 싸움에서는 6보와 7보를 넘지 말고 멈춰서 대오를 정돈해야 할 것이니, 장사(將士)들은 힘쓸지어다.[今予發, 惟恭行天之罰, 今日之事, 不愆于六步七步, 乃止齊焉, 夫子勖哉.]"라는 말이 나온다.

萬曆二十年(宣祖大王二十五年) 壬辰七月初三日, 午時, 公生于咸鏡道北靑府南門外(高姓人家), 時以倭 寇避亂于北也. 其夜, 王父節度公夢, 一神童手寫文字, 公問曰, 汝何兒, 答曰, 公不知乎, 我卽公家之奇童云. 先夫人亦夢, 有靑袡自天降開見, 則靑龍化爲兒. 俄而公生, 小字曰夢祥, 以此也.

萬曆二十一年 癸巳 公二歲

萬曆二十二年 甲午 公三歲

萬曆二十三年 乙未 公四歲

萬曆二十四年 丙申 公五歲 王父宰郭山郡, 公從往, 始讀史略, 未及半卷, 文理已曉.

萬曆二十五年 丁酉 公六歲 公在郭山時, 唐將接伴使 右相沈一松問于王父曰, 君有兩奇兒云, 請見之. 公與仲氏出見, 容貌秀異, 動止有度. 仍問古史, 應對如流, 沈公嘖嘖稱歎.

萬曆二十六年 戊戌 公七歲

萬曆二十七年 己亥 公八歲

萬曆二十八年 庚子 公九歲

萬曆二十九年 辛丑 公十歲

萬曆三十年 壬寅 公十一歲

萬曆三十一年 癸卯 公十二歲

萬曆三十二年 甲辰 公十三歲

萬曆三十三年 乙巳 公十四歲 王父以防禦使往湖南, 公臨別作一詩曰, 再掌湖南萬甲兵, 無邊草木識威名. 英雄事業須今日, 肯顧兒孫惜別情.

萬曆三十四年 丙午 公十五歲 連魁學製, 自是試輒高中, 曹偶莫有爭衡者. 車五山以考官大加稱賞曰, 此他日文章大才. 其年秋, 五峯李二相過陽城村庄, 公從節度公, 出拜路左, 詩賦行文, 請受雌黃. 五峯見之曰, 此文非吾所敢考也. 五峯呼韻, 公卽對曰, 班荊野外是離筵, 相國朱軒返日邊. 歌入白雲流水遠, 世間何處不悽然. 五峯歎而和之.

萬曆三十五年 丁未 公十六歲

萬曆三十六年 戊申 公十七歲 娶固城李氏兵曹參判成吉之女也.

萬曆三十七年 己酉 公十八歲 中漢城試. 白沙李相公謂考官趙竹陰曰, 吳某年少而居高選,其文果好乎. 竹陰卽誦其賦, 李公聞而奇之.

萬曆三十八年 庚戌 公十九歲 中進士第七名, 賦詩俱入格.

萬曆三十九年 辛亥 公二十歲

萬曆四十年 壬子 公二十一歲 秋登增廣別試文科. 新恩之日, 往拜韓久菴, 久菴書厚字以贈曰, 汝以此行世一字足矣. 選補承文院正字.

萬曆四十一年 癸丑 公二十二歲 時有奏聞天朝事, 白沙漢陰月沙諸宰, 齊坐政堂, 招槐院郎, 公入參. 漢陰使之執筆, 呼而書之, 公不問一字, 筆翰如飛, 左右莫不稱贊. 漢陰顧吏判曰, 如此人才, 何不置之淸路. 翌日, 拜侍講院說書, 轉拜禮曹佐郞. 時賊臣爾瞻爲判書, 公醜之不仕, 日與谿谷白洲, 唱詠自娛. 及廢母論發, 無意仕宦, 往棲三角山. 自此之後, 尤以讀書爲業, 留心於易學. 是年女生.

萬曆四十二年 甲寅 公二十三歲

萬曆四十三年 乙卯 公二十四歲

萬曆四十四年 丙辰 公二十五歲

萬曆四十五年 丁巳 公二十六歲 以調度御史奉使兩湖.

萬曆四十六年 戊午 公二十七歲

萬曆四十七年 己未 公二十八歲 拜兵曹佐郞. 時弘立有深河之敗, 公以奏聞使書狀官赴京. 公善華語, 漢人見公威儀辭氣, 無不敬之. 諸部呈文, 皆出公手. 有紀行諸篇.

萬曆四十八年 庚申 公二十九歲 出宰槐山. 是歲大饑, 公盡心荒政, 民皆感泣, 未滿百日, 治效已著. 賊臣李挺元, 以土豪, 縱恣肆虐, 公囚挺元妻父及其家僮, 挺元語極悖慢, 公卽投綬而歸, 吏民挾路攀轅累日不得行. 秋以巡檢使從事官, 往巡三南.

天啓元年 辛酉 公三十歲 以都元帥韓公浚謙從事官, 從往關西.

天啓二年 壬戌 公三十一歲 在帥府軍務之餘, 日講詩禮, 韓公稱於人曰, 英才英才, 不敢以幕屬待之. 凡有大事, 必與公議之. 時有宣諭御史之命, 往巡海西.

天啓三年 癸亥 公三十二歲 春, 仁祖反正之日, 卽拜司諫院正言, 旋拜司憲府持平, 成均館直講, 累拜弘文館修撰校理, 常帶三字銜. 都體察使於榻前薦公才局, 因又擬望於忠淸方伯, 以五品擬方伯之望, 世所罕見也. 拜司諫院獻納, 賜暇湖堂. 時有仁城之論, 公於筵中陳白, 保護骨肉之意, 大忤時議, 遆付成均館司藝. 旋移司憲府掌令, 轉拜弘文館校理.

天啓四年 甲子 公三十三歲 賊适反, 上幸公州, 蒼黃去邠之時, 未及奉 廟社主于駕前, 公中道馳還, 催奉乃行, 領相李公元翼, 請對嘉奬之. 駕次果川, 夜已三更, 公以玉堂入侍, 燭下条陳賊路形勢及收拾三南, 設機制勝之策, 明白切至, 上嘉納之. 行到天安, 上箚請治都元帥張晩以賊遺君, 李貴棄陣先走之罪, 以嚴軍律, 且劾兩司不論之失, 上命白衣從軍. 翌日拜司諫院司諫. 大駕還都之後, 以扈從勞, 進秩通政, 卽拜兵曹參知. 夏以奏請副使, 航海朝天. 秋, 叔氏生男斗寅, 仍命擧而子之.

天啓五年 乙丑 公三十四歲 四月竣事還朝. 公竭誠陳辨於諸部文字之外, 臨機應對, 明白慨切, 閣部諸臣, 莫不首肯稱歎. 事竟准請而歸, 上賜土田臧獲, 以褒之. 冬, 遭王父節度公之喪.

天啓六年 丙寅 公三十五歲 求拜淸州牧使, 以便近先山也. 夏, 詔使王夢尹姜曰廣來, 公以製述官, 承召上來. 兩使素倨傲少許可, 至讀公詩, 輒加讚美, 酬唱甚多. 秋, 罷淸州. 還陽城, 構退全堂于天德山下, 藏百家書, 有終老計, 自號天坡居士, 集虛亭, 白蓮塘, 玩珠巖, 虎馴臺, 皆公逍遙讀書之所也.

天啓七年 丁卯 公三十六歲 春虜警猝至公自陽城聞變馳來, 未及京城, 已拜承政院同副承旨, 扈入江都, 賊退後隨駕還都. 是秋, 關東賊李仁居擧兵反, 都下大驚擾. 上拿問方伯, 而擇其代, 朝議以爲非公莫可遂. 拜江原道觀察使, 命率麾下親兵, 往討之, 以柳琳爲中軍, 申景禋爲別將, 元振河爲從事官, 卽日發程. 路聞賊魁就擒, 到界之後, 按治餘黨, 務從平反, 戮其尤者, 罔治脅從, 軍民大安. 秋, 遭王母申夫人喪.

崇禎元年 戊辰 公三十七歲 春, 歷覽金剛山及諸勝地, 詩篇成卷. 夏, 以親病遆歸, 累拜左右承旨兼司饔, 尙衣院副提調, 亦非例也. 以親病陳疏, 遆還陽城. 九月, 先府君疾革, 公割臂出血, 和藥以進, 及其喪也, 廬墓三年, 哀毀過制, 幾不獲全. 常讀禮經, 旁涉百家, 勸誨且勤, 手製羣居要法, 使諸弟姪朝夕講習.

崇禎二年 己巳 公三十八歲 在陽城廬次.

崇禎三年 庚午 公三十九歲 冬服闋, 拜刑曹參議, 移拜承旨.

崇禎四年 辛未 公四十歲 陳疏乞郡養親, 拜驪州牧使. 亡何, 以方伯相避, 遆拜禮曹參議, 轉拜左承旨, 出爲慶尙監司. 本道地廣民殷, 俗尙爭訟, 素稱難治. 公律己淸簡, 裁斷如流, 案無餘牘, 聲績大著, 風采肅然. 公餘讀書, 每至夜分. 巡到仁同, 訪張旅軒于不知菴, 講論周易, 補遺大學, 旅軒曰, 知公深有學問工夫也.

崇禎五年 壬申 公四十一歲 秋, 瓜熟, 遆拜僉知中樞, 旋移左承旨兼承文院副提調.

崇禎六年 癸酉 公四十二歲 秋, 拜黃海監司, 是日又副擬公關西伯, 可見廟堂之委任也. 冬,天將程龍奉勅出來, 公接於境上. 程公見公詩文, 不勝歎服曰, 公之文章, 如江海也. 其留京館也, 取公詩牋, 付諸壁上, 讀輒拱手稱讚, 及其別也, 至於出涕. 後見我國人, 必詢公起居, 使命之來, 書問不絶, 其見慕如此.

崇禎七年 甲戌 公四十三歲 秋, 以病辭遆. 還朝時, 天朝黃監軍出來椵島, 朝廷以公有專對之才, 膺儐使之命. 公已視憊, 而不敢辭疾, 强起承 命. 黃監軍, 中朝學士也, 見公禮數文章, 歎曰, 公之言語, 中朝之言語, 公之文章, 中朝之文章云. 還到松都, 病風猝劇, 守臣以聞. 上遣太醫診視, 仍賜藥物, 絡繹於道, 竟以十月二十九日卒于松都南門內. 訃聞, 上驚悼, 命沿路護喪. 仍下敎曰, 吳某穎悟多才, 以國事死於路邊, 予甚矜惻. 特爲追贈, 以表予意. 該曹奉旨, 贈嘉善大夫吏曹參判兼弘文藝文兩館提學. 賜賻物遣禮官致祭. 以是年十二月, 永窆于陽城天德山亥坐巳向之原, 從先兆也. 嗚呼! 公之學問, 則張旅軒曰, 深於工夫, 公之文章, 則五山稱其大才, 象村稱以五音六律具備, 北渚曰, 有金石聲. 公之才諝, 則柳川獎以英才. 鶴谷挽公曰, 政事更文章, 此其實錄也. 弟翮謹述.

천파공 연보(天坡公年譜)

만력(萬曆) 20년(1592, 선조대왕25년) 임진년

7월 3일 오시(午時)에 함경도 북청부(北靑府) 남문 밖—고(高)씨 성을 가진 사람의 집—에서 태어났으니, 당시 왜구 때문에 이곳으로 피난을 했다. 그날 밤 조부 절도사공의 꿈에 한 신동(神童)이 직접 글자를 쓰고 있기에 절도사공이 묻기를,

"너는 왠 아이냐?"

하니, 대답하기를,

"공은 모르십니까. 나는 바로 공의 집안의 기동(奇童)입니다."

했다고 한다. 어머니도 꿈을 꾸었는데, 하늘에서 내려온 푸른 보자기가 있기에 열어보니 청룡(靑龍)이 변하여 아이가 되었다. 그리고 잠시 후 공이 태어났으니, 아명을 몽상(夢祥)이라 한 것은 이 때문이다.

만력 21년(1593, 선조 26) 계사년 공 2세

만력 22년(1594, 선조 27) 갑오년 공 3세

만력 23년(1595, 선조 28) 을미년 공 4세

만력 24년(1596, 선조 29) 병신년 공 5세

조부가 곽산 군수(郭山郡守)가 되자 공이 따라갔다. 『사략(史略)』을 읽기 시작했는데, 반 권도 읽지 않아 문리가 이미 환해졌다.

만력 25년(1597, 선조 30) 정유년 공 6세

공이 곽산에 있을 때 명나라 장수의 접반사(接伴使)인 우의정 심일송(沈一松 심희수(沈喜壽)) 이 조부에게 묻기를,

"그대에게 자질이 뛰어난 두 아이가 있다고 하니, 보고 싶습니다."

하여, 공과 중씨(仲氏)가 나와서 뵈었는데 용모가 준수하고 행동거지에 절도가 있었다. 이 어 옛 역사를 물었는데 물 흐르듯이 응대하니, 심공이 매우 칭찬하였다.

만력 26년(1598, 선조 31) 무술년 공 7세

만력 27년(1599, 선조 32) 기해년 공 8세

만력 28년(1600, 선조 33) 경자년 공 9세

만력 29년(1601, 선조 34) 신축년 공 10세

만력 30년(1602, 선조 35) 임인년 공 11세

만력 31년(1603, 선조 36) 계묘년 공 12세

만력 32년(1604, 선조 37) 갑진년 공 13세

만력 33년(1605, 선조 38) 을사년 공 14세

조부가 방어사(防禦使)로 호남에 가게 되자, 공이 작별에 임하여 시 한 편을 지었는데, 그 시는 다음과 같다.

再掌湖南萬甲兵	거듭 호남의 수많은 군병을 맡게 되시니[63]
無邊草木識威名	무수한 초목(草木)도 위명(威名)을 알리라
英雄事業須今日	영웅의 사업은 오늘을 기다린 것이니
肯顧兒孫惜別情	어찌 자손과 석별하는 정을 돌아보랴

---

63 두 번째로……되시니 : 오숙(吳翻)의 조부 오정방(吳定邦)은 선조(宣祖) 36년(1603) 겨울에 전라도 병마절도사 겸 장흥 부사(長興府使)에 임명되었으니, 이번이 두 번째가 되는 것이다. 『백헌집(白軒集)』 권42 <경상우도병 마절도사오공신도비명(慶尙右道兵馬節度使吳公神道碑銘)>에 보인다.

만력 34년(1606, 선조 39) 병오년 공 15세

학제(學製)[64]에 연이어 장원하였다. 이로부터 시험만 보면 번번이 높은 성적으로 합격하니 동료들이 우열을 다투는 사람이 없었다. 차오산(車五山 차천로(車天輅))이 고관(考官)으로 크게 칭찬하여 이 사람은 훗날 문장의 큰 인재가 될 것이라고 하였다. 그해 가을 오봉(五峯) 우찬성(右贊成) 이호민(李好閔)이 양성(陽城)의 시골집을 지나가는데, 공이 절도사공을 따라 길옆에 나가 배알하며, 시부(詩賦)와 지은 문장을 소매에 넣고서 자문 받기를 청하였다. 오봉이 보고서 말하기를,

"이 글은 내가 감히 따져볼 수 있는 것이 아니다."

하였다. 오봉이 운(韻)을 부르니 공이 즉시 응답하기를,

班荊野外是離筵	야외에서 형초(荊草)를 깔고 앉으니[65] 이는 이별의 자리라
相國朱軒返日邊	상국의 붉은 수레는 임금 계신 도성으로 돌아가리라
歌入白雲流水遠	노래 소리는 흰 구름 속에 들어가고 흐르는 물은 멀리 가버릴 지니
世間何處不悽然	세상 어느 곳인들 처연하지 않을 것인가

하니, 오봉이 찬탄하고 화답하였다.

만력 35년(1607, 선조 40) 정미년 공 16세

만력 36년(1608, 선조 41) 무신년 공 17세

고성 이씨(固城李氏) 병조 참판 이성길(李成吉)의 따님에게 장가들었다.

만력 37년(1609, 광해 1) 기유년 공 18세

---

64 학제(學製) : 서울의 사학(四學) 유생에게 보이던 과시(課試)의 하나로, 상제(庠製) 또는 과제(課製)라고도 한다. 동학(東學), 서학(西學), 남학(南學), 중학(中學)에서 각 교수가 주관하여 각 분기마다 제술(製述)과 강서(講書)를 시험하였다.

65 형초(荊草)를 깔고 앉으니 : 친구 간에 서로 만나 길가에 앉아서 이별의 정을 나누는 것을 말한다. 초(楚)나라의 오삼(伍參)과 채(蔡)나라의 자조(子朝)가 친하게 지냈는데, 그의 아들들인 오거(伍擧)와 성자(聲子)도 서로 친하게 지냈다. 그 뒤에 오거가 정(鄭)나라로 도망쳤다가 진(晉)나라로 들어가려고 하는데, 성자 역시 진나라로 가다가 정나라 교외에서 둘이 만나 형초(荊草)를 펴고 길가에 앉아서 함께 초(楚)나라로 돌아가는 것을 의논하였다. 『춘추좌전(春秋左氏傳)』 양공(襄公)26년에 보인다.

한성시(漢城試)에 합격하였다. 백사(白沙) 이상공(李相公 이항복(李恒福))이 고관(考官) 조죽음(趙竹陰 조희일(趙希逸))에게 이르기를,

"오 아무개는 나이도 어린데 높은 점수로 선발에 들었으니, 그 글이 과연 좋은가?"

하니, 조희일이 즉시 그 부(賦)를 읊자, 이항복이 듣고서 기이하게 여겼다.

만력 38년(1610, 광해 2) 경술년 공 19세

진사시에 7등으로 합격하였는데 부(賦)와 시(詩)에서 모두 입격(入格)하였다.

만력 39년(1611, 광해 3) 신해년 공 20세

만력 40년(1612, 광해 4) 임자년 공 21세

가을에 증광 별시(增廣別試) 문과에 올랐다. 신은(新恩)하는 날에 한구암(韓久菴)을 가서 뵈니,[66] 구암이 "후(厚)"자를 써주면서 말하기를,

"너는 이것으로 행세하라. 한 글자면 충분하다."

하였다. 승문원 정자(承文院正字)에 보임되었다.

만력 41년(1613, 광해 5) 계축년 공 22세

이때 명나라에 주문(奏文)할 일이 있어 백사, 한음(漢陰 이덕형(李德馨)), 월사(月沙 이정구(李廷龜)) 등 여러 재상이 정당(政堂)에 모여 앉아 승문원 낭청을 불렀는데, 공이 들어가 참여하였다. 한음이 공에게 붓을 잡게 하고 불러주는 대로 쓰게 하였는데, 공이 한 글자도 묻지 않고 나르는 듯이 글을 쓰니, 좌우에서 칭찬하지 않는 사람이 없었다. 한음이 이조 판서를 돌아보며 말하기를,

"이러한 인재를 어찌 청직(淸職)에 두지 않겠는가."

하였다. 이튿날 시강원 설서(侍講院設書)에 임명되었고, 예조 정랑에 전임되었다. 이때 적신(賊臣) 이이첨(李爾瞻)이 판서였는데, 공이 그를 미워하여 출사하지 않고 날마다 계곡(谿谷 장유(張維)), 백주(白洲 이명한(李明漢))와 함께 시를 읊는 것으로 스스로 즐겼다. 폐모론(廢母論)[67]이 일어나자 벼슬살이에 뜻이 없어 삼각산(三角山)에 가서 거처하였다. 이때 이후로 더

---

66 신은(新恩)하는……하니 : 한구암(韓久菴)은 한백겸(韓百謙)을 가리키는데, 본 문집 3권의 <한유천집발(韓柳川集跋)>에 의하면 한백겸은 오숙(吳翿) 할머니의 재종(再從) 아우가 되므로 평소 알고 지냈기에 찾아간 듯하다.

67 폐모론(廢母論) : 광해군(光海君) 시절에 이이첨(李爾瞻) 등이 주동이 되어 선조(宣祖)의 계비인 인목대비(仁穆大妃)를 폐하려고 한 논의를 말한다.

욱 독서하는 것을 업으로 삼았고, 역학(易學)에 마음을 두었다. 이해에 딸이 태어났다.

　만력 42년(1614, 광해 6) 갑인년 공 23세

　만력 43년(1615, 광해 7) 을묘년 공 24세

　만력 44년(1616, 광해 8) 병진년 공 25세

　만력 45년(1617, 광해 9) 정사년 공 26세

　조도어사(調度御史)로 사명(使命)을 받들고 호남과 호서에 갔다.

　만력 46년(1618, 광해 10) 무오년 공 27세

　만력 47년(1619, 광해 11) 기미년 공 28세

　병조 좌랑에 임명되었다. 이때 강홍립(姜弘立)이 심하(深河)에서 패하였는데[68] 공이 주문사(奏聞使)의 서장관(書狀官)으로 북경에 갔다. 공은 중국어를 잘했는데 중국인이 공의 위의(威儀)와 말하는 태도를 보고는 공경하지 않는 사람이 없었다. 여러 관부(官部)에 올리는 문서는 모두 공의 손에서 나왔다. 기행문 몇 편이 있다.

　만력 48년(1620, 광해 12) 경신년 공 29세

　괴산(槐山)의 수령으로 나갔다. 이해에 대기근이 들자 공은 흉년에 백성을 구하는 정사에 마음을 다하니 백성들이 모두 감격하여 울었고, 100일이 되지 않아 다스린 효과가 벌써 현저하였다. 적신(賊臣) 이정원(李挺元)은 지역의 토호(土豪)로 제멋대로 사나운 짓을 하였는데, 공이 이정원의 장인과 그 집의 하인을 가두자 이정원의 말이 몹시 패악하고 오만하였다.[69] 공은 즉시 관직을 버리고 돌아왔는데, 아전과 백성이 길가에서 수레를 부여잡고 만류하여[70] 여러 날 떠나지 못했다. 가을에 순검사(巡檢使)의 종사관으로 삼남(三南)에 가서 순행(巡行)

68　강홍립(姜弘立)이 심하(深河)에서 패하였는데 : 명나라의 요청에 따라 강홍립을 도원수로 삼아 원병(援兵)을 보냈는데 심하에서 후금(後金) 군병과 싸워 명나라가 패배하고 강홍립은 후금에 항복하였다.

69　적신(賊臣)……오만하였다 : 이정원(李挺元)은 당시 권세를 잡고 있던 이이첨(李爾瞻)의 도당이다. 이조 참의로 있다가 휴가를 받아 괴산 읍치(邑治)에 있는 고향집에 와있었는데, 요구 사항이 많았지만 오숙(吳翻)이 대응하지 않고 만나주지도 않았다. 이에 아전에게 태(笞)를 쳐서 오숙을 욕보이니, 오숙은 이정원의 족당(族黨)과 하인에게 장을 친 후 인수를 던지고 돌아왔고, 이 때문에 괴산군수에서 파직되었다. 이정원은 인조반정 때에 정인홍(鄭仁弘) 등과 함께 처형되었다. 『명곡집(明谷集)』 권22 <관찰사증좌찬성천파오공신도비명(觀察使贈左贊成天坡吳公神道碑銘)>;『인조실록(仁祖實錄)』 인조 1년 4월 3일에 보인다.

70　수레를 부여잡고 만류하여 : 선정(善政)을 베푼 수령이 떠날 때 백성들이 수레를 붙잡고서 못 가게 만류하는 것을 말한다. 후한(後漢) 후패(侯霸)가 임회 태수(臨淮太守)의 임기를 마치고 떠날 때, 백성들이 반원(攀轅)을 하며 일 년만 더 유임해 줄 것을 청한 고사가 전한다. 『후한서(後漢書)』 권26 <후패열전(侯霸列傳)>에 보인다.

하였다.

천계(天啓) 원년(1621, 광해 13) 신유년 공 30세

도원수 한준겸(韓浚謙)의 종사관으로 관서(關西)에 따라갔다.

천계 2년(1622, 광해 14) 임술년 공 31세

도원수부에 있으며 군무(軍務)를 보는 여가에 날마다 시(詩)와 예(禮)를 강론하였다. 한공이 사람들에게 칭찬하며 말하기를,

"뛰어나고도 뛰어난 인새이다. 감히 막료(幕僚)로 대우할 수 없다."

하고, 큰 일이 있으면 반드시 공과 의논하였다. 이때 선유어사(宣諭御史)에 임명하는 명이 있어 해서(海西)에 가서 순행하였다.[71]

천계 3년(1623, 인조 1) 계해년 공 32세

봄에 인조반정(仁祖反正)이 일어난 날 즉시 사간원 정언에 임명되었고 바로 사헌부 지평, 성균관 직강(直講)에 임명되었으며, 홍문관 수찬과 교리에 누차 임명되었는데, 항상 삼자함(三字銜)[72]을 겸하였다. 도체찰사(都體察使)가 어전(御前)에서 공이 재주와 도량이 있음을 천거하고 이로 인하여 또 충청도 관찰사의 후보에 추천하였으니, 5품의 관원이 관찰사의 후보에 추천된 것은 세상에 드문 경우였다. 사간원 헌납에 임명되었고, 호당(湖堂)에서 사가독서(賜暇讀書)를 하였다. 당시 인성군(仁城君)에 대한 논의가 있자,[73] 공은 연석(筵席)에서 골육(骨肉)을 보호해야 한다는 뜻을 아뢰었는데 당시 논의를 크게 거슬러서 체차되어 성균관 사예(司藝)가 되었다. 바로 사헌부 장령으로 옮겼다가 홍문관 교리에 전임(轉任)되었다.

천계 4년(1624, 인조 2) 갑자년 공 33세

역적 이괄(李适)이 반란을 일으키자 주상이 공주(公州)로 거둥하였는데, 창황히 도성을 떠날 때[74] 미처 어가(御駕) 앞에 종묘사직의 신주를 받들지 못하였다. 그러자 공이 중도에 달려

---

71 이때……순행하였다 : 당시 양서(兩西)의 진부한 폐단을 해결하기 위해 백성의 요역을 줄여주고, 이어 애통하게 여기는 뜻을 담은 교서를 내려 덕의(德意)를 선포하였는데, 오숙은 해서(海西) 선유어사가 되었다. 『광해군일기(光海君日記)』 광해군 14년 4월 23일에 보인다.

72 삼자함(三字銜) : 세 글자로 된 직함이란 뜻으로, 봉조하(奉朝賀)와 지제교(知製敎)를 일컫는 말인데, 여기서는 지제교를 지칭한다.

73 인성군(仁城君)에……있자, : 인성군 이공(李珙)은 선조(宣祖)의 아들로 인조(仁祖)의 숙부가 된다. 인조 1년 인성군은 사헌부의 감찰이 길에서 자신을 피하지 않았다고 하여 감찰의 추고를 청하였는데, 이로 인해 대간(臺諫)의 탄핵을 받았다. 『인조실록(仁祖實錄)』 인조 1년 8월 23일.

74 도성을 떠날 때 : 주(周)나라가 빈(邠)땅에 도읍을 하고 있을 때 흉노족(匈奴族)인 훈육(薰育)이 침입하자, 고공

돌아가서 바삐 신주를 받들고 따라갔는데, 영상(領相) 이원익(李元翼) 공이 임금을 뵙기를 청하여 공을 칭찬하고 장려하였다. 어가가 과천(果川)에 당도하니 밤이 이미 삼경(三更)이 되었다. 공은 옥당(玉堂)으로 입시하여 촛불 아래에서 역적들의 진로(進路)와 형세 및 삼남(三南)을 수습하고, 기회를 만들어 싸워 이길 수 있는 방책을 조목별로 아뢰었는데, 명백하고도 매우 적절하니 주상이 가납하였다. 행차가 천안(天安)에 도착하자 차자(箚子)를 올려, 도원수 장만(張晚)이 역적 때문에 임금을 버린 죄와 이귀(李貴)가 진영을 버리고 먼저 도망친 죄를 다스려 군율(軍律)을 엄히 할 것을 청하였고, 또 사헌부와 사간원이 이들을 논죄하지 않은 잘못을 탄핵하니, 주상이 백의종군(白衣從軍)을 명하였다. 이튿날 사간원 사간에 임명되었다. 대가(大駕)가 도성에 돌아온 후 호종(扈從)한 공로로 품계가 통정대부(通政大夫)로 오르고 곧바로 병조 참지에 임명되었다. 여름에 주청사(奏請使)의 부사(副使)가 되어 바닷길로 명나라에 다녀왔다.[75] 가을에 숙씨(叔氏 오상(吳翔))가 아들 오두인(吳斗寅)을 낳았는데 그대로 데려다 양자로 삼으라고 명하였다.[76]

천계 5년(1625, 인조 3) 을축년 공 34세

4월에 일을 마치고 조정에 돌아왔다. 공은 명나라의 여러 부(部)에 정성을 다하여 변론하는 것 말고도, 때에 임하여 응대하는 것이 명백하고 개연하며 간절하니, 각부(閣部)의 신하들이 수긍하고 칭찬하지 않는 사람이 없었다. 결국에는 일을 허락받고 돌아오니, 주상이 토지와 노비를 하사하여 포상하였다. 겨울에 조부 절도사공의 상을 당하였다.

천계 6년(1626, 인조 4) 병인년 공 35세

청주 목사(淸州牧使)에 임명해 줄 것을 청하였으니 선산(先山)에 가깝고 편리하기 때문이었다. 여름에 명나라 사신 왕몽윤(王夢尹)과 강왈광(姜曰廣)이 오자 공은 제술관(製述官)으로 부름을 받고 올라왔다. 두 사신은 평소 거만하여 상대를 인정해 주는 경우가 적었는데,

---

단보(古公亶父)가 이를 피해 기산(岐山) 아래로 도읍을 옮겼던 것에서 유래하여, 빈 땅을 떠난다는 것은 도성을 떠나는 것을 의미한다. 『사기(史記)』 권4 <주본기(周本紀)>

75 주청사(奏請使)의……다녀왔다 : 명나라에 광해군(光海君)을 폐출하고 인조(仁祖)가 즉위한 사실을 알리고 책봉과 고명(誥命)을 요청하였는데, 명나라에서 책봉 조서만 내리고 고명은 내리지 않았다. 이에 책봉 조서에 사은하고 고명을 청하는 사은 겸 주청사를 보냈는데, 당시 청(淸)나라가 요동 지방을 점거하고 있으므로 해로(海路)로 북경에 간 것이다. 『명곡집(明谷集)』 권22 <관찰사증좌찬성천파오공신도비명(觀察使贈左贊成天坡吳公神道碑銘)>에 보인다.

76 가을에……명하였다 : 오숙이 북경에 사신으로 가면서 부인에게 이렇게 명한 것이다. 『명곡집(明谷集)』 권22 <관찰사증좌찬성천파오공신도비명(觀察使贈左贊成天坡吳公神道碑銘)>에 보인다.

공의 시를 읽게 되자 번번이 아름답다고 칭찬미하면서, 시를 매우 많이 주고받았다. 가을에 청주목사에서 파직되었다. 양성(陽城)에 돌아와 천덕산(天德山) 아래에 퇴전당(退全堂)을 짓고 백가(百家)의 서적을 쌓아놓고 노후를 마칠 계획을 하였다. 스스로 호(號)를 천파거사(天坡居士)라고 하였는데, 집허정(集虛亭), 백련당(白蓮塘), 완주암(玩珠巖), 호순대(虎馴臺)는 모두 공이 소요하고 독서하던 곳이다.

천계 7년(1627, 인조 5) 정묘년 공 36세

봄에 오랑캐의 경보가 갑자기 닥치자, 공은 양성에서 변란 소식을 듣고 달려 왔으나 경성에 미처 도착하기 전에 승정원 동부승지에 임명되었으며, 어가를 호위하여 강화도에 들어갔다가 적이 물러난 후에 어가를 따라 도성에 돌아왔다. 이해 가을에 관동(關東)의 역적 이인거(李仁居)가 거병(擧兵)하여 반란을 일으키자[77] 온 도성이 크게 놀라고 동요하였다. 주상이 방백을 잡아다 심문하고, 그 후임을 고르는데 조정의 의논이 공이 아니면 일을 수행할 수 없다고 하였다. 이에 강원도 관찰사에 임명하고, 도성의 친위병을 거느리고 가서 토벌하라고 명하니, 유림(柳琳)을 중군(中軍)으로, 신경인(申景禋)을 별장(別將)으로, 원진하(元振河)를 종사관으로 삼아 즉일로 출발하였다. 가던 길에 적의 괴수가 붙잡혔다는 말을 듣고 강원도 경계에 도착한 후에 잔당들의 죄를 조사하여 다스리되 반역을 평정하는 데 힘써, 죄가 심한 자는 죽이고 협박으로 부역한 자는 죄를 다스리지 않으니 군민(軍民)이 크게 안심하였다. 가을에 조모 신부인(申夫人)의 상을 당했다.

숭정(崇禎) 원년(1628, 인조 6) 무진년 공 37세.

봄에 금강산과 여러 명승지들을 두루 유람하였는데 지은 시가 책권(册卷)이 되었다. 여름에 어버이의 병으로 체직되어 돌아왔는데, 누차 좌승지, 우승지에 임명되고 사용원(司饔院)과 상의원(尚衣院)의 부제조(副提調)를 겸직하였으니, 또한 일반적인 규례가 아니었다. 어버이의 병으로 상소를 올려 체차되어 양성으로 돌아왔다. 9월에 선부군(先府君)의 병이 위독해지자 공은 팔을 베어서 피를 내어 약과 섞어서 올렸다. 상을 당하게 되자 3년간 시묘살이를 하였는데, 법도를 넘도록 슬퍼하여 몸이 상해서 거의 목숨을 보전하지 못할 뻔하였다. 항상

---

77 관동(關東)의……일으키자 : 이인거(李仁居)는 영천인(永川人)으로, 인조반정 뒤에 익찬(翊贊)에 제수되었으나 출사하지 않고 강원도 횡성(橫城)에 거주하다가 인조 5년에 정사 공신(靖社功臣)들이 나라를 그르친다는 명분으로, 스스로 창의중흥대장(倡義中興大將)이 되어 서울로 침입하려 하였다. 그러나 결국 중도에 원주 목사(原州牧使) 홍보(洪靌)에게 잡혀 처형되었다. 『인조실록(仁祖實錄)』 인조 5년 10월 5일에 보인다.

『예경(禮經)』을 읽고 백가(百家)를 두루 섭렵하여, 권장하고 가르치기를 또한 부지런히 하였다. 손수 〈군거요법(群居要法)〉을 지어 동생과 조카들로 하여금 조석으로 강론하고 익히게 하였다.

숭정 2년(1629, 인조 7) 기사년 공 38세

양성의 여막(廬幕)에 있었다.

숭정 3년(1630, 인조 8) 경오년 공 39세

겨울에 복제(服制)가 끝나고 형조 참의에 임명되었다가 옮겨서 승지에 임명되었다.

숭정 4년(1631, 인조 9) 신미년 공 40세

상소하여 모친을 봉양하기 위해 고을 수령에 임명해줄 것을 청하여 여주 목사(驪州牧使)에 임명되었다. 얼마 안 되어 방백과 상피(相避)가 되는 까닭에 체직되어 예조 참의에 임명되었고[78] 좌승지로 전임되었다가 외직으로 나가 경상 감사가 되었다. 경상도는 지역이 넓고 백성이 많으며, 풍속이 송사 일으켜 다투기를 잘하기 때문에 평소 다스리기 어렵다고 일컬어졌다. 그러나 공은 청렴하고 간소하게 처신하고 물 흐르듯이 일을 처결하여 책상위에는 처리하지 않고 남는 문서가 없었으니, 명성과 공적이 크게 드러났다. 풍채가 엄숙하였으며 공무의 여가에 책을 읽었는데 늘 밤중까지 하였다. 순행(巡行)하다가 인동(仁同)에 도착하여 부지암(不知菴)으로 장여헌(張旅軒 장현광(張顯光))을 방문하여 『주역(周易)』과 『보유대학(補遺大學)』[79]을 강론하였는데, 여헌이 말하기를,

"공이 학문 공부에 심오하다는 것을 알았다."

하였다.

숭정 5년(1632, 인조 10) 임신년 공 41세

임기가 만료되어 체직되어 첨지중추부사에 임명되었다가, 바로 좌승지로 옮기고 승문원 부제조를 겸직하였다.

---

78 방백과……임명되었고 : 인조 9년 4월 13일 오숙이 여주 목사에 임명되었고, 5월 3일 이경직(李景稷)이 경기 감사가 되었다. 이경직과 오숙은 모두 이성길(李成吉)의 사위로 동서지간이 되기 때문에 상피(相避)에 해당되어 오숙은 5월 26일 예조 참의에 임명된 것이다. 『승정원일기(承政院日記)』 인조 9년 4월, 5월; 『국조문과방목(國朝文科榜目)』 선조 39년 〈병오증광방(丙午增廣榜)〉, 광해군 4년 〈임자증광방(壬子增廣榜)〉에 보인다.

79 보유대학(補遺大學) : 1549년(明宗 4)에 회재(晦齋) 이언적(李彦迪)이 주자(朱子)의 『대학장구(大學章句)』의 문맥이 통하지 않는 점을 지적하고 정자(程子)의 뜻을 따라 경(經)과 전(傳)에 편장(編章)의 서차(序次)를 바꾸고 뜻을 새롭게 해석하여 『대학장구보유』를 저술하였는데, 이 책을 가리키는 듯하다.

숭정 6년(1633, 인조 11) 계유년 공 42세

가을에 황해 감사에 임명되었는데, 이날 또 공을 평안 감사의 두 번째 후보자로 추천하였으니, 조정이 공에 대한 신임이 어떤지를 알 수 있는 것이다. 겨울에 명나라 장수 정룡(程龍)이 칙서를 받들고 나오니 공이 국경에서 영접하였다. 정룡이 공의 시문(詩文)을 보고 탄복을 금치 못하며 말하기를,

"공의 문장은 강이나 바다와 같다."

라고 하였다. 서울의 숙소에 머무를 때에는 공의 시를 석은 종이를 가져나가 벽 위에 붙여놓고 읽을 때마다 두 손을 모으고 칭찬하였으며, 헤어질 때에는 눈물을 흘리기까지 하였다. 뒤에 우리나라 사람을 만나면 반드시 공의 안부를 물었고, 사명(使命)의 행차가 올 때면 편지로 안부를 묻기를 그만두지 않았으니, 그 흠모를 받은 것이 이와 같았다.

숭정 7년(1634, 인조 12) 갑술년 공 43세

가을에 병으로 사직하여 체직되었다. 조정으로 돌아올 때 명나라의 황감군(黃監軍 황손무(黃孫茂))이 가도(椵島)에 나오자 조정에서는 공이 사신으로서의 재능이 있다고 해서, 사신을 대접하라는 명을 맡겼다. 공은 이미 몸이 고달픈 것을 알았지만 감히 병 때문에 사양하지 못하고 억지로 일어나 명을 받들었다. 황감군은 중국의 학사(學士)인데, 공이 상대하는 예절과 문장을 보고는 찬탄하며, 공의 언어는 중국의 언어이고, 공의 문장은 중국의 문장이라고 말했다고 한다. 돌아오며 송도(松都)에 도착했는데, 풍병(風病)이 갑자기 심해졌다. 유수(留守)가 보고하니, 주상이 태의(太醫)를 보내 진찰하게 하고 이어 약물(藥物)을 하사하여, 그 행렬이 길에 계속 이어졌으나, 마침내 10월 29일에 송도 남문 밖에서 졸하였다. 부음이 보고되자 주상이 놀라고 슬퍼하며 연로(沿路)에서 호상(護喪)하라고 명하였다. 이어 하교하기를,

"오숙(吳翿)은 총명이 뛰어나고 재주가 많았는데 나랏일 때문에 길에서 죽었으니, 내 몹시 가엾게 여긴다. 특별히 관직을 추증(追贈)하여 나의 뜻을 나타내도록 하라."

하였다. 해당 조(曹)에서 명을 받들어 가선대부(嘉善大夫) 이조참판 겸홍문관(弘文館) 예문관(藝文館) 양관제학(兩館提學)을 추증하였으며, 부의(賻儀) 물품을 하사하고 예관(禮官)을 보내 치제(致祭)하게 하였다. 이해 12월에 양성(陽城) 해방(亥方 북서북쪽)을 등지고 사방(巳方 남동남쪽)을 바라보는 언덕에 장사지냈으니, 선영(先塋)을 따른 것이다.

아아, 공의 학문에 대해 여헌(旅軒) 장현광은 공부가 심오하다고 말하였다. 공의 문장에 대해 오산(五山) 차천로는 뛰어난 인재라고 칭찬하였고, 상촌(象村) 신흠(申欽)은 오음(五音)과

육률(六律)을 모두 갖추었다고 칭찬하였으며, 북저(北渚) 김류(金瑬)는 금석(金石)의 소리가 있다고 하였다. 공의 재주와 지혜에 대해 유천(柳川) 한준겸(韓浚謙)은 뛰어난 인재라고 칭찬하였고, 학곡(鶴谷) 홍서봉(洪瑞鳳)은 공의 만사(輓詞)를 지어서 정사를 보는 능력에 문장의 재주까지 더하였다고 하였으니, 이는 모두 사실을 기록한 것이다. 아우 오핵(吳翮)이 삼가 기술한다.

10 乙亥別試初試魁策

問. 孟子曰, "天下之生久矣, 一治一亂." 夫治亂固天道之常也. 三代以上之治, 孟子旣已言之, 至於戰國, 其亂極矣. 秦不治漢興, 雖號小康, 而未至治, 至王莽而大亂. 光武之治未久, 而至于宦寺董曹而極亂焉. 昭烈宜致治而不重恢, 繼有魏晉之亂. 五胡雲擾, 江左偸安, 終不治, 南北瓜分數百年.

隋家混一, 而楊廣亂, 唐粗有貞觀治, 而武韋安史, 藩鎭之亂接踵. 降及五季, 亂亦極. 宋之興運啓文明, 羣賢滿朝, 竟不服先王治, 遼金搆亂, 二君北狩, 南渡姑息, 終不振. 胡元之立國百餘年, 三代以下, 亂日常多, 何天道反常至於此耶. 皇明累百年, 可謂太平之治, 而奴夷逆天, 竊據遼藩, 頻年入寇, 逼近京師. 此正亂極思治之日, 而十數年間亂靡有定, 其故何歟?

我國家乘昏朝壞亂之極, 聖上龍飛, 撥亂反正, 宵旰憂勤, 治具畢張. 以言乎朝廷, 則俊乂登庸而百事隳弛, 以言乎民隱, 則租稅蠲減而赤子殿屎. 關節雖禁, 而私情未祛, 言路雖開, 而嘉言攸伏. 灾異荐臻, 飢饉連仍, 至於强寇方深, 我圉孔棘. 揆諸天道, 正是當治之會, 參以人事, 亦有致治之幾.

而太平未卜, 憂虞日深, 此何故歟? 如欲治隆於上, 俗美於下, 民生樂業, 外寇稽服, 其道何由? 諸生云云.

을해년(1635, 인조13) 별시에서 장원을 차지한 책문(策文)

묻는다.(질문)

맹자(孟子)가 말하기를,

"천하에 인간이 살아온 지가 오래되었는데, 그 동안 이 세상은 한번 다스려지면 한번은 혼란스러웠다."

라고 하였다.[80] 무릇 다스려지고 혼란해지는 것은 참으로 통상적인 천도(天道)이다. 하(夏), 은(殷), 주(周) 삼대(三代) 이상의 정치는 맹자가 이미 말하였거니와, 전국시대(戰國時代)에 이르러 그 혼란이 극에 달하였다. 진(秦)나라가 다스려지지 않자 한(漢)나라가 일어났는데, 비록 조금 안정되었다고 하지만 치세(治世)에 이르지는 못하였고, 왕망(王莽)에 이르러 크게 혼란하였다.[81] 광무제(光武帝)가 다스린 지 오래 되지 않아 환관과 동탁(董卓), 조조(曹操)에 이르러 극도로 혼란해졌다.

소열제(昭烈帝 유비(劉備))는 의당 치세(治世)에 이르렀다고 해야겠으나 거듭 넓혀나가지 못하였고, 계속하여 위(魏)나라, 진(晉)나라의 혼란함이 있었다. 오호(五胡)가 구름처럼 일어나 소란을 야기하였고[82] 동진(東晉)은 눈앞의 안일만을 좇아 강동(江東)으로 쫓겨나,[83] 끝내 치세가 되지 못했으며 수백 년간 남북의 여러 갈래로 분열되었다.

수(隋)나라가 하나로 통합하였지만 양제(煬帝) 양광(楊廣)이 혼란하게 하였고, 당(唐)나라는 대략 정관(貞觀)의 치세[84]가 있었지만 무후(武后)와 위후(韋后),[85] 안록산(安祿山)과 사사

---

80 맹자(孟子)가……하였다 : 공도자(公都子)가 맹자에게 변론하기를 좋아하는 이유를 묻자, 맹자는 좋아하는 것이 아니라 어쩔 수 없이 하는 것이라고 대답한 내용에 나온다. 『맹자(孟子)』 <등문공하(滕文公下)>에 보인다.

81 왕망(王莽)에……혼란하였다 : 전한(前漢) 말기에 왕망이 한나라 애제(哀帝)를 물리치고 평제(平帝)를 독살하여 스스로 가제(假帝)라 부르고 국호를 신(新)이라고 하였다가, 후한(後漢)의 광무제(光武帝)에게 멸망당하였다. 『한서(漢書)』 권99 <왕망전(王莽傳)>에 보인다.

82 오호(五胡)가……야기하였고 : 진 무제(晉武帝) 사후에 왕실에서 내란이 일어나자, 이 틈을 타서 북방 소수민족 다섯 종족이 중국 내륙에 들어와 황제를 칭하였다. 오호는 흉노족(匈奴族), 갈족(羯族), 선비족(鮮卑族), 저족(氐族), 강족(羌族)이다. 『진서(晉書)』 권6 <원제기(元帝紀)>에 보인다.

83 동진(東晉)은……쫓겨나 : 서진(西晉)이 전조(前趙)의 침략을 받아 민제(愍帝)가 잡혀 죽자, 사마예(司馬睿)가 양자강 하류의 동쪽인 강좌(江左)의 건업(建業)을 도읍으로 하고 동진 황제에 올랐다. 『진서(晉書)』 권6 <중종원제(中宗元帝)>에 보인다.

84 정관(貞觀)의 치세 : 당 태종(唐太宗)의 연호인 정관(貞觀, 627~649) 시대의 치세를 일컫는 말로, 현종(玄宗)의 개원지치(開元之治)와 함께 훌륭한 정치로 평가되고 있다.

85 무후(武后)와 위후(韋后) : 무후는 고종(高宗)의 황후인 측천무후(則天武后)이고 위후는 중종(中宗)의 황후이다.

명(史思明),[86] 변경 군영(軍營)에서의 난리가 계속 일어났다. 아래로 오계(五季) 시대에 이르러서는 혼란 역시 극에 달하였다.

송(宋)나라가 일어나자 문명(文明)의 운세가 열려 어진 이들이 조정에 가득하였다. 그러나 필경은 선왕의 다스림을 행하지 않음으로써 요(遼)나라와 금(金)나라가 난리를 꾸미니, 두 군주가 북쪽으로 잡혀가고 일시적인 방편으로 남쪽으로 건너갔지만,[87] 끝내 떨쳐나지 못하였다. 호원(胡元)이 나라를 세워 100여 년을 유지하였지만, 하, 은, 주 삼대 이하로 혼란스러운 시대가 항상 많았으니, 어찌하여 천도가 상도(常道)에 어긋남이 여기에 이르렀는가.

명(明)나라는 수백 년을 유지했으니 태평한 정치라고 할 수 있겠지만, 노적(奴賊) 오랑캐가 하늘의 뜻을 거슬러 요동(遼東)과 심양(瀋陽)을 점거하고 매년 침입하여 북경 가까이에 까지 닥쳤다. 그러니 이는 바로 혼란이 극도에 이르러 치세(治世)를 그리워하는 시기이거늘[88] 10여 년간 혼란이 아직도 진정되지 않으니 그 이유는 어째서인가?

우리나라는 혼조(昏朝 광해군 시대)의 극도에 달한 혼란시기를 타고, 성상께서 즉위하시어 난리를 평정하고 바른 세상을 회복하였으며, 밤낮으로 국사를 걱정함으로써 정사의 방편이 모두 다 갖추어졌다. 그런데 조정에 대해서 말하자면, 재주 있는 사람이 등용되었지만 모든 일이 기울고 해이해졌으며, 백성의 고통에 대해 말하자면, 조세를 덜어주었지만 백성들은 고통으로 신음하고 있다. 비록 뇌물을 주어 청탁하는 것이 금지됐지만 개인적인 정실(情實)이 없어지지 않았고, 비록 언로(言路)가 열렸지만 훌륭한 말은 숨어있다. 재이(災異)가 거듭 이르고 기근이 연이어 발생하였으며, 강한 도적들은 바야흐로 극심하고 우리 국경은 매우 위급

중종은 측천무후에게 쫓겨나 위후와 함께 방주(房州)에 유폐되어 있다가 돌아와 다시 황제가 되었는데, 위후는 무삼사(武三思)와 간통하고 중종을 독살하는 등 온갖 나쁜 짓을 하다가 현종(玄宗)인 이융기(李隆基)에게 토벌당하여 죽었다. 『구당서(舊唐書)』 권6 <측천황후(則天皇后)> 권51 <후비열전상(后妃列傳上)>에 보인다.

86 안록산(安祿山)과 사사명(史思明) : 당 현종(唐玄宗) 14년에 안록산이 범양(范陽) 에서 반란을 일으켜 장안(長安) 을 함락시키고 자칭 대연황제(大燕皇帝)가 되었다가 얼마 못 가 자기 아들 경서(慶緒)에 의해 죽고, 경서는 또 사사명에게 죽임을 당하고, 사사명 이 죽은 후 그 아들 조의(朝義)가 뒤를 이었다가 대종(代宗) 원년에 적장 이회선(李懷仙) 에 의해 죽음을 당했다. 『구당서(舊唐書)』 권200 <안록산열전(安祿山列傳)>, <사사명열전(史思明列傳)>에 보인다.

87 두 군주가……건너갔지만 : 정강(靖康) 2년(1127)에 금나라가 송 휘종(宋徽宗)과 그 아들 흠종(欽宗) 및 3천여 명을 포로로 잡아서 끌고 갔다. 이에 휘종의 아들이자 흠종의 아우인 고종(高宗)이 양자강을 건너가 남송 시대를 열었다. 『송사(宋史)』 권23 「흠종본기(欽宗本紀)」; 권24 「고종본기(高宗本紀)」에 보인다.

88 혼란이……시기이거늘 :『시경』 <조풍(曹風)>, <하천(下泉)>을 평한 정자(程子)의 주석에 "혼란이 극도에 이르면 원래 치세를 그리워하게 마련이다."라고 하였다. <하천>은 임금이 포악해서 백성을 해롭게 하여 현명한 임금을 사모하여 지은 것으로, 시대가 혼란함을 걱정하고 주(周)나라의 태평성세를 그리워하는 것이다.

한 지경에 이르렀다. 그러니 천도(天道)로 헤아려 보면 바로 당연히 치세가 되어야 할 기회이고, 인사(人事)로 참고해 보면 또한 태평한 정치가 이루어질 기미가 있어야 한다.

그런데 태평세월은 알 수 없고 근심걱정이 날로 깊어지니 이는 무슨 까닭인가? 만일 위에서 정치가 융성해지고 아래에서 풍속이 아름다워지며 백성들이 생업을 즐기고 외적이 머리를 조아려 복종하게 하려면 그 방도는 어찌해야 하겠는가? 유생들은 말하라.

∥을해년(1635, 인조13) 별시(別試) 초시에 장원하였다.

對. 嗚呼, 天之道泰也, 萬物得其化乎, 天之道悖也, 萬物失其理乎. 是故帝王之德明也, 則天下治也, 帝王之德滅也, 則天下亂也. 然則天下之治也亂也, 其惟帝王之德不德乎. 說萬物者, 吾知其爲澤, 潤萬物者, 吾知其爲水, 化萬民者, 吾知其爲德也. 苟使天下不亂也, 非德而何, 苟使天下不亡也, 非德而何. 王天下國家者, 未欲治則已也, 如欲治也, 不可不明之者, 聖人之德乎.

今國家旣已治之, 而尙不自治焉, 乃命執事格之多士, 特以治亂之道詢謨焉. 嗚呼大哉, 執事問. 執事之問, 我 聖上之意也. 若是其安而不忘危, 則將大安也, 若是其治而不忘亂, 則將大治也. 愚於治亂之道, 聾也瞽也, 敢不以一得之愚, 爲國家萬一焉?

竊謂自有天地以來, 不能無一治者, 不能無一亂者焉, 治亦天道之常乎, 亂亦天道之常乎. 春而秋, 寒而燠, 陽而陰, 闢而闔, 消而長, 則此豈非治亂之象歟. 何謂治者得治道而治也, 何謂亂者失治道而亂也. 苟得其治之道, 則百度貞歟, 萬民安歟, 公道立歟, 嘉言颺歟, 灾不作歟, 敵不侵歟. 苟失其治之道, 則百度不貞也, 萬民罔安也, 公道不立也, 嘉言伏也, 天灾警也, 敵國侵也.

然則, 天果使治我乎, 非天也, 人君得治道, 卽治也, 天果使亂我乎, 非天也, 人君失治道, 卽亂也. 何謂治道也?「太甲」曰, 德惟治, 否德亂. 然則, 圖治者之不可大者, 非不德乎, 圖治者之不可小者, 非峻德乎. 惟其如是, 則其所以出治之大本, 圖治之達道, 何莫非德施普也. 誠能懋昭乎大德, 以之而行之庶政, 治之萬務, 萬務熙哉, 庶政和哉, 則不期乎治而治也, 何患亂? 愚請證諸古, 爲執事陳焉.

禹抑洪水而天下平, 周公兼夷狄, 驅猛獸而百姓寧, 孔子成春秋而亂臣賊子懼, 則此孟子所謂亂而治者也. 執事旣已知之, 不假愚一二陳也. 春秋之亂, 國無義戰, 分崩離析, 王迹掃地, 則亂之極也. 秦之帝, 刑威立國, 暴虐無道, 則亦一亂也. 漢之帝, 豁達寬仁, 治稱小康, 而禮樂不遑, 則不可謂治也. 漢之衰, 王莽滔天, 煩民玩兵, 自立爲帝, 而天下亂也. 漢光武之四七中興, 則萬世赫業, 而其後宦者亂之, 董亂之曹亂之也. 昭烈帝之駕御英雄, 則宜其克復中原, 重光祖宗, 而竟不得以遂, 則天不助耶. 老瞞之亂, 司馬踵之, 司馬之際, 五胡雲擾, 而南北瓜裂, 則亦一亂也. 隋之天下, 縱曰混一, 而楊廣亂之乎. 唐之貞觀, 雖有至治, 而武韋亂之, 安史亂之, 藩鎭亂之乎. 曰梁, 曰唐, 曰晉, 曰漢, 曰周之互戰互伐, 互立互亡, 而冠屨倒置, 赤子塗炭, 則是亦春秋之亂也, 五胡之亂也. 大宋之君, 仁厚爲國, 至治文明, 而退賢進邪, 夷狄亂華 竟於北轅而南渡 則不可謂治也 胡元之世, 天地易位, 日月晦冥, 禽犢我蒸, 左袵我衣, 而淪矣三綱, 斁哉九法, 則此豈非亂之極耶?

『書』曰, 常厥德, 保厥位, 厥德靡常, 九有以亡. 然則, 天道之反常而然耶, 君德之反常而然耶? 欽惟我皇明, 上自洪武, 下至萬曆以來, 聖聖承承, 一道德而平中國, 渾車書而協萬邦, 則凡四夷八蠻之在荒服之外者, 莫不梯于山, 航于海, 達于河而來王, 而蠢彼金虜, 旣土遼瀋, 且逼神州, 則天下萬方之所同讐者也. 懿歟休哉. 聖天子之峻德, 天地合其化, 日月合其明, 而赫赫厥聲, 濯濯厥靈, 則何有乎款塞也, 何有乎賓服也?

恭惟我 聖上, 天錫之神武也, 丕顯之明睿也. 昏朝之穢亂掃之, 列聖之丕基承之, 凜凜乎天位惟危, 乾乾乎克艱王政, 而虎尾蹈如也, 春氷涉如也. 乃尙諸三王, 而體任賢, 體子惠, 體無私, 體修省, 體有備, 而爲治之大本焉. 行一治, 則曰百揆不熙歟, 民不子惠歟, 公道不立歟, 圖一治, 則曰嘉言伏歟, 災不虛生歟, 飢饉連仍歟, 我圉孔棘歟. 旣盡之以制治于未亂, 繼之以保邦乎未危, 則國家之於治道, 可謂不盡乎, 不可謂不盡也. 是其百度宜貞也, 萬民宜安也, 公道宜立也, 嘉言宜不伏也, 災異宜不現也, 恒産宜其足也, 邊圉宜其固也.

奈之何百度之廢弛也, 赤子之殿屎也, 公道之不立也, 嘉言之伏也, 災異之荐臻也, 飢饉之連仍也, 我圉之孔棘也, 而至於此極也? 嗚呼! 今之百事也, 若是其廢弛, 則曾謂俊乂位, 而如彼其百揆荒墜耶? 今之百姓也, 若是其殿屎, 則曾謂平賦稅, 而如彼其掃地赤立耶? 今之挾私也, 若是其姦佞, 則曾謂禁關節, 而如彼其倖門開而公道塞耶? 今之嘉言也, 若是其噤無聲, 則曾謂闢言路, 而如彼其邪說作而嘉言伏耶? 今之災異, 若是其可愕, 則曾謂燮陰陽, 而天災也地變也物怪也, 如彼其疊出層現耶? 今之飢荒, 若是其連仍, 則曾謂發倉廩, 而飢饉如彼其慘耶? 今之邊圉也, 若是其孔棘, 則曾謂防外患, 而邊圉如彼其棘耶?

嗚呼! 百事之隳弛, 我知之矣. 掊克在位, 則百事之隳弛, 不亦宜乎? 赤子之殿屎, 我知之矣.

實惠不及, 則赤子之殿屎, 不亦宜乎? 公道之不明, 我知之矣. 紀綱不立, 則公道之不明, 不亦宜乎? 嘉言之不納也, 灾異之荐臻也, 飢饉之連仍也, 邊圉之孔棘也, 我知之矣. 旣不能虛受之, 修省之, 發賑之, 嚴備之, 則嘉言之不納, 灾異之荐臻, 飢饉之連仍, 邊圉之孔棘, 不亦宜乎?

仰觀乎天, 則當治之會耶, 俯察乎下, 則致治之幾耶, 是何當天人致治之會, 而庶政之亂, 尙至於此極耶? 愚竊恐國家之舉措, 有所不至而然也耶. 嗚呼! 陰陽之所以變, 日月星辰之所以晦, 風雨雷霆之所以悖, 山川草木昆虫之所以變者, 天道之亂耶, 地道之亂耶. 然則百事之廢隳, 赤子之殿屎, 公道之塞, 言路之杜者, 君道亂也. 灾異之疊, 飢饉之連, 邊圉之棘者, 君道亂也, 可謂大治之德, 果能明乎. 是故, 百事之廢弛, 不足患也, 赤子之殿屎, 不足患也, 公道之不立, 不足患也, 言路之杜塞, 不足患也, 灾異之疊現, 不足患也, 飢饉之連仍, 不足患也, 邊圉之孔棘, 不足患也.

愚之所患者, 德有所未盡而然也. 不監夫漢乎? 漢之德不明故亂也, 不監夫唐乎? 唐之德不明故亂也. 不監夫宋乎? 宋之德不明故亂也. 不修德, 而欲百度貞也, 生民安也, 公道立也, 嘉言納也, 灾異殄也, 恒産足也, 邊圉固也, 是何異夫不知稼而求穡, 亡舟楫而涉大川者乎? 夫德也者, 天之德也, 始萬物, 長萬物者, 無非天之德也, 遂萬物, 成萬物者, 無非天之德也. 惟聖人, 體天德而行天治焉, 故明是德而圖治者, 三王之爲治也, 化是德而於變者, 唐虞三代之治效也. 君而不治, 君哉君哉, 治而不德, 治哉治哉? 然則, 出治之大根本, 不亦實德之明乎?

『易』曰, 德博而化. 惟我國家, 克明德, 誠能理與心會, 而涵養焉薰陶焉光明之正大之, 由是而立政, 由是而圖治. 而百事之隳弛, 生民之殿屎, 由是也必自反也, 予之德必不明故亂也, 日新之. 公道之不立, 言路之杜塞, 由是也必自反也, 予之德不明故亂也, 日日新之. 灾異之荐臻, 飢饉之連仍, 邊圉之孔棘, 由是也必自反也, 予之德必不明故亂也, 又日新之.

則大德明矣, 國罔不治, 則庶績熙, 何患百事之隳弛也. 大德明矣, 國罔不治, 則元元安, 何患赤子之殿屎也? 大德明矣, 國罔不治, 則紀綱明公道立, 何患私情之未祛也? 大德明矣, 國罔不治, 則野無賢, 而嘉言納, 何患言路之杜塞也? 大德明矣, 國罔不治, 則天道順, 而日月也星辰也, 得其明, 風雨也, 霜露也, 得其序, 地道順, 而草木也山川也, 得其理, 何患灾異之荐臻也? 大德明矣, 國罔不治, 則民樂其業, 而恒産足, 何患飢饉之連仍也? 大德明矣, 國罔不治, 則邊圉整整, 國勢堂堂, 何患夷狄之侵伐也? 古語曰, 因亂爲治, 其此之謂歟.

篇將終矣, 申詰焉. 目今山戎隱然有竊發之勢, 而國家不知將有大亂. 噫, 帝王之治, 雖在於德, 亦惟在於得人. 人苟不得, 則何以釐百事, 奠萬民, 立紀綱, 闢言路, 燮陰陽, 平賦役, 備邊患乎? 性理書曰, 賢才輔, 則天下治, 豈欺也哉? 謹對.

답합니다.

아아, 하늘의 도가 태평하면 만물이 조화롭게 될 것이고, 하늘의 도가 어그러지면 만물이 그 이치를 잃게 될 것입니다. 이 때문에 제왕의 덕이 밝으면 천하가 다스려지고, 제왕의 덕이 사라지면 천하가 혼란해지는 것입니다. 그렇다면 천하가 다스려지거나 혼란해지는 것은 오직 제왕에게 덕이 있느냐 없느냐에 달려있을 것입니다. 만물(萬物)을 기쁘게 하는 것은 못이라는 것을 우리가 알고 있고, 만물(萬物)을 적시는 것은 물이라는 것을 우리가 알고 있으며,[89] 만민(萬民)을 교화하는 것은 덕성(德性)이라는 것을 우리가 알고 있습니다. 진실로 천하를 혼란하지 않게 하려면 덕성이 아니고 무엇이 있겠으며 진실로 천하를 망하지 않게 하려면 덕성이 아니고 무엇이 있겠습니까. 천하 국가에 왕도를 시행하려는 이가 다스리려 하지 않는다면 그만이지만 만일 다스리고자 한다면 밝히지 않으면 안 되는 것이 성인의 덕성일 것입니다.

지금 국가가 이미 다스려지고는 있지만 아직도 스스로 다스려지지는 않고 있습니다. 이에 집사(執事 시험을 주관하는 시관)께서 많은 선비들을 오게 하여 특별히 치란(治亂)의 도리를 가지고 대책을 물었습니다. 아아, 훌륭하도다 집사의 물음이여. 집사의 물음은 우리 성상의 뜻입니다. 이와 같이 편안한 때에도 위태함을 잊지 않는다면 장차 크게 편안할 것이고, 이와 같이 잘 다스려지는 때에도 혼란해질 것을 잊지 않는다면 장차 크게 다스려질 것입니다. 어리석은 저는 치란의 도리에 대해 귀머거리나 장님과 같지만, 천 번 생각하여 고작 하나를 얻을 수 있는 어리석음[90]이나마 감히 나라에 조금이라도 보탬이 되게 하지 않을 수 있겠습니까.

가만히 생각건대, 천지가 생긴 이래로 한번 치세가 없을 수 없었고 한번 난세(亂世)가 없을 수 없었으니, 치세도 통상적인 천도(天道)이고 난세도 통상적인 천도(天道)이기 때문일 것입니다. 봄이었다가 가을이 되고 춥다가 따뜻해지며, 양이었다가 음이 되고 열렸다가 닫히고 줄어들었다가 늘어나니, 이 어찌 치란의 형상이 아니겠습니까. 무엇을 일러 치세라고 합니까.

---

89 만물(萬物)을……있으며 : 『시경(詩經)』, <설괘전(說卦傳) 신야자(神也者)>에 "만물을 기쁘게 하는 것은 못보다 더한 것이 없고, 만물을 적시는 것은 물보다 더한 것이 없다."라고 한 것을 인용한 것이다.

90 천 번을 ~ 어리석음 : 자신의 견해에 대한 겸사이다. 『사기(史記)』「회음후열전(淮陰侯列傳)」에 "지혜로운 사람도 천 번 생각에 반드시 한 번쯤의 실수가 있고, 어리석은 사람도 천 번 생각하면 반드시 한 가지는 얻는 것이 있다."라고 하였다.

다스리는 도리를 얻어서 다스려지는 것입니다. 무엇을 일러 난세라고 합니까. 다스리는 도리를 잃어 혼란해지는 것입니다. 만일 그 다스리는 도리를 얻는다면, 모든 일이 바르게 되고 만민이 편안해지며, 공정한 이치가 세워지고 훌륭한 말이 드날리며, 재해가 일어나지 않고 적군이 침범하지 않을 것입니다. 만일 그 다스리는 도리를 잃는다면, 모든 일이 바르게 되지 않고 만민이 편안하지 못하며, 공정한 이치가 세워지지 않고 훌륭한 말이 숨으며, 하늘이 재해를 일으켜 경계하고 적국이 침범합니다.

그렇다면 하늘이 과연 우리를 다스려지도록 만드는 것이겠습니까. 하늘이 아니라 인군이 다스리는 도리를 얻으면 곧 치세인 것입니다. 하늘이 과연 우리를 혼란하게 만드는 것이겠습니까. 하늘이 아니라 인군이 다스리는 도리를 잃으면 곧 난세인 것입니다. 무엇을 일러 다스리는 도리라고 하겠습니까. 「태갑(太甲)」에 이르기를, "덕(德)이 있으면 잘 다스려지고 덕이 없으면 혼란해진다."라고 하였습니다.[91] 그렇다면 치세를 도모하는 사람이 크게 해서 안 되는 것은 부덕(否德)함이 아니겠으며, 치세를 도모하는 사람이 작게 해서 안 되는 것이 커다란 덕을 닦는 것이 아니겠습니까. 오직 이와 같다면, 정치가 나오는 커다란 근본과 치세를 도모하는 공통된 도리란 어찌 모두 덕을 넓게 베푸는 것이 아니겠습니까. 참으로 능히 힘써 큰 덕을 밝혀 이것을 가지고 온갖 정사에 시행하고 모든 일을 다스려서, 모든 일이 밝아지고 온갖 정사가 조화롭게 된다면 치세를 기약하지 않아도 치세가 될 것이니, 어찌 혼란함을 걱정하겠습니까. 저는 옛 일을 증거로 삼아 집사를 위해 말씀드리고자 합니다.

우(禹)임금이 홍수를 막으니 천하가 태평해졌고, 주공(周公)이 오랑캐를 병합하고 맹수들을 몰아내자 백성들이 안정되었으며, 공자께서 『춘추(春秋)』를 완성하자 난신적자(亂臣賊子)가 두려워하게 되었으니,[92] 이는 『맹자』에서 이른바 혼란하면 다스려진다는 것으로, 집사께서도 이미 아시는 것이니 제가 낱낱이 말씀드릴 필요는 없을 것입니다. 춘추시대의 혼란은, 나라에는 의로운 전쟁이 없고 와해되어 흩어져 왕의 흔적은 씻은 듯 없어졌으니 극도의 혼란이었습니다. 진(秦)나라 황제는 형벌과 위세로 나라를 세워 포악·무도한 정사를 하였으니 또한 하나의 난세였습니다. 한(漢)나라 황제는 활달하고 관대하여 다스림이 조금 안정되었다고는 하나 예악(禮樂)이 미치지 못하였으니 치세라고 할 수 없습니다. 한나라가 쇠약해지자

---

91 태갑(太甲)에……하였습니다 : 『서경(書經)』 「상서(商書)」 <태갑하(太甲下)>에서 이윤(伊尹)이 왕에게 경계한 말 중에 있는 내용이다.
92 우(禹)임금이……되었으니 : 『맹자(孟子)』 「등문공하(滕文公下)」에 나오는 말이다.

왕망(王莽)이 세력을 하늘까지 뻗쳐 백성들을 괴롭히고 군병을 마음대로 부려 스스로 황제가 되었으니, 천하가 혼란하였습니다. 후한(後漢)의 광무제(光武帝)가 228년 후에 즉위하여 중흥하였으니[93] 만세토록 빛나는 공업이지만, 그 후에 환관들이 혼란하게 하고 동탁(董卓)이 혼란하게 하였으며, 조조(曹操)가 혼란하게 하였습니다. 소열제(昭烈帝) 유비(劉備)가 영웅들을 잘 통솔하였더라면 마땅히 중원을 회복하고 조종(祖宗)을 거듭 빛나게 했을 것이지만 결국은 이를 이루지 못하였으니, 하늘이 도와주지 않아서인가. 노회한 조조(曹操)[94]의 혼란을 사마씨(司馬氏 진(晉)나라)가 이었고, 사마씨의 시대에는 오호(五胡)가 구름처럼 일어나 소란을 일으켜 남북으로 갈가리 찢어졌으니 또한 일대의 혼란이었습니다. 수(隋)나라의 천하는 비록 합쳐서 통일했다고 하지만 양광(楊廣 수 양제(隋煬帝))이 혼란하게 하였습니다. 당(唐)나라 정관(貞觀) 시대는 비록 태평한 정치가 있었지만 무후(武后)와 위후(韋后)가 혼란하게 하였고, 안록산(安祿山)과 사사명(史思明)이 혼란하게 했으며, 변경 군영(軍營)에서 혼란하게 하였습니다. 양(梁), 당(唐), 진(晉), 한(漢), 주(周)가 서로 싸우고 정벌하였으며 번갈아 나라를 세우고 망하였는데,[95] 관(冠)과 신발이 거꾸로 되어 백성은 도탄에 빠졌으니, 이 역시 춘추시대의 혼란함이자, 오호시대의 혼란함이었습니다. 송(宋)나라의 군주는 인후(仁厚)함으로 나라를 다스리고 문명한 정치에 도달하였지만, 어진 이를 물리치고 간악한 자를 등용함으로써 오랑캐가 중화(中華)를 어지럽혀 마침내는 수레를 북쪽으로 향하고 강을 건너 남쪽으로 도읍을 옮기는 상황[96]에 이르렀으니 치세라고 할 수 없습니다. 원(元)나라 오랑캐의 시대는 하늘과 땅의 위치가 뒤바뀌고 해와 달이 가려져 캄캄했습니다. 우리 백성을 금수(禽獸)로 만들고 우리들에게 오랑캐 옷을 입게 하여, 삼강(三綱)이 매몰되고 구법(九法)[97]이 무너졌으니, 이 어찌

---

93 후한(後漢)의……중흥하였으니 : 광무제(光武帝) 유수(劉秀)가 즉위하기 전 장안(長安)에 있을 때, 강화(彊華)가 예언이 쓰인 적복부(赤伏符)를 가져왔는데, "유수가 군사를 일으켜 부도한 자를 체포하면, 사방 오랑캐가 운집해 용이 들에서 싸우다가 사칠(四七)의 즈음에는 불이 주인이 되리라."라고 쓰여 있었다. 사칠은 28이니, 한 고조(漢高祖)로부터 광무제가 일어나기까지 228년의 기간을 가리키고, 불이 주인이 된다는 것은 곧 한(漢)나라가 화덕(火德)을 숭상하는 것을 이르니, 곧 광무제가 황제가 된다는 것을 가리킨다. 『후한서(後漢書)』 권1 상 「광무제기상(光武帝紀上)」에 보인다.

94 노회한 조조(曹操) : 조조의 아명(兒名)이 아만(阿瞞)이었으므로 만년의 조조를 노만(老瞞)이라 하였다. 『고금사문유취후집(古今事文類聚後集)』 권7 <실애숙부(失愛叔父)>에 보인다.

95 양(梁)……망하였는데 : 당나라가 망한 뒤 송(宋)나라가 중원을 통일할 때까지 후량(後梁), 후당(後唐), 후진(後晉), 후한(後漢), 후주(後周) 등 5개 왕조와 기타 10여 개 정권이 난립하였다.

96 수레를……상황 : 송 휘종(宋徽宗)과 그 아들 흠종(欽宗)을이 금(金)나라에 포로로 잡혀가고 고종(高宗)이 양자강을 넘어 천도한 것을 말한다.

극도의 혼란이 아니겠습니까.

『서경(書經)』에 이르기를, "그 덕(德)을 항상 유지하면 그 지위를 보존하고, 그 덕을 항상 유지하지 않으면 구주(九州)가 망할 것이다."라고 하였습니다.[98] 그렇다면 천도(天道)가 상식에 어긋나서 그런 것이겠습니까, 군주의 덕이 상식에 어긋나서 그런 것이겠습니까. 공경히 생각건대 우리 명(明)나라는 위로 홍무(洪武 명 태조(明太祖)의 연호)로부터 아래로 만력(萬曆 신종(神宗)의 연호)에 이르기까지 성인(聖人)과 성인이 이어받아서, 도덕을 일관되게 하여 중국을 평안하게 하였고 수레와 문자를 동일하게 하여 만방(萬邦)을 화합시켰습니다.[99] 그러니 황제의 교화가 미치지 않는 지역 밖에 있는 사방의 오랑캐와 남만의 여덟 오랑캐가 모두 산을 넘고 바다를 건너 황하(黃河)를 통해 와서 조회하였습니다. 그런데 어리석은 저 금나라 오랑캐는 요동과 심양을 차지하고도 또 중국을 핍박하였으니 천하 만방이 모두 원수로 여기는 바입니다. 아름답고도 훌륭합니다. 천자의 커다란 덕은 그 교화가 천지와 합치하고 그 밝음은 일월과 합치하여,[100] 그 명성을 높이고 그 존엄을 밝혔으니 변방의 관문을 두드려 통호(通好)하기에 무슨 거리낌이 있을 것이며, 사신을 보내어 조공을 바치기에 무슨 거리낌이 있겠습니까.

공경히 생각건대 우리 성상께서는 하늘이 뛰어난 무예를 내려주었고 현명함이 크게 드러났으니, 혼조(昏朝 광해군 시대)의 오욕과 혼란을 깨끗이 쓸고 열성조의 큰 기반을 이어받으셨습니다. 하늘이 준 자리를 항상 위태롭게 여겨 두려워하고, 왕정(王政)을 어렵게 여겨 부지런히 하며, 범의 꼬리를 밟듯이, 봄 얼음을 건너듯이[101] 하셨습니다. 이에 삼왕(三王 하 우왕(夏禹王), 은 탕왕(殷湯王), 주 문왕(周文王))을 숭상하여, 어진 이를 등용하는 것을 본받고 백성을 자식처럼

---

97 구법(九法) : 천하를 다스리는 아홉 가지 법칙으로 '홍범구주(洪範九疇)'를 말한다.

98 서경……하였습니다 : 이윤(伊尹)이 태갑(太甲)에게 "아아 하늘을 믿기 어려운 것은 천명(天命)이 일정하지 않기 때문이니, 그 덕(德)을 항상 유지하면 그 지위를 보존하고, 그 덕을 항상 유지하지 않으면 구주(九州)가 망할 것입니다."라고 한데서 인용한 것이다. 『서경(書經)』「상서(商書)」<함유일덕(咸有一德)>에 보인다.

99 수레와……화합시켰습니다 : 『중용장구(中庸章句)』 제28장에 "지금 천하에 수레는 바퀴의 궤도가 똑같으며, 글은 문자가 똑같다.[今天下, 車同軌, 書同文.]"라고 한 데서 온 말로, 천하가 통일된 것을 말한 것이다.

100 천자의……합치하여 : 『주역(周易)』<건괘(乾卦)>에 "대인(大人)이란 천지(天地)와 그 덕이 합치되며, 일월(日月)과 그 밝음이 합치되며, 사시(四時)와 그 질서가 합치되며, 귀신과 그 길흉이 합치된다."라고 하였으니, 여기서는 천자의 덕이 지극함을 말한 것이다.

101 범의……건너듯이 : 『서경』<주서(周書) 군아(君牙)>에서, 목왕(穆王)이 군아에게 명하는 말 중에 "내 마음이 근심하고 위태롭게 여기는 것이 호랑이 꼬리를 밟는 듯하고 봄에 얼음판을 건너는 듯하다."라고 하였으니, 매우 조심하는 것을 함을 말한다.

사랑하는 것을 본받으며, 사사로움이 없는 것을 본받고 수양하고 반성하는 것을 본받으며, 유비무환을 본받아서, 정치를 하는 커다란 근본으로 삼으셨습니다. 한번 다스림을 행하면 말씀하시기를, "백관이 기뻐하지 않는가, 백성들을 자식과 같이 사랑하는 것이 아닌가, 공정한 도리가 세워지지 않는가?"라고 하십니다. 한번 다스림을 도모하면 말씀하시기를, "훌륭한 말이 숨어 있는가, 재해가 이유 없이 생기지 않는가, 기근이 계속되지 않는가, 우리 국경이 매우 위급한가?"라고 하십니다. 혼란이 오기 전에 극진하게 정책을 시행하고, 계속하여 위태롭기 전에 나라를 보위하니, 국가가 치도를 극진히 하지 않는다고 할 수 있겠습니까. 극진히 하지 않는다고 할 수 없습니다. 이에 모든 일이 마땅히 바르게 되고, 만민이 마땅히 편안해지며, 공정한 도리가 마땅히 세워지고 훌륭한 말이 마땅히 숨겨지지 않으며, 재이(災異)가 마땅히 나타나지 않고 백성들이 살아갈 재물이 마땅히 풍족하며, 변경의 방어가 마땅히 튼튼해야할 것입니다.

그런데 어찌하여 모든 일은 무너지고 해이해졌으며, 백성들은 고통으로 신음하며, 공정한 도리는 서지 않고, 훌륭한 말은 숨겨지며, 재이는 거듭 닥치고 기근이 연이어 발생하며, 우리 국경은 매우 위급한 상황이 되어, 이처럼 극도에 이르렀단 말입니까. 아아! 오늘날 모든 일이 이처럼 무너지고 해이해졌다면, 앞서 이른바 재주 있는 사람이 지위에 있으면서도,[102] 저처럼 백규(百揆)[103]가 폐추 되었겠습니까. 오늘날 백성이 이처럼 괴로움으로 신음하고 있다면, 앞서 이른바 부역과 조세를 공평히 했는데도, 저렇게 맨 땅에 빈 몸으로 서게 되었겠습니까. 오늘날 사심을 쓰는 것이 이처럼 간사스럽고 아첨하는 상황이라면, 앞서 이른바 뇌물을 주어 청탁하는 것을 금지했는데도 저렇게 요행수를 바라는 문이 열리고 공정한 도리가 막히게 되었겠습니까. 오늘날 훌륭한 말이 이처럼 입을 다물고 아무 말이 없게 되었다면, 앞서 이른바 언로를 열었는데도 저렇게 그릇된 말이 생겨나고 훌륭한 말은 숨게 되었겠습니까. 오늘날 재이가 이처럼 놀라울 정도라면, 앞서 이른바 음양을 조화시켰는데도 천지의 재변과 만물의 괴이함이 저렇게 중첩해서 나타나게 되었겠습니까. 오늘날 기근이 이처럼 계속되고 있다면, 앞서 이른바 창고의 곡식을 풀었는데도 기근이 저렇게 참혹하게 되었겠습니까. 오늘날 변경이

---

102 앞서……있으면서도 : 앞부분에 있는 이 과거의 질문에서 "재주 있는 사람이 등용되었지만 모든 일이 무너지고 해이해졌다."라고 한 것을 가리키는 것이다.
103 백규(百揆) : 서정(庶政)을 총괄하는 관직으로, 주(周)나라 때의 총재(冢宰)와 같은 직임을 말하는데, 우리나라에서는 흔히 의정(議政)을 뜻하는 말로 쓰인다.

이처럼 매우 위급하다면, 앞서 이른바 외환(外患)을 막았는데도 변경이 저렇게 위급해졌겠습니까.

아아! 모든 일이 무너지고 해이해지는 이유를 저는 알고 있습니다. 백성을 착취하는 사람이 관직에 있다면 모든 일이 무너지고 해이해지는 것이 또한 당연하지 않겠습니까. 백성들이 신음하는 이유를 저는 알고 있습니다. 실제적인 혜택이 미치지 못한다면 백성들이 신음하는 것이 또한 당연하지 않겠습니까. 공정한 도리가 밝혀지지 않는 이유를 저는 알고 있습니다. 기상이 서지 않으면 공정한 도리가 밝혀지지 않는 것이 또한 당연하지 않겠습니까. 훌륭한 말이 들어오지 않고 재이가 거듭 이르며, 기근이 연이어 발생하고 변경이 매우 위급한 이유를 저는 알고 있습니다. 말을 허심탄회하게 받아들이지도, 덕을 수양하고 반성하지도, 곳간을 열어 진휼하지도, 변경에 대해 엄중하게 대비하지도 못했다면, 훌륭한 말이 들어오지 않고 재이가 거듭 이르며, 기근이 연이어 발생하고 변경이 매우 위급한 것이 또한 당연하지 않겠습니까.

우러러 하늘을 살펴보면 마땅히 치세의 차례이고, 굽어 아래를 살펴보면 치세를 이룰 조짐인데, 어찌 천인(天人)이 치세를 이룰 기회를 맞이하고서도 서정(庶政)의 혼란함이 오히려 이토록 극심한 지경에 이르렀겠습니까. 저는 내심 국가의 거조에 지극하지 못한 점이 있어서 그러한 듯합니다. 아, 음양이 변하고 일월성신(日月星辰)이 어두워지고, 비바람과 천둥벼락이 때에 어긋나고, 산천초목과 곤충이 변하는 까닭은 하늘의 법도가 혼란하고 땅의 법도가 혼란하기 때문일 것입니다. 그렇다면 모든 일이 무너져 해이해지고, 백성들이 고통으로 신음하고, 공정한 도리가 막히고, 언로가 막히는 것은 군주의 법도가 혼란하기 때문이고, 재이가 거듭되고, 기근이 계속되고, 변경이 매우 위급한 것은 군주의 법도가 혼란하기 때문일 것입니다. 그렇다면 태평하게 다스리는 덕이 과연 능히 밝혀졌다고 할 수 있겠습니까. 이 때문에 모든 일이 무너지고 해이해지는 것은 그다지 염려할 것이 없고, 백성들이 고통으로 신음하는 것도 그다지 염려할 것이 없고, 공정한 도리가 서지 않는 것도 그다지 염려할 것이 없고, 언로가 막히는 것도 그다지 염려할 것이 없고, 재이가 거듭 나타나는 것도 그다지 염려할 것이 없고, 기근이 계속되는 것도 그다지 염려할 것이 없고, 변경이 매우 위급한 것도 그다지 염려할 것이 없을 것입니다.

제가 염려하는 것은 덕에 미진한 점이 있어서 그렇게 되었는가 하는 것입니다. 한나라를 보지 않았습니까. 한나라의 덕이 밝지 못했기 때문에 혼란해졌습니다. 당나라를 보지 않았습니까. 당나라의 덕이 밝지 못했기 때문에 혼란해졌습니다. 송나라를 보지 않았습니까. 송나라의 덕이 밝지 못했기 때문에 혼란해졌습니다. 덕을 수양하지 않고서 모든 일이 바르게 되고 백성이 편안해지며, 공정한 도리가 세워지고 훌륭한 말이 바쳐지며, 재이가 소멸되고 백성들이 살아갈 재물이 풍족해지며, 변경이 튼튼해지기를 바란다면, 곡식을 심을 줄도 모르면서 거두기를 바라고, 배도 없이 큰 하천을 건너려는 것과 무엇이 다르겠습니까. 대저 덕이라는 것은 하늘의 덕이니, 만물을 만들고 만물을 자라게 하는 것은 하늘의 덕 아닌 것이 없고, 만물을 이루게 하고 만물을 완성하는 것은 하늘의 덕 아닌 것이 없습니다. 오직 성인(聖人)이라야 하늘의 덕을 이해하여 하늘의 다스림을 행합니다. 그러므로 이 덕을 밝혀서 다스림을 도모하는 것이 삼왕의 정치를 하는 것이고 이 덕을 교화하여 변화시키는 것이 당우삼대(唐虞三代 요순(堯舜)과 하(夏), 은(殷), 주(周)) 시대 정치의 효과인 것입니다. 군주가 되어 다스리지 못한다면 군주이겠습니까. 군주이겠습니까. 다스리는데 덕이 없다면 치세이겠습니까, 치세이겠습니까. 그렇다면 정치를 하는 커다란 근본은 또한 실제적인 덕의 밝음이 아니겠습니까.

『주역(周易)』에 이르기를, "덕이 넓게 퍼져 남들이 교화된다."라고 하였습니다.[104] 생각건대 우리나라는 능히 덕을 밝히고 참으로 능히 이치와 마음을 합치해서, 함양하고 교화하며 광명정대하게 하여, 이를 통하여 정치를 세우고 이를 통하여 치세를 도모해야 합니다. 모든 일이 무너져 해이해지고 백성들이 고통으로 신음하는 것은 이를 통하여 반드시 반성하고, 나의 덕이 필시 밝지 못했기 때문에 혼란해진 것이니 날로 새롭게 해야 합니다. 공정한 도리가 서지 못하고 언로가 막히는 것은 이를 통하여 반드시 반성하고, 나의 덕이 밝지 못했기 때문에 혼란해진 것이니 나날이 새롭게 해야 합니다. 재이가 거듭 이르고 기근이 연이어 발생하며 변경이 매우 위험한 것은 이를 통하여 반드시 반성하고, 나의 덕이 필시 밝지 못했기 때문에 혼란해진 것이니 또한 날로 새롭게 해야 합니다.

그렇게 하여 커다란 덕이 밝아져 나라가 다스려지지 못함이 없다면, 모든 업적이 빛날 것이니 어찌 모든 일이 무너져 해이해지는 것을 걱정하겠습니까. 커다란 덕이 밝아져 나라가 다스려지지 못함이 없다면, 백성들이 편안할 것이니 어찌 백성들이 고통으로 신음할까 걱정하겠습니까. 커다란 덕이 밝아져 나라가 다스려지지 못함이 없다면, 기강이 분명해지고 공정

---

104 주역에……하였습니다 : 『주역(周易)』「상경(上經)」<건(乾)>에, "(德)이 넓게 퍼져 남들이 교화되는 자이다. 역(易)에 이르기를 '나타난 용(龍)이 밭에 있으니 대인(大人)을 만나보는 것이 이롭다'하였으니, 이는 군주의 덕(德)이다"라고 한 데서 나온 말이다.

한 도리가 설 것이니 어찌 사적인 정실이 없어지지 않을까 걱정하겠습니까. 커다란 덕이 밝아져 나라가 다스려지지 못함이 없다면, 초야에는 어진 이가 남아 있지 않고 훌륭한 말을 바칠 것이니 어찌 언로가 막힐까 걱정하겠습니까. 커다란 덕이 밝아져 나라가 다스려지지 못함이 없다면, 하늘의 도가 순조로워 일월과 상신이 그 밝음을 얻을 것이고, 비바람과 서리, 이슬이 그 절서(節序)를 얻을 것이며, 땅의 도리가 순조로워 초목과 산천이 그 이치를 얻을 것이니, 어찌 재이가 거듭 닥칠까 걱정하겠습니까. 커다란 덕이 밝아져 나라가 다스려지지 못함이 없다면, 백성들이 생업을 편안히 여기고 살아갈 재물이 충족해질 것이니 어찌 기근이 연이어 생길까 걱정하겠습니까. 커다란 덕이 밝아져 나라가 다스려지지 못함이 없다면, 변경이 정연해지고 국세(國勢)가 당당해질 것이니 어찌 오랑캐가 침범할까 걱정하겠습니까. 옛말에 혼란으로 인하여 다스린다고 한 것은 아마 이것을 이르는가 합니다.

글이 끝나려하여 거듭 고합니다. 지금 산융(山戎 청나라)이 은연중에 느닷없이 군사를 일으킬 형세가 있는데, 나라에서는 장차 큰 난리가 있을 것을 모르고 있습니다. 아, 제왕의 정치는 비록 덕에 달려있는 것이나, 또한 적임자를 얻는 데에 달려있는 것입니다. 진정 적임자를 얻지 못한다면 어떻게 온갖 일을 다스리고 백성을 안정시키며, 기강을 세우고 언로를 열며, 음양을 조화하고 부역을 공평히 하며, 변경의 우환에 대비하겠습니까. 성리서(性理書)에 이르기를, "어진 이와 재능 있는 이가 보필하면 천하가 다스려진다."라고 하였으니,[105] 어찌 속일 리가 있겠습니까. 삼가 답변합니다.

---

105 성리서(性理書)에……하였으니 : 『성리대전서(性理大全書)』 권2 <치(治) 제12>에 "마음이 순수하면 어진 이와 재능 있는 이가 보필하고, 어진 이와 재능 있는 이가 보필하면 천하가 다스려진다."라고 하였는데. 원래 주돈이(周敦頤)의 말이다. 『주원공집(周元公集)』 권1 <치제십이장(治第十二章)>에 보인다.

百千堂遺稿　卷四

附錄부록

1 贈通訓大夫弘文館應教知製教兼經筵侍講官春秋館編修官中學教授漢學教授世子侍講院輔德行通訓大夫司憲府持平知製教兼春秋館記注官 吳公墓碣銘幷序

— 大提學 李縡 撰

蓋當寧陵初服, 人材爲盛, 大率淬礪名節, 以淸議相尙. 若持平吳公翩, 其傑然者也, 士流方倚以爲重, 不幸蚤卒, 同春先生有詩哀之.

公字逸少, 海州人, 其先出高麗軍器監仁裕. 考諱士謙, 宗親府典簿, 妣全州李氏, 庶尹時中之女. 祖諱定邦, 兵馬節度使, 是光海廢母時獻議用烝烝乂不格姦一句者, 曾祖諱壽億虞候, 至公兄弟, 以文學大鳴. 天坡公常呼爲卯君, 以公生於乙卯也. 公癸酉司馬, 除獻陵參奉不就. 丙戌庭試壯元, 成均館典籍, 兵禮二曹郎, 司諫院正言, 司憲府持平, 侍講院司書, 知製教, 仁祖實錄都廳郎, 被弘文錄, 公立朝風彩可觀.

時自點當國, 貪縱不法, 勢焰熏天. 其倡爲削黜之論, 實自公始, 同春繼以請竄, 仍幷劾勳宰狎客. 憲長有崖異其論者, 公右同春而斥憲長. 淸陰金文正公嘗爲柳碩所螫, 碩以江原監司, 國哀食肉公座, 公悉擧其罪, 削其仕版. 大司憲趙公錫胤, 正言李公慶億, 言事大觸威怒, 公疏救之, 深陳聖心忿懥之失. 上雖遞公職, 而被譴者稍解. 又應旨上八條, 言益剴切, 上亦知其忠讜, 以朝夕論思待公, 而公已病矣.

公得年三十九, 卒之日十月二十一也, 葬于陽城天德山先塋辛坐之原. 配原州元氏, 其考大君師傅振海, 慈順莊淑, 甚得婦道. 生與公同年, 丙辰卒, 葬而同岡. 三男斗光通德郎, 斗龍進士佐郎, 斗雄通德郎, 女適監役愼元萬. 生員冕周, 鳳周長房出, 次房男昌周, 三房男宗周. 冕周以鳳周子珽爲嗣, 昌周宗周皆四男, 曰瓆, 頊, 璞, 璲, 曰瑋, 瓊, 瑾, 璈.

公淸修潔靜, 樂善好義, 出於天性. 平居無疾言遽色, 而當事果確, 於聲色貨利泊如也. 母病嘗糞, 及喪葬祭以禮, 喪餘則旬日致齋, 有終身之哀, 奉邱嫂如母. 待人忠實, 辭氣藹如, 觀者自然感服.

少從張谿谷學, 谿谷稱以文章手. 出遊場屋, 輒屈曹偶, 詞賦尤膾炙一時, 公不以自多. 嘗作堂扁以百千, 篤志爲學, 手不釋卷. 於周易近思錄, 用力最深, 且邃於史學. 性不喜仕宦, 通籍八年, 家食牛之, 暇日匹馬遊楓嶽而歸, 風致蕭然.

縡婦翁陽谷公嘗曰, "吾季父拔流俗千丈, 可以想見其爲人矣." 縡又嘗讀公少時所爲斥和三臣傳及擬平遼奏, 辭旨慷慨, 幾於涕下. 使公充其志操, 所成就豈可量哉? 如今人物眇然, 義理晦蝕, 士大夫間不復聞此等言論矣, 雖欲起公於九原, 而安可得也? 噫! 冕周請銘, 銘曰, 玉雪之淸, 弦矢之直, 我不見公, 其心可得, 於戱寧王, 立我民極, 茅拔距脫, 公與有力, 冽彼井泉, 可汲可食, 胡不永年, 並受其福, 三復匪風, 增我心惻, 我銘玄石, 其名不泐.

碣文成於當宁癸丑, 而曾孫(瑛)癸酉兵使時, 推恩贈職.

증 통훈대부 홍문관 응교 지제교 겸 경연 시강관 춘추관 편수관 중학교수 한학교수 세자시강원 보덕 행 통훈대부 사헌부 지평 지제교 겸 춘추관 기주관(贈通訓大夫弘文館應敎知製敎兼經筵侍講官春秋館編修官中學敎授漢學敎授世子侍講院輔德行通訓大夫司憲府持平知製敎兼春秋館記注官) 오공 묘갈명 병서(吳公墓碣銘幷序)

— 대제학 이재(李縡)가 짓다.

효종 초기에 인재가 성대하여 대체로 명분과 절의를 면려하여 맑은 의논으로 서로 숭상하였다. 지평 오핵 공(吳翮公)의 경우는 그 중에서도 뛰어난 분으로 선비들이 한창 의지하여 중히 여겼는데 불행히 일찍 돌아가시니 동춘(同春) 송준길(宋浚吉) 선생께서 시를 지어 애도하였다.

공의 자(字)는 일소(逸少)이고, 해주(海州) 사람이니, 그 선대는 고려의 군기감 인유(仁裕)에서 나왔다. 부친 사겸(士謙)은 종친부 전부(典簿)이고 모친 전주 이씨는 서윤(庶尹) 이시중(李時中)의 따님이다. 조부 정방(定邦)은 병마절도사였는데, 바로 광해군이 모후(母后)를 폐할 때[1] "계속 선한 방향으로 이끌어 간악한 데에 이르지 않게 하였습니다."라는 한 구절[2]을 바친 분이고, 증조부 수억(壽億)은 우후(虞侯)를 지냈는데, 공의 형제에 이르러 문학으로 크게 이름을 날렸다. 천파공(天坡公)[3]은 항상 공을 묘군(卯君)[4]이라고 불렀는데 공이 을묘년

---

1 광해군이 모후(母后)를 폐할 때 : 광해군 때 정권을 잡은 대북파(大北派)의 이이첨(李爾瞻) 등이 선조(宣祖)의 계비(繼妃)인 인목대비(仁穆大妃)을 폐한 일을 말한다.
2 선한……구절 :『서경』「요전(堯典)」에 나오는 말로, 사악(四嶽)이 순(舜) 임금을 요(堯) 임금에게 천거하면서 한 말로, 순임금의 아버지, 계모, 이복동생을 잘 선도하였다는 말이다.
3 천파공(天坡公) : 천파는 오숙(吳䎘 1592~1634)의 호이다. 오핵의 장형으로 1612년(광해군4)에 문과에 급제하여 강원도 관찰사, 예조 참의 등을 지냈다.
4 묘군(卯君) : 훌륭한 아우를 뜻한다. 송나라의 문장가 소식(蘇軾)이 묘년(卯年)에 태어난 아우 소철(蘇轍)을 묘군이라고 불렀던 데서 유래한 것이다.『소동파시집(蘇東坡詩集)』권37, '子由生日云云'

(1615, 광해군7)에 태어났기 때문이다. 공은 계유년(1633, 인조11) 사마시에 붙고 헌릉 참봉(獻陵參奉)에 제수되었으나 나가지 않았다. 병술년(1646, 인조24) 정시(庭試)에 장원하여 성균관 전적(典籍), 병조와 예조의 낭관, 사간원 정언, 사헌부 지평, 시강원 사서, 지제교, 인조실록청(仁祖實錄廳)의 도청랑(都廳郎)을 지내고 홍문록(弘文錄)에 선발되었는데, 공이 조정에 서니 풍채가 볼 만하였다.

당시 김자점(金自點)이 나라의 권력을 잡고 탐욕스러워 불법을 자행하고 기세가 성하여 하늘을 덮을 듯하였다. 김자점을 삭출하자는 주장은 실로 공에게서 시작되었고, 동춘(宋浚吉)이 계속해서 찬배할 것을 청하고 이어 훈신(勳臣) 재상과 그에 빌붙은 사람을 모두 탄핵하였다. 그런데 대사헌이 그 논의에 이견을 가지고 있자, 공이 동춘을 도와 대사헌을 배척하였다. 문정공(文正公) 청음(淸陰) 김상헌(金尙憲)이 일찍이 유석(柳碩)의 탄핵을 받았는데, 유석이 강원 감사로 있으면서 국상(國喪) 때 공석에서 고기를 먹었다는 이유로 공이 그의 죄를 모두 거론하고 사판(仕版)에서 삭제하였다. 대사헌 조석윤(趙錫胤)과 정언 이경억(李慶億)의 국사에 관한 상소가 주상의 위엄과 노여움을 크게 범하였는데, 공이 상소하여 구제하고, 분노하는 마음을 가진 주상의 잘못에 대해 깊이 아뢰었다. 주상이 비록 공을 체직하였지만, 견책을 받은 사람이 차츰 풀려났다. 또 구언에 따라 8조항을 올렸는데 말이 더욱 알맞고 절실하였다. 주상도 그 충직함을 알고 아침저녁으로 의논하고 사색하며 공을 대우하였는데 공은 이미 병이 들어있었다.

공의 향년은 39세로 졸한 날은 10월 21일이니, 양성(陽城) 천덕산(天德山)[5] 선영의 신방(辛方 서북서쪽)을 등진 언덕에 장사지냈다. 부인은 원주 원씨(原州元氏)로 부친은 대군사부(大君師傅) 진해(振海)이니, 자애롭고 유순하며, 단정하고 정숙하여 부녀자의 도리를 잘 갖추었다. 공과 같은 해에 태어나서 병진년(1676, 숙종2)에 졸하여 같은 언덕에 장사지냈다. 아들이 셋이니 두광(斗光)은 통덕랑이고, 두룡(斗龍)은 진사시에 붙어 좌랑이고, 두웅(斗雄)은 통덕랑이며, 딸은 감역 신원만(愼元萬)에게 시집갔다. 생원 면주(冕周)와 봉주(鳳周)는 장남의 소생이고, 차남의 아들은 창주(昌周), 삼남의 아들은 종주(宗周)이다. 면주는 봉주의 아들 정(珽)을 후사로 삼았고, 창주와 종주는 모두 4남을 두었는데, 질(瓆), 욱(頊), 혁(琙), 수(璲)와 위(瑋), 섭(瓔), 근(瑾), 경(璥)이다.

---

5 양성(陽城) 천덕산(天德山) : 지금의 안성시 양성면이고 천덕산은 원곡면에 소재하고 있다.

공은 행실이 맑고 깨끗하고 고요하며, 선(善)을 즐기고 의(義)를 좋아하였으니 천성에서 나온 것이었다. 평상시에는 말을 서둘거나 당황해하는 기색이 없었지만 일을 당해서는 과감하고 확실하였으며, 성색(聲色)이나 재물에 대해서는 담박하였다. 모친이 병들자 대변을 맛보았고, 상을 당해서는 장례와 제례를 예법대로 하였다. 상을 치른 후에는 열흘간 치재(致齋)하고 죽을 때까지 슬퍼하였으며 맏형수를 어머니처럼 받들었다. 사람을 대함에 충직하고 성실하며 말과 기색이 온화하니 보는 사람들이 자연히 감복하였다.

젊어서 계곡(谿谷) 장유(張維)에게 가서 공부하였는데 계곡이 공의 문장 재주를 칭찬하였다. 과거 시험에 나가면 번번이 동료들을 압도하였으며 사부(詞賦)는 더욱 한 시대에 회자되었지만 공은 스스로 만족하게 여기지 않았다. 일찍이 당(堂)의 편액을 "백천(百千)"이라 짓고 독실한 뜻을 가지고 학문을 하여 손에서 책을 놓지 않았다. 『주역』과 『근사록(近思錄)』에 가장 깊이 힘을 썼고 또 사학(史學)에 정통하였다. 성품이 벼슬살이 하는 것을 좋아하지 않아 관직에 오른 지 8년 동안 벼슬에 나아가지 않은 기간이 반이었으며, 한가한 날에 필마(匹馬)로 풍악산(楓嶽山)을 유람하고 돌아왔으니 풍모가 소탈하였다.

나의 장인 양곡공(陽谷公)[6]이 일찍이 말하기를, "내 계부(季父)는 속세와는 천 길 정도 빼어났으니 그분의 사람됨을 상상할 수 있을 것이다."라고 하였다. 내가 또 공이 젊었을 때 지은 〈척화삼신전(斥和三臣傳)〉과 〈의평료주(擬平遼奏)〉[7]를 읽어보았는데 말과 뜻이 강개하여 거의 눈물을 흘릴 지경이었다. 그러니 공으로 하여금 그 뜻과 절조를 확충하게 했다면 그 성취를 어찌 헤아릴 수 있었겠는가. 지금은 인재가 드물고 의리가 사라져서 사대부들 사이에서 다시는 이런 등등의 언론을 듣지 못하니, 비록 공을 지하에서 일으켜 세우고 싶지만 어찌 가능한 것이겠는가. 아, 면주가 명(銘)을 청하여 명하노라.

옥(玉)과 눈처럼 맑고 활시위와 화살처럼 곧도다.

내가 공을 보지 못했으나 그 마음은 알겠노라.

---

6 나의 장인 양곡공(陽谷公) : 양곡은 오두인(吳斗寅 1624~1686)은 오핵의 형인 오상(吳翔)의 아들로 백부 오숙(吳翻)에서 출계(出系)하였으며 이 글을 지은 이재(李縡)의 장인이다.

7 척화삼신전(斥和三臣傳)과 의평료주(擬平遼奏) : 본 문집 3권에 실려 있는 글로 〈척화삼신전〉은 병자호란 때 청나라에 끌려가 순국한 홍익한(洪翼漢), 윤집(尹集), 오달제(吳達濟)에 대해 기록한 것이고, 〈의평료주(擬平遼奏)〉는 청나라를 공격해 요동(遼東)을 평정하려는 계획을 인조(仁祖)가 명나라 황제에게 올리는 형식으로 기록한 주문(奏文)이다.

아아, 영왕(寧王)께서 우리 백성의 준칙을 세우시고[8]

어진 사람을 들어 쓰고 간사한 자를 제거하니[9] 공이 이일에 힘이 되었구나.

저 맑은 우물은 물도 길을 수 있고 먹을 수도 있는데,

어찌하여 수명을 길게 주어 모두 그 복을 받게 하지 않았는가.[10]

비풍(匪風)[11]을 거듭해서 읽으니 내 마음 더욱 슬프구나.

내 명을 검은 돌에 새기니 그 이름 영원하리라.

갈문(碣文)은 지금 주상 계축년(1733, 영조9)에 완성되었는데, 증손 혁이 계유년(1753, 영조29)에 병사(兵使)가 되었을 때 추은(推恩)하여 증직(贈職)되었다.

2 墓表

— 弘文提學 鄭斗卿 撰.

吳君翮字逸少, 海州人, 天坡翻季弟也. 萬曆乙卯二月生, 母氏夢龍有娠, 故小名夢辰. 自兒時以文名, 受學於張谿谷, 谿谷大稱賞曰, "文章才也." 翻嘗曰, "吾家卯君." 自十八至二十一, 連四歲皆高擢初試, 名聲藉甚.

十九成進士, 三十二登庭試壯元, 例授成均典籍. 旋拜兵曹佐郎, 司諫院正言, 禮曹佐郎, 又遷正言. 時, 諫院方論金自點貪贓, 請罷其職, 君以爲罪律不相稱, 請加竄黜, 時議快之. 庚寅又拜

---

8 영왕(寧王)께서……세우시고 : 『서경(書經)』 「군석(君奭)」에 "무왕(武王)이 자기 마음을 펴시어 모두 그대에게 명하여 그대를 백성의 극(極 : 준칙)으로 삼으시고……"라는 내용에서 인용한 것이다. 『서경』에서는 무왕(武王)을 가리키지만 여기서는 효종대왕(孝宗大王)을 지칭하는 듯하다.

9 어진 사람을……제거하니 : 『주역(周易)』 「태괘(泰卦)」 초구(初九)에 "띠풀의 엉킨 뿌리를 뽑는 격이라 동류들과 함께 감이니 길하다."라고 하였으니, 군자가 조정에 진출하는 것을 말한다. 또 송 인종(宋仁宗) 때 석개(石介)의 <경력성덕시(慶曆聖德詩)>에 "큰 간신을 제거하니, 마치 닭의 뒷 발톱이 떨어진 것 같다"라고 하였는데, 여기서는 김자점(金自點) 무리의 제거를 의미한다.

10 저 맑은……않았는가 : 『주역(周易)』 「정괘(井卦)」 구삼(九三)에 "우물을 깨끗이 쳤는데도 먹지를 않으니 내 마음이 슬프다. 임금이 밝아서 길어다 먹기만 하면 모두 복을 받으리라."라고 하였는데, 여기서는 오핵이 오래 살아서 등용되었으면 나라에 큰 복이 되었을 것이라고 말한 것이다.

11 비풍(匪風) : 『시경』 「국풍(國風)」의 편명으로 주(周)나라가 쇠미해 지자 어진 사람들이 걱정하고 탄식하며 지은 시이다.

正言, 俄遷兵曹正郎. 時仁祖昇遐, 差實錄廳郎廳兼春秋館記注官. 辛卯又拜正言, 論聖學喜怒上工夫, 上嘉之. 陞實錄都廳. 壬辰拜司憲府持平, 癸巳九月又拜持平, 條陳時政八弊, 言甚凱切, 上優答. 選知製敎. 未幾以病卒, 年三十有九.

君志操廉淨, 無意仕宦. 性喜山水, 辭遞持平, 以匹馬往楓嶽, 歷覽形勝, 詩篇成卷. 歸於人曰, "吾今宿願已畢矣." 常在農庄, 罕入京洛. 三拜騎曹, 再入國子, 一侍春坊, 八持風憲, 九登諫院, 未嘗有數月之淹, 入朝八年, 受祿僅二科. 喜讀書枕藉書史, 手不釋卷, 晝夜沈潛, 至忘寢食. 且搜刮諸史, 上自太古, 下至皇朝, 一依朱子綱目, 手書四卷, 名曰萬世鑑.

娶原州元氏, 大郡師傅振海女, 生三男一女. 男斗光, 斗龍, 斗雄, 女適愼元萬.

묘표

— 홍문관 제학 정두경(鄭斗卿)이 짓다.

오핵(吳䎘)군은 자(字)가 일소(逸少)이고, 해주(海州) 사람으로 천파(天坡) 오숙(吳䎘)의 막내 동생이다. 만력(萬曆) 을묘년(1615, 광해군7) 2월에 태어났는데, 모친이 용꿈을 꾸고 임신했기 때문에 아명을 몽진(夢辰)이라고 했다. 아이 때부터 문장으로 이름이 났고 계곡(谿谷) 장유(張維)에게 수학하였는데 계곡이 문장의 재사(才士)라고 크게 칭찬하였으며, 오숙은 일찍이 우리 집안의 묘군(卯君)이라고 일컬었다. 18세부터 21세까지 연이어 4년 동안 초시에서 모두 높은 성적으로 뽑혀 명성이 매우 자자하였다.

19세에 진사가 되고 32세에 정시(庭試)에서 장원에 올라 규례에 따라 성균관 전적에 제수되었다. 곧 병조 좌랑, 사간원 정언, 예조 좌랑에 제수되었고 또 정언으로 옮겼다. 이때 사간원에서 김자점(金自點)이 그릇되게 재물을 탐하는 죄를 한창 논핵하고 그를 파직할 것을 청하였는데 군은 죄와 형률이 서로 걸맞지 않다고 하며 파직과 찬배(竄配)를 가할 것을 청하니 당시 논의가 통쾌하게 여겼다. 경인년(1650, 효종1)에 다시 정언에 제수되었다가 얼마 후 병조 정랑으로 옮겼다. 당시 인조대왕이 승하하여 실록청 낭청 겸 춘추관 기주관에 차임되었다. 신묘년(1651)에 다시 정언에 제수되어 성인(聖人)이 말씀한 희로(喜怒)의 공부를 논하니 주상이 가상하게 여겼다. 실록청 도청(都廳)에 승진하고 임진년(1652)에 사헌부 지평에 제수되었다. 계사년(1653) 9월에 다시 지평에 제수되어 당시 정사의 여덟 가지 폐단에 대해 조목별로 아뢰었는데 말이 매우 알맞고 절실하여 주상이 너그러운 비답을 내렸다. 지제교(知製教)에 선발되었는데 얼마 지나지 않아 병으로 졸하였으니 나이가 39세였다.

군은 지조가 청렴하고 깨끗하였으며, 벼슬길에 뜻이 없었다. 성품이 산수(山水)를 좋아하여 지평을 사직하여 체차되고는 필마로 풍악산(楓岳山)에 가서 형승을 두루 유람하였으니, 그때 지은 시편(詩篇)이 한 권이 되었다. 돌아와서 사람들에게 말하기를, "내가 이제 숙원을 풀었다."라고 하였다. 항상 농장에 있으며 서울 출입이 드물었다. 세 번 병조에 제수되고 두 번 국자감(國子監)에 들어갔으며, 한 번 춘방(春坊 세자시강원(世子侍講院))에서 세자를 모셨고, 네 번 풍헌(風憲)의 직임을 맡았고, 아홉 번 사간원에 들어갔는데, 일찍이 몇 달을 머무른 적이 없었다. 조정에 들어온 지 8년에 녹봉을 받은 것이 겨우 2과(科)였다. 독서를 좋아하여 서사(書史)를 벗 삼아 손에서 책을 놓지 않고 밤낮으로 깊이 몰두하여 잠자고 먹는 것을 잊기까지 하였다. 또 여러 역사책을 뒤지고 파헤쳐 위로는 태고 시대부터 아래로 명나라에 이르기까지 하나같이 주자(朱子)의 『자치통감강목(資治通鑑綱目)』의 체제에 의거하여 직접 4권을 쓰고 『만세감(萬世鑑)』이라고 이름 하였다.

원주 원씨(原州元氏) 대군사부(大君師傅) 원진해(元振海)의 딸에게 장가들어서, 3남 1녀를 두었으니, 아들은 두광(斗光), 두룡(斗龍), 두웅(斗雄)이고, 딸은 신원만(愼元萬)에게 시집갔다.

3 墓誌銘幷序

― 大提學南龍翼撰

余早遊場屋, 聞儕友論當今善詞賦者, 指必爲首陽吳公先屈, 余固心豔之. 無何而公果大鳴, 余亦追躡後塵, 始爲忘年交, 相得甚驩也. 又無何而公已作千古矣. 公歿之三十有八年, 公之胤子狀公行, 請余幽宮之誌, 撫迹興感, 不可以不文辭.

按狀, 公諱翮, 字逸少, 生於萬曆乙卯二月二十日. 出就外傅, 文藝夙成. 十四而孤, 伯兄天坡公, 以文學名世, 與公同廬, 課督極嚴, 公亦遵承不少違, 以此藻思日進. 請益于谿谷張相公之門, 大蒙獎詡. 十九居解元, 登上庠, 又二年, 魁漢城試, 聲譽藹蔚.

甲申, 除齋郎, 不就. 丙戌, 擢庭試壯元, 例授典籍, 尋佐兵曹. 丁亥, 拜正言, 自是, 六七載間, 履歷不出兩司, 春坊, 騎省, 國子, 而又帶三字衡矣. 辛卯, 承正言召命, 封疏縣道, 略曰, 臣聞道路之說, 近來天威震疊, 南重晦, 柳椐, 以持平下獄, 趙錫胤以憲長, 罷斥, 李慶億以正言, 安置云. 自祖宗重臺諫之意, 至殿下掃地盡矣, 寧不寒心? 仍伸救趙李兩臣甚力. 又曰, 殿下之病根有三, 英氣太露, 是聖量未弘也, 辭氣太過, 是聖心未平也, 喜怒易發, 是聖學未究也. 請潛心義理, 涵養本源, 以爲變化氣質之地. 言甚剴切, 上不答, 終遞公職.

癸巳, 又以持平, 應旨陳疏, 以爲當今急務, 其目有八, 請恢聖量以開言路, 盡禮敬以待臣隣, 明公道以收人才, 擇守令以責字牧, 革內司以付有司, 罷立案以戢宮奴, 蠲弊瘼以慰民情, 整軍政以紓民怨, 逐目條列, 其言實可用, 上嘉納焉. 是年十月二十一日, 以疾卒于第, 春秋僅三十有九. 以十二月二十一日, 葬于陽城天德山先塋側辛坐之原.

公資稟純粹, 端潔方直. 少遭丙丁之亂, 匪風之思, 屢形於詞章, 作斥和三臣傳, 言甚慷慨, 可傳後. 孝友之性, 出於天植, 母夫人病革, 嘗糞以試吉凶, 及歿, 廬墓盡禮. 事兄嫂天坡夫人, 如事母, 與兩兄常處一室, 衣食與共. 聲色貨利, 視之若浼, 家雖旁落, 晏如也. 少無宦情, 通籍八年, 處鄉居半.

嘗搆一小齋, 名之曰百千, 蓋取己百己千之義也. 好看書, 手不釋卷, 留心性理之書. 尤博於史學, 有萬世鑑四卷, 藏于家. 爲文祖乎班馬. 賦則浸淫騷選, 詩亦力追正聲, 皆彬彬可觀. 晚與二三同志, 往遊楓岳, 嘯詠而歸. 胸襟瀟灑, 無一點塵垢, 人比之紫芝眉宇云.

噫! 使公而年, 則進可以補闕煥猷, 退可以式鄉醫俗. 而半道而輟, 終靳不惑之年, 大爲士友所嗟惜, 以至名相賢卿之操文祭者, 莫不譽極口而哭失聲, 亦足以知公之平生也.

公之氏系, 肇自高麗遠祖諱仁裕檢校軍器監, 後有尙書左僕射諱札, 自此簪纓不絶. 曾祖諱壽億, 虞侯贈兵曹判書, 祖諱定邦, 魁武科嘉善兵使. 當光海將廢母后收庭議時, 以臣武夫, 只讀史略炣炣又不格姦一句爲對, 用此沈淪, 而物議壯之. 考諱士謙, 宗親府典簿贈左贊成, 以善居喪稱. 妣貞敬夫人全州李氏, 漢城庶尹贈吏曹參判時中之女, 世宗大王六代孫. 配原州元氏, 大君師傅振海之女, 慶尙觀察使鋥之孫, 一松沈相國喜壽之外曾孫也. 生長外家, 一松公教以禮法, 故和順莊淑, 得婦道甚. 奉祭祀以誠, 教子弟以義, 待婢使以恩, 宗黨隣里, 莫不稱頌. 生於乙卯十二月十二日, 卒于丙辰三月初五日, 享年六十有二. 葬于卯向之原, 與公同岡異穴焉. 生三男二女, 男長斗光, 次斗龍進士光陵參奉, 卽乞銘者, 次斗雄. 女監役愼元萬, 餘夭. 斗光娶忠義衛李梓女, 生二男一女, 男冕周, 鳳周, 女幼. 斗龍娶生員愼之憲女, 生男女各一, 男昌周, 女趙鳴殷. 斗雄娶水使鄭漢驥女, 生一男五女, 男宗周, 女李壽頤, 餘幼, 內外孫曾二十人. 銘曰:

貌粹而淸, 心潔而貞, 生質之美, 藝冗詞場, 忠著疏章, 名實之備, 芳蘭易捐, 美玉無堅, 與奪誰使, 我賁幽宅, 銘之于石, 我筆不愧.

묘지명(墓誌銘) 병서(幷序)

— 대제학 남용익(南龍翼)이 짓다.

내가 젊어서 과장(科場)에 출입하며, 동료들이 현재 사부(詞賦)를 잘하는 사람을 논하면 반드시 수양 오공(首陽吳公)[12]을 가리켜 먼저 꼽는 것을 듣고, 내가 마음으로 진정 부러워하였다. 얼마 안 되어 공이 과연 크게 이름을 떨쳤고, 나도 후배로 뒤따라 비로소 망년(忘年)의 교유가 되고 서로 알게 된 것을 매우 기뻐하였다. 그런데 또 얼마 안 되어 공은 고인이 되었다. 공이 별세한지 38년이 지나 공의 아들이 공의 행적을 기록해서 나에게 묘지문을 청하였는데, 옛 자취를 더듬으니 감동이 일어나 글재주가 없다고 사양할 수가 없었다.

행장을 상고하니, 공의 휘(諱)는 핵(翮)이고 자는 일소(逸少)이며, 만력(萬曆) 을묘년(1615, 광해군7) 2월 20일에 태어났다. 집밖에 나가서 스승에게 배웠는데,[13] 문예가 일찍 성취되었다. 14세에 부친을 잃었는데, 문학으로 세상에 이름이 난 백형 천파공(天坡公)이 공과 같이 여묘(廬墓)하면서 공부를 지극히 엄하게 독려하였고, 공도 따르고 받들어서 조금도 어긋나지 않으니, 이 때문에 글재주가 날로 진보하였다. 계곡(谿谷) 장상공(張相公 장유(張維))의 문하에 더 배울 것을 청하여 크게 격려와 촉망을 받았다. 19세에 향시(鄕試)에서 장원하여 소과(小科)에 올랐고 또 2년 뒤에 한성시(漢城試)에서 장원을 하니, 명성이 자자했다.

갑신년(1644)에 재랑(齋郞)에 제수되었는데 나가지 않았다. 병술년(1646)에 정시에 장원으

---

12 수양 오공(首陽吳公) : 황해도 해주에 수양산이 있으므로 해주를 수양이라고도 한다. 즉 해주오공(海州吳公)을 말한 것이다.
13 집밖에……배웠는데 : 『예기(禮記)』에 남자의 나이가 10살이 되면 집 밖으로 나가 스승에게 배운다고 하였으니, 10살 무렵을 가리키는 듯하다. 『禮記 內則』

로 뽑혀 규례대로 전적(典籍)에 제수되고 얼마 안 되어 병조 좌랑이 되었다. 정해년(1647)에 정언에 제수되었는데 이로부터 6, 7년간의 이력은 사간원과 사헌부, 세자시강원, 병조, 성균관을 벗어나지 않았고, 또 지제교(知製敎)의 직함을 지니고 있었다. 신묘년(1651)에 정언으로 부르는 명을 받고, 현(縣)과 도(道)를 경유해 상소를 올렸는데, 그 대략에, "신이 항간에 떠도는 이야기를 들으니, 근래 전하의 위엄이 누차 진노하시어 지평 남중회(南重晦)와 유거(柳椐)가 하옥되었고, 대사헌 조석윤(趙錫胤)이 파직되었으며, 정언 이경억(李慶億)이 안치되었다고 합니다. 대간을 중하게 여기는 조종조(祖宗朝)부터의 뜻이 진하에 이르러 씻은 듯이 다 없어졌으니, 어찌 한심하지 않겠습니까."라 하고, 이어 조석윤과 이경억 두 신하를 매우 힘써 신구(伸救)하였다. 또 아뢰기를, "전하의 병통은 그 뿌리가 세 가지가 있습니다. 영특한 기질이 너무 드러나니 이는 전하의 도량이 넓지 않은 것이고, 말씀과 기색이 너무 지나치시니 이는 전하의 마음이 평안하지 않은 것이며, 기쁨과 노여움을 쉽게 나타내시니 이는 전하의 학문이 깊지 못한 것입니다. 의리를 깊이 연구하고 본원을 함양하여 기질을 변화하는 바탕으로 삼으소서."라고 하였다. 말이 매우 알맞고 적절했는데 주상이 비답을 내리지 않고 결국 공을 체직하였다.

계사년(1653)에 또 지평으로서 주상이 구언(求言)하는 뜻에 응해 상소를 하여, 당면한 급선무로 8가지 항목이 있다고 하며, 성상의 도량을 넓혀 언로(言路)를 열 것, 예우와 공경을 다해 신하를 대우할 것, 공정한 도리를 밝혀 인재를 수용할 것, 수령을 잘 선택해 백성의 보호를 맡길 것, 내수사(內需司)를 개혁해 담당 관사로 일을 넘길 것, 입안(立案)을 없애 궁노(宮奴)를 단속할 것, 폐막(弊瘼)을 덜어 민정을 위로할 것, 군정(軍政)을 정비하여 백성의 원망을 풀어줄 것을 청하였는데, 조목별로 나열해 그 말이 실로 쓸 만하여 주상이 기꺼이 받아들였다. 이해 10월 21일에 병으로 집에서 졸하니 춘추가 39세였다. 12월 21일 양성(陽城) 천덕산(天德山) 선영 곁의 신방(辛方 서북서쪽)을 등진 언덕에 장사지냈다.

공은 자질과 성품이 순수하고, 단정하고 깨끗하며 바르고 곧았다. 젊어서 정묘호란과 병자호란을 당하다 보니, 쇠망한 나라에 대한 생각이 시와 문장에 누차 나타났으니, 〈척화삼신전(斥和三臣傳)〉을 지었는데 말이 몹시 강개하여 후세에 전할 만하다. 효성과 우애 있는 성품은 천성에서 나온 것이었으니, 어머니의 병이 위급할 때 대변을 맛보아 길흉을 살펴보았고 돌아가시자 여묘(廬墓)하는 데 예를 다하였다. 형수인 천파공의 부인을 어머니를 섬기듯이 섬겼고, 두 형제와 항상 한 방에서 거처하며 의식을 같이 하였다. 성색(聲色)이나 재물을 더러운 것처럼 보았고, 집안 형편은 비록 쇠락해도 편안히 여겼다. 젊어서부터 벼슬살이 하는 것에 마음이 없어 관직에 오른 지 8년간에 고향에 거처한 것이 반이었다.

일찍이 작은 서재를 지어 백천당(百千堂)이라 이름을 지었으니, 이것은 나는 백 번, 천 번이라도 하겠다는 뜻[14]을 취한 것이었다. 책보는 것을 좋아해 손에서 책을 놓지 않았고 성리학의 글에 마음을 두었다. 사학(史學)에 더욱 박식하여 『만세감(萬世鑑)』 4권을 지었는데, 집에 소장되어 있다. 문장은 반고(班固)와 사마천(司馬遷)을 본받았고, 부(賦)는 소선(騷選)[15]에 탐닉하였으며 시도 바른 소리[16]를 힘써 따랐으니, 모두 형식과 내용이 조화로워 볼만하였다. 만년에 뜻이 같은 두, 세 사람과 풍악산에 가서 유람하고 시를 읊고 돌아왔다. 마음속에 품은 생각이 맑고 깨끗하여 한 점의 티끌도 없었으니, 사람들이 원덕수(元德秀)의 기상[17]에 비유하였다고 한다.

아, 공으로 하여금 더 오래 살게 했다면 관직에 나아가서는 임금의 부족한 부분을 돕고 훌륭한 계책을 빛나게 하며, 물러나서는 향당(鄕黨)의 모범이 되고 풍속을 구제할 수 있었을 것이다. 그러나 중도에 그쳐서 끝내 40세에도 이르지 못하였으니 사우들이 매우 슬퍼하고 안타까워하였으며, 제문을 지어 조문하는 이름난 재상과 어진 공경들이 모두 극구 칭찬하고 목이 메게 곡을 하기까지 하였으니, 또한 공의 평생을 알기에 충분하다.

공의 세계(世系)는 고려 때 먼 조상인 검교군기감(檢校軍器監) 휘(諱) 인유(仁裕)로부터 시작되었는데, 후에 상서좌복야(尙書左僕射) 휘 찰(札)이 있어 이로부터 관직이 끊이지 않았다. 증조부 휘 수억(壽億)은 우후(虞侯)로 병조 판서에 추증되었고, 조부 휘 정방(定邦)은 무과에 장원하여 가선대부 병사를 지냈다. 광해군(光海君) 시절 모후(母后)를 폐하려고 조정의 의견을 수합할 때, "신은 무부(武夫)로서 다만 『사략(史略)』의 '계속 선한 방향으로 이끌어 간악

---

14 나는……뜻 : 『중용장구(中庸章句)』 제20장의 "남이 한 번에 능숙하게 하면 나는 백 번이라도 하고, 남이 열 번에 능숙하게 하면 나는 천 번이라도 해서 능숙해지도록 해야 할 것이다."고 한 데서 인용한 것이다.

15 소선(騷選) : 소체(騷體)와 선체(選體)를 말한다. 굴원(屈原)이 지은 『이소경(離騷經)』의 문체를 후인이 본받아 소체라 하고, 『문선(文選)』에 뽑힌 시체(詩體)를 후인이 본받아 선체라 하였다.

16 바른 소리 : 『시경(詩經)』의 대아(大雅), 소아(小雅), 정풍(正風) 등을 가리킨다. 주(周)나라 초년에 정치가 청명할 때에는 바른 풍화가 있어서 시가 공명정대하였으니, 그 후 정치가 문란하여 진 뒤에 지어진 변풍(變風) 등과 구별하여 바른 소리라고 한 것이다.

17 원덕수(元德秀)의 기상 : 당(唐)나라 원덕수(元德秀)의 자가 자지(紫芝)인데, 그는 자질이 순후(淳厚)하여 가식이 적었다고 한다. 당시 방관(房琯)이 원덕수를 볼 때마다 찬탄하여, "자지의 미우(眉宇)를 보면 사람으로 하여금 명리(名利)의 마음이 말끔히 사라지게 한다."라고 하였다. 『신당서(新唐書)』 권194 <원덕수전(元德秀傳)>

한 데에 이르지 않게 하였다.'라는 구절을 읽었을 뿐입니다."라고 대답하였고, 이로 인해 침체되었지만 공론이 장하게 여겼다. 부친 휘 사겸(士謙)은 종친부 전부(宗親府典簿)로 좌찬성에 증직되었는데, 거상(居喪)을 잘했다고 칭송받았다. 모친 정경부인 전주 이씨는 한성 서윤을 지내고 이조 참판에 증직된 이시중(李時中)의 따님이자 세종대왕의 6대손이다. 부인 원주 원씨는 대군사부(大君師傅) 원진해(元振海)의 따님이자 경상도 관찰사 원황(元鎤)의 손녀이고, 상국 일송(一松) 심희수(沈喜壽)의 외증손녀이다. 외가에서 나고 자랐는데 일송공이 예법으로 가르쳤기 때문에 온화하고 유순하며 바르고 착하여 부녀자의 도리를 잘 갖추었다. 정성으로 제사를 받들고 의(義)로 자제를 가르치며 은혜로 여종과 하인을 대하니, 친척들과 이웃들이 모두 칭송하였다. 을묘년 12월 12일에 출생하여 병진년(1676, 숙종2) 3월 5일에 별세하니 향년이 62세였다. 묘방(卯方 동쪽)을 바라보는 언덕에 장사지냈으니, 공과는 언덕은 같으나 묘혈이 다르다. 3남 2녀를 낳았으니, 장남은 두광(斗光)이고 다음은 두룡(斗龍)은 진사시에 붙어 광릉 참봉(光陵參奉)인데, 곧 명(銘)을 청한 사람이며 다음은 두웅(斗雄)이다. 딸은 감역(監役) 신원만(愼元萬)에게 시집갔고, 나머지는 요절하였다. 두광은 충의위(忠義衛) 이재(李梓)의 딸에게 장가들어 2남 1녀를 낳았으니, 아들은 면주(冕周)와 봉주(鳳周)이고 딸은 어리다. 두룡은 생원 신지헌(愼之憲)의 딸에게 장가들어 아들, 딸 하나씩을 낳았는데, 아들은 창주(昌周)이고 딸은 조명은(趙鳴殷)에게 시집갔다. 두웅은 수사(水使) 정한기(鄭漢驥)의 딸에게 장가들어 1남 5녀를 낳았는데, 아들은 종주(宗周)이고 딸은 이수이(李壽頤)에게 시집갔으며 나머지는 어리다. 내외(內外)의 손과 증손이 20인이다. 명(銘)하노라.

용모는 순수하고 맑으며 마음은 결백하고 곧도다.
타고난 자질이 훌륭하고, 재주는 문단(文壇)에 우뚝하구나.
충성스러운 마음이 소장(疏章)에 드러나니 이름과 실제가 갖추어졌네.
향기로운 난초는 쉽게 버려지고 아름다운 옥은 견고함이 없나니
주고 뺏는 것은 누가 그렇게 하는 것인가. 내가 유택(幽宅)을 꾸미노라.
돌에다 이를 새기니 나의 붓은 부끄럽지 않도다.

4 家狀

謹按先系, 海州吳氏, 肇自高麗遠祖諱仁裕檢校軍器監. 是生諱周裔內庫副使, 副使生諱民政秘書監, 監生諱札尙書左僕射, 僕射生諱昇典客令, 令生諱孝冲豊儲丞, 丞生諱士雲泰安知郡事, 知郡生諱顯軍器少尹, 少尹生諱輪工曹參議, 參議生諱戒從縣監, 縣監生諱賢卿主簿贈通禮, 通禮生諱慶雲直長贈承旨, 承旨生諱壽千贈戶曹判書, 寔爲府君之曾祖也.

祖諱定邦, 出爲季父虞侯贈兵曹判書諱壽億之後, 武科壯元, 官嘉善兵馬節度使. 當光海丁巳賊臣謀廢母后脅百僚收議之日, 公以爲臣武夫, 只讀史略初卷烝烝乂不格姦, 坐此沈淪而名大著.

考諱士謙宗親府典簿贈左贊成, 誠孝過人. 年近六旬, 荐罹親喪, 哀毀成疾, 終于廬次, 世稱至孝焉. 妣貞敬夫人全州李氏, 漢城府庶尹贈吏曹參判諱時中之女, 順川君瑄之孫, 世宗大王六代孫, 桂香軒正郞鄭礎之外曾孫, 和順靜正, 克秉婦道.

以萬曆四十三年乙卯二月二十日申時, 生府君于漢師之龍山外家. 府君諱翩, 字逸少. 於其娠也, 有夢龍之祥, 故小名夢辰. 年纔十歲, 始就外傅, 受史記于敎官宋芚菴子淵公, 芚菴嘗稱府君天才穎悟. 及其課藝禮部也, 府君所製, 地步特異, 曺偶莫能及. 戊辰丁贊成公憂, 府君伯兄天坡公, 以府君少孤, 恐負先人立揚之訓, 叫苦之隙, 勸勉學業, 無何文藝日就, 製作已彬彬矣. 自是始遊谿谷張先生之門, 先生大加稱賞曰, 文章才也. 時有親友歿于京邸, 初喪斂殯, 府君皆主幹, 一遵家禮, 無少欠差, 護喪之人, 莫不稱其早識喪禮也.

癸酉中司馬, 賦居解魁, 愼副學天翊公見之, 謂天坡公曰: "此賦詞氣淸壯, 有同雪天霽月, 非吾輩所可及." 乙亥以策捷漢城試魁. 丙子之後, 心嘗憤惋, 不忘尊周之義, 凡諸文字之間, 無不槪見, 作斥和三臣合傳, 言甚慷慨.

己卯丁貞敬夫人憂, 與二仲兄廬墓, 守制三年, 一不到家, 人稱善居喪焉. 服闋後, 靜居博覽群書, 沈潛性理之奧, 孜孜矻矻, 學如不及. 仍名所處小齋曰百千堂, 蓋取人一己百, 人十己千之義. 日與諸姪, 勸課其學, 又誨人不倦, 遠近聞風, 從者日衆.

甲申除獻陵參奉, 不就. 仁祖二十四年丙戌十月, 擢庭試壯元, 例授典籍, 尋拜兵曹佐郞. 丁亥擢拜司諫院正言, 適坐簡通有洩, 以公議見斥遞, 而非府君本情, 僚儕皆惜之. 己丑拜禮曹佐郞, 連拜正言. 時, 金自點當路擅權, 一時趨附, 勢焰熏天, 人皆畏威, 莫敢論劾. 而府君慨然, 以激濁揚淸爲任, 乃發簡曰, 洛興君金自點貪侈縱恣, 國人之所共知, 以罷職論啓如何. 翌日又發簡曰, 領議政金自點罷職之論, 物議皆以罪重罰輕爲非, 明日以削黜論啓如何. 兩司多官, 頗右自點, 而獨一二人, 善其言而從之. 府君自製啓辭, 與同僚合啓請加削黜, 物議稱快.

執義宋公浚吉劾論自點及勳宰家親押之黨與, 憲長議不合, 引嫌不出, 府君極論宋公之是, 憲長之非, 士類咸服公正. 同春先生挽府君詩曰, 同心扶正議, 隻手濟艱危, 蓋指此等事也. 庚寅, 辭正言還鄉, 復拜正言兼春秋館記事官. 八月差仁祖實錄廳郎廳, 承召命趁造, 俄遷兵曹正郎.

辛卯陞實錄都廳, 與白江諸公, 共事纂修. 是年四月除侍講院司書, 輔導胄筵, 一出於正. 移拜司憲府持平, 俄遷正言, 辭遞還鄉. 十月又承正言召命. 時, 持平南重晦柳椐, 都憲趙錫胤, 止言李慶億, 以論啓事, 重觸天怒, 或囚或竄. 府君自縣道封疏, 略曰: "臺臣被囚, 前古所無之事, 不料聖世有此舉措也. 自祖宗重臺臣之意, 至殿下掃地盡矣, 寧不膽寒? 仍陳趙李兩臣平日行己, 伸救甚力." 又曰: "殿下卽位之初, 至誠求治, 從諫如流, 四境之內, 延頸拭目, 佇見至治矣. 數年以來, 漸不如初, 辭氣之間, 喜怒不中, 政令之際, 未免顚倒, 竊恐殿下心學上工夫, 有所未盡處也. 蓋爲學之功, 莫切於變化氣質, 必先治其病根, 然後氣質可以變化也. 噫! 天不可以窺測, 而第以見於辭令者言之. 殿下病根有三. 英氣太露, 是聖量未恢也, 辭語太過, 是聖心未平也, 喜怒易發, 是聖學未充也. 臣聞治怒爲難, 克己可以治怒. 所謂克己, 須從性偏難克處克將去, 此正殿下之藥石也. 『近思錄』有曰: '思叔詬詈僕夫, 伊川曰:「何不動心忍性?」思叔慙謝', 此亦學問警覺處也. 殿下試於靜中看喜怒哀樂未發時氣象, 則本然之善可見, 而中和之氣藹然矣. 必須潛心義理, 涵養本源, 天理湛然, 氣質變化, 喜怒哀樂, 發皆中節, 動靜云爲無不合理. 然後可謂聖量恢弘矣, 聖心和平矣, 聖學高明矣. 殿下雖有講學之名, 苟無踐履之實, 則所謂朝講也, 晝講也, 夕講也, 夜對也, 雖無日不爲, 而恐歸於虛文也." 疏入, 上雖遞府君職, 而李公則命付處.

壬辰四拜持平, 是秋解職. 遊金剛, 有詠吟許多篇. 癸巳又拜持平, 選知製敎兼春秋館記注官. 應旨陳時務八條. 極言恢聖量, 盡禮敬, 明公道, 擇守令, 革內司, 罷立案, 蠲弊瘼, 釐軍政等事, 反覆明喩, 言甚切至, 上亦嘉納. 府君前後疏章, 骨鯁剴切, 言人所不敢言, 自是論者, 益服其忠讜焉.

其年十月二十一日, 卒于京第, 春秋堇三十有九. 當疾病時, 被選弘文館薦, 未及盛於玉堂, 而先已棄世, 士類尤爲嗟惜焉. 以是冬十二月二十一日, 葬于陽城天德山先塋側, 辛坐乙向之原.

先妣淑人原州元氏, 麗季節士耘谷天錫之後, 大郡師傅諱振海之女, 慶尙監司贈吏曹判書鎤之孫, 一松沈文貞公喜壽之外曾孫也. 生長外家, 一松公敎以禮法. 和順莊淑, 甚得軌訓, 奉祭祀以誠, 敎子弟以義, 待族黨以恩. 性本好生, 雖螻蟻蜎蜎動之微物, 亦不忍傷害, 其至行仁心, 多有人所難及者. 生於乙卯十二月十二日, 卒于丙辰三月初五日, 享年六十有二. 葬于卯向之原, 與府君墓同岡異穴焉.

生三男二女, 男長斗光通德郎, 次斗龍進士光陵參奉, 次斗雄通德郎, 女長適監役愼元萬, 次早夭. 側室有一子早夭. 斗光娶忠義衛李梓女, 生二男一女, 男長冕周, 次鳳周, 女未字, 孽子弼周采周. 斗龍娶生員愼之憲女, 生男女各一, 男昌周女趙鳴殷. 斗雄娶水使鄭漢驥女, 生一男五女, 男宗周, 女長李壽頤, 餘幼. 內外孫曾二十餘人.

府君資稟醇粹, 寬仁重厚, 志操貞潔, 樂善好義. 平生人不見其疾言遽色, 而遇於事物, 則嚴正直截, 無所回撓. 於聲色貨利, 視之若浼, 家居淡然, 不以貧窶動其心. 事君忠直, 隨事極諫, 以輔翊聖德爲務. 持論公正, 糾劾非否, 內外官僚, 無不畏憚. 至於風憲, 禁亂一切, 禁亂以法, 臺閣之風肅然也. 其事親奉先也, 至孝盡誠, 生養葬祭之事, 一無所缺. 每遇親忌, 必旬日齋戒, 雖深秋不廢沐浴, 是日悲哀如始喪. 兄弟之間, 怡愉和樂, 居處衣服, 必與之同, 以暫離爲惜, 事丘嫂天坡夫人, 如事母. 其待人也, 忠實溫和, 辭氣藹如, 觀者自然敬服. 性不喜仕宦, 通籍八年, 在鄉居半, 日與兩兄及子姪後學, 以嘯詠水石, 訓誨誘掖爲至樂, 而至於産業, 一無所問焉. 前後爲騎曹者三, 爲國子者二, 春坊一, 柏府八, 薇院九, 而入洛未嘗終數月淹, 故受祿堇二科. 是以當世之人, 莫不景仰其德望標致, 而其不知者, 亦願一識.

及至靷還之日, 數郡畢至, 至如癃疾全廢者, 亦來護喪曰, 善人之喪至, 敢不來哭云. 好讀書, 平生手不釋卷, 而於『周易』·『近思錄』等書, 最爲着功. 且博於史學, 上自太古, 下至皇朝, 一依朱子綱目, 手書四卷, 名曰『萬世鑑』. 其發於文章, 則淸健龐固, 祖乎班馬, 而詩又淸奇, 有二卷『遺稿』, 將鋟梓而壽其傳.

嗚呼痛哉! 不肖罪戾通天, 府君早世, 當時稚昧, 未詳顔範言行, 以所聞於家庭者, 謹撰其略. 而其爲表著者, 亦無以加於府君親友之祭文, 如四公可謂深知府君之心, 而善言府君之志行矣. 略舉其槩焉.

白軒李相公詞曰: "嗟! 君之志兮, 松柏直些. 嗟! 君之操兮, 玉雪白些. 嗟! 君之勤兮, 膏夜焚些. 嗟! 君之博兮, 窮典墳些. 嗟! 君之藝兮, 冠龍榜些. 嗟! 君之鯁兮, 風節抗些. 嗟! 君之肅兮, 屠莫放些. 嗟! 君之澹兮, 罕食祿些. 嗟! 君之逝兮, 柏府寂些. 嗟! 君之趣兮, 在水石些. 嗟! 君之捐兮, 碧山孤些."

李相公尙眞文曰: "公居家則孝而友, 事君則忠而直, 接物則和而寬, 與朋友交信而義. 氣淸心泗, 淡如泊如, 無一點塵累. 耽身于學, 大放於詞, 文章復古, 詩尤工焉."

參判崔公逸文曰: "公事親則極其孝, 事兄則極其悌. 嘗於大夫人病革之日, 公嘗其糞而探輕重, 衆所共知, 而余獨見之, 此可見公致孝之一端也. 平生伯仲之間, 和氣融融, 未嘗見分毫慍意之萌, 此非極悌而能若是乎? 推之以待人接物, 極其忠實, 溫溫處己, 愷樂存心, 是實公之實蹟. 而令譽播於遠邇, 不惟其知者歆慕而樂與交驩, 其不知者亦起敬而不敢侮焉. 公之於人, 豈特加一等而已乎?" 又曰: "公結髮治文詞, 長而彌篤, 左右書籍, 忘寢與食. 咀嚼群言, 擷采衆芳, 錦繡其腸, 風雲其藻, 一篇之成, 觀者擊節. 倘天假之年, 以造其極, 則其所成就, 豈可量哉?"

判書李公慶徽文曰: "壯元榮進, 衆人之所艶, 而斂焉若虛者, 子也, 擯斥顚躓, 衆人之所驚, 而泊然無怨者, 子也, 食不充腸, 衣不掩骼, 衆人之所悲, 而安而不憂者, 子也. 至於倘佯山水, 携卷吟哦, 悠然而樂, 朝夕無倦, 豈非子之平生所得意者耶? 此皆子之所尋常, 而人之所不及者也."

府君狀實, 大略如斯, 並此附錄, 恭俟知言君子矜察採擇, 以圖不朽爾. 不肖孤斗龍, 泣血謹狀.

가장(家狀)

삼가 선조의 계보를 살펴보니 해주 오씨는 고려 때 먼 조상인 검교군기감(檢校軍器監) 휘(諱) 인유(仁裕)로부터 시작되었다. 이분이 내고 부사(內庫副使) 휘 주예(周裔)를 낳고, 내고 부사가 비서감(秘書監) 휘 민정(民政)을 낳고, 비서감이 상서좌복야(尚書左僕射) 휘 찰(札)을 낳고, 상서좌복야가 전객령(典客令) 휘 승(昇)을 낳고, 전객령이 풍저승(豊儲丞) 휘 효충(孝沖)을 낳고, 풍저승이 태안지군사(泰安知郡事) 휘 사운(士雲)을 낳고, 태안지군사가 군기 소윤(軍器少尹) 휘 현(顯)을 낳고, 군기 소윤이 공조 참의 휘 륜(輪)을 낳고, 공조 참의가 현감 휘 계종(戒從)을 낳고, 현감이 주부를 지내고 통례(通禮)에 증직된 휘 현경(賢卿)을 낳고, 통례가 직장을 지내고 승지에 증직된 휘 경운(慶雲)을 낳고, 승지가 호조 판서에 증직된 휘 수천(壽千)을 낳았으니, 이분이 부군(府君)의 증조부가 된다.

조부 휘 정방(定邦)은 우후(虞侯)를 지내고 병조 판서에 증직된 계부(季父) 휘 수억(壽億)

에게 출계하여 후사가 되었는데, 무과에 장원하고 관직은 가선대부 병마절도사였다. 광해군 정사년(1617, 광해군9)에 적신(賊臣)이 모후(母后)를 폐하려고 계획하여 백관을 협박하여 의견을 수합할 때 공은 "신은 무부(武夫)로서 다만 『사략(史略)』 초권의 '계속 선한 방향으로 이끌어 간악한 데에 이르지 않게 하였다.'라는 것만 읽었을 뿐입니다."라고 하였으니, 이로 인해 침체되었지만 명성이 크게 드러났다.

부친 휘 사겸(士謙)은 종친부 전부를 지내고 좌찬성에 증직되었는데, 효성이 남보다 뛰어났다. 60세가 될 무렵에 부모상을 연이어 당했는데 몹시 슬퍼하다가 병이 되어 여차(廬次)에서 별세하니, 세상에서 지극한 효성이라고 칭송하였다. 모친 정경부인 전주 이씨는 한성부 서윤을 지내고 이조 참판에 증직된 이시중(李時中)의 따님이자 순천군(順川君) 이관(李琯)의 손녀이고 세종대왕의 6대손이며, 정랑(正郎) 계향헌(桂香軒) 정초(鄭礎)의 외증손녀인데, 온화하고 유순하며 차분하고 올발라서 능히 부녀자의 도리를 갖추었다.

만력(萬曆) 43년 을묘년(1615) 2월 20일 신시(申時)에 한성 용산(龍山)의 외가에서 부군을 낳았다. 부군의 휘는 핵(翮)이고, 자는 일소(逸少)이다. 잉태했을 때 꿈이 용이 보이는 상서로움이 있었으므로 아명을 몽진(夢辰)이라고 했다. 나이 막 10세가 되자 비로소 집밖의 스승에게 나아가 교관 둔암자(芚菴子) 송연 공(宋淵公)[18]에게 『사기(史記)』를 배웠는데 둔암공은 일찍이 부군을 칭찬하여 타고난 재주가 뛰어나게 영리하다고 하였다. 예조에서 문예를 시험할 때면 부군이 지은 것은 수준이 특별하고 달라서 동료들이 미칠 수 없었다. 무진년(1628, 인조6)에 찬성공의 상을 당하였다. 부군의 백형인 천파공(天坡公)은 부군이 어려서 부친을 잃었으므로 입신양명해야 한다는 선인의 가르침을 저버릴까 염려하여, 슬픔으로 고통스러운 중에도 학업을 권면하니 얼마 안 되어 문예가 날로 진보하고 지은 글은 형식과 내용이 조화를 갖추었다. 이로부터 비로소 계곡(谿谷) 장유(張維) 선생의 문하에서 공부하였는데, 선생이 크게 칭찬하면서 문장의 재사(才士)라고 하였다. 이때 친우 중에 서울의 집에서 죽은 사람이 있어서 초상(初喪)과 염하고 입관하는 일을 부군이 모두 책임지고 처리했는데, 하나같이 가례(家禮)를 준수하여 조금도 어긋남이 없으니, 부군이 상례를 일찍부터 아는 것에 대해 호상

---

18 교관 둔암자(芚菴子) 송연 공(宋淵公) : 송연은 우계(牛溪) 성혼(成渾)의 문인으로 권필(權韠), 이안눌(李安訥), 이경직(李景稷)과 가까이 지냈으며 광해군 때 지조를 지켜 벼슬하지 않다가 인조가 즉위하고 지방관 등을 지냈다. 시와 문장으로 이름이 나서 『둔암시고(芚庵詩稿)』를 남겼는데, 영의정을 지낸 이경석(李景奭)이 그 서문을 썼다. 『백헌집(白軒集)』 권30 <둔암시고서(芚庵詩稿序)>

(護喪)하는 사람들이 모두 칭찬하였다.

계유년(1633)에 사마시에 붙고, 부(賦)로 향시(鄕試)에서 장원을 차지하였는데, 부제학 신천익공(愼天翊公)[19]이 부를 보고서 천파공에게 말하기를, "이 부는 문장의 기상이 맑고 웅장하여 눈 오는 하늘이나 맑게 갠 달밤과도 같으니 우리들이 미칠 수 있는 것이 아니다."라고 하였다. 을해년(1635)에 책문(策文)으로 한성시에서 장원을 얻었다. 병자년 이후로 분개한 마음을 가지고 존주(尊周)의 의리[20]를 잊지 않아서 모든 문자 사이에 대략 드러나지 않는 곳이 없었으니, 척화삼신(斥和三臣)의 합전(合傳)을 지었는데, 말이 매우 강개하였다.

기묘년(1639)에 정경부인의 상을 당하여 중형(仲兄) 두 분과 여묘를 했는데 3년간 상제를 지키며 한 번도 집에 오지 않았으니, 사람들이 거상을 잘한다고 칭송하였다. 복제가 끝난 후 세속을 떠나 한가히 거처하며 여러 책을 널리 읽었고, 성리학의 심오한 경지에 침잠해서 부지런히 노력하여 배움이 미치지 못할 듯이 하였다. 이어 거처하는 작은 서재를 백천당(百千堂)이라고 이름 하였으니, 남이 한 번에 능하면 나는 백 번을 하고, 남이 열 번에 능하면 나는 천 번을 하겠다는 뜻을 취한 것이다. 날마다 조카들과 더불어 그 학문을 권면하고 또 사람을 가르치는데 게으르지 않으니, 원근에서 소문을 듣고 따르는 사람들이 날로 많아졌다.

갑신년(1644)에 헌릉 참봉(獻陵參奉)에 제수되었으나 나가지 않았다. 인조 24년 병술년(1646) 10월 정시(庭試)에 장원으로 뽑혀 규례대로 전적에 제수되었고 얼마 안 되어 병조 좌랑에 제수되었다. 정해년(1647)에 사간원 정언으로 발탁되어 제수되었는데, 마침 간통(簡通)[21]이 누설되는 일에 연루되어 공의(公議)로 체척(遞斥)되었지만 부군의 본심이 아니었으므로 동료들이 모두 애석하게 여겼다. 기축년(1649)에 예조 좌랑에 제수되었고 연이어 정언에 제수되었다. 이때 김자점(金自點)이 요직을 차지하여 권력을 마음대로 부렸는데, 일시에 무리들이 빌붙어서 기세가 성하여 하늘을 덮을듯하니, 사람들이 모두 위세를 두려워하여 감히 논핵하지 못했다. 그러나 부군은 개연히 악을 제거하고 선을 드날리는 것을 책임으로 여겨서,

---

19 신천익 공(愼天翊公) : 신천익(1592~1661)은 오핵(吳翮)의 형인 오숙(吳翻)과 동갑이자 광해군 4년(1612) 증광시에 동방(同榜)으로 급제하여 홍문관 부제학을 지냈다. 또한 쌍둥이 동생인 신해익(愼海翊)의 손부(孫婦)가 오핵의 딸이다. 『국조문과방목(國朝文科榜目)』 「광해군(光海君) 임자 증광방(壬子 增廣榜)」; 『임하필기(林河筆記)』 권18 「명휘(名諱)」; 『만가보(萬家譜)』 14책 「거창 신씨(居昌 愼氏)」

20 존주(尊周)의 의리 : 『춘추(春秋)』에서 강조한 주(周)나라를 존숭하고 오랑캐를 물리치자는 '존주양이(尊周攘夷)'의 의리를 이른다. 후대에는 주로 명나라를 존숭하고 청나라를 배척하자는 '존명배청(尊明排淸)'의 의리를 뜻하게 되었다.

21 간통(簡通) : 사헌부나 사간원의 벼슬아치들이 서로의 의견을 글로 주고받는 것을 일컫는다.

이에 간통(簡通)을 내어 말하기를, "낙흥군(洛興君) 김자점이 탐욕하고 사치하며, 멋대로 방자하게 구는 것은 온 나라 사람이 다 아는 사실이니 파직하는 것으로 논핵하여 아뢰는 것이 어떻겠습니까?"라고 하였다. 이튿날 또 간통을 내어 말하기를, "영의정 김자점을 파직하자는 논의에 대해 공론이 모두 죄는 무거운데 벌은 가벼우니 잘못되었다고 합니다. 관직을 삭탈하고 도성 밖에 내치는 것으로 내일 논핵하여 아뢰는 것이 어떠하겠습니까?"라고 하였다. 사간원과 사헌부의 많은 관원이 꽤 김자점을 편들었지만, 유독 한·두 사람만 이 말을 좋게 여기고 따랐다. 부군은 스스로 계사(啓辭)를 지어 동료와 함께 합동으로 계사를 올려 김자점의 관직을 삭탈하고 도성 밖으로 내쫓을 것을 청하니, 공론이 통쾌하다고 하였다.

집의(執義) 송준길 공(宋浚吉公)이 김자점 및 훈신(勳臣) 재상(宰相) 집안에 친밀하게 지낸 당여(黨與)를 논핵하였는데, 대사헌이 의논이 합치하지 않는다고 하여 인혐(引嫌)하고 나오지 않자, 부군은 송공이 옳고 대사헌이 그르다고 극력 논하였으니, 선비들이 모두 공의 바름에 감복하였다. 동춘선생(同春先生)[22]이 부군을 애도한 시에, "한 마음으로 바른 논의를 떠받치고 혼자서 어려움을 구제하였네."라고 하였는데, 이러한 일들을 가리킨 것이다. 경인년(1650)에 정언을 사직하고 고향으로 돌아왔다가 다시 정언 겸 춘추관 기사관에 제수되었다. 8월에 인조 실록청 낭청에 차임되어 부르는 명을 받고 달려 나왔고, 얼마 후 병조 정랑으로 옮겼다.

신묘년(1651)에 실록청 도청(都廳)에 올라 백강(白江) 이경여(李敬輿) 등 여러 공과 찬수(纂修)하는 일을 같이 하였다. 이해 4월에 시강원 사서(司書)에 제수되었는데, 주연(胄筵)에서 세자를 보필하고 인도하는 것이 한 결 같이 바른 데에서 나왔다. 사헌부 지평에 옮겨 제수되고 얼마 후 정언으로 옮겼다가 사직해서 체차되어 고향으로 돌아왔다. 10월에 또 정언으로 부르는 명을 받았다. 이때 지평 남중회(南重晦)와 유거(柳椐), 대사헌 조석윤(趙錫胤), 정언 이경억(李慶億)이 논핵하여 아뢴 일 때문에 주상의 노여움을 거듭 범하여 혹은 갇히고, 혹은 찬배(竄配)되자, 부군이 현(縣)과 도(道)를 통해 상소를 올렸는데, 그 대략에, "대신(臺臣)이 갇힌 것은 전고(前古)에 없던 일인데, 성세(聖世)에 이러한 거조가 있으리라고는 생각하지 못

---

22 동춘선생(同春先生) : 조선 후기 문신인 송준길(宋浚吉 1606~1672)을 가리킨다. 그의 자는 명보(明甫)이고, 호는 동춘당(同春堂)이며, 시호는 문정(文正)이다. 송준길은 성리학자며 정치가로 그가 이끌던 문인들이 그의 사후 노론을 형성하였다. 성균관 문묘에 배향된 해동 18현(海東十八賢)의 한 사람이다. 송시열(宋時烈)과 함께 북벌론을 주장하였다.

했습니다. 대신을 중하게 여기는 조종조(祖宗朝)부터의 뜻이 전하에 이르러 썻은 듯이 다 없어졌으니, 어찌 간담이 떨리지 않겠습니까.”하고, 이어 조석윤, 이경억 두 신하의 평소 처신을 아뢰고 매우 힘써 신구하였다. 또 아뢰기를, “전하께서 즉위한 초기에는 지성으로 나라가 잘 다스려지기를 구하고, 흐르는 물처럼 간언을 따르시니, 온 나라 사람들이 목을 빼고 눈을 씻고서 지극한 정치를 보려고 기다렸습니다. 그런데 몇 년이래로 점차 처음과 같지 않아져, 말씀하시는 사이에 기쁨과 노여움이 절도에 맞지 않고 정령(政令)을 내리는 과정에서 전도되는 것을 면치 못하니, 전하의 심학(心學) 공부에 미진한 부분이 있는 듯합니다. 대개 학문의 공부는 기질을 변화시키는 것보다 절실한 것은 없는데, 반드시 먼저 그 병의 뿌리를 다스린 연후에야 기질을 변화할 수 있습니다. 아, 전하의 마음은 엿보아 헤아릴 수가 없으니, 다만 말씀과 정령에 드러난 것만 가지고 말씀드리겠습니다. 전하의 병통은 그 뿌리가 세 가지가 있습니다. 영특한 기질이 너무 드러나니 이는 전하의 도량이 넓지 않은 것이고, 말씀과 기색이 너무 지나치시니 이는 전하의 마음이 평안하지 않은 것이며, 기쁨과 노여움을 쉽게 나타내시니 이는 전하의 학문이 충실하지 못한 것입니다. 신이 듣건대, 노여움을 다스리는 것이 어려우니, 자신을 이겨내야만 노여움을 다스릴 수 있다고 합니다.[23] 이른바 자신을 이겨낸다는 것은, 모름지기 성품이 편벽되어 극복하기 어려운 곳부터 극복해 나가야 하는 것이니,[24] 이것이 바로 전하의 병통을 치료하는 약석(藥石)입니다. 『근사록(近思錄)』에 말하기를 ‘사숙(思叔)이 종을 꾸짖자, 이천(伊川)이 「어찌하여 마음을 동하고 성질을 참지 못하는가.」라고 하니, 사숙이 부끄러워하며 사과하였다.’[25]고 하였으니, 이 또한 학문을 함에 있어서 경각(警覺)할 부분입니다. 전하께서 한번 고요한 가운데에서 희로애락이 발하지 않았을 때의 기상을 살펴보신다면 본연의 선(善)을 볼 수 있을 것이고 중화(中和)의 기운이 매우 왕성할 것입니다. 모름지기 의리를 깊이 연구하고 본원을 함양하여 천리(天理)가 고요하고 기질이 변화된다면, 희로애락이 발함에 모두 절도에 맞을 것이고, 행동거지가 모두 이치에 합당하게 될 것입니다. 그런 다음에야 성상의 도량이 넓어지고, 성상의 마음이 화평해지고, 성상의 학문이

---

23 노여움을……합니다 : 『근사록(近思錄)』 권5 「극기(克己)」에 “노여움 다스리기가 어려우며 두려움 다스리기도 어려우니, 자신을 이겨내야 노여움을 다스릴 수 있고, 이치를 밝혀야 두려움을 다스릴 수 있다.”라고 하였다.
24 자신을……것이니 : 송(宋)나라 성리학자 사양좌(謝良佐)의 말로 『논어집주(論語集註)』 「안연(顔淵)」의 주석에 나온다.
25 사숙(思叔)이……사과하였다 : 사숙은 송나라 학자 장역(張繹)의 자로, 이천(伊川) 정이(程頤)의 문인인데, 이 내용은 『근사록(近思錄)』 권5 「극기(克己)」에 보인다.

고명해질 것입니다. 전하께서 비록 강학(講學)한다는 이름은 가지고 있지만 실천하는 실상이 없다면, 이른바 조강(朝講)이니, 주강(晝講)이니, 석강(夕講)이니, 야대(夜對)니 하는 것을 비록 날마다 하더라도 형식적인 것이 되고 말 듯합니다."하였다. 상소가 들어가자 주상이 비록 부군을 체직했지만, 이경억은 부처(付處)하라고 명하였다.

임진년(1652) 4월에 지평에 제수되었다가 이해 가을에 해직되었다. 금강산을 유람하고 읊은 시가 여러 편이 있다. 계사년(1653)에 또 지평에 제수되고 지제교(知製教)에 선발되어 춘추관 기주관을 겸하였다. 구언(求言)에 응하여 시무책 8조항을 아뢰었다. 성상의 도량을 넓힐 것, 예우와 공경을 다할 것, 공정한 도리를 밝힐 것, 수령을 잘 선택할 것, 내수사(內需司)를 개혁할 것, 입안(立案)을 없앨 것, 폐막(弊瘼)을 덜어줄 것, 군정(軍政)을 정비할 것 등의 일을 극진하게 말하고, 반복하여 분명하게 아뢰었는데, 말이 몹시 적절하니, 주상도 기꺼이 받아들였다. 부군이 전후로 올린 상소는 강직하고 적절하여 남들이 감히 못하는 말을 하였으니, 이로부터 논자(論者)들이 더욱 그 충직함에 감복하였다.

그 해 10월 21일에 서울 집에서 졸하니 춘추가 겨우 39세였다. 병에 걸렸을 때 홍문관 관원의 후보로 선발되었는데, 옥당에 들어가기 전에 먼저 세상을 떠나 선비들이 더욱 애석해하였다. 이해 겨울 12월 21일에 양성(陽城) 천덕산(天德山) 선영 곁에 신방(辛方 서북서쪽)을 등지고 을방(乙方 동남동쪽)을 바라보는 언덕에 장사지냈다.

모친 숙인 원주 원씨는 고려 말의 절사(節士) 운곡(耘谷) 원천석(元天錫)의 후손으로 대군 사부(大君師傅) 원진해(元振海)의 따님이고, 경상 감사를 지내고 이조 판서에 증직된 원황(元鎤)의 손녀이며 문정공(文貞公) 일송(一松) 심희수(沈喜壽)의 외증손이다. 외가에서 나고 자랐는데, 일송공이 예법으로 교육하였다. 온화하고 유순하며 바르고 착하여 법도와 규범을 잘 갖추었으니, 정성으로 제사를 받들고 의리로 자제를 교육하며, 은혜로 족당(族黨)을 대우하였다. 성품이 본래 생명을 아끼고 사랑하여 비록 땅강아지나 개미, 무당벌레처럼 기어 다니는 미물이라도 또한 차마 다치게 하거나 해를 입히지 않았으니, 그 지극한 행실과 어진 마음은 사람들이 미치기 어려운 바가 많았다. 을묘년 12월 12일에 출생하여 병진년(1676, 숙종2) 3월 5일에 별세하였으니 향년 62세였다. 묘방(卯方 동쪽)을 바라보는 언덕에 장사지냈는데 부군과 같은 언덕에 묘혈이 다르다.

3남 2녀를 낳았으니, 장남은 통덕랑(通德郎) 두광(斗光)이고 다음 두룡(斗龍)은 진사시에 붙어 광릉 참봉(光陵參奉)이며, 다음은 통덕랑 두웅(斗雄)이며, 장녀는 감역(監役) 신원만(愼

元萬)에게 시집갔고, 다음은 어려서 요절하였다. 측실(側室)에 아들 하나가 있는데 어려서 요절하였다. 두광은 충의위(忠義衛) 이재(李梓)의 딸에게 장가들어 2남 1녀를 낳았으니, 장남은 면주(冕周)이고 다름은 봉주(鳳周)이며 딸은 아직 출가하지 않았고 서자(庶子)는 필주(弼周)와 채주(采周)이다. 두룡은 생원 신지헌(愼之憲)의 딸에게 장가들어 아들, 딸 하나씩을 낳았는데, 아들은 창주(昌周)이고 딸은 조명은(趙鳴殷)에게 시집갔다. 두응은 수사(水使) 정한기(鄭漢驥)의 딸에게 장가들어 1남 5녀를 낳았는데, 아들은 종주(宗周)이고 장녀는 이수이(李壽頤)에게 시집갔으며 나머지는 어리다. 내외(內外)의 손과 증손이 20인이다.

부군은 자질과 성품이 순수하며 관인(寬仁)하고 중후(重厚)하였다. 지조(志操)가 굳고 결백하며, 선을 즐기고 의를 좋아하였다. 평생 동안 사람들은 부군이 말을 서둘거나 당황해하는 기색을 보지 못했지만, 어떤 일을 만나면 엄정하고 단호하여 회피하거나 동요하지 않았다. 성색(聲色)이나 재물을 더러운 것을 보듯이 하였으며, 집에 거처함에 담백하고 가난 때문에 그 마음이 흔들리지 않았다. 임금을 섬김에 충직하고 일에 따라 극력 간쟁하여 성덕(聖德)을 보필하는 것을 책임으로 여겼다. 지론(持論)이 공정하며 그릇되거나 옳지 않은 것을 아닌 것을 밝혀 규탄하니 내외의 관료들이 모두 두려워하고 꺼려하였다. 사헌부의 직임에 있어서는 법을 어지럽히는 것을 일절 금하고 법으로 확실하게 다스리니, 대각의 풍조가 고요하고 엄숙하게 되었다. 어버이를 섬기고 조상을 받드는 데에는 지극하게 효성을 다하여 생전에 봉양하고 별세한 후 장례를 치르고 제례를 드리는 일에 하나도 어긋남이 없었다. 어버이의 기일이 될 때마다 반드시 10일 동안 재계를 하고 비록 깊은 가을이라도 목욕을 폐하지 않았으며, 이 날 슬퍼하는 것이 처음 상을 당했을 때와 같았다. 형제 사이에 즐겁고 화목하였으며 거처와 의복을 반드시 형제들과 같이 하였고 잠시라도 헤어지는 것을 안타깝게 여겼으며, 맏형수 천파공의 부인을 어머니를 섬기듯이 섬겼다. 사람을 대함에는 충실(忠實)하고 온화하여 말과 기색이 부드러우니 보는 사람들이 자연히 공경하고 감복하였다. 성품이 벼슬살이 하는 것을 좋아하지 않아 관직에 오른 지 8년간 고향에 있던 것이 반이었다. 날마다 두 형 및 자질(子姪), 후학들과 함께 자연을 노래로 읊고, 가르치고 타이르며 인도해서 도와주는 것을 지극한 즐거움으로 여겼으며, 집안 살림에 대해서는 전혀 묻지 않았다. 전후로 병조에 제수된 것이 세 번, 성균관이 두 번, 세자시강원이 한 번, 사헌부가 여덟 번, 사간원이 아홉 번이었지만, 서울에 들어와도 끝내 여러 달을 머무른 적이 없었기 때문에 녹봉을 받은 것이 겨우 2과(科)였다. 이 때문에 당시 사람들이 모두 그 덕망과 풍취를 사모하여 우러러보았고, 모르는 사람이라도 한번 보기를 원하였다.

발인 행차가 돌아오는 날이 되자 여러 군(郡)에서 다 왔는데, 위급한 병이나 완전히 고질병에 걸린 사람의 경우까지도 와서 상(喪)을 돌보며 말하기를, "선인(善人)의 상이 도착했는데 감히 와서 곡하지 않겠습니까."라고 하였다. 독서를 좋아하여 평생 손에서 책을 놓지 않았는데, 『주역(周易)』과 『근사록(近思錄)』 등의 책에 가장 힘을 쏟았다. 또 사학(史學)에 박식하여 위로는 태고 시대부터 아래로 명나라에 이르기까지 하나같이 주자(朱子)의 『자치통감강목(資治通鑑綱目)』의 체제에 의거하여 직접 4권을 쓰고 『만세감(萬世鑒)』이라고 이름 하였다. 문장에 드러나는 것은 맑고 건실하며 충실하고 확고하며 반고(班固)와 사마천(司馬遷)을 본받았는데, 시 또한 맑고 기발하여 유고(遺稿) 2권이 있으니 장차 인쇄하여 오래도록 전해지게 하려고 한다.

아아, 슬프다. 불초의 죄가 하늘까지 닿아 부군께서 일찍 세상을 떠나셨는데, 당시 어리고 어리석어 모습과 풍모, 언행을 잘 알지 못하고 가정에서 들은 것을 가지고 삼가 그 대략을 지었다. 그러나 부군을 표현하고 드러내는 것은 역시 부군의 친우들의 제문보다 더한 것이 없을 것이니, 예컨대 네 분은 부군의 마음을 깊이 알고 부군의 뜻과 행적을 잘 말했다고 할 수 있을 것이다. 그 대강을 간략히 들어본다.

백헌상공(白軒相公) 이경석(李景奭)의 글에 이르기를, "아, 군의 뜻은 소나무와 잣나무처럼 곧았네. 아, 군의 지조는 옥(玉)과 눈처럼 깨끗하였네. 아, 군의 부지런함은 밤늦도록 등잔불 사르고 공부했네. 아, 군의 박식함은 옛글에 통달하였네. 아, 군의 재주는 문과에 장원급제하였네. 아, 군의 강직함은 기풍이 우뚝하였네. 아, 군의 엄숙함에는 백정도 함부로 하지 못하였네. 아, 군의 담박함은 녹봉을 받은 적이 드물었네. 아, 군이 떠나니 사헌부가 적막하였네. 아, 군의 취향은 자연을 즐기는 데 있었네. 아, 군이 세상을 떠나니 푸른 산이 외롭네." 하였다.

상공 이상진(李尙眞)의 글에 이르기를, "공은 집안에서는 효성과 우애가 있었고, 임금을 섬김에는 충성스럽고 강직하였으며, 남을 대함에는 온화하고 너그럽고 친구와 사귐에는 신의가 있고 의로웠다. 기가 맑고 마음이 환하며 담박하여 한 점 티끌이 없었다. 학문에 탐닉하고 사부(詞賦)에 크게 뜻을 펴니, 문장은 옛것을 회복했고 시는 더욱 솜씨가 있었다."하였다.

참판 최일 공(崔逸公)의 글에 이르기를, "공은 어버이를 섬김에 효도를 극진히 하였고 형을 섬김에 공경을 극진히 하였다. 일찍이 어머니의 병이 위급하던 날에 공이 그 대변을 맛보아 병세의 경중을 살핀 것은 모든 사람이 다 아는 바이인데, 내가 유독 그 일을 보았으니 여기에서 공이 효도를 다하는 일단을 볼 수 있다. 평생 형제간에 화기애애하였고 조금이라도 성을 내는 마음이 싹트는 것을 본적이 없었으니, 이는 극진하게 공경하지 않고서야 이와 같을 수 있겠는가. 이를 확충하여 다른 사람을 대함에 충실을 극진히 하였고 온화하게 처신하고 편안함과 즐거움을 마음에 지녔으니 이것이 실로 공의 실제 행적이다. 훌륭한 명성이 원근에 퍼져서 공을 아는 사람들이 흠모하고 함께 교제하는 것을 즐길 뿐만이 아니라, 모르는 사람들도 공경심이 생겨 감히 함부로 대하지 못하였으니, 공은 다른 사람들보다 어찌 그저 한 등급 높은 정도일 뿐이겠는가."하였고, 또 말하기를 "공은 머리를 묶고부터 문사(文詞)를 다루고 장성해서는 더욱 독실하여 서적을 항상 곁에 두고서 잠자고 밥 먹는 것도 잊었다. 여러 가지 말을 분석하고 음미하며 많은 훌륭한 글을 따고 채집하여 금수(錦繡)로 그 마음을 채우고 풍운으로 문장을 꾸미니, 한편이 이루어지면 보는 사람들이 무릎을 치며 칭찬하였다. 만일 하늘이 수명을 늘려주어 그 지극한 경지를 이루게 했다면 그 성취를 어찌 헤아릴 수 있겠는가."라고 하였다.

판서 이경휘 공(李慶徽公)의 글에 이르기를, "장원급제하여 지위가 높아지는 것은 많은 사람이 부러워하는 바이지만 이를 감추고 아무 것도 아닌 것으로 여긴 사람이 이분이고, 배척을 당하거나 좌절을 겪는 것은 많은 사람이 두려워하는 바이지만 담백하여 원망이 없는 사람이 이분이며, 배불리 먹지 못하고 의복이 남루한 것은 많은 사람이 서글피 여기는 바이지만 편안히 여겨 걱정하지 않는 사람이 이분이다. 자연 속을 노닐고 책을 지니고 시를 읊으며, 여유롭게 즐기고 아침저녁으로 게으르지 않은 경지에 이르렀으니, 어찌 이분이 평생에 뜻을 얻은 바가 아니겠는가. 이 모두가 이분에게는 예사로운 것이지만 다른 사람은 미칠 수 없는 것이다."라고 하였다.

부군의 실상을 나타낸 것이 대략 이와 같으니 아울러 이를 붙여 기록하고, 말의 이치를 아는 군자가 살펴보고 채택하여 영원히 전해지도록 도모하기를 공경히 기다린다. 불초한 아들 두룡은 피눈물을 흘리며 삼가 행장을 쓴다.

5 遺事

不肖竊嘗聞家庭所傳, 公十五六歲時, 文藝已成, 才格不凡. 又有志於大樹立, 讀孟子三百遍, 韓文則百之, 莊子文山策則千之. 於經史百家, 上下千古, 無不貫穿. 是以其發於文辭, 巍峩奔放, 至於詞賦駢儷, 清壯飛動, 各極其體, 鴻匠鉅工, 見而屈膝. 前後科場, 四度魁元, 如〈鳳凰賦〉, 〈民水賦〉, 〈治亂策〉, 〈雷霆策〉, 人皆傳誦. 時人有詩曰: '青年才望南金重, 黃甲魁名北斗尊', 蓋其實事也. 平生所著, 不爲不多, 而盡爲散失磨滅, 百不一二存焉, 誠可痛恨.

公生於乙卯歲, 故公伯兄天坡先生常謂之卯君, 蓋取蘇子瞻呼子由之義也. 公天質醇粹, 自然近道, 加以多讀古書, 博通前事. 自己卯以後十餘年, 尤孜孜於濂洛諸書, 見識明透, 踐履篤實. 山天而畜德, 衣錦而尚絅, 蓋其所期在於遠大, 而不止習文章而已. 不幸短世, 半道而輟世, 未知公之大有力於學問工夫, 而知公之深者, 尤爲痛惜不已. 至或有關西夫子, 汝南顏子之稱, 皆見時人慕望之重, 爲此推美之語, 而於此亦可想公之資品之卓然絕類也.

公筆法亦瓌奇活動, 自成一體. 公聘君師傅元公, 以七歲善書名於世, 謂公曰, 楷字則爾可以讓我, 草聖則吾爲爾執鞭. 李副學端相公詩曰, 淋漓彩筆鬪龍魚, 大醉題名元化石, 可見公才藝之兼備也. 凡此數語, 行狀中所未言者, 故略記所聞.

今以文字所覿記考之, 則一時士類之論, 皆以德行文章之士推之, 或以豈弟君子稱之, 或云出入而係清議之輕重, 進退而爲士林之欣戚, 其見慕於當世如此. 堂叔陽谷先生亦云, 猗我季父, 才美德厚, 而拔千丈流俗, 對先人言 未嘗不流涕焉. 晚與同春先生, 志同臭合, 交契最厚, 而不幸短世, 未得究竟其志業, 尤可痛恨.

其在臺省, 動輒論啓, 大書啓草, 連索草紙, 該吏竊相語曰: "前後多官, 未有若此之頻索草紙也." 今觀其本, 則筆端凝霜, 字體非凡, 裒爲一帖, 以爲子孫之寶翫. 其時原黨洛黨之說盛行, 而公獨持風裁, 論議正大, 時人尤爲推重云.

年二十三時, 已作〈斥和三臣傳〉及〈擬平遼奏文〉, 而慷慨之意, 常發於文字間. 其遊金剛詩曰: "清秋海上還多感, 蹈海初心魯仲連", 金剛自是濟勝之地, 而其詩意如此, 則未嘗須臾忘者可見矣.

家山上流, 有地名香林, 峰巒勢阻, 水石清麗, 絕境幽趣, 不下武夷之九曲. 公甚愛之, 常常往來, 而擬結數間亭舍, 以爲盤桓嘯詠之所, 亭旣成, 公以疾不得復往云.

壬辰解職, 專出於爲遊楓岳. 匹馬數童, 行色淡然, 所謂毘廬·望高·正陽·歇惺, 無所不到,無處不吟. 其時所作詩篇, 一時膾炙, 以爲仙語云.

不肖孫冕周謹述.

유사(遺事)

불초자(不肖子)가 일찍이 가정에서 전해지는 말을 들으니, 공은 15, 6세 때에 문예가 이미 성취되고 재부와 품격이 비범하였다고 한다. 또 크게 수립하는 데에 뜻을 두어 맹자를 삼백 번, 한유(韓愈)의 글은 백 번, 장자(莊子)와 문산(文山)의 대책(對策)[26]은 천 번을 읽었고, 경서와 사서(史書), 백가(百家)에 대해 천고(千古)를 오르내리며 통달하지 않은 것이 없었으며, 이 때문에 문사(文辭)에 드러나는 것이 우뚝하고도 자유분방하여, 사부(詞賦)나 변려(騈儷)의 경우에는 맑고 웅장하며 날아서 움직이는 듯하여 각각 그 문체를 지극히 하였으니, 훌륭한 재주가 있는 거장도 보고서는 무릎을 꿇었다고 한다. 전후의 과거시험에서 네 번 장원을 하였는데, 〈봉황부(鳳凰賦)〉, 〈민수부(民水賦)〉, 〈치란책(治亂策)〉, 〈뇌정책(雷霆策)〉 같은 것은 사람들이 모두 전해가며 외웠다. 당시 사람의 시에 이르기를, "청년의 재주와 명망은 남쪽 황금처럼 귀중하고[27] 과거에 장원급제하니 북두성처럼 존귀하구나."라고 하였으니 이는 실제의 일이었다. 평생 저술한 것이 많지 않은 것은 아니지만 다 흩어져 잃어버리거나 마모돼서 없어져 백에 하나, 둘도 남아있지 않으니, 참으로 몹시 한스럽다.

공이 을묘년(1615, 광해군7)에 태어났기 때문에 공의 맏형인 천파(天坡)선생은 항상 묘군(卯君)이라고 불렀으니, 이는 소자첨(蘇子瞻 소식(蘇軾))이 자유(子由 소철(蘇轍))를 부른 뜻을 취한 것이다. 공은 타고난 자질이 순수하여 자연히 도에 가까운 데다가 옛 글을 많이 읽어 예전의 일에 두루 통달하였다. 기묘년(1639, 인조17) 이후로 10여 년은 염락(濂洛)[28]의 여러

---

26 문산(文山)의 대책(對策) : 문산은 남송(南宋)의 문천상(文天祥)의 호이다. 문천상은 이종(理宗) 때 급제하였는데, 원(元)나라의 침략에 의용군을 모아 항거하다가 잡혀서 처형되었다. 원 세조(世祖)의 간곡한 회유에도 절개를 굽히지 않은 충신으로 이름이 높다. 문산의 대책은 문천상의 문집인 『문산집(文山集)』 권3 「대책(對策)」에 실린 〈어시책일도(御試策一道)〉를 말하는데, 천변(天變,), 민원(民怨), 인재(人才) 등의 물음에 대한 대책문이다.

27 남쪽 황금처럼 귀중하고 : 중국 남방의 형주(荊州)와 양주(楊州)에서 나는 금(金)은 품질이 좋아서 북방에서 나는 금보다 값이 배나 되었다. 이후 뛰어난 인재를 뜻한다.

28 염락(濂洛) : 송(宋)의 학자인 주돈이(周敦頤)는 염계(濂溪)에 살았고 정호(程顥)와 정이(程頤) 형제는 낙양(洛陽)

글에 더욱 힘을 써서 식견이 분명하고 밝았으며 실천이 독실하였다. 하늘이 산(山) 속에 있는 형상을 본받아 덕을 축적하였고[29] 비단옷을 입고 홑옷을 덧입었으니,[30] 대개 그 기약하는 바가 원대한 데에 있었고 문장을 익히는 데에만 그치지 않았기 때문이었다. 불행히도 단명해서 중도에 세상을 버려 공이 학문과 공부에 대해 크게 힘이 되었을지는 알 수 없지만, 공을 깊이 아는 사람은 더욱더 몹시 애석하게 여겨 마지않았다. 혹은 관서 부자(關西夫子)[31]나 여남 안자(汝南顏子)[32]라는 칭호가 있기까지 하였으니 모두 당시 사람들이 소중하게 명망을 흠모하여 이렇게 찬미하는 말을 했음을 알 수 있고, 여기에서 또한 공의 자품이 보통보다 비할 수 없이 빼어났다는 것을 상상할 수 있다.

공의 필법도 기이하고 기운차게 움직여 저절로 하나의 서체(書體)를 이루었다. 공의 장인인 대군사부 원공(元公)은 7세에 글씨를 잘 쓴다고 세상에 이름이 났는데, 공에게 이르기를, "해서(楷書) 글씨는 자네가 나에게 양보해야 하겠지만 초서(草書)를 잘 쓰는 것으로는 내가 자네를 위해 말채찍을 잡는 마부 노릇을 해야 할 것이다."라고 하였다. 부제학 이단상 공(李端相公)이 시를 짓기를, "원기 넘치는 채색 붓에서는 용과 물고기가 다투고[33] 크게 취하여 이름을 지으면 원래부터의 화석인 듯하네."하였으니, 공이 재예(才藝)를 겸비하였음을 알 수 있다. 이러한 몇 가지 말은 행장 중에 말하지 않은 것이므로 들은 바를 대략 기록한다.

에 살았던 사실에 유래하여 성리학(性理學)을 가리킨다.

29 하늘이……축적하였고 : 『주역』「대축(大畜) 상전(象傳)」에 "천 하늘이 산 속에 있는 형상이 대축이니, 군자가 이를 본받아 지난 시대의 말씀과 앞 시대의 행적을 많이 알아서 자신의 덕을 축적한다."라고 하였으니, 여기서는 성현의 말씀과 행적을 많이 알아서 그것을 본받아 자신의 덕성을 쌓았다는 것을 말한다.

30 비단옷을……덧입었으니 : 자사(子思)가 "『시경』에, '비단옷을 입고 홑옷을 덧입는다.' 하였으니, 그 문채가 너무 드러남을 싫어해서이다. 그러므로 군자의 도는 은은하되 날로 드러나고, 소인의 도는 선명하되 날로 없어지는 것이다."라고 하였다. 『중용장구(中庸章句)』제33장에 보인다. 여기서는 자신의 재주를 드러내지 않고 겸손했다는 것을 말한다.

31 관서 부자(關西夫子) : 후한(後漢) 때의 양진(楊震)은 자(字)가 백기(伯起)로 어려서부터 학문을 좋아하고『구양상서(歐陽尚書)』를 태상(太常) 환욱(桓郁)에게 배웠는데, 경전에 밝고 박람하여 유자(儒者)들이 "관서공자(關西孔子) 양백기"라고 칭하였다. 『후한서(後漢書)』권54 <양진열전(楊震列傳)>에 보인다. 여기서는 오핵(吳翮)을 양백기에 비긴 것이다.

32 여남 안자(汝南顏子) : 후한(後漢) 황헌(黃憲)은 자가 숙도(叔度)로 여남의 신양(愼陽) 사람인데, 영천(潁川)의 순숙(荀淑)이 황헌을 만나고 나서 자기의 사표라고 하였다. 뒤에 원굉(袁閎)에게 "그대의 고을에 안자(顏子)가 있는 것을 어찌 알겠느냐."고 묻자 원굉이 "우리 숙도를 만나 본 모양이다."라고 하였다. 『후한서(後漢書)』권53 <황헌열전(黃憲列傳)>에 보인다. 여기서는 오핵(吳翮)을 황헌에 비긴 것이다.

33 원기……다투고 : 남조(南朝) 시대 강엄(江淹)이 어릴 적에, 자칭 곽박(郭璞)이란 사람이 채색 붓을 주는 꿈을 꾸고부터 문장이 크게 진보하였는데, 만년에 붓을 회수해 가는 꿈을 꾼 뒤로는 좋은 문장이 나오지 않았다 한다. 『태평어람(太平御覽)』권605에 보인다. 여기서는 금강산을 유람하며 쓴 문장을 칭송한 것이다.

지금 눈으로 보거나 기록한 문자를 가지고 살펴보면, 당시 선비들의 의논은 모두 덕행과 문장이 있는 선비로 받들었고, 혹은 화락한 군자라 칭하거나 혹은 출입하는 것은 맑은 논의의 경중에 관계가 되고, 관직에 나가고 물러나는 것은 사림의 기쁨과 슬픔이 된다고 하였으니, 당시에 흠모를 받은 것이 이와 같았다. 당숙 양곡(陽谷 오두인(吳斗寅)) 선생도 말하기를, "아, 우리 계부께서는 재주가 훌륭하고 덕이 두터우셨는데 세속에서 천 길이나 뛰어나셨다." 라고 하였으니, 선인(先人)의 말씀을 대하고 눈물을 흘리지 않은 적이 없었다. 만년에 동춘(同春) 선생과 뜻이 같고 취향이 맞아 교분이 가장 깊었는데, 불행히 단명하여 그 뜻과 사업을 끝까지 마치지 못했으니 더더욱 몹시 한탄스럽다.

대성(臺省)에 있을 때는 걸핏하면 사안을 논핵하여 아뢰었는데, 계사(啓辭)의 초본을 크게 쓰느라 초를 잡을 종이를 연이어 찾아대니, 해당 서리들이 몰래 서로 말하기를, "그동안 관원이 많았지만 이렇게 초 잡을 종이를 자주 찾는 경우는 없었다."라고 하였다. 지금 그 문서를 보니 붓 끝에 서리가 엉긴 듯하고 글자체가 비범하여, 모아서 한 첩을 만들어 자손들의 보물로 삼고자 한다. 그 당시에 원당(原黨)이니 낙당(洛黨)이니[34] 하는 말이 성행하였는데, 공만 유독 풍격(風格)을 지키고 논의가 공명정대하여 당시 사람들이 더욱 추중(推重)하였다고 한다.

나이 23세 때 이미 〈척화삼신전(斥和三臣傳)〉과 〈의평료주문(擬平遼奏文)〉을 지었는데, 강개한 뜻은 항상 문자 사이에 드러났다. 금강산을 유람한 시에 이르기를, "맑은 가을 바다 위에서 도리어 느낌이 많구나. 바다에 몸을 던지려한 노중련(魯仲連)의 초심(初心)이로다."[35] 하였다. 금강산은 본래 명승지인데 그 시의 뜻이 이와 같았으니 잠시도 잊은 적이 없다는 것을 알 수 있다.

선산 위쪽에 지명이 향림(香林)이라는 곳이 있어, 산봉우리의 형세가 험하며 자연이 맑고 깨끗하여 절경의 그윽한 정취가 무이구곡(武夷九曲)[36]보다 못하지 않았다. 공이 매우 아끼고

---

34 원당(原黨)이니 낙당(洛黨)이니 : 인조 때에 와서 서인(西人)은 원평부원군(原平府院君) 원두표(元斗杓)가 중심이 된 원당과 낙흥부원군(洛興府院君) 김자점(金自點)이 중심이 된 낙당으로 분열되었다.

35 바다에……초심(初心)이로다 : 노중련(魯仲連)은 전국시대 제(齊)나라 사람이다. 진(秦)나라가 조(趙)나라를 공격하니 위(魏)나라의 장군 신원연(新垣衍)이 조나라 평원군(平原君)에게 진(秦)나라를 제국(帝國)으로 받들자는 말을 하였다. 마침 조나라에 머무르고 있던 노중련이 이 소식을 듣고는, "진나라는 예의를 무시하고 백성들을 노예처럼 다루는데, 그런 진나라가 제왕이 되어 정치를 한다면 나는 차라리 동해바다에 빠져 죽겠다."라고 하였다. 『사기(史記)』 권83 〈노중련열전(魯仲連列傳)〉에 보인다. 여기서는 청(淸)나라가 황제국임을 인정하지 않는다는 것을 말한다.

36 무이구곡(武夷九曲) : 송(宋)나라 주희(朱熹)가 1184년 복건(福建) 숭안(崇安)의 무이산(武夷山)에 자양서원(紫陽

항상 왕래하면서, 몇 칸의 정자를 지어서 자연을 즐기고 시가를 읊는 장소로 삼으려고 했는데, 정자는 완성되었지만 공은 병으로 다시 가볼 수 없었다고 한다.

임진년(1652, 효종3)에 직책에서 물러난 것은 오로지 풍악산(楓岳山)을 유람하려는 데서 나온 것이다. 필마(匹馬)에 동자 몇 명을 데리고 행색이 담박하였는데, 이른바 비로봉(毘盧峰), 망고대(望高臺), 정양사(正陽寺), 헐성루(歇惺樓) 등 이르지 않은 곳이 없고 시를 읊지 않은 곳이 없었다. 그 때 지은 시편이 당시에 회자되어 신선의 말이라 했다고 한다.

불초 손자 면주(冕周)는 삼가 서술한다.

6 祭文(제문)

1)

— 白軒李相國景奭

嗟! 君之志兮, 松柏直些. 嗟! 君之操兮, 玉雪白些. 嗟! 君之疾兮, 胡奄革些. 嗟! 君之齒兮, 垂不惑些. 嗟! 君之勤兮, 膏夜焚些. 嗟! 君之博兮, 窮典墳些. 嗟! 君之藝兮, 冠龍榜些. 嗟! 君之鯁兮, 風節抗些. 嗟! 君之遊兮, 藻思壯些. 嗟! 君之蕭兮, 屠莫放些. 嗟! 君之逝兮, 柏府寂些. 嗟! 君之棲兮, 蘭若闃些. 嗟! 君之澹兮, 罕食祿些. 嗟! 君之趣兮, 在水石些. 嗟! 君之計兮, 茅始誅些. 嗟! 君之捐兮, 碧山孤些. 嗟! 君之伯兮, 痛早亡些. 嗟! 君之仲兮, 尙成行些. 嗟! 君之夭兮, 增痛傷些. 嗟! 君之室兮, 四壁存些. 嗟! 君之孤兮, 不及婚些. 嗟! 君之潔兮, 離世紛些. 嗟! 君之化兮, 列仙群些. 嗟! 君之返兮, 向故園些. 嗟! 君之魄兮, 托荒原些. 嗟! 君之遠兮, 謾招魂些. 烏虖哀哉!

—상국(相國)백헌(白軒)이경석(李景奭)

아, 군의 뜻은 소나무와 잣나무처럼 곧았으며,
아, 군의 지조는 옥(玉)과 눈처럼 깨끗하였네.

書院)을 짓고 한가로이 살았는데 무이산의 시내가 아홉 굽이였으므로 무이구곡이라고 한다. 주희는 이를 두고 10수의 칠언시 「무이구곡가」를 지어 그 경치를 읊었다.

아, 군의 병은 어찌 갑자기 위독해졌는가?

아, 군의 나이는 40세이 되지 못했네.

아, 군의 부지런함은 밤늦도록 등잔불 사르고 공부하여

아, 군의 박식함은 옛글에 통달하였네.

아, 군의 재주는 문과에 장원급제하여.

아, 군의 강직함은 기풍이 우뚝하였네.

아, 군이 유람함에는 글재주가 훌륭하며.

아, 군의 엄숙함에는 백정도 함부로 하지 못하였네.

아, 군이 떠나니 사헌부가 적막하였고

아, 군의 거처는 사원처럼 고요하였네.

아, 군의 담박함은 녹봉을 받은 적이 드물었고

아, 군의 취향은 자연을 즐기는 데 있었네.

아, 군이 계획하여 풀 베어 비로소 집을 지었는데

아, 군이 세상을 떠나니 푸른 산이 외롭네.

아, 군의 백형은 애석하게 일찍 세상을 떠났고

아, 군의 중형들은 아직 세상에 행세하네.

아, 군이 요절하니 더욱 애석하고 슬프네.

아, 군의 집은 사방에 벽만 있고[37]

아, 군의 고아들은 혼인도 하지 못하였네.

아, 군의 고결함은 세상의 분잡함을 떠났으니

아, 군은 이 세상을 떠나 신선들의 반열에 들었네.

아, 군의 상여(喪輿)가 돌아가 고향 동산으로 향하고

아, 군의 백(魄)은 황량한 언덕에 의탁하네.

아, 군이 멀어지니 속절없이 혼을 부르네.

오호라! 슬프구나!

---

37 사방에 벽만 있고 : 빈궁한 생활을 뜻하는 말인데, 한(漢)나라 사마상여(司馬相如)가 탁문군(卓文君)과 사랑에
  빠져 성도(成都)로 도망친 뒤에 살림살이는 하나도 없이 그저 사방에 벽만 서 있는 빈궁한 생활을 하였다는
  고사에서 나온 말이다. 『사기(史記)』 권117 <사마상여열전(司馬相如列傳)>에 보인다.

一李相國慶億

昔余童年, 寡聞而蒙. 仲氏求友, 得子泮宮. 余隨以肩, 挹子下風. 氷玉其中, 海鶴其容. 發爲
文辭, 浩汗銛鋒. 百戰藝囿, 人莫或先. 高登上庠, 聲聞蔚然. 斫桂蟾宮, 維第一枝. 三十成名,
世惜其遲. 峨冠柏府, 揖笏薇院. 獨持風裁, 鵰鶚孤騫. 長孺多病, 靈運愛山. 矯然遐擧, 迹疎
朝班. 瞻彼天台, 有菀林巒. 連階花竹, 一室書史. 大衾長枕, 兄及弟矣. 寄興藻翰, 嘯詠烟霞.
忘機海鷗, 借榻禪家. 以時舒卷, 獨葆沖眞, 握瑜懷瑾, 無競於人. 畢展所學, 庶期他日. 仁壽福
善, 古亦有說. 胡不百年, 遽爾淪亡? 此理茫茫, 誰詰彼蒼? 嗚呼哀哉! 與子交遊, 垂二十歲. 擧
世知音, 許我昆弟. 釋褐登仕, 幸同一時. 出處臭味, 惟子共之. 城西卜隣, 還往多時. 數日不見,
怒焉如飢. 見子詞賦, 凌駕兩京. 專功詩律, 嗣唱正聲. 力去陳言, 換骨高岑. 有時談論, 揚摧古
今. 投我以詩, 如獲重寶. 每有屬和, 輒荷稱道. 去歲得罪, 遷于北方. 君時在野, 瀝血封章. 匪
爲私交, 不忘君違. 四月維夏, 余還洛師. 悠悠浮世, 聚散萍蓬. 握手重驩, 怳一夢中. 曾不數
月, 子返舊居. 一別三秋, 再見君書. 知子有疾, 若痛在己. 昇病登途, 就醫京裏. 我來視君, 君
喜强起. 言笑如常, 委命循理. 藥非不良, 病已難醫. 居然大寢, 與世長辭. 嗚呼逸少, 而至於
斯. 官止五命, 壽欠中身. 芳蘭萎質, 白璧埋塵. 死生脩短, 孰尸其機? 旣賦以才, 胡又嗇施? 君
不自哀, 後死之悲. 哀哀寡妻, 子子孤兒. 君何不顧, 棄之若遺? 粹然之貌, 溫然之音. 若接耳
目, 忉怛于心. 我有疑事, 誰與決之? 我有新詩, 誰與和之? 朱絃斷絶, 白雪寥. 撫念平昔, 我魂
欲銷. 文不盡言, 言不盡哀. 長慟一聲, 酹此單盃. 嗚呼哀哉!

一상국 이경억(李慶億)

옛날 내가 어린 나이라 견문이 좁고 어리석었을 때에,

중형(仲兄)은 친구를 구하다가 성균관에서 그대를 만났다네.

내가 어깨를 나란히 하며[38] 그대를 흠모하고 따랐네.

---

38 어깨를 나란히 하며 : 5년 정도의 나이 차이가 나는 것을 말한다. 『예기(禮記)』「곡례 상(曲禮上)」에 "나이가
배나 더 많은 사람에게는 아버지처럼 섬기고, 10년이 더 많은 사람에게는 형처럼 섬기고, 5년이 더 많은 사
람과는 어깨를 나란히 하고 걷되 조금 뒤처져서 따라간다."라고 한데서 유래한 것이다. 실제 이경억은 광해
군 12년(1620) 출생으로 오핵(吳翮)보다 5살 아래이다.

마음은 빙옥(氷玉)과 같고 용모는 바닷가 학과 같았네.

드러내 문장을 지으면 크고도 넓으며 예리하였네.

문단에서 재주를 수없이 겨루어도 사람들이 혹 앞서지 못하며

높은 성적으로 소과(小科)에 오르니 명성이 성대하였네.

달나라에서 계수나무를 베어 첫 번째 가지가 되었다네.[39]

서른에 명성을 이루자 세상에선 도리어 늦었다 안타까워했지.

사헌부에서 높은 관을 썼으며 사간원에서 홀을 꽂으며

홀로 풍격을 지키고 독수리처럼 외로이 날아올랐다네.

장유(長孺)가 병이 많았듯이[40] 영운(靈運)이 산을 사랑했듯이[41]

고상하게 멀리 떠나버리니 조정에는 자취가 소원하였다네.

저 천태산(天台山)을 바라보니 울창한 숲과 봉우리가 있구나.

섬돌에 잇닿아 꽃과 대나무가 자라듯 한 방에서 사서를 공부하며

큰 이불 긴 베개 함께 덮고 괴니 형과 아우 같았지.

흥취를 붙여 문장을 짓고 산수의 경치를 시가로 읊었네.

기심(機心)을 잊은 해구(海鷗) 같고[42] 사찰에서 잠잘 곳을 빌려 자 듯[43]

때에 따라 폈다가 말았다가 유독 참된 기운을 보전하였기에

---

39 달나라에서……되었다네 : 문과에 장원급제한 것을 말한다. 진 무제(晉武帝) 때 현량 대책(賢良對策)에서 장원을 한 극선(郤詵)에게 무제가 소감을 묻자, "계수나무 숲의 나뭇가지 하나, 곤륜산의 옥돌 조각 하나와 같다."라고 답한 데서 유래하였다. 『진서(晉書)』 권52 <극선열전(郤詵列傳)」에 보인다.

40 장유(長孺)가 병이 많았듯이 : 장유는 한 무제(漢武帝) 때의 직신(直臣) 급암(汲黯)의 자이다. 급암은 병이 많아 내실에 누워 출입하지 못했으나, 다스림에 큰 지침만 따지고 작은 일에 개의치 않아서 잘 다스려졌다고 한다. 『사기(史記)』 권120 <급암열전(汲黯列傳)』에 보인다. 여기서는 오핵(吳翮)도 역시 병이 많았음을 비유한 것이다.

41 영운(靈運)이 산을 사랑했듯이 : 영운(靈運)은 남북조(南北朝) 시대의 시인 사령운(謝靈運)을 말하는데 사령운은 주로 산수와 자연의 아름다움을 주제로 시를 썼다. 『남사(南史)』 권19 <사령운열전(謝靈運列傳)>에 보인다. 여기서는 오핵(吳翮)이 자연을 사랑했다는 것을 비유한 것이다.

42 기심(機心)을……갈매기 : 바닷가에 사는 사람의 아들이 갈매기와 잘 놀아서 매일 아침 바닷가에 가면 백 마리도 넘게 왔다. 그 아버지가 갈매기와 놀려고 아들에게 잡아오게 하였는데, 아들이 이튿날 바닷가에 갔더니 갈매기는 춤만 출 뿐 내려오지 않았다는 이야기가 있다. 『열자(列子)』「황제(黃帝)」에 보이다. 여기서는 담백한 마음으로 세상사에 관심을 끊고 은거하는 것을 가리킨다.

43 사찰에서……자는 듯 : 금나라 원호문(元好問) <외가남사(外家南寺)> 시 "백두옹 인간세상 오고 가면서, 옛날처럼 승방에서 의자 빌려 잤었지.[白頭來往人間偏, 依舊僧窓借榻眠.]"라는 구절이 있다.

옥(玉)을 쥐고 품었으되[44] 남들과 다툼이 없었네.

배운 것을 다 펼 수 있기를 훗날을 기대하였었지.

어진 이엔 수명을 주고 선한 이엔 복을 줌은 옛날도 이 말이 있었는데

어찌하여 백 년도 되지 않아 갑자기 돌아가시는가.

이러한 이치 아득하기만 하니 누가 저 하늘에 따지리오.

아아! 슬프도다!

그대와 교유한 지 20년이나 되었으니

세상에서 나의 지음(知音)이며 나의 형제 같았었지.

과거에 급제해 벼슬길에 오른 것이 다행히 같은 때였기에

관직에 나가고 물러남을 오직 그대와 함께 하였네.

도성 서쪽에 이웃하여 살며 자주 왕래하였기에,

며칠 동안 보지 못하면 밥을 굶은 듯이 허전하였지.

그대의 사부(詞賦)는 〈양경부(兩京賦)〉[45]를 능가하였고

시율(詩律)을 전공하여 뒤를 이어 바른 소리를 울렸다네.

진부한 말을 힘써 제거하여 고잠(高岑)[46]의 시문에서 환골탈태하였으며

때때로 담론을 함에 고금((古今)을 밝히고 견주었다네.

나에게 시를 줌에 마치 소중한 보배를 얻은 것 같았으며

항상 화답을 함에 그때마다 칭찬을 받았었지.

과거 죄를 얻어서 북쪽으로 귀양 갔을 때에도[47]

그대는 관직에 있지 않았으나 피눈물을 뿌리며 상소를 하였는데

---

44 옥(玉)을 쥐고 품었으되 : 훌륭한 자질을 갖고 있는 것을 말한다. 『초사(楚辭)』 권4 「구장(九章) 회사(懷沙)」에 "옷 속에 옥을 품고 손에 옥 지녔어도 고달픈 상태에서 보여 줄 길 전혀 없네.[懷瑾握瑜兮 窮不所示]"라고 한데서 유래하였다.

45 양경부(兩京賦) : 한(漢)나라 문장가 장형(張衡)이 지은 「동경부(東京賦)」와 「서경부(西京賦)」를 말한다. 동경인 낙양(洛陽)과 서경인 장안(長安)의 아름다운 풍물과 산천의 내력을 서술하였다. 『후한서(後漢書)』 권59 「장형 열전(張衡列傳)」에 보인다.

46 고잠(高岑) : 성당(盛唐) 시인 고적(高適)과 잠삼(岑參)을 함께 부를 때 고잠(高岑)이라고 한다. 두 사람은 변새 시파(邊塞詩派)의 대표적 인물이었다.

47 과거……때 : 이경억(李慶億)은 조석윤(趙錫胤)을 구하는 상소를 올렸다가 죄를 입어 함경도 경성(鏡城)으로 유배되었다. 『효종실록(孝宗實錄)』 2년 10월 28일, 29일조에 보인다.

사적인 교분 때문이 아니라 임금의 잘못을 잊지 않고 간한 것[48]이었다네.

4월 여름이 되어 내가 서울로 돌아왔을 때엔

아득히 덧없는 세상에 모이고 흩어지고 떠돌다가

손을 맞잡고 기뻐하길 거듭하니 한바탕 꿈속과도 같았었지.

몇 달 지나지 않아 그대는 옛 거처로 돌아갔으니,

한 번 이별한 후엔 삼년 동안 그대의 편지 두 번 받았을 뿐.

그대에게 병이 있는 것을 알고는 마치 내가 아픈 것 같았기에,

병든 몸을 끌고 길에 올라 서울 의원을 찾았다기에,

내가 찾아가 그대를 만나니 그대는 기뻐하며 힘들게 일어나

말하고 웃는 것이 평상시와 같았기에, 천명에 맡기고 도리를 따르자 한데

약이 좋지 않은 것은 아니었지만 병은 이미 고치기 어려워

어느덧 큰 잠에 빠져들어 세상과 영원히 이별하였네.

아아! 일소(逸少)가 이 지경에 이르렀도다.

관직은 5품에 그치고 수명은 마흔에도 모자라는구나.

향기로운 난초가 시들었고 흰 구슬은 먼지 속에 묻혔다네.

수명의 길고 짧음은 누가 그 시기를 주관하는가.

이미 재주를 주고는 어찌하여 또 인색하게 베푼단 말인가.

그대 스스로 슬퍼하지 않으니 나중에 죽는 이의 슬픔이라네.

홀로된 애처로운 아내와 혈혈단신 외로운 자식만 남았는데,

그대는 어찌 돌아보지 않고 버리듯이 떠나는 것인가.

순후한 모습과 온화한 목소리 눈에 보이고 귀에 들리는 듯한데,

이 마음 괴롭고도 슬프구나.

내에게 의심스러운 일이 있으면 누구와 함께 해결하고,

나에게 새로 지은 시가 있으면 누구와 함께 화답하리오.

거문고의 붉은 줄 끊어지고[49] 백설(白雪)의 노래 고요해졌도다.[50]

---

48 임금의……간한 것 : 『춘추좌씨전(春秋左氏傳)』 환공(桓公) 2년 조의 "임금이 어긋난 일을 하면 덕으로 간쟁하기를 잊지 않았다.[君違 不忘諫之以德]"라고 한 데서 인용한 것이다.

49 거문고의……끊어지고 : 옛날 백아(伯牙)가 자기가 타는 거문고 소리를 잘 알아주던 친구 종자기(鍾子期)가

평소의 일을 떠오를수록 내 혼이 사그라지려 한다네.

글로는 다 표현할 수 없고 말로는 슬픔을 다할 수 없구나.

길이 통곡하며 한잔 술을 올리노라.

아아! 슬프도다!

3)

一李相國尚眞

嗚呼! 仁者壽, 逸少夭耶? 天道福善, 其夭逸少耶? 誰使之然而至於斯耶? 居家則孝而友, 事君則忠而直, 接物則和而寬, 與朋友交信而義. 氣淸心洞, 淡如泊如, 無一點塵累. 耽身于學, 大放於詞, 文章復古, 詩尤工焉. 夫如是也, 而旣不公卿, 又不得年, 天之報施, 何其嗇耶? 所謂壽也福也, 果何理耶? 天問無憑, 逸少已夭. 嗚呼痛哉! 親黨之懿, 交游之歡, 其亦已矣. 溫溫笑語, 皎皎風儀, 不可得以再接. 後死者能幾年, 斯世又幾人閱過, 如逸少者, 可得復乎? 嗚呼痛哉! 逸少平生, 物欲淨盡, 享之厚薄, 必無所憾, 全以返眞, 亦何恨早? 況世事之夢如, 苦榮辱之相尋, 了悲歡之都消, 占令名之已完. 其視久生者多懼, 得失懸甚, 固知逸少含笑而入地, 嗟! 我獨立而何堪? 嗚呼痛哉! 柳車旣飭, 薤露懷悲. 酌一杯而告訣哭之, 痛兮腸絶. 嗚呼! 逸少! 精爽不昧, 其知耶否? 尙克歆格.

一상국 이상진(李尙眞)

아아, 어진 사람은 오래 사는 것인데, 일소(逸少)는 일찍 갔는가.

하늘의 도는 선한 사람에게 복을 내리는 것인데, 일소를 일찍 보냈는가.

누가 그렇게 만들어 이 지경에 이르게 했는가.

집안에서는 효성과 우애가 있으며, 임금을 섬김에는 충성스럽고 강직하였고,

죽자, 자기의 거문고 소리를 들을 만한 사람이 없다 하여 거문고 줄을 끊어버리고 다시 타지 않았다고 한다. 『열자(列子)』 <탕문(湯問)>편에 보인다.

50 백설(白雪)의 노래가 고요해졌도다 : 춘추 시대 초(楚)나라의 대중가요인 <하리(下里)>와 <파인(巴人)>은 수천 명이 따라 불렀지만, <백설(白雪)>과 <양춘(陽春)>의 노래는 너무 고상하여 겨우 수십 명밖에 따라 부르지 못했다고 한다. 『문선(文選)』 권45 <대초왕문(對楚王問)>에 보인다. 여기서는 오핵(吳翮)이 죽어서 어렵고 좋은 문장이 없어졌다는 것을 말한다.

남을 대함에는 온화하고 너그러워 친구와 사귐엔 신의가 있고 의로웠었지.

기가 맑고 마음이 환하며 담박하여 한 점 티끌이 없었다네.

학문에 탐닉하고 사부(詞賦)에 크게 뜻을 펴니,

문장은 옛것을 회복했으며 시는 더욱 솜씨가 있었지.

이 같은데도 공경(公卿)이 되지 못하고 또 오래 살지도 못하였으니

하늘이 보답하여 베푸는 것이 어찌 그리도 인색하단 말인가.

이른바 수명과 복록이란 과연 이떤 이치인가.

하늘에 물으려 해도 방법이 없고 일소는 이미 요절했구나.

아아, 애통하도다!

친한 무리로서의 정의와 교유하는 즐거움도 또한 그만이로구나.

온화한 웃음과 말, 깨끗한 풍채와 거동을 다시는 접할 수 없게 되었구나.

뒤에 죽는 사람이 몇 년을 능히 살더라도

이 세상에 또한 몇 사람을 겪더라도 일소 같은 이를 다시 볼 수 있겠는가.

아아, 애통하도다!

일소는 평생토록 깨끗하여 욕심이 없었으니

누리는 것이 넉넉하고 박한 것에 대해선 필시 유감이 없을 것이요,

온전히 참으로 돌아가니 또한 어찌 일찍 죽는 것을 한탄하겠는가.

더구나 세상사 어지러워 괴롭게 영욕이 번갈아 잇따랐으니,

마침내 슬픔과 탄식 전부 사라져 훌륭한 명성을 온전히 차지하게 되었구나.

그러니 오래 사는 사람만이 걱정이 많고 득실이 매우 현격하게 차이가 나는 것에 비한다면,

일소가 웃음을 머금고 지하에 들어갈 것임을 진정 알겠지만,

아! 우리는 홀로 서서 어찌 감당할 수 있으리오.

아아! 애통하도다!

상여는 이미 준비되었고 만가(輓歌)에는 슬픔만이 담겨있구나.

한잔 술 올려 영결을 고하며 곡을 하나니 애통하여 간장이 끊어지는 듯하구나.

아아! 일소여! 영령(英靈)은 어둡지 않나니,

아시는가, 모르시는가.

부디 와서 흠향하시라.

嗟嗟逸少, 何遽止斯? 自我知君, 二紀于玆, 義雖朋友, 情同兄弟. 一朝奄忽, 棄我而逝, 淸明之質, 孝友之實, 文章之奇偉, 趣致之皎潔, 今皆不可得而復見, 寧不失聲而長慟也哉? 『詩』云：'愷悌君子, 神所勞矣', 若子之善, 宜有報施, 奈何壽不至四十, 而官不過五品, 而遽止此耶? 觀世之人, 恣行不義, 拖紫紆靑, 肉食老死者無限, 何獨彼延而此促, 彼豐而此嗇耶? 所謂天者不可必, 而理者不可恃耶? 雖然, 生而不淑, 不謂之壽, 死而不朽, 不謂之夭, 則若子之全歸者, 其亦何憾? 吾又何悲? 嗟嗟逸少, 其有知耶, 其不知耶? 嗚呼! 哀哉! 壯元榮進, 衆人之所艶, 而斂焉若虛者, 子也. 擯斥顚躓, 衆人之所驚, 而泊然無怨者, 子也. 食不充腸, 衣不掩骼, 衆人之所悲, 而安而不憂者, 子也. 至於徜徉山水, 携卷吟哦, 悠然而樂, 朝夕無倦, 豈非子之平生所得意者耶? 此皆子之所尋常, 而人之所不及者也. 嗚呼! 已矣! 今不可復見矣. 子嘗勸我, 卜隣陽城, 休官讀書, 共樂一生足矣. 病裏相語, 亦未嘗不以此諄諄也, 孰謂此計未成, 子遽棄我, 而使我踽踽無所歸耶? 嗚呼哀哉. 凡今之人, 孰知我悲? 子今永歸, 其來無期, 後死者庶幾飭躬勵行, 不負平生切磋之誼, 他日有以見吾友於地下, 是吾耿耿者也. 嗟嗟逸少, 其亦有監于此耶? 至情無文, 語不成理. 長號永訣, 傷哉已矣. 嗚呼! 哀哉!

—상서(尙書) 이경휘(李慶徽)

아아, 일소여. 어찌 갑자기 이렇게 되었는가. 내가 그대를 안 지 이제 20년이 되었는데, 의리로는 비록 벗이지만 정리로는 형제와 같았지. 하루아침에 매우 급작스럽게 나를 버리고 떠나가서, 청명한 자질과 독실한 효우(孝友), 뛰어나게 훌륭한 문장과 깨끗하고도 맑은 풍취를 이제 모두 다시는 볼 수 없게 되었으니, 어찌 목을 놓아 길게 통곡하지 않겠는가. 『시경』에 이르기를, "즐겁고도 화평한 군자는 신(神)께서 위로해 주는 바로다."라고 하였으니,[51] 그대의 선(善)에 대해서 마땅히 보답하여 베푸는 바가 있어야 할 것인데, 어찌하여 수명은 마흔에도 이르지 못하고 관직은 5품에 지나지 않아 갑자기 여기에서 그치고 마는 것인가. 세상 사람을 보면 의롭지 못한 일을 자행하면서도 자주색이나 청색 인끈을 늘어뜨리고[52] 고기를 먹

---

51 시경에…… 하였으니 : 『시경』 「대아(大雅) 한록(旱麓)」에 나오는 말로 오핵의 덕을 가리킨 것이다.

52 자주색이나……늘어뜨리고 : 자주색과 청색 인끈을 늘어뜨린 고관(高官)을 가리킨다. 한(漢) 나라 때 공후(公

으며 늙어 죽는 사람이 한량없이 많은데, 어찌 유독 저들에게는 수명을 연장해주고 그대에게
는 급박한 것이며 저들에게는 후하고 그대에게는 인색한 것인가. 이른바 하늘이라는 것은 기
필할 수 없고 이치라는 것은 믿을 수 없다는 것인가. 비록 그렇지만, 살아서 선량하지 않다면
장수(長壽)라 이르지 않고 죽어서도 영원히 전해질 수 있으면 요절했다고 일컫지 않는 것이
니,[53] 그렇다면 그대가 온전히 세상을 떠난 것에 그 또한 어찌 유감스럽겠으며, 나 또한 어찌
슬프겠는가.

아아, 일소여! 아는가, 모르는가.

아아, 슬프도다!

장원급제하여 지위가 높아지는 것은 많은 사람이 부러워하는 바이지만 이를 감추고 아무
것도 아닌 것으로 여긴 사람이 그대라네.

배척을 당하거나 좌절을 겪는 것은 많은 사람이 두려워하는 바이지만 담백하여 원망이 없
는 사람이 그대라네.

배불리 먹지 못하고 의복이 남루한 것은 많은 사람이 서글피 여기는 바이지만 편안히 여겨
걱정하지 않는 사람이 그대라네.

자연 속을 노닐고 책을 지니고 시를 읊으며, 여유롭게 즐기고 아침저녁으로 게으르지 않은
경지에 이르렀으니, 어찌 그대가 평생에 뜻을 얻은 바가 아니겠는가. 이 모두가 그대에게는
예사로운 것이지만 다른 사람은 미칠 수 없는 것이라네.

아아, 그만이로구나. 이제 다시 볼 수 없구나.

그대는 일찍이 나에게 권하여, 양성(陽城)에 이웃하여 거처를 정해 벼슬을 그만 두면 책을
읽으며 함께 일생을 즐기면 족할 것이라 하였네. 병중에 서로 이야기하며 또한 이 말을 거듭
하지 않은 적이 없었는데, 이 계획이 이루어지지 못한 채 그대가 갑자기 나를 버려 내가 외로
이 돌아갈 곳이 없게 할 줄을 누가 알았겠는가.

아아, 슬프도다!

지금 사람들 그 누가 나의 슬픔을 알랴. 그대는 지금 영원히 돌아가고 돌아올 기약 없으니,

侯)는 자주색 인끈을 차고, 구경(九卿)은 청색 인끈을 찼다.

53 살아서……것이니 : 당나라 한유(韓愈)가 지은 이원빈(李元賓)의 묘명(墓銘)에 "살아서 선량하지 않다면 누가
장수한다고 이르겠으며, 죽어서도 영원히 전해질 수 있다면 누가 요절했다고 이르겠는가."라고 한 데서 인용
한 것이다. 『한유집(韓愈集)』 권24 <이원빈묘명(李元賓墓銘)>에 보인다.

뒤에 죽는 사람이 부디 몸가짐을 삼가며 힘써 행하고 평생에 서로 절차탁마하던 정의를 저버리지 않아서 훗날 지하에서 내 친구를 보는 것이 바로 내가 마음속에 생각하는 것이라네.

아아, 일소여!

그 또한 이를 굽어 살피시는가. 지극한 정을 글로 표현할 수 없고 말이 조리에 맞지 않네. 길게 호곡하고 영원이 이별하노니, 안타깝도다! 그만이로구나!

아아! 슬프도다!

5)

―郭執義之欽

嗚呼! 哀哉! 賦天慈醇, 秉性粹眞, 溫玉其人. 精華外秀, 端確內守, 克孝且友. 餘事學文, 詞華蔚然. 嗟我妙年, 蓮擢鷄陬, 桂折龍頭, 名徹鳳樓. 薇閣批龍, 栢府乘驄, 不貳丹衷. 疾惡剛腸, 諫筆飛霜, 風采想望. 三千鵬翼, 九萬羊角, 前途不極. 不料一疾, 沈嬰數月, 玉樹摧折. 天歟命歟, 夢歟眞歟? 此何時歟? 賈誼淚盡, 顔回命短. 此慟何限? 名高鬼猜, 蘭茂風摧. 嗚呼! 哀哉! 石火飛光, 駒隙過忙, 萬事亡羊. 一隣南北, 情深骨肉, 襟期莫逆. 霜臺共席, 講院聯直, 往事如昨. 一別江鄕, 雲樹蒼茫, 離恨徒傷. 聞君病篤, 輿到洛北, 幸逢良覿. 寧知此日, 大命奄忽, 便成永訣? 弱稚孤惸, 鶺鴒悲鳴, 浮世堪驚. 異雀飛來, 遼鶴不回, 鄰篴聲哀. 嗟我有疾, 畏風莫出, 終違執紼. 哭未憑尸, 奠闕奉厄, 此懷無涯. 玆將菲薄, 送兒替哭, 靈庶歆格. 嗚呼! 哀哉!

―집의 곽지흠(郭之欽)

아아, 슬프도다! 타고난 자질은 자애롭고 도타우며 성품은 순수하고 참되어 따뜻한 옥과 같은 사람이었다네. 밖으로는 정기가 빼어나고 안으로는 단정하고 확고한 태도를 지켰으며, 효성스럽고도 우애가 있었네. 학문은 그리 중요하지 않은 일이었지만 시문이 성대하였네. 아! 어린 나이에 향시에 연달아 장원으로 뽑히고 문과에 장원급제 하여 명성이 오봉루(五鳳樓)를 관통하였지.[54] 사간원에서는 임금의 뜻을 거슬러 간언하였고[55] 사헌부에서는 총마(驄馬)를

---

54 명성이 오봉루(五鳳樓)를 관통하였네 : 문단의 거장(巨匠)의 솜씨라는 말이다. 송(宋)나라 한계(韓洎)가 자기 형인 한부(韓溥)의 글 솜씨는 겨우 비바람을 막는 초가집을 짓는 실력인데 비해, 자신의 문장 솜씨는 오봉루를 지을 만하다고 자찬(自讚)한 고사에서 나온 것이다. 『유설(類說)』 권53 「인 담원(引 談苑)」에 보인다.

탔으며[56] 그 마음 속 정성을 한결같이 하였네. 군은 마음으로 악을 미워하였고 간언하는 글은 서리가 날리는듯하여 풍채를 서로 우러러보았다네. 봉새가 날개로 3천 리의 물을 치고 회오리바람을 타고 9만 리를 날아오르듯이[57] 전도가 끝이 없을 것이라 생각하였지. 그렇기에 한 번 병에 걸려 몇 달을 앓다가 그 뛰어난 재주가 꺾일 것이라고는 생각지도 못했다네. 천명인가 운명인가, 꿈인가 사실인가. 이 어느 때인가! 가의(賈誼)와 같이 눈물이 다하고,[58] 안회(顏回)와 같이 단명하다니[59] 이 슬픔이 어찌 한량이 있으랴. 명성이 높으니 귀신이 시기하여 무성한 난초가 바람에 꺾였구나.

아아! 슬프도다! 부싯돌 불꽃이 빛처럼 빠르듯이, 망아지가 벽 틈을 바삐 지나가듯이[60] 만사 그만이로구나. 남북으로 이웃하여 살며 정이 골육 같이 깊었고 막역한 벗으로 사귀었었네. 사헌부에서 함께 있었고 시강원에서 연이어 직숙(直宿)하였는데 지난 일이 어제 같구나. 강 마을에서 한번 헤어져 벗 사이가 아득해지니 이별의 회한만 애절하였지. 그대의 병이 위독하여 수레가 북쪽으로 서울에 도착했다는 말을 듣고 다행히 반갑게 만날 수 있었다네. 그러나 어찌 이날 급작스럽게 세상을 떠나 영원히 이별할 줄을 알았겠는가. 어린 자식들은 의지할 데 없이 외롭고 형제들은 슬피 우니 덧없는 세상 놀랍기만 한다네. 다른 참새들은 날아

---

55 임금의……간언하였고 : 임금의 상징인 용의 턱 아래에 거꾸로 솟은 비늘 하나가 있는데 이것을 건드리면 용이 화를 내어 사람을 죽인다고 한다. 『한비자(韓非子)』「세난(說難)」편에 보인다. 오핵(吳翮)이 임금의 노여움을 고려하지 않고 간언했음을 말하는 것이다.

56 사헌부에서는 총마(驄馬)를 타며 : 후한(後漢)의 환전(桓典)이 시어사(侍御史)가 되었는데, 그때 환관이 권세를 휘두르고 있었다. 환전이 정치를 하면서 전혀 그들을 꺼리지 않고 항상 총마를 탔으므로 당시 경사(京師)에서 그를 총마어사라고 불렀다. 『후한서(後漢書)』권37 <환전열전(桓典列傳)>에 보인다. 여기에서는 오핵이 사헌부 관원이 되어 모든 것을 법대로 처리했음을 말하는 것이다.

57 봉새가……날아오르듯이 : 『장자』「소요유(逍遙遊)」에, "봉새가 남쪽 바다로 옮겨 갈 때에는 물결을 치는 것이 3천 리요, 회오리바람을 타고 9만 리를 올라가 여섯 달을 가서야 쉰다."고 하였는데, 영웅호걸이 웅대한 포부를 펴는 것을 말한다.

58 가의(賈誼)와……다하고 : 가의는 한 문제(漢文帝) 때에 문제의 아들인 양 회왕(梁懷王)의 태부가 되어, 변방의 소란 및 내부의 불안정한 상황 등 시국(時局)을 구제하기 위해 치안책(治安策)을 문제에게 올렸는데, "일의 형세를 살피건대, 통곡할 만한 것이 한 가지요, 눈물을 흘릴 만한 것이 두 가지요, 장탄식할 만한 것이 여섯 가지이다."하고 일일이 정치의 득실을 설명하였다. 몇 년 뒤에 회왕이 말에서 떨어져 죽자, 가의는 아무것도 하지 못한 것을 자책하며 슬피 울다가 33세에 죽었다. 『한서(漢書)』권48 <가의열전(賈誼列傳)>에 보인다.

59 안회(顏回)와 같이 단명하다니 : 공자의 제자 안회는 32세에 요절하였다. 『논어집주(論語集註)』「옹야(雍也)」편에 자세하다.

60 망아지가……지나가듯이 : 세월이 빨리 흘러감을 비유한 것이다. 『장자(莊子)』「지북유(知北遊)」에 "사람이 천지간에 사는 동안은 마치 흰 망아지가 벽의 틈을 지나가는 것과 같아서 잠깐일 뿐이다."라고 하였다.

오는데 요학(遼鶴)[61]은 돌아오지 않고 이웃집 피리만 슬프게 울리는구나.

아! 내가 병이 있어 바람을 꺼려 나갈 수 없으니 끝내 상여 줄을 잡을 수 없다네. 신체를 끌어안고 곡도 하지 못하고 제수를 차려 잔도 올리지 못하니 이 회포 끝이 없구려. 이에 변변찮은 제수를 갖추어 자식을 보내 대신 곡하노니 혼령께서는 와서 흠향하시라.

아아! 슬프도다!

6)

―鄭參判萬和

與子相知, 越自童稚, 同隊共戲, 學習書史. 較藝詞場, 子常居前, 惟我頑鈍, 每賴後先. 子登壯元, 我猶落魄, 仍抱宿痾, 日就困篤. 亟蒙來問, 輒垂憫憐, 敎以醫方, 冀其保全. 逮我釋褐, 君實爲喜, 立身之道, 勉以古義. 塵世由來, 聚散無常, 我縻騎曹, 君返南鄕. 厥後聞君, 舁疾入洛, 馳往省之, 晤言終夕. 時我佩符, 莅于振威, 君之村舍, 後會是期. 纔別一旬, 遽承不救, 惝怳而疑, 理不可究. 以君愼保, 不能老壽, 以君才學, 不能遠驟, 年未四十, 草草而夭, 閨裏窮嫠, 膝下幼少. 行路之人, 亦且心惻, 矧我於君, 情何有極? 來奠一盃, 以告我意, 靈其有知, 庶幾歆止.

―참판 정만화(鄭萬和)

그대와 서로 안 것은 어릴 때부터였으니, 같은 무리에서 함께 놀고 경서와 사서를 배우고 익혔었네. 문단에서 재주를 겨루면 그대는 항상 앞에 있었고, 완고하고 어리석은 나는 늘 앞뒤로 힘입었었지. 그대는 장원에 올랐지만 나는 낙백하였고, 이어 숙환을 앓아 날로 병이 심해졌다네. 그대는 자주 와서 문병해주고 번번이 딱하고 애틋이 여기는 정을 베풀었으며 치료하는 방법을 가르쳐서 내 목숨을 보전하기를 바랐다네. 내가 과거에 급제하게 되자 그대는 참으로 기뻐하고 입신(立身)하는 도리를 옛사람의 의리로 권면했었네. 복잡한 세상의 일이란

---

61 요학(遼鶴) : 요동(遼東) 사람 정영위(丁令威)가 신선이 되고 나서 천 년 만에 학으로 변해 다시 고향을 찾아와서는 요동 성문의 화표주(華表柱) 위에 내려앉았는데, 소년 하나가 활을 쏘려고 하자 허공으로 날아올라 배회하면서 "새여, 새여, 정영위로다. 집을 떠난 지 천년 만에 이제야 돌아오니, 성곽은 예전과 같은데 백성은 그때 사람이 아니로구나. 어찌하여 신선술을 배우지 않아 무덤만 즐비한고."라고 탄식하고는 사라졌다고 한다. 『수신기(搜神記)』 권1에 보인다.

모였다 흩어졌다 일정함이 없어서 나는 병조(兵曹)에 속하고 그대는 남쪽 고향으로 돌아갔네. 그 후에 그대가 병든 몸을 끌고 서울에 들어왔다는 말을 듣고 급히 가서 보고 하룻밤 이야기를 나눴다네. 당시 내가 병부(兵符)를 차고 진위 현령(振威縣令)으로 나가느라 군의 시골집에서 후에 만나기로 기약했었네. 막 이별한지 열흘 만에 갑자기 세상을 떠났다는 소식을 받고 멍하니 놀라 의심하였으니 하늘의 이치란 알 수 없는 것이라. 그대의 신중함과 보중함으로 장수하지 못하고 그대의 재주와 학문으로 멀리까지 달리지 못하였구나. 나이 마흔이 안되어 급하게 요질하니 집안에는 홀로 된 곤궁한 부인과 슬하에는 이린 자식만이 있구나. 길을 가던 사람도 또한 마음에 측은히 여기는데, 더구나 그대에 대한 나의 정의가 어찌 끝이 있으랴. 와서 한 잔 술 올려서 내 뜻을 고하노니 영혼께서 이 마음을 안다면 부디 와서 흠향하시라.

一崔參判逸

7)

嗚呼, 我之與公, 戚爲叔姪, 恩猶同氣, 垂三十年所矣. 焂焉一朝捨我而去, 使我中道失侶, 踽踽然不知所歸, 若之何不使我割心而拊膺, 失聲而長呼也耶? 嗚呼痛哉. 昔在丙寅, 余年十二, 以先君命, 負笈于天坡先生之門, 始與公相遇. 臭味旣同, 齒亦同焉, 一見懽然, 其樂陶陶. 食則同床, 寢則同衾, 學焉而同業, 遊焉而同藝, 從齠齔至壯大, 跬步不相離. 十九而同升上庠, 三十二而同榜及第, 人或稱美以爲奇事, 無論遠近, 皆知公與我爲一身也. 悠悠半世, 若蚷蛩之相依, 講劘義理, 討論墳典. 策勵余憬, 鍼砭余病, 怡怡切切, 情義兼至, 皆平生如一日也. 三日不相見, 則惄如調飢, 半月不嗣音, 則使我心痗, 此固出於至情, 而公與我無異也. 豈料今日公遽長逝? 彼蒼者天, 奈何于我? 嗚呼哀哉, 長慟欲絕. 嗚呼, 公資稟甚粹, 無一點塵垢, 不假修治而自踐善道. 其於貨利聲色, 視之若浼, 家居淡然. 不以貧窶動其心, 妻子不免飢寒, 而處之晏如也. 至於事親則極其孝, 事兄則極其悌. 嘗於大夫人病革之日, 公嘗其糞而探輕重, 衆所共知, 而余獨見之, 此可見公致孝之一端也. 平生伯仲之間, 和氣融融, 未嘗見分毫慍意之萌, 此非極悌而能若是乎? 推之以待人接物, 極其忠實, 溫溫處己, 愷樂存心, 是實公之實蹟. 而令譽播於遠邇, 不惟其知者歆慕而樂與交驩, 其不知者亦起敬而不敢侮焉. 嗚呼, 公之於人, 豈特加一等而已乎? 盛年釋褐, 宦情甚薄. 雖或假步於雲衢, 其志則在於恬退. 八年之間, 立朝之日, 僅什二三, 則雖有過人之才行, 將安所施乎? 此尤余之所以慨然而長吁者. 嗚呼痛哉. 公結髮治文詞, 長而彌篤, 左右書籍, 忘寢與食. 咀嚼群言, 擷采衆芳, 錦繡其腸, 風雲其藻, 一篇之成, 觀者擊節. 倘天假之年, 以造其極, 則其所成就, 豈可量哉? 芝蘭方茂, 嚴霜先零, 驊騮展足, 華軸遽折, 使公蘊蓄之志莫遂, 不朽之業靡究, 天理茫茫, 有不可測. 嗚呼痛哉. 中秋聞公得疾, 歇而復作, 而只謂其偶然之患, 必遄有喜, 死生之憂, 專所不料. 洎乎十月, 余歸覲老母于鄉庄, 公已就醫于京師, 未克問候. 仍之以事 故纏繞, 奔走無暇, 又不能馳往省之. 公務且急, 急於歸邑, 將母登途, 還入峽中. 擬於歲暮, 賁緣公幹, 入城問疾, 先伻一力, 送以藥褁, 則公之易簀, 已有日矣. 天乎天乎, 長慟欲絶. 嗚呼, 人皆有一死, 脩短由命, 與其闒茸而壽, 曷若耿介而夭, 與其鄙夫而貴富, 曷若正直而卑約? 然則, 公之短命, 君子所謂不幸, 而於公無所悲焉, 公之不顯, 斯世之所憾, 而於公無所歉焉. 獨余之所太恨者, 公嬰美疹, 閱幾月矣, 而遠地音信, 未得其的, 只聞其彌留之語, 實不知其危篤之如許. 且於十月旬後, 公倩尹生手, 抵書於我, 而尹生借其紙端, 報以吉兆之言. 意謂神明所扶, 終獲乃瘳, 此心則降, 徐圖後期, 而纔過一旬, 遽聞凶訃, 遂令去歲東郊之別, 仍作千古永訣之日. 此身未化之前, 痛怛悔恨, 其有涯乎? 天乎天乎, 長慟欲絶. 一紙蕪詞, 不足以寫余之哀, 一卓薄奠, 不足以盡余之情. 魂如不昧, 庶幾知我之衷腸. 嗚呼痛哉.

―참판 최일(崔逸)

아아, 나는 공과 척분으로는 숙질(叔姪)이 되고 은정(恩情)으로는 동기간과 같은지가 30년에 가깝구려. 갑자기 하루아침에 나를 버리고 떠나 내가 중도에 짝을 잃고 외로이 돌아갈 곳을 모르게 하였으니 어찌 내가 심장을 에이고 가슴을 치며 목이 메어 길이 호곡하지 않겠는가.

아아, 애통하도다.

옛날 병인년(1626, 인조4) 내가 12세에 선친의 명으로 책 상자를 짊어지고 천파(天坡) 선생의 문하에 공부하러 가서 처음으로 공과 서로 만났구려. 취미가 같고 나이도 같아 한번 보고는 기뻐하여 그 즐거움이 진진하였네. 밥은 한 상에서 먹고 잠도 한 이불에서 잤으며, 같이 학업을 닦고 같이 예(藝)에서 노닐면서 어려서부터 장성하기까지 반걸음도 떨어지지 않았다네. 19세에 같이 소과(小科)에 오르고 32세에 동방(同榜)으로 급제하니, 사람들이 더러 미담이라 일컬으며 기이한 일이라고 하였다. 원근을 막론하고 모두가 공과 나는 한 몸이라고 알았었지. 유유한 반생에 거공(蚷蛩)이 서로 의지하듯이[62] 의리를 강마하고 옛 책을 토론하였네. 나의 게으름을 책려하고 나의 병통을 고쳐주면서 간절하고도 화락하고 정과 의리가 아울러 지극하였으니, 모두 평생을 하루 같이 하였구려. 사흘만 서로 보지 못하면 거듭 굶은 듯 허전하였고 반달만 목소리를 듣지 못하면 내가 근심으로 병이 드는 듯하였으니, 이는 진정 지극한 정에서 나온 것으로 공과 내가 다름이 없었지. 어찌 오늘 공이 갑자기 멀리 떠날 줄 알았으랴. 저 푸른 하늘이여, 어찌 내게 이러는 것인가.

아아, 슬프도다. 길이 통곡하니 숨이 끊어지려 하네.

아아, 공은 자질과 천품이 매우 순수하고 한 점의 티끌도 없어서, 수양하거나 배우는 노력을 빌리지도 않고 저절로 선한 도리를 실천하였네. 성색(聲色)이나 재물을 더러운 것처럼 보았고 집에 거처함에 담백하였네. 가난 때문에 그 마음이 흔들리지 않았고 처자식이 굶주림과 추위를 면하지 못해도 지내는 것을 편안히 여겼네. 어버이를 섬김에는 효도를 극진히 하였고 형을 섬김에 공경을 극진히 하였다네. 일찍이 어머니의 병이 위급하던 날에 공이 그 대변을 맛보아 병세의 경중을 살핀 것은 모든 사람이 다 아는 바이인데, 내가 유독 그 일을 보았으니 여기에서 공이 효도를 다하는 일단을 볼 수 있다네. 평생 형제간에 화기애애하였고 조금이라도 성을 내는 마음이 싹트는 것을 본적이 없었으니, 이는 극진하게 공경하지 않고서야 이와 같을 수 있겠는가. 이를 확충하여 다른 사람을 대함에 충실을 극진히 하였고 온화하게 처신하고 편안함과 즐거움을 마음에 지녔으니 이것이 실로 공의 실제 행적이라네. 훌륭한 명성이 원근에 퍼져서 공을 아는 사람들이 흠모하고 함께 교제하는 것을 즐길 뿐만이 아니라, 모르는 사람들도 공경심이 생겨 감히 함부로 대하지 못하였으니, 공은 다른 사람들보다 어찌 그저 한 등급 높은 정도일 뿐이겠는가. 한창 나이에 과거에 급제하였지만 벼슬살이를 하고픈 생각은 매우 적었다네. 비록 더러 청운의 길에 거짓 발걸음[63]을 하더라도 그 뜻은 명리(名利)

---

62 거공(蚷蛩)이 서로 의지하듯이 : 북방(北方)에 있는 공공거허(蛩蛩駏驉)라는 짐승은 하루에 천 리를 달릴 수 있고, 궐(蟨)이라는 짐승은 앞발은 짧고 뒷발은 길어서 잘 달리지 못하므로, 궐이 항상 공공거허에게 감초(甘草)를 뜯어다 먹이고 위급한 때를 당하면 공공거허의 등에 업혀 달아난다는 고사에서 온 말로, 전하여 서로 도와 의존하는 것을 비유한다. 『淮南子 道應訓』

63 거짓 발걸음 : 남북조(南北朝) 시대 남제(南齊)의 주옹(周顒)이 일찍이 북산(北山)에 은거하다가 뒤에 조정의 부름을 받고 변절하여 해염 현령(海鹽縣令)이 되었다. 그 후 임기를 마치고 조정으로 돌아가는 길에 다시 그 종산을 들르려고 하자, 이때 종산에 은거하고 있던 공치규(孔稚珪)가 <북산이문(北山移文)>을 지어 "비록 마음은 조정에 두고 있으면서도 혹 거짓 발걸음을 산문에 들여 놓으리라."하고 주옹의 변절을 비난하였다. 여

를 버리고 물러나는 데에 있었네. 8년 동안 조정에 선 날은 겨우 십에 이, 삼 정도였으니, 그렇다면 비록 남보다 뛰어난 재주와 행실이 있더라도 장차 어디에 베풀겠는가. 이것이 내가 더욱 개연하여 길게 탄식하는 까닭이라네.

아아, 애통하도다.

공은 머리를 묶고부터 문사(文詞)를 다루고 장성해서는 더욱 독실하여 서적을 항상 곁에 두고서 잠자고 밥 먹는 것도 잊었네. 여러 가지 말을 분석하고 음미하며 많은 훌륭한 글을 따고 채집하여 금수(錦繡)로 그 마음을 채우고 풍운으로 문장을 꾸미니, 한편이 이루어지면 보는 사람들이 무릎을 치며 칭찬하였구려. 만일 하늘이 수명을 늘려주어 그 지극한 경지를 이루게 했다면 그 성취를 어찌 헤아릴 수 있겠는가. 지초(芝草)와 난초[64]가 한창 무성한데 된 서리가 먼저 내리고, 화류(驊騮)[65]가 발을 펴려는데 수레의 굴대가 갑자기 꺾이듯이, 공의 깊이 쌓인 뜻을 이루지 못하고 영원히 전해질 사업을 펴지 못하게 하였으니, 하늘의 이치는 아득하여 헤아릴 수가 없구나.

아아, 애통하도다.

8월에 공이 병을 얻어 차도가 있다가 재발했다는 말을 듣고, 그저 우연한 병이니 필시 빠르게 좋아질 것이라 여기고서 사생(死生)에 대한 걱정은 전연 생각하지 않았구려. 10월이 되어 내가 늙은 모친을 뵈러 고향집에 돌아가니, 공은 의원에게 가려고 이미 서울로 가서 문후하지 못하였구나. 이어서 일에 휘말리고 분주하게 틈이 없어 또 달려가 살펴볼 수 없었네. 공무 또한 급하여 맡은 고을로 돌아가기에 급해 모친을 모시고 길에 올라 산골로 돌아왔다네.[66] 세모에 공무를 인연하여 도성에 들어가 문후하려고 하여 우선 심부름꾼 하나에게 약첩을 보냈더니 공이 별세한 지 이미 여러 날이 되었구나. 하늘이여, 하늘이여. 길이 통곡하니 숨이 끊어지려 하네. 아아, 누구에게나 죽음은 있는 것이고 수명의 장단은 천명에 달린 것이니, 못나고 어리석게 오래 사는 것이 어찌 굳게 지조를 지키며 일찍 죽는 것만 같겠으며, 비

기서는 거꾸로 오핵(吳翮)이 조정에 출사할 뜻은 없는데 거짓으로 나간다는 것을 말한다.

64 지초(芝草)와 난초 : 훌륭한 자제를 뜻한다. 진(晉)나라 때 사안(謝安)이 자질(子姪)들에게 "어찌하여 사람들은 자기 자제가 출중하기를 바라는가?" 하고 묻자, 조카 사현(謝玄)이 "비유하자면 마치 지란과 옥수(玉樹)가 자기 집 뜰에 자라기를 바라는 것과 같습니다."라고 한 데서 유래하였다. 『진서(晉書)』 권79 <사현열전(謝玄列傳)>에 보인다.

65 화류(驊騮) : 주 목왕(周繆王)이 가진 준마(駿馬) 중의 하나이다. 『사기(史記)』 권5 「진본기(秦本紀)」에 보인다.

66 공무……돌아왔다네 : 최일(崔逸)은 효종1년(1650) 7월부터 효종5년 12월까지 홍천 현감(洪川縣監)으로 있었다. 『승정원일기(承政院日記)』 효종(孝宗) 1년 7월 20일, 5년 12월 28일조에 보인다.

루한 남자로 부귀한 것이 어찌 정직하면서도 겸손한 것만 같겠는가. 그렇다면 공이 단명한 것은 군자가 이른바 불행이지만 공에게는 슬퍼할 것이 없고, 공이 현달하지 못한 것은 이 세상의 유감이지만 공에게는 부끄러울 것이 없다네. 다만 내가 크게 한스러워하는 것은 공이 병에 걸려 몇 달이 지났는데 먼 곳의 소식을 정확하지 알지 못하고 그저 병이 오래 낫지 않는다는 말만 듣고 실로 이렇게 위독한지 알지 못했다는 것이라네. 또 10월 10일 후에 공이 윤생(尹生)에게 대신 쓰게 해서 나에게 편지를 보냈는데, 윤생이 편지지 끝을 빌려 좋은 징조가 있다는 낱을 전하였었네. 그래서 내 생각에는 신녕이 도와서 마침내 병이 나을 수 있으리라 여기고서 이 마음이 가라앉아 훗날의 기약을 천천히 도모하였네. 그런데 겨우 열흘이 지나 갑자기 부음을 들었으니, 마침내 지난해에 동교(東郊)에서의 이별이 그대로 천고에 영원히 헤어지는 날로 만들고 말았네. 이 몸이 죽기 전에는 그 애통함과 회한이 끝이 있겠는가. 하늘이여, 하늘이여. 길이 통곡하니 숨이 끊어지려 하네. 두서없는 한 장의 글로는 내 슬픔을 토로할 수 없고 변변치 않은 제물 한 상으로는 내 정을 다할 수 없네. 영혼께서 만일 아신다면 아마 내 속마음을 알리라.

아아, 애통하도다.

8)

— 海南尹東羽

惟靈, 以圭璋之國器, 抱德行之純粹. 釋褐以來, 出入而係淸議之輕重, 進退而爲士林之欣戚, 則其爲時淸之所須, 世治之所關, 當復如何? 第公之氣質, 沖澹寬厚, 而發於文章者, 淸奇壯浪, 粲然有不可迫視之色. 公之性情, 溫和端平, 而遇於事物者, 嚴正直截, 凜然有不可回撓之風. 故以如此高才重望, 猶不脫世俗之忌, 鬼物之猜. 雖屢入淸班, 實少濡滯朝廷之口, 而終不得展布所蘊, 又不得厚其所享, 公私之惜, 庸有旣乎? 然而世之軒冕之徒, 非其義而圖靑紫者, 指不勝屈, 比而較之, 相背奚啻萬萬? 且公孝友之行, 根於秉彝, 恬退之節, 得於天賦, 故當其名利之心淡然. 而烟霞之色, 動於眉睫, 則投章拂袖, 一鞭渡漢. 與其伯仲及其子姪後學, 或以嘯詠水石, 或以訓誨誘掖, 爲至樂, 是公平生之本質耳. 如公心迹, 宜求之古之哲人, 吾何敢復有剩吻? 不佞昔遊天坡先生門, 外附驥公鴈行之後. 鉛槧之相從, 偲切之相益, 于玆三十年, 皆此日月也. 不幸天坡先生沒, 而惟公操履規護, 不失吾儒之三尺, 故常津津慕焉, 取以爲警省之地. 吾又不幸, 今又失公, 天耶人耶? 噫噫痛哉. 聞公之風者, 雖曠世相感, 矧惟我生幷一世, 情義之篤, 以骨肉相視者哉? 自公之逝, 此身無復有依歸矣. 平居忽忽, 如沈醉未醒, 出入踽踽, 如喪神失性. 及到德村, 觸目而生, 遇事而發, 無非感愴之資. 殯斂時, 已割之中, 幾何其不慽而慟也? 噫, 斯世斯人, 安得復見? 此生衷曲, 向誰而開? 與其失公而抱此無涯之慟, 寧欲尙寐而無知. 公達人也, 公之喪, 未足以喪公之存, 吾之存, 未足以存吾之存. 則人皆慟公, 而慟公之逝, 吾則慟公, 而慟吾之存, 幽明雖隔, 此心無間, 一訣長慟, 靈其知耶不知耶? 噫噫痛哉.

―해남(海南) 윤동우(尹東羽)

아, 영령께서는 규장(圭璋)과 같은 나라의 인재[67]로 순수한 덕행을 품으셨도다. 관직에 오른 이래 출입하는 것은 맑은 논의의 경중에 관계가 되고, 관직에 나가고 물러나는 것은 사림의 기쁨과 슬픔이 되었으니, 그분이 청명한 시대에 반드시 필요하고 세상의 다스림에 관계가 되었음이 또한 어떠하였는가. 공의 기질은 조촐하고 깨끗하며 관대하고 어질었는데, 문장에 드러내는 것은 맑고도 기이하며 웅장하고 호방하여 찬연하게 가까이 가서 볼 수 없는 기운이 있었도다. 공의 성정은 온화하고 바르며 공정하였는데, 일을 처리하는 것은 엄정하고 단호하여 늠름하게 돌이키거나 동요시킬 수 없는 기풍이 있었도다. 이 때문에 이와 같이 높은 재주와 두터운 명망으로도 세속의 시기와 귀신의 질투를 벗어나지 못하였구나. 비록 여러 차례 청반(淸班)에 들어갔으나 실로 조정에 머문 날은 적었으니, 결국 간직한 뜻을 펴지 못하였고 또 수명을 누린 바도 넉넉하지 못했으니 공사(公私)간의 애석함을 어찌 다하리오. 그러나 세상의 높은 벼슬아치들 중에는 의롭지 않으면서 푸른 색, 자주색 인끈을 차려는 자가 손으로 꼽을 수 없을 정도이니, 이들과 비교해 따져보면 서로 반대되는 것이 어찌 만 배 정도뿐이겠는가. 또한 공의 효성스럽고 우애 있는 행실은 본성을 지키는 것에서 근본 하였고, 관로에 뜻이 없어 물러나는 절조는 천부적으로 받은 것이라서 명리(名利)에 대한 마음이 담백하였다. 그러나 자연의 경색이 눈에 움직이면 사직하는 글을 올리고 옷소매를 떨치며 채찍 한번 휘둘러 한강을 넘었도다. 백형과 중형 및 그 자질(子姪), 후학과 함께 혹은 자연을 노래로

---

67 규장(圭璋)과 같은 나라의 인재 : 규장은 옛날 조빙(朝聘)에 사용하던 옥으로 만든 귀중한 예기(禮器)이다. 『예기(禮記)』「빙의(聘義)」에 "규장을 가진 이는 다른 폐백을 갖추지 않더라도 곧바로 천자를 뵐 수 있다."라고 하였다. 훌륭한 인재를 가리킨다.

읊거나, 혹은 가르치고 타이르며 인도해서 도와주는 것을 지극한 즐거움으로 여겼으니, 이것이 공 평생의 본질이었다네. 공의 본심 같은 것은 마땅히 옛날의 철인(哲人)에서서나 찾아볼 것이지 내가 어찌 감히 다시 쓸데없는 말을 하겠는가. 내가 예전에 천파(天坡) 선생의 문하에서 공부하며 밖에서 천리마 같은 공의 형제들 뒤에 붙어 다녔다네.[68] 문필로 서로 친하게 지내고, 간절하고 자상하게 권면하여 서로 도움이 되었으니 이제까지 30년이 모두 이러한 세월이었네. 불행히도 천파 선생이 별세하였지만 공의 지조와 행실, 법도는 우리 유자(儒者)의 원칙을 잃지 않았으므로 항상 끝없이 흠모하고, 그것을 취하여 경계하고 성찰하는 바탕으로 삼았다네. 그런데 내가 또 불행하게도 지금 다시 공을 잃게 되었으니, 하늘 때문인가, 사람 때문인가.

아아, 애통하도다.

공의 풍도(風度)를 듣는 사람은 비록 시대가 다르더라도 감동할 것인데, 더구나 나처럼 같은 시대를 함께 살고 정의가 돈독하여 골육처럼 여기던 사람이야 말할 나위가 있겠는가. 공이 세상을 떠나고부터 이 몸은 더 이상 돌아가 의지할 곳이 없어졌네. 평소에도 멍하여 술에 몹시 취했다가 깨지 않은 듯하며, 출입할 때도 쓸쓸하여 정신을 잃고 실성한듯하네. 덕촌(德村)에 도착하니 눈에 닿아 생겨나고 일에 대해 드러나는 것이 모두 슬픔을 일으키는 것이네. 염을 할 때 이미 찢어진 마음이 그 어찌 서러워 슬피 울지 않을 수 있겠는가. 아, 이 세상에 이러한 사람을 어찌 다시 볼 수 있을 것이며, 나의 사람의 속마음을 누구에게 열어 보이겠는가. 공을 잃고서 이렇게 끝없는 슬픔을 품고 있기보다는 차라리 잠이 들어 알고 싶지 않네. 공은 통달한 사람이니 공이 별세했다고 공의 존재를 잃었다고 하기에는 부족하고 내가 살아 있다고 내 존재를 보존했다고 하기에는 부족하네. 그러니 사람들은 모두 공을 위해 슬퍼하되 공이 떠난 것을 슬퍼하지만, 나는 공을 위해 슬퍼하되 나의 생존을 슬퍼하는 것이네. 이승과 저승이 비록 막혀있지만 이 마음은 차이가 없을 것이네. 한번 이별하고 길게 통곡하노니 영혼이여 아는가, 모르는가.

---

68 천리마……다녔다네 : 『사기(史記)』 권61 <백이열전(伯夷列傳)>에 "안연(顔淵)이 비록 독실하게 학문을 닦기는 하였지만, 그래도 '천리마 꼬리 끝에 붙었기 때문에 그 행동이 더욱 이 세상에 드러나게 되었다."라고 하였는데, 당나라 사마정(司馬貞)의 주석에 "'쉬파리가 천리마 꼬리 끝에 붙어서 천 리를 가는 것처럼, 안회(顔回)도 공자 덕분에 이름이 드러나게 되었다는 뜻이다."라고 하였다. 학덕(學德)이 높은 이와 종유(從遊)함으로써 큰 명성을 얻게 됨을 이른 말이다.

아아, 애통하도다.

9)

— 陽谷忠貞公

維歲次壬戌九月二十九日, 從子嘉義大夫京畿觀察使兼巡察使斗寅, 敢昭告于季父司憲府持平百千堂先生之墓曰, 猗我季父, 之才之美而德且厚兮, 蚤蜚英於科甲. 夫何年未艾而爵不尊兮? 人至今其永惜. 顧余小子之不肖兮, 實荷擊蒙而啓迪. 幸不墜其家聲兮, 繼龍頭之遺躅. 紆新命於畿甸兮, 杖玉節而來謁. 瞻松楸之已拱兮, 念疇昔而感泣. 哀情抑而不盡兮, 冀有歆於泂酌.

—충정공(忠貞公) 양곡(陽谷) 오두인(吳斗寅)

세차(歲次) 임술년(1682, 숙종8) 9월 29일에 종자(從子) 가의대부(嘉義大夫) 경기도 관찰사 겸 순찰사 두인(斗寅)은 계부(季父)이신 사헌부 지평 백천당(百千堂) 선생의 묘에 감히 밝게 고합니다. 아, 우리 계부께서는 훌륭한 재능을 가지고 덕이 또한 두터웠으니, 일찍이 과거에 장원급제하여 영명을 날렸습니다. 어찌하여 수명은 다하지 않고 작위는 높지 못하였습니까. 사람들이 지금까지 오래도록 애석해합니다.

이 불초한 조카는 실로 어리석음을 일깨우고 깨우쳐서 인도해주신 은혜를 입었습니다. 다행히 집안의 명성을 실추시키지 않았으니, 문과에 장원급제하셨던 남긴 자취를 계승할 수 있었습니다.[69] 경기도 관찰사의 새로운 왕명을 받았기에 옥으로 된 부절(符節)을 잡고 와서 뵙게 되었습니다. 무덤가의 나무를 바라보니 이미 한 아름이 되었는데 옛날을 생각하니 감상이 일어나 눈물 흘릴 뿐입니다. 슬픔 심정은 억눌러도 다하지 않습니다. 형작(泂酌)[70]을 흠향하시기 바랍니다.

---

69 문과에……계승하였네 : 오핵(吳翮)이 장원급제한 것처럼 오두인(吳斗寅)도 인조 27년(1649)에 문과에 장원급제한 것을 말한다. 『國朝文科榜目 仁祖 己丑 別試榜』

70 형작(泂酌) : 소박하지만 정성껏 차린 제수를 뜻한다. 『시경』 「형작」에 "저 길가에 괸 물을 멀리 떠다가, 저기서 떠내 여기에 붓는 정성만 지극하다면, 제사에 올릴 밥도 만들 수 있으리라.[泂酌彼行潦, 挹彼注玆, 可以饋饎.]"라고 하였다.

7 輓詞(만사)

1)

—同春堂宋文正公浚吉

新化彙征日, 聯名諫草時, 同心扶正議, 隻手濟艱危, 天意高難問, 人生秪可悲, 凄涼八哀詠, 獨立淚盈頤.

—문정공 (文正公) 동춘당(同春堂) 송준길(宋浚吉)

新化彙征日	새 임금이 즉위하시고 인재들이 함께 나아가던 날에
聯名諫草時	연명으로 올리는 간언의 초를 잡았구나.
同心扶正議	한 마음으로 바른 논의를 떠받치고
隻手濟艱危	혼자서 어려움을 구제하였네.
天意高難問	하늘의 뜻은 높아서 묻기 어려우니
人生秪可悲	사람의 삶만 그저 슬플 뿐이라네.
凄涼八哀詠	처량하게 애도하는 시[71]를 읊으며
獨立淚盈頤	홀로 섰노라니 눈물이 얼굴을 가리네.

2)

—趙監司龜錫

記我論交日, 居然卅載前, 芙蓉出淸水, 鵰鶚際秋天, 每惜虗嬴甚, 偏嘉志業專, 存亡遽如許, 萬事涕雙懸.

乍喜幽棲穩, 還驚抱病深, 懸燈一宵話, 把酒百年心, 黃壤新埋玉, 靑眸舊斷金, 西州餘物色, 陳跡忍重尋.

---

71 애도하는 시 : 「팔애시(八哀詩)」는 당(唐)나라 시인 두보(杜甫)가 당시의 현신(賢臣) 왕사례(王思禮), 이광필(李光弼), 엄무(嚴武), 이진(李璡), 이옹(李邕), 소원명(蘇源明), 정건(鄭虔), 장구령(張九齡) 등 8명의 죽음을 애도한 시인데, 후대에 주로 애도시라는 뜻으로 쓰였다. 『杜工部草堂詩箋』

記我論交日	나와 교분을 나눈 날을 생각해보니
居然卄載前	어느덧 20년 전일세.
芙蓉出淸水	연꽃은 맑은 물에서 나오고[72]
鵰鶚際秋天	조악(鵰鶚)은 가을 하늘 가에 있다네.[73]
每惜虛羸甚	몹시 허약한 것을 늘 안타까워하면서도
偏嘉志業專	뜻과 사업이 전해지는 것을 유독 기꺼워하였네.
存亡遽如許	삶과 죽음이 갑자기 이러하니
萬事涕雙懸	세상만사, 두 줄기 눈물만 흐르네.
乍喜幽棲穩	그윽한 곳에서 은거함을 잠시 기뻐하더니
還驚抱病深	도리어 놀랍게도 깊은 병에 걸렸네.
懸燈一宵話	등불 아래서 하룻밤 이야기 나누고
把酒百年心	술잔 잡으니 영원히 변치 않을 마음이로다.
黃壤新埋玉	황천길에 새로 옥수(玉樹)와 같은 훌륭한 재주를 묻으니
靑眸舊斷金	청안(靑眼)[74]으로 만나던 소중한 옛 친구[75]라네.
西州餘物色	서주[76]에는 풍광이 넉넉하지만
陳跡忍重尋	옛 자취를 차마 다시 찾을 수 있으랴.

---

72 연꽃은……나오고 : 당(唐)나라 이백(李白)의 <경난리후천은유야랑억구유서회증강하위태수양재(經亂離後天恩流夜郞憶舊遊書懷贈江夏韋太守良宰)>에 "맑은 물에서 연꽃이 솟으니, 천연하여 꾸밈이 없구나."라 하였다. 오핵(吳翮)의 인품을 두고 말한 것이다.

73 조악(鵰鶚)은……있다네 : 조악은 수리와 물수리를 말하는데, 두보(杜甫)의 시 <봉증엄팔각로(奉贈嚴八閣老)>에 "교룡은 운우를 얻은 듯하고, 조악은 가을 하늘에 있는 듯하네."라고 하였다. 『두소릉시집(杜少陵詩集)』 권5에 보인다. 오핵(吳翮)의 재망(才望)을 가지고 칭찬한 것이다.

74 청안(靑眼) : 반가워하는 눈빛을 의미한다. 진(晉) 나라 완적(阮籍)이 달갑지 않은 사람에게는 백안(白眼)을 보이고 반가운 사람에게는 청안(靑眼)을 보였던 고사에서 유래한 것이다. 『진서(晉書)』 권49 <완적열전(阮籍列傳)>에 보인다.

75 소중한 옛 친구 : 마음을 같이 하면 쇠도 끊을 수 있는 깊은 우정을 말한다. 『주역(周易)』 「계사전 상(繫辭傳上)」의 "두 사람이 마음을 같이하면 쇠도 자를 수 있고 그들의 말은 난초 향기와 같다."라고 하였다.

76 서주(西州) : 진(晉) 나라 사안(謝安)이 생질인 양담(羊曇)을 애지중지하였는데, 사안이 죽자 양담은 그를 사모하여 평소 거하던 서주(西州)의 길을 경유하지도 않았다. 『진서(晉書)』 권79 <사안열전(謝安列傳)>에 보인다. 여기서는 오핵(吳翮)이 살던 고향을 서주라고 비유한 것이다.

3

— 金安豐君得臣

幸以良緣重, 相於托契親, 君能容醉態, 吾亦愛天眞, 地下埋詩骨, 人間滯病身, 無由攀葬靷, 深愧動輪賓.

—안풍군(安豐君) 김득신(金得臣)

幸以良緣重	다행히 좋은 인연 소중히 하여
相於托契親	서로 간에 친분을 맺었었지.
君能容醉態	군은 술 취한 행태[77]를 능히 용납하였고
吾亦愛天眞	나 또한 군의 천진함을 사랑했었지.
地下埋詩骨	땅 아래에 시인인 그대를 묻는데
人間滯病身	인간 세상에서 병든 몸이라
無由攀葬靷	상여를 부여잡을 길 없으니
深愧動輪賓	상여 수레 움직이는 손에게 매우 부끄럽구나.[78]

— 洪知樞處大

人誦天坡伯仲名, 壯元聲價更連城, 高標雅操超流輩, 健賦雄詞若老成, 李賀淸羸詩豈崇? 顔回短折理難明, 薇院栢府須臾事, 叵耐朋知慟惜情.

---

77 술 취한 행태 : 이 만사를 지은 김득신(金得臣)이 술을 매우 즐긴 듯하다. 만년에 고향의 개항산(開香山) 선영 곁에 취묵당(醉默堂)을 짓고 시와 술로 스스로 즐겼다고 한다. 『백곡집(伯谷集)』 「부록(附錄)」 <안풍군김공묘 갈명(安豐君金公墓碣銘)>에 보인다.

78 상여 수레……부끄럽구려 : 달려가서 문상하지 못해 부끄럽다는 뜻이다. 후한(後漢) 때 범식은 산양(山陽)에 살고 장소(張劭)는 여남(汝南)에 살며 절친했다. 후에 장소가 병이 들어 죽으면서 친구 범식을 만나 보지 못하고 죽는 것이 한이라고 하였는데, 그날 밤에 장소가 범식의 꿈에 나타나, "내가 죽어서 아무 날에 장사를 지낼 것인데, 그대가 나를 잊지 않았다면 나에게 와 줄 수 없겠는가?" 하였다. 범식은 곧바로 상복을 차려입고 하얀 휘장의 수레를 타고 장소의 집으로 달려갔다. 장소의 집에서는 발인(發引)을 하려고 하였지만 상여가 움직이지 않았는데, 범식이 도착하여 상여 끈을 잡으니, 비로소 상여가 움직였다. 『후한서(後漢書)』 권81 <독행열전 범식(獨行列傳 范式)>에 보인다.

人誦天坡伯仲名	사람들이 천파공 형제의 명성을 칭송하더니
壯元聲價更連城	장원급제의 성가로 다시 연성벽(連城璧)이 되었네.[79]
高標雅操超流輩	고아한 의표와 지조는 무리 중에서 뛰어났고
健賦雄詞若老成	웅건한 사부는 노성한 사람 같았네.
李賀淸羸詩豈崇	이하(李賀)가 파리하고 수척한 것이 어찌 시가 빌미가 된 것이리오.[80]
顏回短折理難明	안회(顏回)가 단명한 것도 이치를 밝히기 어렵구나.
薇院栢府須臾事	사간원과 사헌부에서의 일은 순식간일 뿐이나
叵耐朋知慟惜情	친구에 대한 애통한 심정 감당하기 어렵네.

5)

蓬萊之山東海東, 玉立萬二千芙蓉, 芙蓉城中石與丁, 更有綠髮天坡翁, 天坡之弟吳公子, 珠宮誤讀黃庭字, 謫來猶作金門吏, 桑洲會伴群仙戲, 去歲翩然綠玉鳥, 吹笛芙蓉踏秋色, 淋漓彩筆鬪龍魚, 大醉題名元化石, 歸來贏得煙霞疾, 一夢掛在芙蓉月, 淸都露氣濕未乾, 半夜紅塵換眞骨, 瑤臺歸路駕鸞鶴, 重謁芙蓉老仙伯, 上朝三十六玉皇, 相携拍手雲間樂, 蜉蝣人世何剌促, 下視靑丘一杯綠, 應笑浮生謾有淚, 啾啾風送西州哭,

---

79 장원급제의……되었네 : 연성벽(連城璧)은 전국 시대 조(趙)나라 혜문왕(惠文王)이 가지고 있던 화씨벽인데, 진(秦)나라 소왕(昭王)이 15개의 성과 바꾸자고 제의하여 빼앗으려 하였다. 이에 인상여(藺相如)가 사신으로 가서 기지를 발휘해 무사히 가지고 본국으로 돌아왔다. 『사기(史記)』 권81 <염파인상여열전(廉頗藺相如列傳)>에 보인다. 여기서는 오핵(吳翮)이 문과에 장원급제하여 그 형제의 재주를 빛냈다는 것을 말한다.

80 이하(李賀)가……되었으랴 : 이하(李賀)는 당나라의 시인으로, 몸이 매우 수척했으며 결국 27세에 요절하였다. 『신당서(新唐書)』 권203 <이하열전(李賀列傳)>에 보인다. 송나라 전이(錢易)의 『남부신서(南部新書)』 병권(丙卷)에는 이백(李白)을 천재절(天才絶), 백거이(白居易)를 인재절(人才絶), 이하를 귀재절(鬼才絶)이라고 하였다.

蓬萊之山東海東	래산은 동해의 동쪽에 있어
玉立萬二千芙蓉	연꽃 같은 일만 이천 봉우리가 우뚝 서있네.
芙蓉城中石與丁	부용성 안에는 석만경(石曼卿)과 정도(丁度)가 주인이더니[81]
更有綠髮天坡翁	다시 윤기 나는 검은 머리의 천파옹이 있었지.
天坡之弟吳公子	천파공(天坡公)의 아우 오공자는
珠宮誤讀黃庭字	주궁에서 『황정경(黃庭經)』의 글자를 잘못 읽어서[82]
謫來猶作金門吏	인간세상으로 귀양을 와서 조정의 관원이 되어
桑洲會伴群仙戱	상주(桑洲)에 모여 짝하니 뭇 신선들의 놀이로다.[83]
去歲翩然綠玉鳥	지난해에 지팡이와 신발 끌고 훌쩍 떠나서[84]
吹笛芙蓉踏秋色	피리로 불며 풍악산 부용 봉우리의 가을 정취를 밟았지.
淋漓彩筆鬪龍魚	원기 넘치는 채색 붓에서는 용과 물고기가 다투고[85]
大醉題名元化石	크게 취하여 이름을 지으면 원래부터의 화석인 듯하네.
歸來贏得烟霞疾	돌아와서 얻은 것은 연하의 질병[86]이니
一夢掛在芙蓉月	하나의 꿈은 금강산 봉우리에 걸려 있구나.

---

81 부용성……주인이더니 : 부용성(芙蓉城)은 전설 속의 선경(仙境)이다. 소식(蘇軾)의 시 <부용성>에서 "부용성 안에 꽃이 그윽하니 누가 이를 주관하는가. 석(石)과 정(丁)이라네."하였고, 그 주에 석만경(石曼卿)과 정도(丁度)라고 설명하였다. 『동파시집주(東坡詩集註)』 권4 <부용성(芙蓉城)>에 보인다.

82 주궁에서……읽어서 : 주궁(珠宮)은 도가(道家)의 경전에 나오는 신선이 사는 궁전으로 꽃과 구슬로 장식하여 예주궁(蕊珠宮)이라고도 한다. 『황정경(黃庭經)』은 도가의 경전을 말하는데, 소식(蘇軾)의 <부용성(芙蓉城)>에 "삼세 동안 왕래하며 공연히 형체만 단련하더니, 끝내 황정경을 잘못 읽고 말았네." 하였고, 그 주에 "옛날 신선이 황정경을 잘못 읽어서 하계(下界)로 귀양 갔다."라고 하였다. 『동파시집주(東坡詩集註)』 권4 <부용성(芙蓉城)>에 보인다.

83 상주(桑洲)에……놀이로다 : 상주(桑洲)는 해 뜨는 부상(扶桑)의 섬이라는 뜻으로, 동해 바다 속의 십주(十洲), 즉 신산(神山)을 가리킨다. 오핵(吳翮)이 인간 세상에 귀양을 나온 다른 동료들과 어울렸다는 것을 말한다.

84 지난해에……떠나서 : 오핵(吳翮)이 졸하기 1년 전인 효종 3년(1652)에 금강산을 유람한 것을 말한다.

85 원기……다투고 : 남조(南朝) 시대 강엄(江淹)이 어릴 적에, 자칭 곽박(郭璞)이란 사람이 채색 붓을 주는 꿈을 꾸고부터 문장이 크게 진보하였는데, 만년에 붓을 회수해 가는 꿈을 꾼 뒤로는 좋은 문장이 나오지 않았다 한다. 『태평어람(太平御覽)』 권605에 보인다. 금강산을 유람하며 쓴 문장을 칭송한 것이다.

86 연하의 질병 : 당(唐)나라 처사(處士) 전유암(田游巖)이 고종(高宗)에게 말하기를 "신은 연무(煙霧)와 노을에 고질병이 들었습니다."라고 하였는데, 고질병 환자처럼 산수(山水)에 중독되었다는 말이다. 『구당서(舊唐書)』 권192 <은일열전(隱逸列傳)>에 보인다.

清都露氣濕未乾	대궐에서 쏘인 이슬 기운에 습기도 마르지 않았는데
半夜紅塵換眞骨	반야에 세속의 먼지가 참모습으로 바뀌었네.
瑤臺歸路駕鸞鶴	요대(瑤臺)에서 돌아오는 길에 난새와 학을 타고서[87]
重謁芙蓉老仙伯	부용성의 늙은 신선 형님을 거듭 찾아뵈었다네.
上朝三十六玉皇	하늘 위 조정의 36옥황상제[88]와
相携拍手雲間樂	서로 손잡고 손뼉 치며 구름 속에서 즐기네.
蜉蝣人世何刺促	하루살이 같은 인간 세상은 어찌 그리 안달인고.
下視青丘一杯綠	청구(青丘)를 내려다보며 술 한 잔 마시네.
應笑浮生謾有淚	덧없는 인생, 하릴없이 눈물 흘리는 것 비웃으리.
啾啾風送西州哭	슬픈 곡성 바람에 실어 보내니 서주의 통곡[89]이로구나.

87 요대에서……타고서 : 신선이 되어 하늘로 감을 뜻한다. 요대(瑤臺)는 본래 옥으로 장식한 누대로 신선이 거처하는 곳을 말하는데, 여기서는 궁궐을 가리킨다. 남조(南朝) 시대 강엄(江淹)의 「별부(別賦)」에 "학을 타고 은하수에 오르고 난새를 타고 하늘을 난다." 하였다. 『문선(文選)』 권16 <강문통별부(江文通別賦)>에 보인다.

88 하늘 위……36옥황상제 : 도가(道家)에서 말하는 천지 사이의 36천제(天帝)를 뜻한다. 『위서(魏書)』 권114 「석로지(釋老志)」에 의하면, 천지 사이에는 36개의 하늘이 있는데 그 가운데 36궁(宮)이 있고 궁마다 임금이 있다고 하였다.

89 서주의 통곡 : 진(晉) 나라 사안(謝安)이 생질인 양담(羊曇)을 아꼈는데, 사안이 죽자 양담은 사안이 평소 거처하던 서주(西州)의 길은 경유하지도 않았다. 후에 석두(石頭)에서 크게 취하여 노래를 부르며 길을 걷다가 자신도 모르게 서주의 성문에 이르렀다. 주위 사람들이 이곳은 서주의 성문이라고 알려주자, 양담은 슬퍼해 마지않고 채찍으로 문짝을 두드리며, 조자건(曹子建)의 '살아서는 화려한 곳에서 살다가 죽어서는 산속으로 돌아가는구나.'라는 시를 읊고 통곡하면서 지나갔다. 『진서(晉書)』 권79 <사안전(謝安傳)>에 보인다. 여기서는 오핵(吳翮)의 고향을 서주에 비유한 것이다.

跋文발문

跋文

曾王考天坡先生季弟曰, 百千堂先生, 夙以文鳴, 屢魁漢城試, 擢庭試壯元. 歷臺省, 間入史局, 都廳修長陵實錄. 旣選弘文館薦, 未及錄都堂而先生歿矣.

瑗不肖晚出, 嘗從長者, 聞先生天資甚高, 氣宇灑然, 人望見如山澤之癯, 非烟火中人. 而卽而接者, 又不覺鄙吝消去也. 居家惇行義, 立朝廣謇諤. 慨然尙古人風節, 意不急榮進, 盤桓鄉廬, 以泉石自娛, 其爲一世賢流慕重, 不以文也.

然先生實留心此學, 竭力於濂洛遺書, 而闇然內修, 不欲章於人, 人亦不盡知矣. 先生旣早歿不試, 先輩已盡, 流風日遠, 今欲觀先生者, 舍文章無它. 而先生爲文, 抗志甚高, 文非兩漢, 詩非唐, 不願學也. 酷嗜讀書, 富有蓄積, 而不規規製作, 雖作亦不收. 其不安小成如此, 故詩文存者旣鮮, 又皆少日作, 此烏足以盡先生也? 噫! 古人言, 人不可以無年, 以先生文學志節, 使得其壽, 其成就, 豈直如斯而已? 天之廢吾門久矣, 曾王考之才猷德業, 亦將顯庸於豈, 而不幸早世, 先生之年, 不及曾王考又四歲. 嗟乎! 此何但吾門恨也?

族父上庠公, 先生冢孫也, 將刊行遺文, 命瑗有所論述, 夫先生文章, 非瑗所敢私也. 先生少從谿谷學, 谿谷大稱賞曰: "眞文章才也." 素隱愼公, 見先生詞賦亟歎曰: "詞氣淸壯, 如雪天霽月." 其遊楓嶽詩, 藝苑傳誦, 以爲謫僊語, 世之具眼者, 自當以此爲定論. 而論者又謂: "先生之文, 淸古偉爽, 務去雕飾纖巧之態, 眞所謂'讀其文而想見其人者.'" 瑗以爲文固性情之出也. 淸古偉爽者, 誠可見其人矣, 其雕飾纖巧者, 顧反不足見其人乎.

先生於此, 非故有意去之也, 設欲爲之, 性不能也. 稚昧無知, 重違族父命, 略記舊聞卷尾, 而妄論附焉. 後之觀斯稿者, 其必一開卷, 而知其爲正直明快, 有志節君子之文, 而信瑗言之非誣也.

崇禎後再戊申首秋, 從曾孫, 世子侍講院司書瑗謹跋.

백천당유고 발문(跋文)

증조부 천파 선생의 막내아우인 백천당 선생은 일찍부터 문장으로 명성을 울려서 한성시(漢城試)에 여러 차례 장원하였고 정시(庭試) 문과에 장원으로 뽑혔다. 대성(臺省)을 거쳐 중간에 사국(史局)에 들어가 도청(都廳)이 되어 인조실록을 찬수하였다. 홍문관 관원의 추천에 선발되었으나 미처 도당록(都堂錄)[90]을 작성하기 전에 선생은 별세하였다.

불초한 나는 늦게 태어나 일찍이 장자(長者)를 따라다니며 들었는데, 선생은 천품이 매우 고상하고 기개와 국량이 맑고도 시원하여, 사람들이 산택(山澤)의 파리한 신선[91]과도 같고 세속 가운데의 사람이 아닌 듯이 바라보았다. 그러나 나아가 선생을 접한 사람들은 또한 자신도 모르게 비루하고 좁은 마음이 없어지는 것을 깨닫게 되었다. 집안에서는 바른 행실을 독실하게 하고 조정에 서서는 곧고 바른 말을 히는 데 힘썼다. 개연하게 옛사람의 풍모와 절조를 숭상하고 뜻은 영예로운 벼슬자리에 급급하지 않아, 고향집에서 소요하면서 자연을 혼자 즐겼으니, 당대의 어진 사람들이 선생을 흠모하고 소중히 여긴 것은 문장 때문만은 아니었다.

그러나 선생은 실로 이 학문에 마음을 두고 염락(濂洛)[92]의 남긴 글에 힘을 다하였는데, 아무도 모르게 안으로 수양하고 사람들에게 드러내지 않으려 하여 사람들도 다 알지 못하였다. 선생이 이미 일찍 별세하여 세상에 쓰지 못했고 선배들도 다 돌아가 유풍(流風)이 날로 멀어지고 있으니, 지금 선생을 보고자 하는 사람에게는 문장을 놓아두고는 다른 것이 없다. 선생의 문장은 높은 뜻이 매우 고상하여, 동한(東漢)과 서한(西漢)의 문장이 아니고 당시(唐詩)가 아니면 배우기를 바라지 않았다. 독서를 몹시 좋아하여 쌓인 지식이 풍부했지만 글을 짓는 것에 연연하지 않았고, 지었더라도 또한 거두어들이지 않았다. 작은 성취에 안주하지 않는 것이 이와 같았기 때문에 남아있는 시문이 적고 또 모두 젊었을 때 지은 것이니 이것으로 어찌 선생을 다 드러낼 수 있겠는가. 아, 옛사람이 말하기를, "사람은 장수하지 않으면 안 된다."라고 하였는데,[93] 선생의 문학과 지절(志節)을 가지고 수명을 더 누리게 하였다면 그 성

---

90 도당록(都堂錄) : 홍문록(弘文錄)에 오른 사람을 놓고 의정부가 주관하여 도당(都堂)에 모여 권점(圈點)을 찍어서 순위를 정하는 것이나 그 명단을 말한다.

91 산택(山澤)의 파리한 신선 : 한(漢) 나라 사마상여(司馬相如)가 문제(文帝)에게 "역대 신선들이 서로 전해 가면서 산택 사이에 거주한 이들은 형용이 몹시 파리하니, 이것은 제왕이 하고자 하는 신선이 아닙니다."라고 한 데서, 전하여 형용이 파리한 은자(隱者)를 가리킨다. 『사기(史記)』 권117 <사마상여열전(司馬相如列傳)>에 보인다.

92 염락(濂洛) : 송(宋)의 학자인 주돈이(周敦頤)는 염계(濂溪)에 살았고 정호(程顥)와 정이(程頤) 형제는 낙양(洛陽)에 살았던 사실에 유래하여 성리학(性理學)을 가리킨다.

93 이 말은 남조(南朝) 송(宋)나라의 유의경(劉義慶)이 지은 『세설신어(世說新語)』「권중지하(卷中之下)」에 다음과 같이 보인다. "동정후(東亭侯) 왕순(王珣)이 병세가 위중하여 임종할 적에 무강후(武岡侯) 왕밀(王謐)에게 '세간의 여론이 우리 집안의 영군(領軍)을 누구에게 견주는가?'라고 물었다. 무강후가 대답하기를 '세상 사람들은 그분을 왕북중랑(王北中郞)께 견줍니다.' 하였다. 왕순이 몸을 돌려 벽을 향하여 눕고 탄식하며 말하기를,

취가 어찌 이와 같은 경지에 그치고 말 뿐이었겠는가. 하늘이 우리 가문을 폐한 지 오래되었구나. 증조부의 재능과 덕업(德業) 또한 당시에 장차 높이 등용될 것이었지만 불행히 일찍 별세하였고, 선생의 나이는 증조부보다 또 네 살이나 미치지 못하였다. 아아, 이 어찌 그저 우리 집안만의 한스러움이랴.

족부(族父)인 생원공은 선생의 종손(宗孫)인데,[94] 장차 유문(遺文)을 간행하려고 나에게 논하여 기록할 것을 명하였지만 선생의 문장에 대해서는 내가 감히 사사로이 할 바가 아니다. 선생이 젊어서 계곡(谿谷) 장유(張維)를 따라 배웠는데 계곡이 크게 칭찬하기를, "진실로 문장의 재주이다."라고 하였고, 소은(素隱) 신공(愼公)[95]은 선생의 사부(詞賦)를 보고 매우 탄복하여 말하기를, "문장의 기상이 맑고 웅장하여 눈 오는 하늘이나 맑게 갠 달밤과도 같다."라고 하였다. 풍악산을 유람한 시는 문단해서 전해 외우면서 귀양 온 신선의 말이라 하고, 세상에 안목을 갖춘 사람은 응당 이것을 정해진 공론으로 삼았다. 논자(論者)가 또 이르기를, "선생의 문장은 맑고도 예스럽고 기상이 왕성하고도 상쾌하며 꾸미거나 섬세하게 장식하는 모양을 힘써 제거하였으니, 참으로 이른바 '그의 글을 읽으면 그 사람됨을 상상할 수 있다.'는 것이다."[96]라고 하였다. 나는 문장이란 실로 성정(性情)이 드러나는 것이라 생각한다. 맑고도 예스럽고 기상이 왕성하고도 상쾌한 것은 참으로 그 사람됨을 알 수 있지만 꾸미거나 섬세하게 장식한 것은 도리어 그 사람을 알기에 부족할 것이다.

선생은 이에 대해 일부러 뜻을 두어 제거한 것이 아니었으니, 설사 하려고 한들 성정으로 보아 불가능했던 것이다. 어리고 우매하여 알지 못하지만 족부의 명을 어기기 어려워 예전에 들은 것을 권말에 대략 기록하고 망령된 의논을 붙인다. 후세에 이 문집을 보는 사람은 필시 한번 책을 열면 정직하고 명쾌하며 지조와 절개가 있는 군자의 글이라는 것을 알게 될 것이

'사람은 확실히 오래 살고 봐야 한다.'라고 하였다." 영군은 영군 장군(領軍將軍)을 지낸 왕흡(王洽)으로 왕순의 부친인데 26세에 요절하였으며, 북중랑은 북중랑장(北中郎將)을 지낸 왕탄지(王坦之)이다. 이는 왕순이 자기 부친인 왕흡이 왕탄지에 비견되는 인물임에도 불구하고 일찍 죽어 큰 업적이 없음을 한탄한 말이다.

94 족부(族父)인……종손(宗孫)인데 : 오핵(吳翮)의 맏아들인 오두광(吳斗光)의 장남 오면주(吳冕周)를 가리키는데, 발문을 쓴 오원(吳瑗)의 7촌 숙부로 숙종 28년(1702)에 생원시에 합격하였다. 『肅宗 壬午司馬榜目』『萬家譜 13冊 海州 吳氏』

95 소은(素隱) 신공(愼公) : 부재학을 지낸 신천익(愼天翊)의 호가 소은이다. 오핵(吳翮)의 형인 오숙(吳䎘)과 절친한 사이이며, 또 동생인 신해익(愼海翊)의 손부(孫婦)가 오핵의 딸이다. 『國朝文科榜目 光海君 壬子 增廣榜』『萬家譜 14冊 居昌 愼氏』

96 이른바……것이다 : 맹자(孟子)가 제자인 만장(萬章)에게 "그의 시를 외우고 그의 글을 읽으면서도 그 사람됨을 모른다면 되겠는가."라고 한 것을 인용한 듯하다. 『맹자(孟子)』「만장하(萬章下)」에 보인다.

고, 나의 말이 거짓이 아니라는 것을 믿게 될 것이다.

숭정(崇禎)후 두 번째 무신년(1728, 영조4) 7월에 종증손(從曾孫) 세자시강원 사서 오원(吳瑗)은 삼가 발문을 쓴다.

歲戊寅首夏, 余入邊山, 登月井之臺, 以望燕齊, 由笠巖, 至于白羊. 吳生瑋, 手其曾祖百千公詩集續編, 追到山中, 請余抄整. 余方歷覽高深, 胸襟快豁, 其所矚於目者, 殆難爲焉. 而公之詩, 掉脫塵俗十丈, 傑然有赴海掀嶽底意, 盖余所歷覽而快豁者, 反自視欿然. 而讀公詩, 眞覺心口開爽. 公詩所謂'臨滄海'·'上仙臺'者, 無亦得於流峙之間耶? 重可感也. 遂刪定短律絶句若干首, 幷入於本藁. 本稿卽寒泉李公所編, 而堇二否也, 此政觀鳳一羽, 全體可知, 何必多乎哉? 公立心制行, 明正疎坦, 言論風旨, 直截慷慨. 此公詩流出之本, 不可以詩學蔽, 而已悉於諸序, 玆不贅. 公曾孫今統制使(瑛), 方謀鋟梓, 瑋亦千里跋涉, 誠意感人, 皆可尙爾.

翌月朔日, 坡平尹鳳九書于金溪之敬簡堂.

무인년(1758, 영조34) 4월에 나는 변산(邊山)에 들어가 월정(月井)의 누대에 올라 중국의 옛 연(燕) 나라와 제(齊) 나라를 바라보고 입암(笠巖)을 거쳐서 백양사(白羊寺)에 이르렀다. 그런데 오위(吳瑋)가 중조부인 백천공의 시집 속편을 손수 써가지고 산중까지 뒤따라 와 나에게 뽑아서 정리해 줄 것을 청하였다. 내가 바야흐로 높은 산 깊은 골짜기를 두루 구경하고 흉금이 쾌활하니, 내 눈에 주목받기가 참으로 어려웠을 것이다. 그러나 공의 시는 때 묻은 속세를 열 길이나 떨치고 벗어나 걸출하게 바다로 나아가고 산악을 흔드는 뜻이 있으니, 내가 두루 구경하고 쾌활했던 바가 도리어 스스로 마음에 들지 않게 여기게 된다. 공의 시를 읽으면 진정 마음이 트이고 입안이 상쾌해지는 것을 느끼게 된다. 공의 시에 이른바 "푸른 바다를 마주한다."라거나 "신선의 누대에 오른다."는 것[97]은 또한 산천이 흐르고 솟아있는 사이에서 얻은 것이 아니겠는가. 거듭 감동스럽다. 마침내 단률(短律)과 절구(絶句) 약간 수(首)를 다듬고 정리하여 본고(本稿)에 함께 집어넣었다. 본고는 곧 한천(寒泉) 이공(李公)[98]

---

97 공의……것 : 본 문집 권1에 실려 있는 「고성해산정(高城海山亭)」이라는 시에서, "평지에서 푸른 바다를 마주하니 마음이 더욱 씩씩해지고, 곧장 신선의 누대에 오르니 기상이 절로 호방해지네.[平臨滄海心逾壯, 直上仙臺氣自豪]"라고 한 것을 가리킨다.

98 한천(寒泉) 이공(李公) : 본 문집 4권의 묘갈명(墓碣銘)을 지은 도암(陶菴) 이재(李縡 1680~1746)를 가리킨다.

이 편찬한 것인데 겨우 2계(卺)이지만 이것이 바로 봉황새의 깃털 하나만 봐도 전체를 알 수 있다는 것이니, 어찌 굳이 많을 필요가 있겠는가. 공이 마음가짐과 절제된 행실은 명정(明正)하고 소탈하였으며, 언론과 품은 뜻은 강직하고 강개하였다. 이것이 공의 시가 흘러나오게 된 근본으로 시나 학문으로 가릴 수 없는 것이니, 이미 여러 서문에 다 있기에, 이에 덧붙여 말하지 않는다. 공의 증손자 현 통제사 오혁(瑛)이 한창 문집을 인쇄하려 계획하고 있고 오위도 천릿길을 수고롭게 왔으니 성의가 사람을 감동시키고 모두 가상하다.

그 다음 달 초하루에 파평(坡平) 윤봉구(尹鳳九)는 금계(金溪)의 경간당(敬簡堂)에서 쓴다.

이재는 오핵(吳翮)의 조카 오두인(吳斗寅)의 사위이기도 하다.

부록

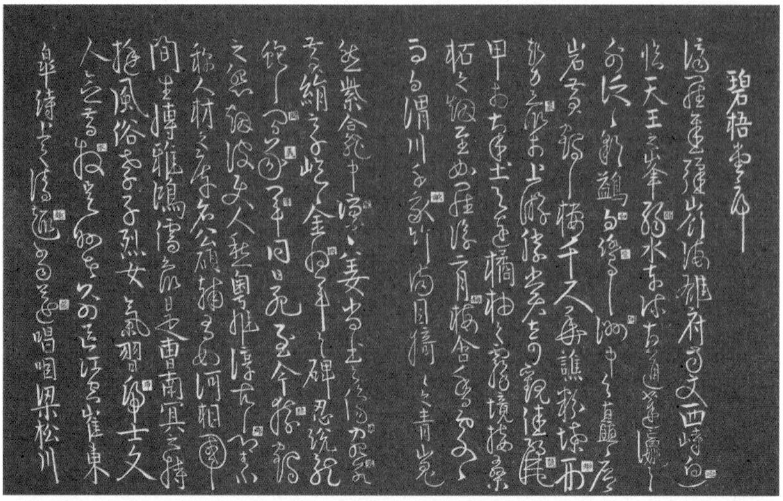

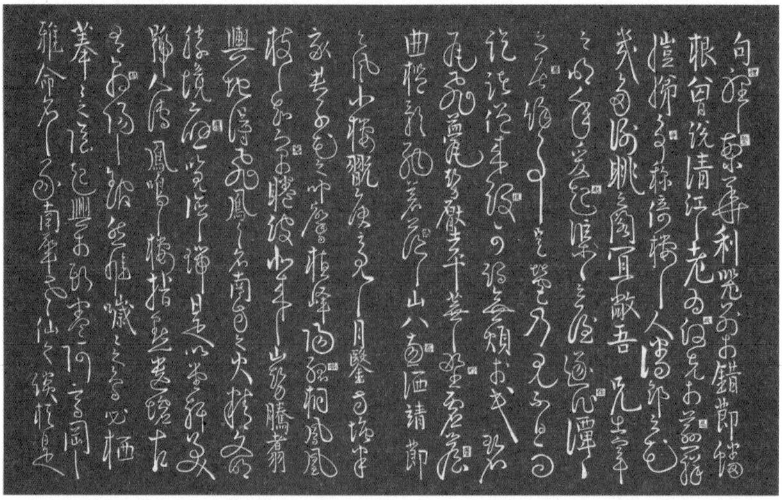

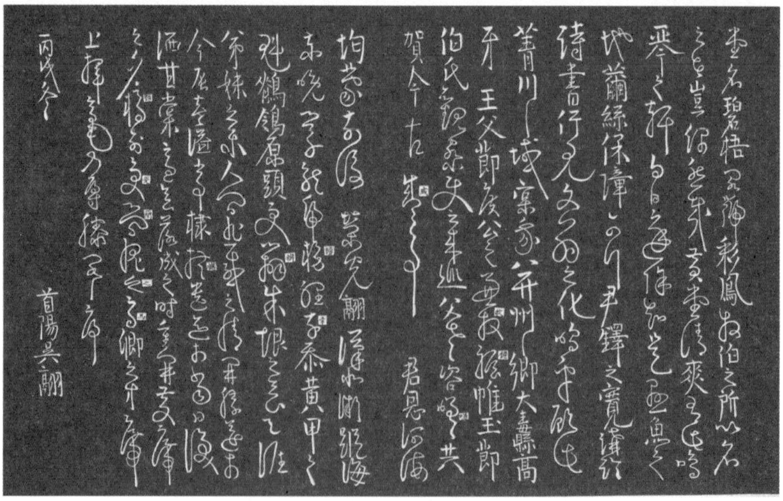

오핵 사헌부 계문

自古人主之優命臺諫 所以
重言路也 頃者申恦以言官
至被徒配 李逈黃儁耉朴
承健等 亦以臺臣 一時補外
國家重臺諫之意 果安在哉
當初申恦 旣見其書 求則爲

옛날부터 인주(人主)가 대간(臺諫)을 우대하여 임명한 것은 언로(言路)를 중히 여겼기 때문이다. 지난번에 신상(申恦)이 언관(言官)으로 도배(徒配)를 입었고, 이형(李逈)과 황준구(黃儁耉)와 박승건(朴承健) 등이 또한 대신(臺臣)으로 한꺼번에 외방에 보임되었으니, 국가가 대간을 중히 여기는 뜻이 과연 어디에 있습니까. 당초에 신상이 이미 그 글을 보고 구한즉,

法官者 豈可以小事而不論
哉 辨覈之際 雖有疎慭
之失 至於投荒 其罰不已
過乎 李逈等 身居言責 連
章固爭 乃其職耳但
引見之時 縱不能明辨以對 原其

법관(法官)이 된 자가 어찌 작은 일이라고 하면서 논하지 않았단 말입니까. 변핵(辨覈)할 때에 비록 성기고 어리석은 실수가 있었더라도 변방에 유배되는 데 이르러서는 그 벌이 이미지나치지 않습니까. 이형(李逈) 등은 몸은 언책(言責)에 있어서 계속 글을 올려 굳게 논쟁하는 것이 그 직책입니다. 다만 인견(引見)할 때 비록 분명하게 밝혀서 대답하지 못했지만 그본래의 실정을 따져 보면

本情 了無他腸 而補外之
命 亦出於慮外 此群情之所以
悶鬱者也 申晌之愚直
國人所共知 殿下以姦
邪目之 至於李逈等 亦以阿好

다른 속셈이 없었으니, 외방에 보임하라는 명은 또한 아주 뜻밖에 나왔으니 이것이 여러 신하들이 안타깝고 우울하게 여기는 바입니다. 신상(申晌)의 박눌(朴訥)과 우직(愚直)은 나라사람들이 다 아는 바인데도 전하께서 간사하다고 지목하시고, 이형(李逈) 등에 이르러서는 또한 좋아하는 데에 아부한다고

斥之 噫 天地之大 猶有所憾
雷霆之下 無不摧折 自是厥
後 直氣日以消鑠 言路日以
阻隔 殿下無開言路 則前
後論事之臣 以言獲罪者 幷

배척하였습니다. 아아! 천지(天地)의 크기로도 오히려 유감인 바가 있는데, 뇌정(雷霆)의 아래에서 꺾이지 않음이 없습니다. 이 이후에 곧은 기운[直氣]은 날로 사라지고, 언로(言路)는 날로 막힐 것이니, 전하(殿下)께서 언로를 열어주지 않으시면, 전후에 일을 논의한 신하들은 말로써 죄를 얻게 됩니다. 아울러

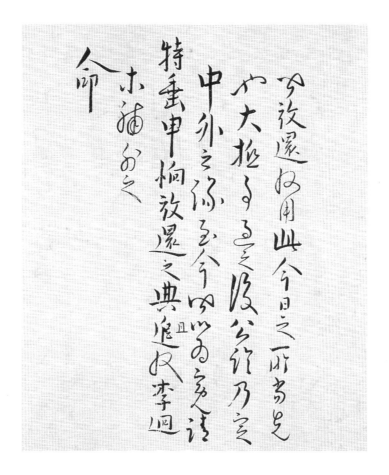

皆放還收用 此今日之所當先
也 大抵事過之後 公論乃定
中外之議 至今皆以爲寃 請
特垂申恟放還之典 且追收李逈
等補外之
命

모두 방환(放還)하여 수용(收用)하는 것이 이것이 오늘날 먼저 해야 할 바입니다. 대저 일이
지난 후에 공론(公論)이 이에 정해지는 것인데, 중외(中外)의 논의가 지금까지 모두 원통하다
고 합니다. 청하건대 특별히 신상(申恟)을 방환하라는 은전(恩典)을 내려주시고, 또 이형(李
逈) 등을 외직에 보임하라는 명을 거두어 주십시오.

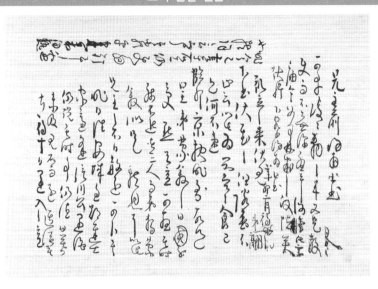

오핵 간찰

禮立之來 伏見
下書 伏慰伏慰 但隣患不
止云 以此爲悶 寒食已
近 何不速
臨耶 京報昨到故送
呈 弟蒙叙之日 國□
受點 天意可想 其時
病不進者三人 而弟獨蒙
叙 似是特恩耳 以此
兄主之不日赦還可卜矣
昨日往安城 過鄭進士
家 適逢信川公 置酒
仍說其時事 仍値日暮
未及見石而還 迂闊莫
甚 初十日運入之意
昨今已言于石工 仍使觸釘耳 邊
也特拜會寧 其嚴乎 □□□□
可幸 後日勅之耳 又是赦
使 而不無深憂耳 汝修代宗
廟令如何 林判之議怪矣
伏惟下察 謹拜上書
辛卯二月初四日
弟翮

예립(禮立)이 와서 삼가 보내주신 글을 보니 위로가 되고 위로가 됩니다. 다만 이웃에 우환이 그치지를 않는다고 하니 이것이 고민입니다. 한식(寒食)이 이미 가까워왔는데 어찌 빨리 않습니까. 서울의 조보(朝報)는 어제 도착했기 때문에 보냅니다. 제가 서임되는 날에 국(國□)가 수점(受點)을 받았으니 임금의 뜻을 알 수 있을 것 같습니다. 그 때 병이라 칭하고 오지 않은 사람이 3인인데, 제가 홀로 서임되었으니 아마도 특은(特恩)일 것입니다. 이 형님께서도 곧 사환(赦還)되리란 것을 점칠 수 있을 것입니다. 어제 안성(安城)에 가서 사(鄭進士)의 집을 지나다가 마침 신천공(信川公)을 만나 술을 두고 그 당시의 일을 얘기 니다. 그대로 저녁이 되어 돌[石]은 보지도 못하고 돌아왔으니 우활(迂闊)하기가 아주 심 다. 초10일에 운반해 온다는 뜻을 작금에 이미 석공(石工)에게 말을 했으니, 그대로 정(釘) 대겠습니다. 변(邊)이는 특명으로 회녕(會寧)에 제배되었는데, 그 엄하기가 ㅁㅁㅁㅁ 다 후일에 칙명이 있었습니다. 또 사사(赦使)가 있으니 그리 깊이 우려되지는 않습니다. 여 修)가 종묘령(宗廟令)을 대신한다는데 어떠합니까. 임판서(林判書)의 의논이 괴이합니다 각하건데 살펴주시기를 바라며 삼가 절하고 글을 올립니다.
신묘년(1651, 효종 2) 2월 초4일에 아우 핵(翮).

오핵 시문

敬次
一自分離後 湖
山計已違 每
看秦月出 意
向海天飛 驛
路頻來往 人間
浪是非 南池
遙入夢 謝草
更菲菲
舍弟德甫

공경히 차운(次韻)함
一自分離後　한 번 헤어진 후에,
湖山計已違　호산(湖山)으로 떠날 계책 이미 멀어졌네.
每看秦月出　매번 진(秦)나라의 달이 뜨는 것을 보며,
意向海天飛　뜻은 바다의 하늘을 나는 새에게로 향하네.
驛路頻來往　역로(驛路)를 자주 왔다 갔다 하니,
人間浪是非　인간 세상에는 시비(是非)가 넘치는구나.
南池遙入夢　남지(南池)가 멀리 꿈속으로 들어오니,
謝草更菲菲　사초(謝草)가 다시 무성하다네.
사제(舍弟) 덕보(德甫).

백천당 산소 전경

백천당 배위 산소

정무공 고택(백천당 생가)

[전]

有明朝鮮通訓大夫司憲
府持平知製　教　贈弘
文館應教百千堂吳翮墓

[좌]

有明朝鮮通訓大夫司憲府持平知製　教
　贈弘文館應教吳公墓碣銘幷序
　　　　大提學三州李縡撰
嘗…寧陵初服人才焉盛大率淬礪名節以清議相尚若持平吳公翮其傑然者也士流方倚以為重不幸蚤
卒同春先生有詩哀之公李逸少海州人其先出高麗軍器監仁裕考諱士謙宗親府典簿妣金州崔氏庶尹時
奕之女祖諱定邦兵馬節度使為光海廢母時獻議用祭蔡父不格焉一句者曾祖諱壽億廩僉至公兄弟以
文學大鳴天坡公常守為卯君以公生於乙卯也公癸酉司馬除
獻陵參奉不就丙戌庭試元成均館典籍

[후]

兵禮二曹郞司諫院正言司憲府持平侍講院司書知製　敎　仁祖實錄都廳郞被弘錄公立　朝風采可
觀時自恩當　國負縱不法勢焰燻天倡起�論趾公始同春周以鳳周以湜為嗣昌周宗周昌周十光通德郞斗龍進士佐郞十雄通德郞女通監役慎公慎無嫁母生貞載瑱周皮房出
…（以下判讀困難）

[우]

彼井泉可汲可食　胡不永年並愛其福三　德亞風增我心惻我銘玄石其名不淪
文成後以曾孫應制使瓆推　恩贈弘文館應教文集四卷刊行于世子姓之未及錄者十七側室男瑣周
采周鳳周同男璟男環官琥進士采同男瑃璘男鈺男瓚開出繼琦周男瑄由載廣男載一瑱
男載德載衛府使載徽營將載開出載行璲　男載能生貞載光牟使載重府使側室男載誠載忠武
男載瞻生貞載錫烓男載積載巡出繼璇
男載來女子二女及五代孫以下不記
崇禎紀元後三甲辰　月　日玄孫男載源謹書
西紀一九○四年百千堂宗中改竪

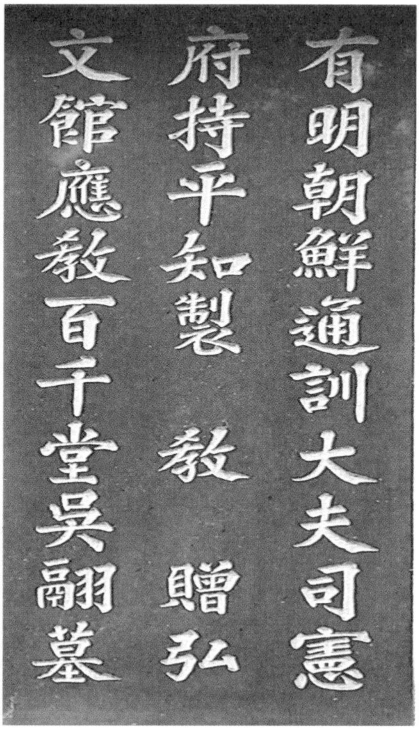

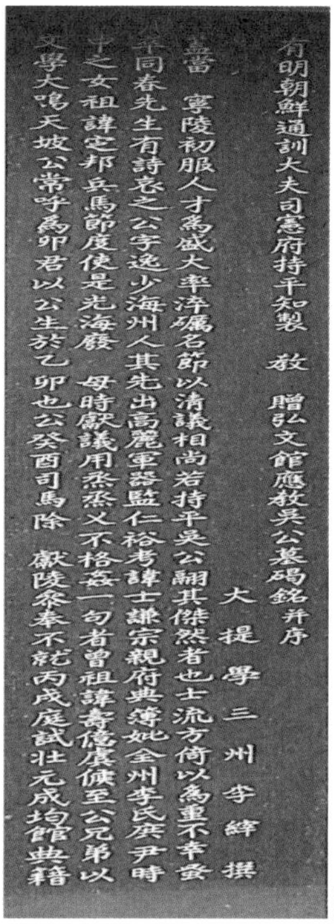

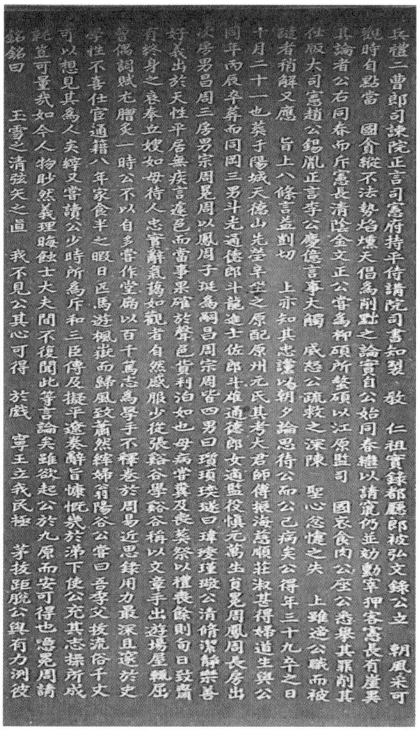

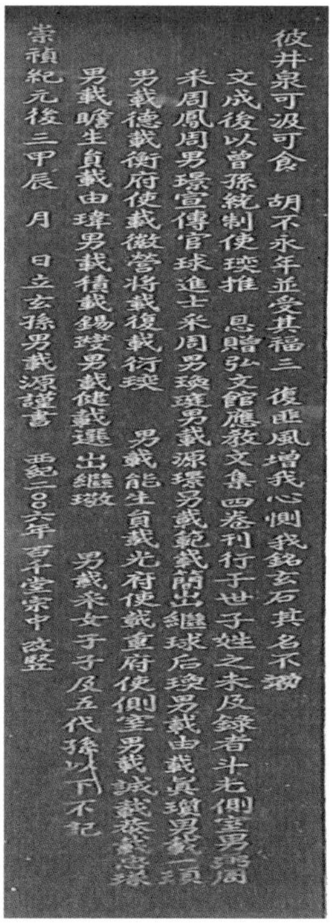

백천당 묘비(우)

__비문 좌, 후의 내용은 본문 243~247쪽에 있음.

文成後以曾孫統制使瑛推恩 贈弘文館應教文集四券刊行于世子姓之未及錄者

斗光側室男弼周釆周鳳周男璟宣傳官球進士釆周男瑛珽男載源璟男載範載簡出繼球后瑛男載由載眞

瓆男載一 頊男載德載衡府使載徽營將載復載衍瑛男載能生員載光府使載重府使側室男載誠載恭載忠

璲男載瞻生員載由 瑋男載積載錫瓔男載健載選出繼璥男載釆 女子子及五代孫以下不記

崇禎紀元後三甲辰 月 日 立

玄孫男載源謹書

西紀二00六年 百千堂宗中 改竪

갈문(비석) 완성 후 증손 통제사 혁의 추은으로 홍문관 응교로 증직되었다. 공의 문집 4권을 간행하였다. 자손의 이름을 모두 기록함에 미치지 못하였다

두광의 측실 아들은 필주, 채주이며 봉주 아들은 경과 구이며 경은 선전관이고 구는 진사이다. 채주 아들은 환이고 정의 아들은 재원이며 경의 아들은 재범, 재간인데 재간은 구의 후계자가 되었다

환의 아들은 재유, 재진이며 질의 아들은 재일이다

욱의 아들은 재덕, 재형은 부사이고 재휘는 영장이며 재복, 재연이 있다

혁의 아들 재능은 생원이고 재광은 부사이며 재중도 부사이다. 측실에 아들 재성, 재공, 재충이 있다

수의 아들 재첨은 생원이고 재유가 있다

위의 아들은 재적, 재석이 있다

섭의 아들은 재건, 재선이며 재선은 출계하였다

경의 아들은 재채이다. 딸의 아들과 5대손이하는 기록하지 않았다

숭정기원후 세 번째 갑진(1784년, 정조8년)에 비석을 세움

현손 재원이 삼가 쓰다

서기 2006년 백천당 종중에서 공의 비문을 그대로 새겨 다시 옆에 세움

참고문헌

원문

오　핵, 『백천당유고』(종중소장본)
남용익, 『壺谷集』(고전번역원 DB)
이　재, 『陶菴集』(고전번역원 DB)
임숙영, 『疎菴集』(고전번역원 DB)
정두경, 『동명집』(국역 『동명집』 고전번역원 DB)
고전번역원 DB 『인조실록』, 『효종실록』

단행본

해주오씨정무공파종중, 『선조문헌기록합편』, 에이팩스커뮤니케이션즈, 2013.

논문

김동준, 「소암 임숙영의 시문학」, 『한국한시작가연구』 9집, 한국한시학회, 2005, 221~260쪽.
김동준, 「도암 이재의 삶과 시문학」, 『한국한시작가연구』 14권, 한국한시학회, 2010, 291~330쪽.
김지현, 「오핵의 『백천당유고』에 대한 소고」, 『한국문학과 예술』 27집, 한국문학과예술연구소, 2018, 35~73쪽.
박재경, 「책문(策文)으로 본 조선시대 과거사의 이면」, 『대동한문학』 38집, 대동한문학회, 2013, 137~165쪽.
우응순, 「17세기 고문론의 배경과 역사적 성격」, 『어문논집』 30권, 민족어문학회, 1991, 171~189쪽.
정재훈, 「해주오씨족도고」, 『동아연구』 17집, 서강대학교 동아연구소, 1989, 313~338쪽.
최두헌, 「천파 오숙 산문의 『장자』 수용 양상 연구-「취성정기」를 중심으로」, 『한문학보』 29집, 우리한문학회, 2013, 77~109쪽.
엄철현, 「해주 오씨 집성촌의 풍수지리적 고찰-덕봉마을의 음택과 양택을 중심으로」, 영남대학교 환경보건대학원 석사학위논문, 2009.